QUAND LES ANGES TOMBENT

27 cours d'Estienne d'Orves 13001 Marseille
www.polar.jigal.com

Photo couverture : © 123rf
Directeur de collection : Jimmy Gallier

ISBN 979-10-92016-27-7

JACQUES-OLIVIER BOSCO

QUAND LES ANGES TOMBENT

ÉDITIONS JIGAL

DU MÊME AUTEUR

Et la mort se lèvera

Le Cramé

Aimer et laisser mourir

Loupo
Prix Coup de Cœur Blues & Polar 2014

Éditions Jigal

À mon père, à tous les pères. Même si ce ne sont que des hommes.

AVERTISSEMENT

Toute ressemblance avec des personnages existants, ou ayant existé est purement fortuite.

RAJINSKY

L'embarquement s'était bien passé. Deux cent cinquante passagers en classe économique, seulement deux en première classe et dix en classe affaires. Familles, couples et businessmen, la clientèle habituelle. Une jeune hôtesse vêtue de l'uniforme de la compagnie française porta la liste des passagers au commandant de bord, puis la chef de cabine ferma la porte et la passerelle fut retirée. Le vol Air France 714 décolla de l'aéroport Sheremetyevo de Moscou à minuit quarante-deux, entamant un vol de trois heures vingt-cinq à destination de Paris.

Vers deux heures du matin, alors que l'airbus A340 volait en vitesse de croisière, Victor Rajinsky péta un câble dans la classe affaires. Il avait une cinquantaine d'années et comptait sur ce voyage pour se faire pardonner ses frasques sexuelles – avec les danseuses de son club de Saint-Pétersbourg – auprès de la jeune Svetlana, vingt-deux ans, une ancienne danseuse dont il était fou amoureux. Victor avait beaucoup bu. Six coupes de champagne, plus les deux tiers d'un flacon de Crystal Hennessy, un cognac de douze ans d'âge à six cents euros et quarante-cinq degrés qu'il avait acheté en *tax free*.

Manque de bol, le voyage commençait mal pour Victor. La jeune Svetlana venait de lui annoncer que, sitôt arrivée à Paris, elle le quittait.

Rajinsky n'était pas un intellectuel, loin s'en faut. Ancien lutteur, il pesait dans les quatre-vingt-dix kilos et avait appris la vie dans les rues boueuses et gelées d'un bled de Tchétchénie, avant de s'enrôler dans la mafia locale. Puis, année après année, il avait tracé sa route, laissant une longue traînée de sang derrière lui, jusqu'à tomber amoureux comme le dernier de ces crétins boutonneux qu'il avait l'habitude d'écrabouiller de ses grosses mains puissantes.

Alors qu'elle les surveillait depuis une dizaine de minutes, la chef de cabine se décida enfin à bouger de derrière son rideau pour se rapprocher de leurs sièges. L'homme s'était mis à hurler contre sa compagne en lui postillonnant des larmes au visage. Anne se planta à sa hauteur en déployant son sourire le plus commercial.

— *Please, sir, don't speak up. Other customers are sleeping.*

Victor grommela des excuses, puis s'envoya une rasade de cognac, alors que sa fiancée le regardait avec dégoût – elle savait y faire, la garce. Il décida de se lever, sa bouteille de Crystal à la main, et partit en tanguant vers l'avant de l'appareil. Anne se précipita à sa suite, lui demandant où il allait en multipliant les courbettes. Le mastodonte tira le rideau de séparation des cabines et tomba nez à nez avec une deuxième hôtesse. Malgré ses genoux qui jouaient des castagnettes, la jeune femme réussit à garder une voix douce en lui présentant ses trente-deux dents dans un sourire de réclame.

— *Please, sir, return to your seat.*

Le Russe exhalait des vapeurs d'alcool comme un dragon ses flammes.

— *I want to talk to captain! I want the captain! Ya khochu chtoby vernutsya Moskvu, Moscow! Vnastoyashcheye vremya!*

On aurait dit le rugissement d'un ours.

Les yeux de l'hôtesse roulèrent en direction de sa collègue, elle savait qu'Anne comprenait le russe.

— Qu'est-ce qu'il dit ?

— Il dit qu'il veut retourner à Moscou. Préviens le commandant et appelle Jean-Pierre à l'arrière, qu'il vienne nous aider. Il faut le calmer.

La chef de cabine était sous tension.

Monique, vingt-deux ans, qui se posait la question d'arrêter la pilule avant l'intervention du lourdaud de l'Est, composa le numéro sur son clavier pendant que Victor regardait partout.

— *Where is the captain? Where is the captain?*

— *He is coming, just a minute, sir. Maybe, would you return to your seat?*

D'un coup il bouscula la jeune femme et s'engagea dans la cabine des « Première ». En une dizaine de pas il se retrouva face au cockpit au moment même où la porte s'ouvrait, faisant apparaître le commandant de bord, Éric Benhamou, un vieux beau de cinquante-deux ans aux cheveux grisonnants.

— *Are you the captain ?* l'apostropha l'ancien lutteur.

— *Mister, please calm down, if not...*

— *If not what*? hurla l'autre. *I want to return to Moscou, now !*

— *Moscow ? But... it's impossible !*

En l'espace d'une dizaine de secondes la vie de deux cent soixante personnes bascula. Le Russe lui balança un violent coup de bouteille au visage, lui brisant la mâchoire et l'envoyant dans les vapes, puis il s'engouffra dans le cockpit. Le copilote, qui tenait les commandes, leva un visage inquiet sur la brute, tout en cherchant du regard son commandant qui aurait dû se trouver derrière. À la place, il vit surgir Jean-Pierre, le chef de la cabine économique. De ses grands bras, le steward se saisit du forcené tandis que Victor se mettait à rugir. Il fracassa la bouteille contre le plafond, éclaboussant l'habitacle d'alcool. Et au moment où le copilote se levait pour aider son collègue, le Russe lui tailla da la gorge dans un geste de fureur, envoyant son sang gicler sur les instruments de bord.

Jean-Pierre, aveuglé par l'effort, réussit à faire basculer Victor en avant, qui s'écrasa sur le manche, débrayant d'un coup le pilotage automatique et poussant les gaz à fond. Ils roulèrent sur l'officier pilote, glissant sur le sang qui giclait de sa carotide. Jean-Pierre tentait de se dégager du Russe qui le tirait par la cravate quand le sol sous leurs pieds se mit à basculer. Le copilote, en glissant sur son siège, avait enfoncé ses deux pieds sur les palonniers, actionnant la gouverne arrière. L'avion se mit à plonger brutalement, projetant les deux hommes sur les vitres pressurisées, ainsi que les hôtesses qui se trouvaient derrière, le tout au milieu du sang et de l'odeur ferreuse du cognac.

Emporté par la vitesse et les hurlements des réacteurs, l'appareil se mit à piquer. Monique avait le visage comprimé contre la vitre, dans une grimace absurde, elle regardait les nuages se déchirer et les lumières de la terre venir à eux. Le commandant était groggy, quant au copilote, il avait déjà les yeux dans un autre monde.

Dans la cabine, les masques à oxygène étaient tombés, des passagers s'écrasaient les uns contre les autres, des enfants pleuraient, des femmes hurlaient, c'était la panique. L'avion plongeait dans le rugissement des turbines. Tel un missile fonçant sur sa cible, il se dirigeait inéluctablement vers la campagne glacée de la Lorraine.

LE NOIR

Deux heures du matin, l'heure du sandwich venait de sonner pour Julien Millet. Le jeune homme farfouilla dans son Eastpack à la recherche du carré de pain de mie garni de jambon que sa mère lui avait préparé. Le gosse sortait tout juste de l'École nationale d'administration pénitentiaire d'Agen et finissait son stage de six mois à la prison d'Eiffenseim, en Alsace.

Tout en commençant à détacher de gros morceaux de pain de mie à coups de dents, Julien laissait traîner son regard sur le panel d'écrans qui s'étalait devant son collègue Aznar. Le vieux maton était de vacation de minuit à huit heures du matin, chargé de surveiller le bâtiment 5 et, plus particulièrement, les étages où se trouvaient les cellules du quartier d'isolement. Julien le secondait dans le cadre de son stage. Non pas que la compagnie d'Aznar lui soit agréable – le gardien était aussi disert qu'une borne à incendie –, mais il y avait une chose dans ce bâtiment qui le fascinait.

Ses yeux se bloquèrent sur les écrans 6 et 7, alors qu'un morceau de jambon se coinçait dans sa gorge. Il déglutit tant bien que mal et s'envoya une rasade de Fanta, mais son regard restait scotché. Tout comme celui d'Aznar, il en était certain. Le vieux bouc (la proximité de ses dessous-de-bras faisait penser à une bergerie surpeuplée en plein mois d'août) demandait toujours ce poste, dans ce bâtiment précis, et il y avait une raison.

La cellule 55.

Deux caméras exclusives en surveillaient la porte. À l'intérieur, rôdait une terreur, un DPS (détenu particulièrement surveillé). On l'avait mis en

QS (quartier disciplinaire) à son arrivée à Eiffenseim, puis ici, en QI (quartier d'isolement) depuis qu'au réfectoire il avait réussi à trancher la gorge d'un autre taulard avec un plateau-repas. Cet homme faisait trembler l'administration.

Aznar, quand il l'ouvrait, disait que c'était le diable en personne. Les yeux du vieux gardien se figeaient et sa voix tremblait d'une sorte de spiritisme, lorsqu'il ajoutait :

— Une légende…

Ce DPS se nommait Vigo Vasquez, espagnol par son père et piémontais par sa mère, cinquante-quatre ans. Un chef de bande, un bandit sans foi ni loi comme on n'en faisait plus. Un tueur. Les hommes de la BRI l'avaient surnommé le Noir. Le Poissard, pour ses proches, depuis que Vigo avait assassiné trois de ses associés.

Assassin, braqueur et trafiquant de drogue, le Noir dirigeait un réseau d'hommes dévoués que ses larcins avaient enrichis. Des truands qui, à tout moment, pouvaient tenter de le faire évader. C'est ce qui stressait la Pénitentiaire, mais pas seulement. Vigo avait toujours réussi, avec l'aide des meilleurs avocats et des retournements de témoignages, à échapper aux procès, et ce, pendant plus d'une vingtaine d'années.

Mais c'était terminé. Vasquez était allé trop loin. Il avait fini par plonger, et pas pour une histoire de braquage. Même les flics n'en revenaient pas : Vigo le Noir était un putain de tueur en série.

Le Noir avait été reconnu coupable du meurtre de huit enfants.

Huit enfants, de sept à douze ans, tués en moins d'une année.

Son mode de fonctionnement frôlait le rituel. L'homme se rendait dans les piscines municipales, où il arrivait à isoler un enfant dans une cabine, et en l'espace de quelques secondes, il lui arrachait son maillot et l'étranglait, avant de disparaître, laissant le corps à demi nu et sans vie sur le carrelage froid. Au bout du huitième meurtre, les flics avaient découvert des traces de son ADN, et quelques jours plus tard, ils l'avaient serré alors qu'il tentait d'agresser une jeune fille. Ils le mirent aussitôt en garde à vue.

Malheureusement – et encore une fois – l'armada d'avocats de Vigo Vasquez avait réussi à le faire sortir. Le gangster détenait des alibis en béton les jours où les meurtres avaient été commis.

Il faut croire que la soif de perversité de certains psychopathes ne s'épanche jamais. À peine sorti de garde à vue, il récidiva.

Les flics découvrirent un garçon d'une dizaine d'années, poignardé dans les vestiaires d'un stade.

Un mégot de cigarette était collé sous le corps de l'enfant, et sur ce mégot, subsistait à nouveau l'ADN de Vasquez. De plus, un témoin affirma avoir vu Vasquez sortir du stade à l'heure où le crime avait eu lieu. Une cour d'assise spéciale fut montée en toute hâte par le procureur de l'époque, qui lui infligea une peine de trois fois trente ans, une sorte de réclusion criminelle à perpétuité.

Le tueur des piscines, dormait enfin derrière les barreaux.

Pourtant, et c'était ce qui fascinait les gardiens, Vigo le Noir clamait son innocence. Pire, il hurlait au complot.

Il était à Eiffenseim depuis deux ans. Au début, bien qu'en isolement, on l'avait laissé prendre ses repas et ses douches avec les autres détenus. Ces gars ne supportaient pas les pointeurs (les violeurs d'enfants), et le Noir n'aimait pas qu'on lui en parle. Il les avait prévenus : le premier qui l'emmerderait avec ça, il le tuerait. Mais surtout, il se vengerait des flics et des juges qui l'avaient fait plonger. Sa haine le dévorait, proche de la folie, elle pouvait le mettre hors de lui.

Deux gardiens à la langue un peu trop pendue s'étaient fait agresser par cet enragé, ainsi que plusieurs prisonniers. Le dernier, celui qui avait eu la glotte cisaillée par le plateau, était resté sur le carreau. Le Noir s'était débrouillé pour finir le travail, arc-bouté sur lui, il lui avait pratiquement tranché le cou avant qu'une armée de matons ne le neutralise à coups de décharges électriques.

À présent il se trouvait là, derrière la porte de la cellule 55, que l'écran renvoyait dans cette salle de contrôle du bâtiment 5 de la prison d'Eiffenseim. Certains disaient qu'il ne dormait jamais. Qu'il tournait. Tel un tigre affamé.

Non, pensa le jeune Millet, Vigo Vasquez était pris, bel et bien pris, il ne sortirait jamais. Pourtant, Julien ne pouvait se retenir de trembler en songeant au Noir. De par sa haine, sa folie, cet homme inspirait la crainte. Il semblait survivre, ou quelque chose d'encore plus extrême. Comme s'il n'allait jamais mourir. Il s'était fixé un but, ça se sentait, et, malgré les murs, les grilles, les matons, malgré l'indestructible logique, il était capable de s'y tenir. Le jeune stagiaire ne cessait d'y penser. Il se disait qu'il faudrait, au moins, une guerre pour que le Noir puisse avoir un jour la moindre chance de s'évader. Et ce jour était bien capable d'arriver, rien que pour que ce fou, ce monstre, puisse s'évader et aller régler ses comptes, ou continuer d'assassiner, encore et encore, des enfants.

Le jeune n'avait plus faim. Il sentit la nuque de son compagnon se secouer, comme parcourue d'un frisson. L'homme était tendu.

Le gamin farfouilla dans son sac et en sortit le magazine *Choc*, il devait se changer les idées. Il se dit : « Un de ces quatre, un maton va devenir fou à cause de ce gars-là. »

C'est à ce moment-là qu'il sentit comme une vibration dans ses plombages. De plus en plus forte, se mettant à faire trembler les vitres, puis les murs de béton. Un bruit de réacteur, énorme, emplit d'un coup l'espace, l'air, poussant jusqu'à l'intérieur de ses poumons. Sans savoir pourquoi, alors que ses organes se liquéfiaient à une vitesse hallucinante, le gamin leva les yeux vers le plafond, tandis qu'Aznar, le dos contracté à s'en péter un câble, serrait ses poings sur la console, les yeux rivés, jusqu'à transpercer l'écran, sur la cellule 55. Le bruit s'amplifia tel le hurlement d'un démon, il devait leur rester deux millièmes de seconde de vie, Aznar et Julien crispèrent leurs épaules et avalèrent leur cœur.

CAMILLE

Trois mois plus tard, dans le jardin d'enfants des Épinettes, en plein cœur du quartier Montparnasse à Paris, les marmots gambadaient et les nounous, assises sur les bancs, se racontaient des histoires. Au-dessus d'elles, des vagues d'étourneaux formaient des arabesques, avant d'aller se nicher bruyamment dans les arbres, donnant l'impression que les milliers de petites feuilles piaillaient. Emmitouflée dans un manteau de laine rouge, Fati Boutengo, vingt-deux ans, discutait tranquillement avec une maman d'une trentaine d'années.

La jeune Béninoise s'occupait de l'enfant du couple Tranchant depuis maintenant deux ans et un lien plus que maternel l'unissait à la petite fille de huit ans, Camille. Chaque mercredi matin, elles se rendaient toutes deux au parc afin de retrouver sa meilleure amie d'école, la petite Billie Lou, ainsi que sa maman Julie.

Le jeu favori des deux petites consistait à grimper aux arbres et à jeter des pignons sur les garçons qui essayaient de regarder sous leur jupe. Ce matin-là, les gamines se balançaient sur un grand orme situé près de l'entrée du parc. La grille était restée entrouverte, avec les allées et venues des lycéens venant fumer leur premier pétard de la journée, alors que d'autres se câlinaient comme si le monde allait s'enflammer.

Avec le recul, Fati pensa qu'elle aurait dû s'interdire de discuter avec sa voisine.

Elle savait que ça n'aurait rien changé. Le père de Camille, le juge Tranchant, le savait aussi, mais dans ce genre de cas, on ne peut s'empêcher de pousser sa culpabilité au paroxysme.

La fille au pair se rappelait avec une acuité de rapace le moment précis où la petite Billie Lou était apparue dans son angle de vision. En demandant :

— Elle est où Camille ?

Fati avait plongé ses yeux inquiets dans ceux de l'enfant.

— Elle n'est pas avec toi ?

— Non, elle est descendue de l'arbre en premier, et après, elle était plus là.

Il n'y avait pas d'anxiété dans la voix de l'enfant, seulement de la curiosité. La gamine avait fait le tour du parc en cherchant sa copine et se demandait où elle avait bien pu se planquer. La jeune Béninoise analysa ces données à la vitesse d'un jet. Elle se redressa en criant :

— Camille ? Camille ?

Ses yeux firent un panoramique fouillé sur le jardin public, sur chaque visage d'enfant, chaque main d'adulte serrant celle d'un gosse, jusqu'aux trottoirs entourant le parc, pour finir par se figer sur le portail de fer. Grand ouvert.

Elle hurla :

— Camille ! Camille !

Les larmes débordaient de ses yeux, la panique l'envahissait, autant que l'abattement. Déjà, sa vie s'anéantissait, elle le savait ; quelque chose de terrible était en train de se produire.

Le même jour, Salomé, douze ans, descendait la rue Jourdain en léchant les vitrines de ses prunelles bleues. Ça sentait le gruyère brûlé des croque-monsieur, la pisse de chien sur les pavés et les pots d'échappement : ça sentait Paris. L'adolescente s'arrêta devant une librairie, le regard accroché par le titre d'un polar *Le gangster amoureux*. Ça lui fit penser à ses parents. Sa mère avocate était tombée amoureuse d'un « gangster ». Il avait fait un peu de prison pour braquage et s'était rangé des voitures, comme il disait. Enfin, façon de parler, puisqu'il avait ouvert son propre garage. Une petite surface un peu plus haut dans le quartier. L'appartement de son père se situait deux étages au-dessus. Le sol jonché de livres, les murs tapissés d'affiches de films noirs américains et l'air puant le tabac froid et le whisky éventé, qu'il fasse jour ou qu'il fasse nuit. Quand Salomé venait, son père dépliait le canapé aux ressorts rouillés et lui laissait son lit ainsi que Mado, la grosse chatte rousse qui dormait vingt heures par jour. Le reste du temps, elle vivait avec sa mère, un peu plus bas, sur le boulevard de Belleville. Ses parents s'étaient séparés alors qu'elle n'avait pas cinq ans mais ils étaient restés dans le même quartier afin que Salomé puisse choisir chez qui dormir.

Sa mère n'aimait pas trop que la jeune fille voie son père, non pas en raison de ses activités, non, plutôt à cause de tout ce qu'il promettait et ne tenait pas, disait-elle. Elle ne voulait pas que sa fille soit déçue comme elle l'avait été. Mais Salomé l'adorait. Elle avait trouvé une arme dans une de ses commodes, et lui l'avait emmenée tirer dans un stand qu'il connaissait. Il lui racontait des histoires d'amitié et de sacrifice, lui apprenait la vie à sa manière, avec ses vieux principes d'honneur et de fierté, savoir combattre la peur, et surtout; être vigilante. Ne pas se laisser surprendre, et se méfier des garçons, évidemment.

Vigilante, elle aurait dû l'être, en entendant ce bruit de freinage dans son dos et ce claquement de portière. Des mains avaient saisi ses bras, ses yeux, sa bouche, alors que son cœur s'affolait dans sa poitrine. Trois hommes au moins. Elle tenta de se débattre mais se retrouva bloquée et soulevée tel un paquet. Elle entendit: « Vite, vite! ». Un bandeau sur la bouche, un autre sur ses yeux, le cri du chatterton enroulé autour de ses bras, et on l'allongea sur une couverture, tandis qu'elle sentait le véhicule chahuter sur les bosses de la rue Jourdain. Une voix rauque lui chuchota: « N'aie pas peur, petite, n'aie pas peur. On n'est pas des monstres, on te fera pas de mal. N'aie pas peur. » Et pourtant, cette voix avait tout l'air d'être celle d'un ogre. Malgré les cahots, malgré les rugissements du moteur, elle entendait battre son cœur à cent à l'heure.

Beaucoup plus tôt, au treizième trou du parcours de golf de Forges-Les-Eaux, Maxime Rollin, dix ans, jouait sur son portable high-tech en attendant que son entraîneur-caddy retrouve la balle qu'il avait volontairement envoyée dans les bois. Ses géniteurs étaient persuadés que le gosse détenait un talent international pour le putting, alors que Maxime ne prenait son pied qu'à emmerder l'armée de larbins que sa famille employait, à faire enrager sa mère à moitié dépressive, et décevoir son préfet de père.

Lorsque trois hommes cagoulés surgirent afin de s'emparer de lui, il ne trouva rien de mieux à faire que de hurler après son entraîneur en le traitant de lavette parce qu'il s'était couché au sol sous la menace des armes. Il tenta d'insulter ses ravisseurs, mais une claque surprise mit à mal son amour-propre tout en le stupéfiant de peur. Il se mit à chialer en précisant que son père était préfet et riche. En deux minutes, il se retrouva ligoté et bâillonné sur le sol en ferraille de la camionnette. Lui n'avait pas eu droit à la couverture, ni à la voix rassurante et glaciale.

Quelques heures plus tard, une petite fille de quatre ans était arrachée des bras de sa nounou alors que celle-ci attendait à un feu rouge dans le quartier de Boulogne-Billancourt: la petite Élisabeth Lauterbach, fille unique du commandant de police Erwan Lauterbach, et orpheline de mère. La pauvre nounou hurla comme une sirène de pompier jusqu'à ce que des tremblements la prennent et qu'elle fasse une sorte de crise épileptique qui exigea son hospitalisation immédiate.

Camille, Salomé, Maxime et Choupette, cela faisait quatre enfants kidnappés en l'espace de quelques heures. Et ce n'était pas fini.

Il restait, pour la bande de ravisseurs, à s'occuper du cas du jeune Enzo Vitalli, douze ans, tout comme Salomé, mais difficile à localiser. Le garçon séchait les cours et passait la moitié de sa vie dans la rue et à la piscine municipale de la place Villon. Il adorait nager, s'oublier dans la fraîcheur fluide en enchaînant les mouvements de bras et de jambes. Il ne jouait pas, ne plongeait pas, il faisait des « longueurs », d'un plot à l'autre, le visage à demi enfoui dans l'eau, jusqu'au manque de souffle, jusqu'à ce que ses bras ne soient plus que des bouts de chiffons. L'effort et sa douleur lui permettaient de ne pas penser. Ne pas se souvenir. Le contact de l'élément liquide lui rappelait le ventre de sa mère. Son père était cheminot à la gare de l'Est et bossait toutes les nuits de dix heures à six heures du matin. Le reste du temps, quand il ne dormait pas, il le passait à boire. La mère les avait quittés tous les deux pour refaire sa vie avec un jeune médecin de province.

A priori, Enzo ne la concernait plus. C'était la conclusion à laquelle son chagrin l'avait mené, transformant sa tristesse en dépit et en haine. De toute façon, il avait bouffé tant de couleuvres par la suite, que l'abandon de sa mère, à côté, c'était de la « gnognote ». Heureusement, sa tante habitait un immeuble proche du leur, près de l'hôpital Trousseau, et s'occupait du gamin, lavant ses vêtements, préparant des plats, ou lui donnant de l'argent de poche. Son père comme sa tante devaient avoir quelque chose à se reprocher: ils supportaient ses airs taciturnes, son silence constant, et le fait qu'il s'isole et disparaisse des journées entières. Son paternel, inquiet, avait fini par lui acheter un portable. Enzo savait déjà qu'il s'en servirait peu, mais il y avait des jeux dessus – Tetris, Solitaire – qui le fascinaient.

Il était en train de jouer quand il avait vu la camionnette garée devant son domicile. Ses vieilles baskets avaient ralenti leur rythme et un instinct de gosse pauvre en jouet le poussa à glisser son portable dans son slip. Il n'aimait pas reculer, ni baisser les yeux face aux adultes, il continua donc, malgré le sentiment de danger et, alors qu'il allait pénétrer dans la cour de son immeuble, il entendit la porte de la camionnette claquer. Il prit ses jambes à son cou.

Un homme l'attendait dans l'entrée du petit couloir menant aux escaliers de service. Un costaud, le visage recouvert d'une cagoule de motard. Il levait ses deux paumes en signe d'apaisement, lui bloquant le passage, tandis que les autres arrivaient dans son dos. Sa conscience comptait leur demander ce qu'ils voulaient, et cette pensée provoqua un séisme dans son âme, un terrible frisson glacé qui lui secoua le corps, poussant les larmes au bord de ses yeux. La peur et le dégoût venaient de ressurgir, inconsciemment, lui donnant envie de vomir son cœur. Le gosse savait qu'il ne supporterait pas. L'homme en face de lui put lire l'épouvante sur son visage. Il pensa que le gosse avait déjà dû subir des traumatismes. Il prononça de sa voix grave :

— N'aie pas peur, petit. Personne ne te fera de mal, je te le jure. Tu vas juste nous suivre. On n'est pas des monstres, c'est pas après toi qu'on en a, c'est après ton père, tu comprends ?

Enzo avait saisi le sens des paroles. Son cœur se remettait à battre normalement. Il devait servir de monnaie d'échange, rien d'autre. Mais pourquoi ? Son vieux était pauvre et… comment dire, inutile. Qui s'intéresserait à lui ? À moins qu'il ne se soit endetté. L'enfoiré ! Il sentit une main se serrer sur son bras gauche. Ses yeux croisèrent une dernière fois ceux de l'homme. Son regard lui indiqua d'y aller, en sécurité. Il redressa la tête et prit le sens de la marche en disant :

— Vous êtes quoi ? Des terroristes ? C'est quoi votre plan ? Faire sauter la gare ?

Un des gars se marra et répondit, alors qu'il le poussait dans la camionnette et que des mains le ligotaient :

— Ouais, c'est ça, on va faire tout sauter ! Tout ! La gare, la préfecture, toute la ville, BOUM ! Ah ! Ah ! Ah !

En l'espace d'une journée, cinq enfants avaient été kidnappés. Trois filles et deux garçons, et personne n'en entendit parler, rien dans les journaux, ni sur les réseaux sociaux. Cependant, à l'heure exacte où se produisait le rapt de sa progéniture, chaque parent reçut un avertissement – ainsi que des instructions – sous la forme d'un appel téléphonique, d'une lettre délivrée de la main à la main, ou d'un SMS.

Une des phrases du message était sans ambiguïté :

« Vous avez déconné, vous allez payer. »

ERWAN

— Mais, bon Dieu, elle n'a que quatre ans ! Quatre ans !

— Calme-toi, mon chéri, calme-toi. Tu vas avoir besoin de ton sang-froid.

Comme à chaque fois, Erwan Lauterbach fut surpris de la capacité de sa mère à le remettre sur les rails lorsqu'il s'emportait. Il se posa sur une chaise et sortit une cigarette en disant :

— Tu as raison, maman, excuse-moi.

— Ne t'excuse pas, je suis aussi folle d'inquiétude que toi, et n'allume pas cette cigarette à l'intérieur.

— Pardon.

Ils étaient dans son petit pavillon à Argenteuil. Un intérieur chaleureux aux tapis orientaux et aux tableaux encadrés de vieilles dorures.

Erwan se leva. Au moment où il passait près de sa mère, elle lui attrapa le bras.

— Attends, c'est pas grave. Fume ici. Reste avec moi.

Il la regarda avec chaleur alors que la main de sa mère serrait son bras, puis alla récupérer un cendrier sur une commode avant de retourner s'asseoir en allumant sa Camel. Ils restèrent un moment silencieux.

La petite avait disparu depuis la veille et son père avait l'impression d'avoir de l'électricité dans les veines. Comme les autres, il avait reçu les instructions des ravisseurs :

« Ne prévenez surtout pas la police, ni la presse. Surtout pas ! Sinon, vous ne reverrez jamais votre enfant. Vous avez déconné, vous allez payer.

Vous allez devoir réparer. Si vous faites ce que l'on vous demande, votre enfant sera libéré. Vous serez bientôt contacté par une personne que vous connaissez. Et vous comprendrez. Si vous n'obéissez pas, si vous prévenez qui que ce soit, votre rejeton mourra. Il n'y aura pas d'autre avertissement. Quarante-huit heures. Quarante-huit heures, et votre enfant vivra. »

Commandant à l'Office central de répression du banditisme de la PJ de Paris, il avait sollicité ses collègues les plus proches afin de lancer des recherches, sans pour autant leur dévoiler la vérité. Il leur avait demandé d'éplucher les dossiers des malfrats qu'il avait fait arrêter : pour l'instant il n'avait pas d'autre idée. Ensuite, il avait mis sa mère, Marine, au courant. Comment faire autrement ? Elle partageait sa vie avec Choupette.

Marine était une femme forte. Ancienne directrice de collège dans les quartiers difficiles, elle avait perdu son mari lorsqu'Erwan avait vingt ans – crise cardiaque –, et s'était raccrochée à son fils. Son enfant unique était sa vie, et elle le connaissait par cœur. C'était elle qui l'avait poussé à devenir flic, alors qu'il commençait à dériver après la mort de son père, volant des motos et commençant à prendre de la drogue. Elle lui avait dit : « Si les barreaux t'attirent tant que ça, autant que tu sois du bon côté ! » Et, à coups de pied aux fesses, elle l'avait forcé à préparer et à passer les concours de lieutenant de la sécurité publique.

Elle pensait avoir fait le plus dur pour son fils mais la vie n'en avait pas fini avec eux. Leur prenant Wendy, sa belle-fille. Et maintenant, la petite Choupette.

Elle se pencha vers lui.

— Donne-moi une de tes clopes.

La tête penchée à se bouffer les sangs, Erwan se redressa.

— Maman… Tu vas te remettre à…

Il laissa tomber devant son regard dur. Ce regard qui remettait les petites racailles du collège sur les bancs de leur classe.

— Tiens.

Il lui tendit paquet et briquet.

Sa mère fit brûler le bout de sa cigarette, puis aspira lentement la fumée avant de lui demander :

— À quelle heure elle est, la… la réunion ?

Les ravisseurs n'avaient pas menti dans leur message, Erwan était « convoqué ». Il allait pouvoir comprendre et, peut-être, avoir des nouvelles de sa fille.

— Tout à l'heure, en fin de matinée, chez l'adjoint du préfet.

— Le préfet Rollin, c'est ça, c'est bien lui ?

— Oui, c'est lui.

— Je ne l'aime pas !

— Je sais, maman. Tu le rends responsable de la mort de Wendy, mais c'est faux. Tout est de ma faute. J'aurai dû être là, près d'elle, au lieu de la laisser seule, ce soir-là. Je l'ai abandonnée, pour aller courir après cet assassin, le tueur des piscines…

— Parce que Rollin te l'avait demandé ! précisa sa mère d'un ton acerbe. Il avait pris cette affaire au sens personnel et il se servait de toi. Tu le sais. Il a outrepassé ses droits !

— C'était le directeur de la PJ, il… il faisait son boulot. J'aurais pu dire non, tout simplement… et Wendy serait encore en vie. Non, la vérité, c'est que cette histoire d'enfants me bouffait le cerveau, c'était devenu une obsession.

Marine Lauterbach secoua la tête en poussant un petit râle de rage, mais elle n'insista pas sur ce sujet, se contentant de répéter :

— Ce n'était pas de ta faute à toi, et… et pour Choupette aussi, tu n'y es pour rien. Mais… ça ne me plaît pas de savoir que ce… que Rollin est encore mêlé à ça.

Erwan posa un regard terne sur sa mère. Elle avait lu dans ses pensées. C'était vrai, il se sentait responsable de la disparition de sa fille. « Vous avez déconné. » disait le mot. Comme le soir où Wendy était morte ?

Il se leva pour aller jeter sa cigarette par la fenêtre, qu'il referma aussitôt. Dehors, l'air était froid, le temps neigeux. Il colla son visage près de la vitre et resta de longues minutes à regarder le ciel blanc.

Il se rappelait chaque détail de cette soirée, cette nuit où Wendy était morte. Choupette venait d'avoir un an et ils l'avaient laissée à grand-mère Marine jusqu'au lendemain, à Argenteuil justement. Un ami corse, Aimé Calvini, malfrat repenti, venait d'ouvrir un restaurant à Saint-Germain, un établissement classe, gambas flambées et grand crus en cave. Il avait invité Erwan et Wendy, pour remercier le flic de l'avoir aidé des années plus tôt. Les deux hommes avaient passé des nuits blanches en garde à vue sur une affaire de braquage d'un supermarché. Le gangster avait négocié ses aveux dans un braquage en échange de la libération de son complice, son neveu, qui n'avait que dix-huit ans. Erwan avait accepté et effacé le gamin du rapport. Le Corse avait purgé sa peine et s'était lancé dans la restauration. À présent, il les conviait dans le restaurant qu'il venait d'ouvrir, en souvenir « du temps passé ». A priori, Aimé s'était rangé, mais Erwan aurait dû se douter qu'un malfrat reste toujours lié aux autres malfrats.

À l'époque, Erwan enquêtait sur la série de meurtres du tueur des piscines. Toute la France en parlait, et le directeur de la PJ, Jean-Claude Rollin était directement impliqué. Le fils d'une de ses relations avait été retrouvé étranglé dans les vestiaires de la piscine d'Asnières. Les mois précédents, et, malheureusement, les suivants, d'autres enfants avaient subi le même sort. L'équipe de Lauterbach était en première ligne, mobilisant toutes ses ressources et ne lésinant pas sur les heures supplémentaires. Chez Aimé, alors que la soirée était bien avancée, le portable d'Erwan sonna. C'était son patron, Rollin. Un véhicule repéré sur le parking de plusieurs piscines où s'étaient déroulés les meurtres avait été retrouvé à moitié carbonisé dans une cité de la banlieue sud. Ça pouvait ne rien donner, il s'agissait de faire des analyses et un de ses adjoints aurait pu s'en occuper, mais Rollin insista pour qu'Erwan se « bouge le cul » et se rende sur place afin de lui faire son rapport.

Il s'excusa en proposant à Wendy de rester afin de terminer son repas, il pensait en avoir pour une heure ou deux. La femme d'Aimé ainsi que leurs grands enfants s'étaient joints au couple et son ami s'offrait de raccompagner Wendy, si jamais Erwan n'était toujours pas revenu.

La voiture repérée, une fourgonnette Renault, ne donna rien. Elle avait été volée la veille et on avait essayé de l'enflammer dans cette banlieue où les distractions étaient rares. Tandis qu'il remontait sur Paris, il eut un pressentiment : Wendy devait l'appeler pour lui dire qu'elle était bien rentrée, et il n'avait reçu aucun message. Erwan fonça au restaurant.

En voyant les gyrophares tournoyer devant la façade, il eut l'impression que son cœur se mettait à fondre comme du vieux plomb.

Les tueurs avaient attendu la fermeture. La femme d'Aimé et ses enfants avaient rejoint l'appartement au-dessus du restaurant et le Corse baissait la grille en compagnie de Wendy, quand un déluge de balles s'était abattu sur eux.

Un vieillard qui promenait son chien avait tout vu. La BMW était arrivée tout doucement et les vitres s'étaient baissées. On retrouva une cinquantaine de douilles, Le rideau de fer comme les corps étaient déchiquetés.

Les jours qui suivirent, le flic sombra. Incapable de s'occuper de sa fille, que sa mère gardait, brisé par la violence de la mort de sa femme, il avait commencé à boire, puis à prendre de la morphine qui l'abrutissait. Il l'aimait tellement… Les gens qui le connaissaient, savaient qu'il n'avait pas le choix. Sans l'alcool, sans la dope, Erwan aurait été capable de se mettre une balle dans la tête.

Il mena une enquête de tous les diables pour retrouver les tueurs. Des hommes, sans doute, venus exprès de « l'Île » pour accomplir leur sale besogne et disparaître aussitôt. Il ne trouva nulle trace d'eux, pas le moindre indice tangible. Même la voiture ne fut jamais retrouvée.

Sous la pression de Rollin, il se replongea dans l'affaire des enfants assassinés. Son patron réussissant à le convaincre que tout était arrivé à cause de ce maudit tueur des piscines. Erwan s'y était accroché, jusqu'à commettre l'irréparable, pour pouvoir l'arrêter. Mais il le fallait: sur le moment, c'était ce qu'il fallait faire. Il n'avait pas eu le choix. Le jour où la porte de la prison centrale s'était refermée sur cet homme, Lauterbach avait cessé de boire et de prendre des cachets, il avait récupéré sa fille et s'était juré de se consacrer exclusivement à elle. À présent que l'homme était condamné, Erwan pensait avoir accompli sa mission envers Wendy, même s'il savait que c'était faux, que ce n'était pas fini et ne le serait jamais.

Puis il avait obtenu sa promotion, passant de capitaine au grade de commandant, ce qui lui permit d'avoir un peu plus de temps pour Choupette, un meilleur salaire et plusieurs groupes de la BRB à gérer. Des hommes dont il n'acceptait pas la moindre incartade à la loi.

Trois années étaient passées, les assassins de Wendy n'avaient jamais été identifiés, le tueur des piscines se trouvait en prison pour le restant de ses jours. La vie, pour le commandant Lauterbach, avait repris un cours paisible, empli d'instants de bonheur passés avec sa fille. Choupette, qui venait de se faire enlever par un groupuscule mystérieux.

Tout recommençait.

TRANCHANT

Le juge Jacques Tranchant gara sa Laguna sur sa place réservée. Le regard vague, la boule au ventre, il descendit de voiture. Il essayait de faire bonne figure, mais était ébranlé de tout son être. Quinze heures que sa fille avait disparu. Les services du préfet l'avaient appelé la veille au soir pour le convoquer, lui demandant de garder le secret le plus absolu sur l'affaire.

Il avait presque hésité à en parler à sa femme, Maryse, tant les recommandations du directeur de cabinet ressemblaient à des ordres de vie ou de mort. Mais comment aurait-il pu taire la moindre information à une mère sur la disparition de sa propre fille ?

Maryse Marchand, quarante-quatre ans, était chef de produit pour une grande marque de cosmétique et se trouvait à New York lorsque l'impensable s'était produit. Il l'avait jointe par téléphone et elle l'avait supplié de contacter un de ses amis commandant à la PJ afin de mettre en route le processus d'« alerte enlèvement » et tout le toutim médiatique qui allait avec.

Sur le moment, il n'eut pas le courage de lui parler du mot qu'il avait reçu, préférant attendre son retour, lui assurant qu'il faisait tout son possible.

Respirant profondément, Tranchant essayait de calmer les battements de son cœur. Il repéra la sortie habituelle qui menait aux sous-sols du palais de justice, sauf qu'aujourd'hui, c'était à la préfecture qu'il se rendait. Bon Dieu, il avait un mal fou à se contrôler. À présent qu'il se retrouvait seul dans ce grand parking glacé, il avait envie de chialer. Même si, de par son métier il avait été confronté aux pires faits-divers et à une quantité incroyable d'abominations comme un homme ou une femme peuvent en faire subir à autrui, il n'aurait jamais imaginé qu'un tel acte puisse un jour l'atteindre, lui, personnellement. Il n'y était, tout simplement, pas préparé.

Dans son appartement luxueux de la place Pereire, à l'école catholique de sa fille, ou même, au Monoprix de son quartier truffé de vidéosurveillance, son environnement géographique était censé être un des plus *safe* de France. Quant à ses activités, ses parties de squash et de bridge, ses sorties au théâtre, et deux fois par an, à Disneyland avec la petite et sa nounou, tout était géré, préparé et financé pour jouir du meilleur. Une sorte de cocon régulé par l'argent, un de ces fameux salaires de fonctionnaires à huit mille euros par mois (plus les avantages) qui faisait sombrer les caisses de l'État.

Plus encore que l'angoisse de savoir sa fille seule et en danger, c'était le fait d'avoir été attaqué qui le faisait vaciller. Eh oui, on n'a plus le même instinct paternel à cinquante ans passés qu'à trente ! Tranchant avait déjà été marié et était père de grands enfants. Sa dernière fille, Camille, passait son temps dans les bras de Fati, sa nounou, et la seule préoccupation de ses parents était de réglementer ses activités – violon, danse et cours d'anglais –, ainsi que ses besoins matériels. Ils ne connaissaient même pas le nom d'une seule de ses copines et à peine la classe de primaire où elle se trouvait, CE2 ou CE1 ? Pire que tout, il avait déjà envisagé sa disparition ainsi que les conséquences, financières, logistiques, familiales et dans sa vie de couple – il avait entendu parler d'un psychiatre efficace – qui en découleraient. Il avait eu le temps d'y réfléchir, de rester concret comme il disait.

Comment pouvait-il penser ainsi ?

Ce n'était pas lui, c'était la machine que son esprit était devenu au fil des procès, des petits conflits hiérarchiques et du besoin de tout gérer, jusqu'aux moments de sexe avec Maryse.

Non, pensa-t-il, et il respira à nouveau un grand coup, serrant les poings et plissant des yeux. Des larmes brûlaient sous ses paupières. « Camille, ma fille, ma chérie, je te jure que je te prendrai dans mes bras chaque fois que je te verrai, que je te couvrirai de baisers et te comblerai d'amour, sois confiante, ma chérie… » Il envoyait sa prière, se rendant bien compte de son hypocrisie, il cherchait à se déculpabiliser, mais il sentit comme un lien avec sa fille, quelque chose de chaud qu'il n'avait pas éprouvé depuis des années.

Il venait de s'apercevoir qu'il l'aimait. Comme si, finalement, il suffisait d'y penser. Ça le bouleversa et il eut envie de crier sa rage et son impuissance. Il était trop tard, il ne pouvait plus la serrer dans ses bras !

Pour elle, pour Maryse, il se ressaisit et chassa ses larmes en s'engageant dans l'escalier qui menait à l'extérieur. L'heure n'était pas aux atermoiements, jugea-t-il, ses pensées devaient plutôt se diriger sur les raisons de la disparition de sa fille, et sur son implication éventuelle en tant que juge.

Il avait « déconné ». Et il allait devoir « réparer ».

NATHALIE

Bien qu'elle n'ait pas de place réservée, sa carte du barreau de Paris lui permettait d'avoir accès libre au parking du palais.

Mais, ce jour-là, ce n'était pas en tant qu'avocate que Nathalie se garait, de même qu'elle n'avait pas l'intention d'aller au palais, mais à la préfecture. Tout comme le juge Tranchant. Elle le connaissait de nom, et un peu de vue, et, de toute façon, ne l'aurait pas salué si elle l'avait croisé, alors qu'ils se rendaient exactement au même endroit et pour la même raison.

Nathalie Ruiz, quarante-six ans, brune et sexy avec un côté *destroy,* comme disait sa fille, n'avait pas toujours été avocate. Sa vie professionnelle avait été bien remplie. Munie d'une licence de droit, elle avait attaqué comme barmaid de discothèque, puis serveuse et cuisinière d'un petit restaurant qu'elle avait monté avec une amie à Montpellier. Elle s'était ensuite essayée au time share et à la vente de culottes amaigrissantes par téléphone pour finir VRP dans une boîte orthopédique à sillonner la France en essayant de fourguer des ceintures lombaires à des pharmaciens et des cliniques, pendant une bonne dizaine d'années.

Un plan social lui avait permis de profiter d'un DIF et de reprendre ses études afin d'obtenir un master et de passer le concours du barreau de Paris. Et ainsi, réaliser un de ses rêves, devenir avocate, à trente-trois ans. Depuis, elle en avait vu des divorces, des litiges commerciaux ou professionnels, mais ce qu'elle voulait, c'était du pénal. Elle se rendait donc dans les prisons et proposait ses services. C'était à cette époque qu'elle avait rencontré l'homme de sa vie, Matéo Rizzo, voleur de voitures à ses heures.

Il était en garde à vue au commissariat de Montmartre, suite à une bagarre dans un bar de la Butte. Intriguée, Nathalie était intervenue en tant qu'avocate commise d'office. L'homme semblait se moquer de sortir ou pas. Le patron du bar disait que Matéo voulait le racketter alors que le voyou de quarante ans soutenait qu'ils avaient une dette en cours. Cependant, ses principes lui interdisaient d'en parler aux flics. Nathalie était retournée dans le bar et avait fait retirer sa plainte au patron. Au moment de le libérer, elle avait demandé à Matéo comment il comptait la payer, tout en le brûlant du regard. Un sourire intrigué sur les lèvres, il l'avait interrogée de ses yeux noirs, elle l'avait pris par la main, pour l'emmener dans les toilettes du commissariat. Ils avaient fait l'amour dans deux mètres carrés, faisant monter la température de leurs corps à quarante degrés. Un coup de foudre viscéral et animal.

Matéo était le genre de gars à l'emmener jusqu'à Saint-Trop dans une voiture de sport alors qu'ils sortaient de soirée, pour finir la nuit dans une paillote et se réveiller face à la Méditerranée. Ils passaient des journées sans sortir du lit de son petit deux-pièces, se faisant livrer des pizzas, buvant du whisky de vingt ans d'âge et fumant des pétards en regardant *The Walking Dead* en VO. Par la suite il lui présenta des « amis » qui avaient besoin d'un avocat, et elle, lui avait donné une fille, Salomé, l'amour de leur vie à tous les deux.

Bien qu'ils s'aiment et malgré leur fille, Matéo continuait de jouer au poker avec ses potes, et de revenir de certaines soirées avec l'odeur d'une autre sur la peau. Nathalie avait enduré, car l'étincelle brillait encore. Il avait tenté de se faire pardonner, mais elle savait qu'il ne changerait jamais.

Ils s'étaient séparés en douceur, pour la petite, elle avait six ans. À présent, elle approchait des treize, et un malade l'avait kidnappée.

Nathalie avait appelé Matéo. Il faisait actuellement marcher toutes ses relations pour essayer de découvrir qui avait osé faire ça. Jurant à son ex-femme qu'il n'y était pour rien, qu'il n'avait aucune dette ni saloperie sur la conscience pouvant mener à ce genre d'acte. Elle l'avait rassuré en lui parlant du SMS qu'elle avait reçu quelques minutes à peine après la disparition de leur fille. C'était elle la responsable de ce qui était arrivé. Bien qu'elle n'en sache pas la raison. Mais ce n'était plus qu'une question de minutes.

Le directeur de cabinet du préfet l'avait contactée la veille pour la convoquer au « sujet de la disparition de votre fille », lui imposant la discrétion la plus absolue.

Elle courait presque sur le boulevard glissant, le rendez-vous était fixé à 11 heures, dans une vingtaine de minutes, mais son inquiétude la poussait à essayer de faire accélérer le temps, alors que son cœur s'agitait tel un chat furieux. Elle n'avait qu'une fille, pour qui elle s'inquiétait en permanence, et voilà qu'à présent, et par sa faute… Pitié, mon Dieu, pitié, priait-elle. Nathalie savait que s'il arrivait quoi que ce soit à Salomé, elle en mourrait, elle se suiciderait, se détruirait… Ce n'était pas des pensées en l'air.

Matéo attendait son retour de la réunion. Espérant un indice, un nom, n'importe quoi qui lui permettrait de se mettre en chasse pour retrouver sa fille, et massacrer l'homme qui l'avait kidnappée.

En attendant, Nathalie se demandait, elle aussi, où elle avait bien pu « déconner », et si elle pouvait « réparer ».

ELVIO

« Réparer » Des siècles que ce mot ne signifiait plus rien aux yeux d'Elvio Vitalli. Il avait tout foiré. Toute sa vie. Tant que ça ne concernait que lui ! Mais en plus il avait réussi à faire foirer la vie de son fils. Il savait que le sort ne l'épargnerait pas. Des années qu'il subissait la poisse, et à présent, c'est sur Enzo qu'elle s'acharnait. Elvio se trouvait là où il devait être, accroché à un comptoir de zinc, un quatrième verre de rhum posé face à lui, l'odeur de l'alcool lui piquant presque les yeux.

Alcoolique, ouais, ça ne signifiait rien pour lui. Ce qu'il voyait, ce qu'il désirait, c'était un châtiment. S'empoisonner, se noyer, se blesser, jusqu'à se rendre malade, gerber. Tous les jours que Dieu fait, des braises de l'aube jusqu'à la dernière lueur du crépuscule, il buvait. Un besoin de se détruire, pour se punir. Comme ces moines extrémistes en pénitence, il se fouettait le cœur, jusqu'à le noyer dans son propre sang. Jusqu'à avoir ce regard hypnotique et absent, qui lui faisait faire encore plus de conneries, comme de négliger son fils.

Pourtant, gamin, il avait eu un côté rêveur, presque intellectuel pour sa famille paysanne du Bordelais. Le vieux tapait la mère, et sa fille, qui avait fini par se barrer pour s'installer dans le nord de la capitale, au bras d'un routier. Le beau-frère n'avait d'ailleurs pas tardé à reprendre les habitudes du paternel sur sa femme. Une brute.

Elvio aussi avait quitté le bled, pour suivre une Parisienne, un amour de vacances. Un petit studio dans le 18ᵉ, et déjà il picolait. Une histoire classique, sauf que sa femme, après quatre années de vie commune et un marmot de six ans dans les jambes, avait rencontré le grand amour. Celui qui emporte tout sur son passage, jusqu'à la fibre maternelle. Elle les avait abandonnés. Tous les deux, un matin, pour disparaître à jamais. Et ce con d'Elvio n'avait rien trouvé de mieux que de se lamenter, plongeant un peu plus dans l'alcool. Une sale période pour le père comme pour le fils.

Lorsque son père allait travailler, Enzo était confié à la tante et à son tordu de mari. Tant que celui-ci parcourait des kilomètres, ça allait. Mais, un beau jour, une phlébite le priva de nationales. Il dut rester à la maison. Lui aussi aimait les apéros, le vin rouge à table et le rhum dans le café.

Il aimait aussi cogner sur tout ce qui passait à sa portée. Et Enzo grandissait, se rapprochant de sa longueur de bras. Elvio ne voulait pas penser à ce que son fils avait subi à cause de lui. L'état dans lequel, parfois, il le récupérait, alors que sa sœur le déposait chez eux en lui faisant jurer de ne pas le ramener. Mais Elvio travaillait la nuit, et buvait le jour, il le ramena à sa sœur, et à son beau-frère.

Jusqu'au jour où il remarqua ce… ce gouffre au fond des yeux de son fils et qu'il se demanda à quand remontaient ses derniers mots. Il se rendit compte qu'Enzo lui ressemblait de plus en plus, quand il était fin bourré, abruti comme un drogué sous hypnotique.

Le cœur déchiré, il secoua son enfant pour savoir, pour comprendre.

D'y repenser, dans ce bar cossu du boulevard du Palais, des petits murs de larmes lui bouffèrent les pupilles.

Il s'envoya le verre de rhum.

Enzo, mon Dieu, Enzo, me pardonneras-tu un jour ?

À cette époque-là, l'alcool l'écœurait, plus rien ne pouvait passer le long de sa glotte. Il devint « clair » et, en conséquence, de plus en plus lucide sur l'état de son fils. Il alla voir une assistante sociale qui l'envoya chez un pédopsychiatre. Le jeune médecin lui expliqua ce qui s'était « probablement » passé. Les coups, et d'autres choses. Elvio décida de massacrer son beau-frère. Il alla chercher l'homme avec sa voiture à la sortie d'un bar et l'emmena dans les bois de Sénart où ils s'expliquèrent. Au retour, ils eurent un accident de voiture.

Des conneries, encore et toujours. Il avait fini dans le car de Police Secours, et pour le coup, manqua perdre définitivement son fils. Direct à l'Assistance publique, c'est là que l'administration voulait l'envoyer. Par chance, le capitaine qui l'interrogeait avait été compréhensif, et l'avait relâché.

Il avait fini par récupérer Enzo et, enfin, prendre soin de lui. Mais, comme une longue pente douce, la bière, puis le vin, puis à nouveau le rhum l'avaient rattrapé. Sa sœur lui était redevable, et elle s'occupait du mieux qu'elle pouvait d'Enzo, maintenant que sa brute de mari avait disparu. La vie avait repris son cours, dégueulasse et vicelarde. Le flic était revenu le voir, c'était trois années auparavant, Elvio avait plongé dans son histoire.

Et maintenant, son fils Enzo avait été kidnappé.

Un gamin lui avait délivré un message au bistrot où il se biturait après sa nuit de travail. Il lui fallut des heures pour réaliser, et pourtant… Enzo, marqué par la poisse.

Lui aussi…

Il en était arrivé au bon point, pas assez bourré pour tituber, mais ce qu'il fallait pour avoir l'esprit brumeux et volontaire. Il régla sa note et sortit en respirant un grand coup. Il s'attendait à tout. Si le préfet l'avait convoqué, c'était certainement pour lui annoncer qu'on avait retrouvé le corps de son petit. Que pouvait-il espérer d'autre ?

ROLLIN

— Oui, monsieur le ministre, bien sûr, ne vous inquiétez pas. Je vous tiens au courant, oui, c'est ça, à très bientôt.

Le préfet Rollin raccrocha et resta le regard fixe un long moment, le visage aussi froid que l'acier d'une lame de guillotine. Il venait d'obtenir ce qu'il désirait : deux jours de silence et carte blanche afin de gérer toute l'affaire. Cinq enfants kidnappés, les ravisseurs ne voulaient pas de publicité et cela tombait plutôt bien. La veille, il avait reçu le DVD avec leurs instructions et exigences et par la suite n'en avait pas dormi de la nuit. Échafaudant un plan, son plan, afin de récupérer Maxime et réduire cette affaire au néant.

Jean-Claude Rollin, adjoint du préfet de Paris, et préfet lui-même, était le cinquième parent dont on avait kidnappé l'enfant.

Rollin sortait de l'Assistance publique de Marseille, et avait appris à se battre sur les bancs des réfectoires. Son statut de pupille de la Nation lui avait permis de passer le concours de la sécurité publique alors que tous ses potes devenaient des voyous. Ses premiers galons de lieutenant de police judiciaire à l'Évêché, il les avait gagnés en balançant ses anciens compagnons de chambrée. Mais pas tous : il avait pris soin de rester ami avec ceux qui avaient su prendre de la valeur dans le milieu marseillais.

Presque quarante ans après, Jean-Claude Rollin était toujours un apparatchik. Un homme de la « base », comme il aimait à le dire, qui avait gravi les échelons de la police un à un, serrant les poings et filant des coups de pied dans les gencives de ceux qui le collaient trop près du derche. Trahison, compromission, retournement de veste : une âme de politique pour un futur politique. Ses chefs voulaient du résultat, il leur apportait du résultat. Il se foutait des moyens, quitte à ce qu'ils soient limites.

Et des saloperies, dans sa vie, il en avait fait faire… sans jamais se salir les mains, c'était là que résidait son génie.

Cela lui avait permis de passer capitaine, puis commandant, jusqu'à commissaire principal et directeur de la PJ, et, depuis deux ans, il avait été nommé au poste de numéro deux de la préfecture de police de Paris. Ce n'était qu'une étape, la dernière, avant l'accession finale : d'ici trois ou quatre ans, il serait nommé préfet et ensuite, encore une demi-douzaine d'années, peut-être même moins, cela dépendrait des présidentielles. Rollin travaillait d'arrache-pied, façonnant son réseau, montant ses dossiers, afin d'obtenir le prestigieux fauteuil de ministre de l'Intérieur. C'était écrit quelque part sur une des cartes de sa destinée, il finirait sa vie ministre d'État. Des années de travail pour atteindre les sommets, et aujourd'hui, tout risquait de s'écrouler.

À cause d'un salopard qui lui avait pris son fils.

C'était hors de question. D'autant qu'il n'y avait pas que son avenir en jeu. Non, son angoisse la plus forte venait du fait qu'il risquait de perdre son fils, son unique héritier. Son bien le plus cher. Rollin avait déjà deux filles d'un premier mariage, qu'il avait pratiquement reniées, quant à la mère du petit, une ancienne miss quelque chose, une « bimbo » dont la famille très riche avait été heureuse de se débarrasser en la lui refilant. Un « accessoire » qui se gonflait de Botox et se droguait aux antidépresseurs arrosés de vodka. Il la croisait de temps en temps dans leurs six cents mètres carrés de l'avenue de Friedland, entre deux domestiques et un chauffeur.

Rollin était orphelin de naissance, et dans son esprit, les liens du sang touchaient à l'irrationnel. Depuis qu'il avait appris le kidnapping de son cher et tendre enfant, il s'était juré de tout faire pour le récupérer, lui et lui seul, dans un premier temps. Ensuite, il devrait s'occuper de régler cette « connerie » qu'il avait faite, ce chantage des ravisseurs qui risquait de lui faire tout perdre politiquement, quitte à mettre en danger la vie des autres enfants.

Rollin avait un principe, il agissait par ordre de priorité, en mettant dans la balance ses propres intérêts. La vie, les gens, la société, ne lui avaient jamais fait de cadeau. Tout ce qu'il avait obtenu, il avait dû le prendre, par la force ou la ruse. Pourquoi en ferait-il, lui, des cadeaux ? Certes, cela serait dommageable que des enfants périssent, mais, aux yeux de Rollin, la vie était trop courte pour qu'on puisse se payer le luxe et le temps de se soucier de celle des autres. Une philosophie en adéquation avec les personnes de sa classe.

À présent, il allait mettre en place son plan. En tout premier, il allait avoir besoin d'une discrétion absolue, et ça tombait bien, ça faisait partie des revendications des kidnappeurs. Ensuite, il avait déjà sa petite idée afin de récupérer son fils et ne doutait pas qu'en y mettant les moyens, il y arriverait. Enfin, Rollin ne devait pas négliger les obstacles qui risquaient de se dresser entre lui et ses objectifs.

Les parents.

Il les connaissait tous et aucun n'allait être facile à gérer. Lauterbach, par exemple, il avait réussi à le manipuler quelques années auparavant, en échange d'une belle promotion, mais il le savait fragile. Le genre de con à avoir une conscience. Capable de déborder les lignes, normal, le pauvre homme avait déjà perdu sa femme, que ne ferait-il pour sa gosse ? Quant au juge Tranchant, il n'avait rien vu venir, le réveil allait être difficile. Mais c'était un mec droit, du style qui croit aux principes de la République, Rollin pensait qu'il saurait la fermer. Par contre, l'avocate, Nathalie Ruiz, il allait falloir la raisonner en jouant sur la fibre maternelle.

Quant au dernier, ce Vitalli que Lauterbach avait déniché, ce n'était pas un problème. Une merde. Le préfet le ferait incarcérer s'il le fallait. Qui se soucierait d'un futur chômeur alcoolique ?

Ils allaient arriver à onze heures précises, mais avant, Rollin devait recevoir le procureur général et son conseiller aux renseignements afin de mettre en place la réunion. Ils devaient s'imaginer qu'il les avait convoqués en tant que directeur de cabinet du préfet de police, et que tous les flics de France étaient sur l'affaire.

Ils allaient l'imaginer comme leur sauveur, alors que c'était lui, Rollin, le responsable de toute cette merde.

Et c'était pas fini.

SALOMÉ

Salomé se réveillait tout doucement. Elle se sentait nauséeuse, des bribes des derniers événements lui revenaient en mémoire. On l'avait gardée enfermée dans une camionnette, attachée avec du scotch, la bouche et les yeux recouverts. Elle se souvenait être restée des heures et des heures dans cette camionnette. La préadolescente pensait se trouver dans un entrepôt. À l'extérieur du véhicule, les voix des hommes résonnaient, ainsi que les moteurs des voitures arrivant et repartant. Les portières avaient claqué et un gamin s'était retrouvé près d'elle. À ses grognements, elle pensa reconnaître un garçon. D'autres les avaient rejoints, ils s'étaient cognés les uns aux autres, en couinant à travers leur bâillon, aveugles et maladroits tels des chatons d'à peine quelques heures. Salomé avait senti une toute petite fille sur sa droite. Instinctivement, elle s'était rapprochée d'elle.

Les hommes cagoulés leur avaient enlevé leur bâillon pour leur faire boire une soupe sortie d'un thermos. Salomé reconnut la marque du produit en brique que sa mère achetait à la superette du coin. Une voix d'homme, celle qui glaçait le sang et réchauffait le cœur en même temps, leur parla :

— On ne va pas vous faire de mal. Bientôt, dans quelques heures, vous rentrerez chez vous. En attendant… vous devez boire cette soupe.

Au même moment, une autre voix lui brisa l'âme, la petite fille qui pleurait :

— Papa, papa, je veux mon papa…

Salomé se baissa en tâtonnant, elle glissa sa joue contre celle de la fillette en balayant ses larmes chaudes pour lui chuchoter :

— N'aie pas peur, n'aie pas peur, je suis là...

Cela n'eut pas l'effet escompté, du moins sur Salomé. De sentir les larmes et les tremblements de la môme lui donna envie de pleurer à son tour. Elle renifla un bon coup et embrassa le nez et le bandeau sur les yeux de la petite avant qu'on ne les sépare pour leur remettre leur bâillon.

Soudain, elle ne trembla plus, le froid la quitta et elle se sentit bien. La soupe était droguée, quelque chose comme une marée, une ombre chaude, qui montait dans son cerveau et dans son corps, l'engourdissant. Elle sombra dans le sommeil.

La lumière du jour, étrangement blanche, et le silence, un silence absolu, mais aussi, un léger mal de tête accompagné du retour de la peur. Elle se redressa, repoussant la couverture, et regarda autour d'elle, cherchant un moyen de s'échapper, de rentrer chez elle. Quelqu'un l'avait déposée, endormie, sur un matelas de camping gonflable. Elle et les autres ; des enfants. Trois, quatre, certains s'éveillaient au milieu de la grande pièce moquettée. Ses yeux repérèrent la porte, de forme ovale avec une grosse poignée, comme sur les frigidaires. Les fenêtres aussi étaient étranges, des hublots, tous peints de blanc, pour ne pas que l'on voie l'extérieur, ou bien, que l'extérieur ne vous voie.

La porte était fermée, ils étaient seuls dans cette sorte d'immense salon. S'y trouvait un canapé d'angle, un écran plat, une table ronde scellée dans la moquette entourée de six chaises blanches modernes, le bas en forme de verre à pied, qui devaient pivoter et être aussi fixées au sol. Des commodes et placards le long des murs gris clair, une bibliothèque remplie de livres, de jeux de société et, au fond, une cuisine à l'américaine. Juste à côté, une porte entrouverte.

Salomé se leva, un jeune garçon allongé la toisa en clignant des yeux. Elle tituba sur deux pas, puis reprit son équilibre pour aller jusqu'à la porte. Il s'agissait d'une salle de bains, avec un cabinet de toilette. L'esprit encore brumeux, elle referma la porte et baissa son jean pour s'asseoir sur la cuvette.

Lorsqu'elle ressortit, elle vit que le garçon s'était levé. Un trait d'angoisse similaire barrait leur front. La bouche pâteuse, aucun des deux n'avait envie de parler. Le gamin devait avoir un ou deux ans de moins qu'elle, dans les dix, onze ans. Le cheveu, comme l'œil, sombre et brillant, il portait un pantalon de survêtement noir et un gilet en polaire de même teinte. Aux pieds, des baskets usées de la couleur des caniveaux. Limite manouche, ou poulbot, parigot, du 18e. La jeune fille pour sa part, était en jeans, converse et tee-shirt à manches longues marron, un dragon rouge en motif sur le devant. Ses longs cheveux blonds noués en queue de cheval, faisant ressortir ses yeux bleus sur sa peau pâle de Parisienne. Le blond russe de ses cheveux était d'une uniformité confinant à une coulée d'or. Le garçon, Enzo, ne put s'empêcher de penser: « V'la l'genre… la plus belle fille de la classe… »

Mais elle avait le regard dur, concentré. Au fond de la pièce, une gamine dans les huit ans, châtain clair, émergea de sous sa couette, à côté d'un autre garçon au visage rond comme un ballon, du même âge que le premier mais habillé comme un bourge avec son pull jacquard et son drôle de pantalon à la Tintin. Les yeux effrayés, il regardait autour de lui tout en restant scotché sous sa couvrante. Salomé se précipita vers le dernier matelas, recouvert d'une petite forme, emmitouflée. Elle s'agenouilla pour soulever doucement un coin de la couette. Un bout de chou, quatre ans au maximum, suçait son pouce en serrant son lapin en peluche, le sommeil agité. La jeune fille sentit battre son cœur plus fort en pensant: « C'est presque un bébé… »

Le petit gros se mit à brailler:

— Où qu'on est là? Qui vous êtes d'abord?

Le ton de sa voix dévoilait une suffisance proche de l'insulte.

Salomé lui jeta un regard assassin en se retenant de crier.

— Ferme-la. Parle moins fort, tu vois pas qu'elle dort?

— Qui t'es toi? J'te connais pas, t'as pas à me donner des ordres.

Salomé avait envie de le claquer. Elle l'observa se mettre debout et tourner les yeux dans tous les sens. La petite de huit ans s'était levée, elle aussi. Repérant aussitôt la grande, elle vint se coller à ses côtés.

Ses grands yeux exprimaient tout ce qui lui passait dans le corps et dans la tête, peur de l'abandon, peur des coups, peur de l'inconnu. Sa voix bégayait presque quand elle demanda:

— Ils t'ont emmenée, toi… toi aussi?

Salomé la prit contre elle.

— Oui, moi aussi. N'aie pas peur, ça va aller. Regarde, on est au chaud et il y a même la télé. D'accord?

Elle sentit les bras de la gamine la serrer de toutes ses forces.

— Ça va aller, répéta-t-elle. Ils nous ont dit qu'on allait bientôt rentrer chez nous, tu n'as pas entendu?

— Si. Mais on est sur un bateau, là, non? Ils vont peut-être nous emmener très loin. Très, très loin, pour nous vendre, non?

Un frisson secoua l'adolescente, la petite n'avait pas tort.

— Non, je ne crois pas. Le bateau ne bouge pas, et puis... On restera ensemble quoi qu'il arrive. La police va nous retrouver, tu vas voir, ma mère est avocate, elle connaît plein de policiers.

— Et le mien il est le juge du palais de justice, il va demander à tous les commissariats de nous retrouver.

Ça amusa la grande.

— Bon alors tu vois, ça va aller ! Hein, ça va aller ?

— Oui.

C'était un tout petit oui.

Salomé la repoussa doucement, ses cheveux s'emmêlaient dans les larmes de son visage.

— Je m'appelle Salomé.

— Et moi Camille.

— T'es de Paris ?

— Oui. De Neuilly.

— Moi je suis à Jourdain, tu connais ?

— Non.

— Et Belleville, tu connais ?

— De nom.

— C'est là.

— T'es en quelle classe ?

— En cinquième, et toi ?

— CE2, chez madame Rotomondo.

Salomé se permit un sourire en répondant :

— Je la connais pas.

Camille sourit à son tour.

— Je sais, c'était juste pour dire.

Ils sursautèrent en entendant résonner des coups, le petit gros piquait une crise.

— Ouvrez, je veux sortir, je veux mon portable, je veux appeler mon père !

Cet abruti tambourinait contre la porte d'entrée du salon.

Le sang de Salomé se mit à bouillir.

— Arrête de taper ! Qu'est-ce que tu fous, t'es complètement barge ou quoi ?

Le gros lui lança un regard furibard, puis continua à cogner comme un dingue.

— J'ai faim, je veux mon portable, ouvrez !

L'adolescente sentit ses ongles s'enfoncer dans les paumes de ses mains. Elle porta ses yeux vers le deuxième garçon qui s'était rapproché des hublots pour essayer de voir à travers les bandes de peinture. Il lui répondit d'un haussement d'épaules. Puis, sous le regard insistant de la blonde, soupira et se dirigea vers la porte. Le geignard avait collé son oreille contre pour essayer d'entendre quelque chose. Enzo l'apostropha d'une voix lente :

— Hé toi ! Comment tu t'appelles ?

— Maxime. T'as un portable ?

— Ha, d'accord… Moi, c'est Enzo.

— T'as un portable ? T'as un portable ? File-moi ton portable !

— Nan, j'ai pas de portable. Hé, c'est quoi ton problème ? Tu veux pas arrêter de t'exciter ? Y'a la petite qui dort, et nous, on ferait bien d'essayer de savoir un peu ce qui se passe avant que les autres…

— Les autres, quels autres ? Tu les connais ? T'es avec eux ? Mon père a plein d'argent, t'es quoi ? T'es un gitan ?

— Un gitan ?

Enzo regarda Salomé, il lui montra ses mains en faisant de gros yeux impuissants. Il se tourna vers Maxime.

— Non, je suis pas un gitan, chuis du 11e, gare de l'Est, et j'ai été kidnappé moi aussi. Et toi t'es d'où ?

— Je suis Maxime Rollin et c'est pour moi que vous êtes là. Mon père c'est le préfet de Paris – en fait ce n'était que l'adjoint et le garçon le savait très bien –, il connaît le président de la République, et il commande toutes les polices de France. Je vais le dire aux terroristes et ils vont nous libérer, c'est pour ça que je tape.

— Ouais, bé nous, on préférerait que t'arrêtes. De taper.

Maxime le dévisagea avec dédain.

— Qui t'es toi ? T'as rien à me dire, je fais ce que je veux.

Ils entendirent Salomé s'exclamer :

— Mais qu'il est con !

Le gros s'empourpra.

— Toi… je… j't'ai déjà dit de pas m'parler, t'es qu'une fille et…

À ce moment-là, le cœur des quatre enfants fit un bond dans leur poitrine, la porte émit des bruits sourds : les serrures claquaient. Ils reculèrent vers le fond de la pièce. Sauf Salomé, qui se coucha à demi sur le corps de la plus petite qui continuait de dormir, comme pour la cacher.

TONY

Deux hommes entrèrent, le visage masqué, leurs mains tenaient des pistolets automatiques. On aurait dit Laurel et Hardy.

Autant, l'un était massif et lourd – Victor, qui avait fait ses armes avec une bande des cités du côté de Grigny –, autant l'autre était petit et fluet – Gino, un gars de Saint-Étienne qui souffrait d'une sciatique et tirait une invariable grimace sous le tissu noir de sa cagoule. Ce putain de mal de dos lui bousillait le moral, il se bourrait de cachetons arrosés de whisky, mais ça empirait. Du coup, il vivait avec.

Le costaud repéra Salomé au premier coup d'œil. Ce garçon avait un problème avec les jeunes – et même très jeunes – filles. Il désirait leur corps, leur poitrine nue et plate, leur petit sexe imberbe, leur bouche emberlificotée d'appareil dentaire. C'était plus fort que lui, elles le mettaient dans un état d'obsession permanente. Par le passé, son frère Stéphane avait déjà dû régler des problèmes dans la cité, à cause de gamines que Victor avait agressées. À présent, Stéphane était mort, et Victor livré à lui-même. Avec le temps, il avait appris à cacher ses pulsions, son « penchant ». Mais son côté primaire avait tendance à casser les digues, et si jamais l'occasion se présentait, il savait qu'il se jetterait sur sa proie comme le tigre sur la chèvre. Sans aucune pitié.

Il tenait un gros chien en laisse. Salomé se leva, alors que la petite Camille se coulait derrière elle, impressionnée par l'espèce de boxer bâtard dont les canines du bas dépassaient du museau. Gino remua son arme en grognant :

— Levez-vous, et regroupez-vous tous, là-bas au fond.

Il désigna la couche de la plus petite du canon de son Glock.

— C'est presque un bébé... laissez la dormir, s'il vous plaît, dit Salomé en s'efforçant de ne pas trembler.

Gino posa un visage interrogateur sur son collègue mais le maousse ne s'en rendit pas compte, ses yeux toujours braqués sur l'adolescente.

Un regard que le jeune Enzo n'aimait pas. Quelque chose de malsain brillait dans les pupilles de l'homme, le garçon savait ce que c'était, et ça lui faisait comme des coups dans le ventre. Il se dirigea vers Salomé et la poussa par les épaules, entraînant Camille avec eux.

— Viens, il nous a dit de nous regrouper.

Victor les suivit des yeux alors que Gino grimaçait un rictus de douleur en changeant de pied. Ils ne dirent plus un mot.

D'un coup, Maxime leva sa main, comme à l'école.

— Vous savez qui je suis ? Vous savez qui je suis ?

— Ta gueule !

La voix du gros était empreinte de méchanceté. La voix d'un homme sans aucune humanité. Enzo essayait de le défier du regard, mais le voyou l'ignorait, il tira un coup sur la laisse et le chien s'allongea, posant sa mâchoire sur ses deux pattes avant, ses deux yeux curieux levés vers les enfants. Le gamin descendit son regard sur lui et se mit à tapoter sa main contre sa cuisse. Le molosse le vit, et sans bouger un poil, remua doucement sa queue. « Un bon chien », pensa Enzo.

Maxime essaya à nouveau :

— Je suis le fils du...

— Ta gueule, j't'ai dit. Et les autres aussi, fermez-la ! J'veux pas entendre un mot !

L'ambiance était à couper au couteau, et le silence s'éternisait. Seul Gino gigotait d'une jambe à l'autre. Quand la petite de quatre ans s'éveilla... Elle regardait en tous sens en se mettant debout, le lapin en peluche au bout de son bras. Salomé hésita puis se dirigea vers elle, pour la prendre dans ses bras.

— Viens...

Elle retourna près du groupe d'enfants.

La gamine avait compris qu'il ne fallait rien dire, elle aussi avait peur des deux hommes. Enfin, un troisième arriva, le visage cagoulé comme les autres mais ne portant pas d'arme. Il lança :

— Bonjour, les enfants, ça va ?

Personne ne répondit.

Tony. C'était le bras droit de Vigo Vasquez. Assez grand, vêtu d'un pantalon militaire et d'un col roulé noir, il vint se mettre accroupi devant les gosses, et, un par un, les désigna du doigt.

— Toi, tu es Salomé. Et voici la petite Élisabeth et la « grande » Camille. Quant aux garçons, pas de doute quant à savoir lequel est fils de préfet. Oui, nous savons qui tu es, mais ce n'est pas pour ça que tu es là, alors arrête de nous emmerder ! T'as compris ?

Maxime hocha la tête en avalant sa salive.

— Compris, m'sieur, compris.

Il avait reconnu celui qui lui avait mis une gifle sur le parcours de golf et son instinct de survie était en alerte maximum.

— Bon alors, je vais vous expliquer. Vos parents vont se réunir, et ils vont devoir faire quelque chose pour nous. Il y a longtemps, ils ont fait une bêtise, une très grosse bêtise, et maintenant, ils doivent réparer. Vous comprenez ?

Les quatre grands acquiescèrent sans dire un mot.

— Alors, ça, c'est pour vos parents. Et je vais vous dire tout de suite, on vous a menti. Vous n'allez pas rentrer chez vous tout de suite.

Il s'arrêta, car le visage d'Élisabeth venait de se remplir de larmes, il se pencha vers elle.

— Ne pleure pas, petite, ne pleure pas. Salomé qui est là va s'occuper de toi, ainsi que Camille. Pas vrai Camille ?

— Ou... oui, oui.

Salomé, quant à elle, n'appréciait pas ce qu'elle venait d'apprendre.

— Combien de temps ? Combien de temps allez-vous nous garder ?

— On t'a dit de la fermer, coupa la voix du gros, toujours aussi agressive.

Elle baissa les yeux, tandis que Tony soupirait :

— Vous n'êtes pas en colonie de vacances, ici, et vous devrez obéir si vous voulez que tout se passe bien. On vous nourrira et on vous foutra la paix. On ne vous demande qu'une chose, pas de cris, pas de disputes et, pas de conneries. Quant à combien de temps... Trois jours, quatre, au maximum, ça va passer vite. Vous avez la télé, des livres et des jeux, pour l'instant... Si l'un de vous tente quelque chose, il ira au cachot. Compris ?

Élisabeth se remit à chialer de plus belle, alors que Salomé jetait un regard assassin à l'homme.

— Je suis désolé, ajouta-t-il, mais vous devez comprendre qu'on ne plaisante pas. On est d'accord ?

Il scruta les visages des enfants en attente de leur assentiment. Chacun hocha la tête. Mais, malgré les recommandations, Enzo ne put s'empêcher de demander :

— Et si nos parents ne... n'arrivent pas à faire ce que vous voulez ?

Qu'est-ce que…

Il savait que le gros allait s'énerver, mais Tony anticipa en le calmant d'un geste.

— Tu veux vraiment que je te le dise ?

Sans attendre de réponse, il se leva.

— Ha, une dernière chose. On a eu des problèmes de logistique, vous aurez votre petit déjeuner plus tard, d'ici une heure. En attendant, faites connaissance et tenez-vous tranquilles. Et il est interdit de parler aux deux hommes que vous voyez là, strictement interdit. C'est tout.

Il fit un signe aux deux voyous et ils repartirent.

ENZO

Après le départ des hommes, les enfants étaient restés tétanisés, partageant leurs craintes et leurs angoisses du regard. Puis l'ambiance s'était détendue et chacun avait repris ses esprits, enfin, sa nature intime.

Pour commencer, Maxime s'était dirigé vers le frigo, y dégottant une canette de Coca. Camille, du haut de ses huit ans, se rapprocha de lui tandis qu'il décapsulait la canette et commençait à se l'envoyer.

— Hé, tu m'en donnes un peu ?

L'autre pencha un peu plus la tête en arrière.

— Hé, insista-t-elle, attends, bois pas tout…

Salomé suivait la scène de l'autre bout de la pièce. Elle se dirigea vers eux :

— Oh, le gros, t'entends pas ? Elle te demande d'en laisser pour les autres.

Maxime se dépêcha de vider le reste de Coca en la regardant approcher par-dessus sa boisson, au risque de s'étouffer, puis il tendit la canette presque vide à Camille en poussant un grand :

— Affffff, ça fait du bien !

— Mais putain, l'engueula la grande, à quoi tu joues ?

— Quoi, je lui en ai laissé, non ?

Son sourire niais donnait envie à Salomé de lui arracher la tête.

Enzo s'était approché à son tour. Ce petit bourge commençait à lui taper sur les nerfs.

— Écoute-moi bien, connard. Si tu recommences un truc comme ça, je te casse la gueule.

— Si tu me touches, je le dirai aux ravisseurs, et à mon père, et il fera un procès à ta famille, et il les mettra sur la paille.

Il disait ça, bravache, mais ses joues pleines et rondes comme les fesses d'un nourrisson tremblaient à mesure qu'Enzo le toisait, le regard de plus en plus sombre.

— Ha oui, fit-il. On va voir.

Il le saisit par le colbac et le projeta contre la cloison, Maxime se mit à hurler :

— Au secours, au secours ! À l'aide, à l'ai…

Hors de lui, Enzo lui serrait le cou. Maxime commença à étouffer en battant des bras comme pour s'envoler. Ses yeux crachaient des larmes.

— Laisse-le, intervint Camille d'une voix apeurée. Laisse-le.

La violence lui faisait peur, et il fallait reconnaître qu'avec son visage cramoisi, Maxime commençait à ressembler à une tomate trop mûre prête à éclater.

Le garçon aux yeux noirs relâcha son emprise, il avait les bras crispés de colère. Il se recula tandis que le petit Rollin reprenait son souffle. Il venait d'avoir la peur de sa vie, mais ce crétin ne pouvait s'empêcher de la ramener :

— Je… Je vais le dire, je vous jure que je vais le dire.

Salomé soupira. Elle rejoignit Enzo qui était retourné se coller à un des hublots en grommelant.

— Laisse tomber, dit-elle. Tu vois pas qu'il est débile ?

— Un sale bourge de merde, oui ! répondit-il sans la regarder.

— Hééé, rigola la fille, moi aussi je suis une bourge.

Le garçon tourna son visage vers elle. Il avait rougi.

— Ha… Je… ce n'est pas ce que je voulais dire.

— Un sale con, comme y'en a partout.

— Je vous entends ! gueula Maxime qui s'était affalé dans le canapé à deux mètres d'eux.

— Occupe-toi de tes affaires, le prévint Salomé.

Elle jeta un œil de l'autre côté de la pièce. Camille et la petite Élisabeth – elle avait dit qu'on la surnommait Choupette – regardaient toutes les deux une bande dessinée. La plus grande racontant l'histoire à l'autre.

D'un coup, il y eut un brouhaha terrible. Maxime venait d'allumer la télé et regardait une émission de la « Nouvelle Star », le volume à fond.

— Baisse un peu ! gueula Salomé.

Camille s'était emparée de la télécommande, elle baissa le son et changea de chaîne, pour mettre un dessin animé.

— Hé, remets ma chaîne !

Enzo s'était précipité.

— Je te préviens, tu laisses le dessin animé, t'as compris? Mais d'abord… Heu, Camille tu veux bien me donner la télécommande?

Le garçon changea plusieurs fois de chaîne, zappant sur celles d'information, des mini flashs de quelques minutes où l'on parlait d'otages en Afrique, de braquage en Seine-Saint-Denis, de procès politique, de sport aussi, mais rien sur la disparition de cinq gosses. Il redonna la zappeuse à la petite.

Salomé paraissait sonnée.

— Comment ça se fait qu'ils parlent pas de nous?

— Je sais pas. C'est bizarre, peut-être qu'on leur a demandé de ne rien dire.

— Quoi? Co… comment ça? s'exclama Maxime, perturbé, lui aussi.

Il semblait changer d'attitude comme de polo Lacoste.

— Ou alors, peut-être qu'ils ne sont pas au courant, reprit la jeune fille.

Ils restèrent silencieux pendant un moment.

Enzo finit par se lever en déclarant à voix basse:

— En attendant, faut pas qu'on reste ici, il faut qu'on trouve le moyen de s'enfuir. Une étincelle brilla dans les yeux de Salomé qui n'échappa pas au garçon, pendant que Maxime s'exclamait:

— Hein? Mais t'es fou toi!

Il jetait des regards affolés vers la porte.

— S'ils nous entendent, on va aller au cachot. Et puis… Et puis, ils nous ont dit d'attendre, c'est sûr que mon père va payer, et qu'ils vont nous libérer. Non, non, non! Faut rien tenter. Je te préviens que je vais le dire, je vais le dire!

Enzo soupira. Salomé gardait la bouche fermée. Il retourna se planter près d'un hublot et la jeune fille le rejoignit.

— Il a raison, tu sais. On devrait attendre. On est en sécurité, et puis, qu'est-ce que tu veux qu'on fasse, avec les petites?

Enzo avait déjà sa petite idée. Si lui seul réussissait à s'échapper, il pourrait prévenir les flics. Ils étaient sur un cargo, c'était sûr, et le bateau ne bougeait pas, donc, il se trouvait dans un port. Une pensée vint s'imposer à son esprit: il faudrait que Salomé vienne avec lui. Il se tourna vers la jeune fille.

— Non, nous ne sommes pas en sécurité, enfin… tu n'es pas en sécurité ici.

— Qu'est-ce que ça veut dire?

— Le gardien, le gros, t'as pas vu comme il te regardait?

— Et alors, je suis une fille, il n'en a peut-être pas vu beaucoup dans sa vie.

Elle tentait de le faire sourire.

— Non, je sais ce que je dis. Il ne faut pas que tu restes ici. Il faut qu'on s'évade, tous les deux, et on préviendra les flics.

— Pffff… Et comment tu comptes faire ? Un regard, ça veut rien dire. Et puis, si nos parents font ce qu'ils demandent, ils nous libéreront. Sinon, pourquoi ils porteraient des cagoules ?

Salomé pensait à son père. Elle savait qu'il allait se mettre en route et tout faire pour la retrouver.

Enzo ne trouvait rien à répondre. Mais il était persuadé d'avoir raison, parce que, ce regard, justement, il le connaissait.

Il fallait qu'il la sorte de là.

— Si je trouve un moyen, tu viendras ? insista-t-il.

L'adolescente acquiesça en soupirant, elle n'osait pas casser ses illusions.

— Si tu veux. Si seulement on pouvait communiquer avec l'extérieur…

Le garçon eut une illumination.

— Heu, attends, excuse-moi.

Il la quitta pour se rendre dans la salle de bains. Dès que la porte fut refermée derrière lui, Enzo fit glisser son pantalon de survêtement et récupéra son portable entre ses cuisses. Ses doigts se serrèrent de dépit sur le clavier lorsque l'écran s'alluma, il n'y avait pas de réseau. Rien, pas la moindre petite barre. Mais il y avait un message de son père : « Où es-tu ? » Un rictus de haine déforma ses lèvres, il avait envie de jeter le cellulaire sur le sol. Sachant que le message ne partirait pas, il tapa une réponse « Et toi ? Où étais-tu ? » et appuya de toutes ses forces sur la touche « envoyer ». Puis rangea le téléphone dans son slip, pour s'asseoir sur les toilettes et réfléchir.

Il fallait qu'il les fasse évader, lui et Salomé. Il fallait qu'il prenne soin d'elle.

ROLLIN

Paris, l'île de la Cité.

Sous un ciel laqué de gris, tellement humide que l'on pouvait se mouiller le bout des doigts rien qu'en les tendant, telle une muraille surgissant entre l'Hôtel Dieu et le palais de justice, se dressait la « PPP »: la préfecture de police de Paris.

Une administration unique en France menée et dirigée par une poignée d'hommes, dont le préfet Rollin, assis derrière son bureau, au cœur de l'immense bâtiment vieux de plusieurs siècles. Les mains croisées sous son menton, ses petits yeux chafouins jaugeaient en silence les hommes et les femmes qu'il avait convoqués.

Le juge Tranchant, père de la petite Camille, huit ans. Nathalie Ruiz, avocate au barreau de Paris, mère de Salomé, douze ans. Elvio Vitalli, ouvrier à la SNCF, père d'Enzo, onze ans. Et enfin, Erwan Lauterbach, commandant de police à la BRB de Paris, père de la plus petite des cinq, Élisabeth, à peine quatre ans. Un parent pour chaque enfant. Un seul parent, parce que le seul concerné par l'affaire qui les préoccupait.

Le préfet ne s'oubliait pas, son fils avait été kidnappé comme les autres, son petit génie, Maxime, onze ans.

Trois autres personnes étaient présentes.

Assis dans un des somptueux fauteuils cloutés de cuir vert, se trouvaient le procureur général du parquet de Paris, Paul Rami, une directrice de cabinet du ministre de l'Intérieur, Éloïse Miraud, et le conseiller personnel de Rollin, Jean-François Salomo.

La belle Éloïse Miraud, Rollin ne la connaissait pas. Elle affichait dans les trente-cinq ans: ENA, Sciences Po, une de ces fameuses âmes grises de l'État. Le ministre la lui avait enjointe afin qu'elle suive les opérations. Cela ne dérangeait pas Rollin, du moment qu'il avait obtenu ce qu'il voulait en échange: avoir les mains libres.

Quant aux deux autres, ils lui étaient entièrement dévoués. Et pour cause.

Pour le procureur Rami, qui représentait la justice dans toute sa puissance, une belle série de photos – prises lors d'un séminaire entre confrères en Corée du Sud, dans le Grand Hôtel Aston, à Séoul –, le compromettait au plus haut point. On le voyait profiter d'un jeune garçon et de sa sœur, soi-disant femme et garçon de chambre. Une sale affaire pour Rami, d'autant que le préfet s'était procuré les photocopies des cartes d'identité des deux « victimes »: le gamin avait quatorze ans et sa sœur à peine douze.

Encore une fois, son fidèle Salomo avait été efficace. Il avait soudoyé le chef d'étage pour planquer une webcam dans la chambre. Salomo, justement. Rollin possédait une vieille cassette de vidéosurveillance où on le voyait tabasser un jeune supporter de Nancy dans les années quatre-vingt-dix. Le garçon avait été retrouvé mort le lendemain, le corps caché sous une voiture en plein centre-ville.

À l'époque, « Jef » Salomo était un membre actif des SPSPSG, les « Sang pour sang Paris Saint-Germain ». Grâce à cette vidéo, Rollin l'avait débauché et fait entrer dans ses services, au moment où les supporters du Parc commençaient à sentir mauvais pour le gouvernement. C'était deux années plus tôt, une des premières missions du directeur de cabinet.

Comme d'habitude Rollin avait agi – à sa manière – et résolu les problèmes. La violence à Paris lors des matches de foot avait diminué de presque cent pour cent après son intervention. Muni des informations fournies par son nouvel homme de l'ombre, il avait fait arrêter – ou tabasser – les plus tarés des extrémistes qui foutaient la merde au stade et alentour.

Salomo s'était révélé une recrue de choix. L'homme au physique de basketteur avait le sens du commandement et savait trouver des hommes fidèles et compétents lorsque les affaires du préfet se radicalisaient. Le reste du temps, il surveillait de son œil gauche (son droit était en verre depuis une baston à coups de tesson de bouteille lors d'un fameux match de coupe d'Europe en Grèce) les agissements de la division du renseignement de la préfecture de Paris en tant que conseiller spécial à la sécurité publique pour le compte du préfet.

Rami, le procureur général de la ville de Paris, ainsi que le commandant Salomo, avaient été mis au courant des intentions du préfet de s'approprier la « gestion » du rapt des cinq enfants.

Ce dont aucun des cinq autres invités ne se doutait.

Ils étaient dans ce grand bureau aux murs couverts de boiseries, aux tapis d'exception, aux tableaux de maître relatant des batailles napoléoniennes et au bureau immense derrière lequel se tenait l'homme qui allait éclairer leur vie. Le procureur, l'avocate, ainsi que le juge et l'ouvrier étaient assis dans des fauteuils disposés en demi-cercle, alors que Salomo et Lauterbach préféraient rester debout. Quant à la conseillère du ministre, on lui avait appris à l'ENA la « stratégie de table », donc la manière de se positionner dans une pièce en fonction de son pouvoir, et elle avait déplacé un tabouret rembourré de cuir jusqu'à la perpendiculaire du bureau de Rollin, juste entre les deux parties, imitant un arbitre de tennis. Elle n'avait, normalement, pas son mot à dire, mais se devait de collecter un maximum d'informations. D'ailleurs, un large cahier de maroquin était ouvert sur ses genoux alors que ses doigts fins et manucurés serraient un stylo Bic vert.

Cela faisait cinq minutes que les quatre parents avaient été introduits et les présentations ainsi qu'un rapide résumé des événements avaient été faits par le commandant Salomo.

La première grosse surprise pour chacun, fut d'apprendre que d'autres enfants, d'autres familles étaient dans la même situation que la leur. Personne n'osait dire un mot, choqués par ce qu'ils venaient d'apprendre et attendant les révélations de leur hôte. Cependant, dans leur esprit, ils essayaient de comprendre ce qui se passait. Pourquoi ces kidnappings ? Quel en était le lien, et quel rôle chacune des personnes présentes dans cette pièce allait-elle avoir à jouer ? Et surtout, pourquoi la presse n'en parlait-elle pas, plus de vingt heures après les faits ?

Lauterbach, de même que Tranchant, qui connaissaient tous deux la « Maison », se demandaient ce que Salomo faisait avec eux : cette affaire aurait dû concerner l'Office central de lutte contre le crime organisé, et non les renseignements intérieurs, qui, certes, travaillaient avec tous les services de la PJ, mais pas sur ce genre de dossier…

Quant à la présence du procureur, c'était une bonne nouvelle. Lui seul avait le pouvoir de faire ouvrir et mener une enquête en s'appuyant sur tous les moyens dont disposait la préfecture.

Dans le cerveau du commandant Erwan Lauterbach, un scénario se mettait en place. Il avait presque deviné la raison de leur présence à tous, à l'exception peut-être, de l'avocate. Mais dès qu'il avait vu le cheminot, il avait compris.

D'ailleurs, le préfet ne les fit pas languir plus que ça.

— Madame, messieurs, je viens de vous expliquer quand et comment nos cinq enfants ont été enlevés et vous vous demandez qui a bien pu faire cela et pourquoi. Je pense être en mesure de répondre à ces deux questions. Par contre, je vous prierais de ne pas m'interrompre le temps que je vous expose les informations que j'ai reçues, ainsi que les mesures que nous, le parquet et la préfecture de police, comptons mettre en place avec le soutien des ministères concernés.

Afin d'appuyer ses propos, il avait désigné Éloïse Miraud, qui, le regard grave, avait salué les parents qui l'observaient. Il continua en se levant de son fauteuil et saisissant une télécommande.

— Nos enfants ont été enlevés dans le courant de la journée d'hier. Le soir même, j'ai reçu un courrier par coursier qui contenait un DVD nous exposant, disons, les exigences des ravisseurs. Certains ici présents, la plupart je crois, remettront tout de suite la personne à qui nous avons affaire, ainsi que le propos qu'il soumet. Je vous demanderais de vous abstenir de commentaires sur ses allégations. La justice a tranché et nous n'y pouvons rien. Cependant, nous répondrons, avec le procureur et le commandant, aux questions, qui ne manqueront pas, je pense. Ensuite, je vous informerai des mesures qui sont en cours afin que nous puissions, rapidement, retrouver nos enfants.

Tout en parlant, il avait dévoilé un grand écran de télévision en faisant glisser sur des rails un tableau de la bataille de Friedland le long du mur au-dessus de son bureau.

Salomo avait tiré les rideaux et les yeux des quatre parents pétillaient dans l'obscurité comme des mèches de dynamite. Sur l'écran, il y eut quelques secondes de grésillements noirs pointillés de blanc, puis une image apparut. On y voyait une sorte de bureau fait d'une large planche posée sur deux tréteaux. N'étaient visibles ni le sol, ni le plafond et l'éclairage aurait pu provenir d'un néon. Un homme vint s'asseoir derrière le bureau.

Grand, costaud, il portait un pantalon de treillis et un pull marin bleu foncé qui serrait ses pectoraux. Ses cheveux noirs et frisés lui donnaient une coupe afro, quant à sa barbe, c'était la même que celle du Che. Trois des parents – Tranchant, Nathalie et Elvio Vitalli –, sentirent leur cœur se soulever, alors que Lauterbach acquiesçait intérieurement à son pressentiment. Il s'agissait bien de Vigo Vasquez, dit Vigo le Noir. Comment était-ce possible ? Il était enfermé depuis trois ans ! Avait-il fait cette vidéo depuis sa prison ?

Aucun n'eut le temps d'approfondir la question. Vigo Vasquez allait prendre la parole.

VIGO LE NOIR

De l'intérieur du cadre de télévision, il les regardait.

C'était effrayant et fort. Il les regardait en souriant et semblait les dévisager tous en même temps.

— Mesdames, messieurs... annonça sa voix grave. Il y a quatre ans vous avez fait en sorte de m'inculper de meurtre. Un procès truqué, de fausses preuves, de faux témoignages, une instruction à charge... Vous pensiez m'envoyer au fond d'un trou jusqu'à la fin de mes jours, alors que j'étais innocent. Vous avez été malhonnêtes ! Ça vous choque que je parle d'honnêteté, hein ? Qu'est-ce que vous croyez, que l'État, la société, le système ont le monopole de la justice ? Vous devez savoir, vous devez comprendre, qu'au plus profond de moi, je ne supporte pas l'injustice, mais surtout, je ne supporte pas de me faire enfler !

Le bandit se redressa sur sa chaise et sa voix se mit à vibrer de colère.

— Vous comprenez ? Je suis Vigo Vasquez, et moi, État, justice ou compère, on ne m'encule pas !

À ce moment-là, son regard pivota vers la droite – « Un truc de fou ! » pensa Nathalie Ruiz – pour aller se poser sur le préfet.

Rollin accusa le coup, répondant d'un sourire mauvais à l'image sur l'écran.

Le Noir se remit face à l'objectif.

— On ne m'encule pas ! Vous avez déconné et j'ai passé des jours et des nuits à imaginer ce que je ferais si j'arrivais à sortir du trou où vous m'aviez jeté. Ce moment est arrivé et j'ai kidnappé vos enfants.

Vigo se recula sur sa chaise et croisa les bras sur sa poitrine d'un air martial :

— Et vous savez pourquoi ?

Les yeux de Rollin brûlaient de haine : il avait vu ce passage dix fois mais ne pouvait s'empêcher de serrer sa mâchoire jusqu'à la cassure.

Le Noir asséna :

— Je n'ai pas aimé votre regard victorieux, monsieur Rollin, lorsque la sentence est tombée, il y a trois ans, dans ce tribunal de Paris. Je n'ai pas aimé votre implication, capitaine Lauterbach, je n'ai pas aimé votre témoignage, monsieur Vitalli et je n'ai pas aimé votre jugement, monsieur Tranchant, comme par hasard en cour d'assise spéciale. Sans aucun juré pour vous contredire. Quant à vous, mademoiselle Ruiz, vous m'avez laissé tomber. Mes derniers avocats m'ont trahi, ils ont attendu que les délais soient passés pour demander l'appel, sous la pression de Rollin ou de Tranchant, je m'en fous, mais vous, vous ne l'auriez pas fait. Cependant vous m'avez laissé tomber. Il est temps de vous rattraper. De tous vous rattraper.

Vigo tapa de ses deux mains à plat sur la table, ce qui fit sursauter tout le monde.

— Je veux que vous demandiez un pourvoi auprès de cet enfoiré de procureur général, que la justice elle-même reconnaisse s'être parjurée et trompée, et pour cela, il n'y a qu'une solution : que ceux qui ont menti, magouillé, trahi la justice de leur pays, oui, je parle de vous messieurs Rollin, Tranchant, Lauterbach et Vitalli, que ceux-là avouent leur crime. Je vous donne deux jours, pas un de plus, pour organiser une conférence de presse où vous direz la vérité. Préparez vos lettres de démissions… Deux jours : je veux voir et entendre des articles sur un procès truqué impliquant un juge, des flics et un adjoint du préfet, et je libérerai les gosses.

Un sourire cynique remplaça son ton rugueux, alors qu'il disait :

— Ça devrait faire du bruit, pas vrai, monsieur le préfet ? Un fonctionnaire aussi influent que vous qui s'accuse d'avoir trafiqué un procès, d'avoir demandé à ses hommes de poser de fausses preuves, hein ? Et un juge qui envoie un innocent en prison, cela ne serait pas la première fois, n'est-ce pas monsieur Tranchant ? Et vous, capitaine Lauterbach, je suis sûr que vous passez bien à la télé, un beau gosse comme vous… Quant à vous, monsieur Elvio Vitalli, je ne sais pas ce qu'on vous a promis, mais vous allez le regretter… Oui, le regretter…

Tout aussi subitement, sa voix redevint grave, quand il ajouta :

— Par contre, il est hors de question de prévenir la presse, ce serait trop facile ensuite de dire que vous étiez contraints afin de sauver vos chères têtes blondes. Non, les enfants réapparaîtront comme ils ont disparu, après que vous ayez avoué vos fautes. Personne ne doit savoir avant. Sinon… sinon… Cinq enfants, cinq parents impliqués qui se sont attaqués à la mauvaise personne. Ces petits ont déjà disparu une fois, ils pourraient ne jamais réapparaître. Cinq enfants, cinq petites vies, ou bien… Cinq enfants, cinq petites morts…

L'écran se remit à grésiller et Rollin l'éteignit, plongeant la pièce dans l'ombre.

On entendit des gorges déglutir, et des chuchotements de prières.

ROLLIN

Alors que Salomo ramenait la lumière dans un bruit de tringle à rideau, le juge Tranchant se tenait debout. Raide comme un piquet, le visage cramoisi d'indignation, il s'adressa à Rami :

— Je... monsieur le procureur, je ne comprends pas. Que signifient ces... ces insinuations ? Je me rappelle fort bien du procès de cet individu, que j'ai présidé de bonne foi et dans le respect du droit. S'il y a eu malversations, je vous assure que je n'en savais rien et que si cela avait été...

— Il n'y a pas eu malversations, le coupa sèchement Rollin.

Le procureur général présenta les paumes de ses mains en signe de paix.

— S'il vous plaît, Jean-Claude... monsieur le préfet, si vous pouviez me laisser répondre au juge ?

Rollin lui donna la parole d'un regard entendu.

— Monsieur Tranchant, et je m'adresse aussi aux autres personnes dans cette pièce, il n'y a pas eu malversation. Le jugement a été prononcé dans les règles du droit, vous n'avez aucuns doutes à avoir là-dessus et, même s'il y avait des doutes, il est hors de question que nous rentrions dans ce... ce délire. Ce serait faire exactement ce qu'attendent les ravisseurs. J'ai moi-même revérifié les procès-verbaux et votre intégrité n'est pas à mettre en doute. Cependant, je le rappelle, nous ne reviendrons pas là-dessus...

— Mais, c'est justement la condition de Vasquez pour libérer nos enfants, intervint Nathalie.

Le préfet la prit de haut.

— Voyons, madame Ruiz, vous n'allez pas prêter foi à ce que raconte ce criminel impliqué dans des histoires horribles ? Cet homme est un dément, il veut se venger de nous parce que nous l'avons enfermé pour ses crimes. C'est tout. À présent, il veut faire croire qu'il est innocent. En vérité, c'est l'État qu'il veut ridiculiser, et la justice, en utilisant le moyen le plus vil qui soit : des enfants ! Certes, nous pourrions faire une conférence de presse et raconter ce qu'il désire, mais, que demandera-t-il ensuite ? Avoir la grâce du président de la République ? Où bien, que notre ministre vienne à son tour raconter qu'il a menti ? Ne soyez pas... Enfin, ne vous laissez pas emporter dans cette voie, et là je m'adresse à tous, je vous en prie. De toute façon, notre politique, avec les autorités concernées, est établie en ce sens : il est hors de question de négocier. Je vous expliquerai dans un instant la stratégie que nous désirons adopter. Croyez-moi, nous avons passé toutes les possibilités au crible, et si remettre en cause le jugement pouvait apporter quelque chose, je m'y serais employé. N'oubliez pas que mon propre fils a été enlevé.

— Ma fille aussi, répliqua sèchement l'avocate.

Le commandant Lauterbach avait une question qui lui bouffait le cerveau depuis qu'il avait vu le début de la vidéo.

Il s'adressa à la fois au procureur et à Rollin.

— Mais comment... comment le Noir a-t-il fait pour s'évader ? Et depuis quand ? Comment se fait-il que personne n'en ait parlé ?

Rollin poussa un long soupir tout en dirigeant un air de reproche à la collaboratrice du ministre.

— En effet, nous vous devons quelques explications à ce sujet, et je pense que c'est à mademoiselle Miraud de répondre.

La jeune femme se mit à rougir, tout en foudroyant Rollin du regard pour son hypocrisie. Puis elle se racla plusieurs fois la gorge avant de répondre.

— Je... Heu, rhhrmm, excusez-moi. Effectivement, vous devez savoir ce qui s'est passé, enfin, je veux dire, la raison pour laquelle Vigo Vasquez ne se trouve plus sous notre garde. Il y a trois mois, rhmhrmm... Excusez-moi. Le crash de l'avion d'Air France, vous vous souvenez ?

Lauterbach se frappa le front de la main en pensant : « Nom de Dieu, la prison d'Eiffenseim, il était incarcéré là-bas... »

— Oui, commandant, je crois que vous avez compris, mais je vais quand même expliquer pour les autres.

Les regards des trois autres parents étaient fixés sur la conseillère comme des mouches sur du papier à glue.

— Oui, Pardon. Donc, ce fameux crash du vol 714 en provenance de Moscou, qui, inutile de vous le rappeler, a provoqué la mort de 325 personnes, hommes, femmes et enfants, 260 se trouvaient à bord de l'appareil. L'Airbus s'est écrasé sur un bâtiment pénitentiaire près de la ville d'Eiffenseim, causant le reste des victimes. Sur les 400 gardiens que comptait l'établissement, vingt ont été tués. Quant aux prisonniers... Il y en avait deux mille. Mille neuf cent vingt-cinq s'en sont sortis, les autres...

Le président de cour d'assise n'en croyait pas ses oreilles.

— Vous voulez dire que...

— Oui, monsieur Tranchant, soixante-quinze prisonniers ont été considérés comme « décédés » suite au crash. Nous n'avons pas pu tous les identifier. Sur les cinquante corps retrouvés, comme pour ce que les autorités médicales considéraient comme des restes « humains », nous avons supposé qu'il s'agissait des « manquants ». Les réservoirs de l'avion étaient bourrés de fuel et la chaleur dégagée par l'explosion est montée jusqu'à 1 500 degrés, comme pour les Twin Towers. Les dégâts étaient considérables et nombre de victimes ont été réduites en cendres...

— Mais comment ? s'insurgea Nathalie Ruiz. Sachant que des criminels particulièrement dangereux étaient peut-être dans la nature, vous n'avez pas fait effectuer des analyses au moins sur les cadavres retrouvés ?

Éloïse Miraud lui opposa un rictus amer.

— Vous savez combien coûtent une analyse et une recherche ADN ? Sans compter les autopsies, la place, le temps, les personnels et la logistique. Je suis désolée, la cellule de crise a préféré se concentrer sur les causes et les victimes « malheureuses » du crash, je veux parler des passagers, de l'équipage et des gardiens.

Nathalie se rappelait les cérémonies funèbres retransmises à la télévision en présence du président de la République. On parlait d'attentat à l'époque – les boîtes noires avaient fini par dévoiler qu'un des passagers menaçait l'intégrité du vol par des propos violents, que le commandant avait décidé d'aller à sa rencontre, des bruits de lutte avaient ensuite résonné sur la bande enregistreuse et les données techniques avaient indiqué un « turn-off » du pilotage automatique suivi du décrochage de l'appareil. De son côté, le ministère de l'Intérieur avait organisé une veillée en l'honneur des gardiens tués, mais personne n'avait parlé de prisonniers échappés.

Éloïse tapota de son stylo vert le dossier sur ses genoux et continua :

— De plus, au moment où notre compagnie nationale était mise en cause, il n'était pas judicieux de rajouter à cela une panique dans la population en signalant que des criminels « particulièrement dangereux » comme vous l'avez si bien dit, se promenaient dans les bois et les campagnes d'Alsace.

— Dont un homme accusé de viols et de meurtres d'enfants, enchaîna le préfet.

— Vigo Vasquez, précisa le juge Tranchant d'une voix blanche...

— On le croyait mort, tenta de s'excuser la conseillère.

Elle mentait, et le savait très bien.

Éloïse Miraud faisait partie du cercle restreint ayant eu accès au dossier « Sécurité Intérieure Classé Secret », dossier faisant état d'événements troublants rapportés lors de l'enquête concernant l'accident.

Vigo Vasquez était placé sous une surveillance drastique. Isolement individuel, caméras, effectifs renforcés. Cependant, lors du crash, un mur de sa cellule avait été soufflé par l'explosion, et l'intérieur entièrement brûlé. La température à ce moment-là avait dû frôler mille fois celle que l'on trouve dans une rôtissoire. Les experts de la scientifique avaient retrouvé une trace, comme une ombre mais inversée, sur le mur opposé : la forme blanche d'un corps roulé en boule. Vasquez ! Il devait probablement être brûlé sur tout le corps.

Brûlé, mais vivant.

Ce que n'avait pas précisé la conseillère du ministre, lorsqu'elle parlait des vingt gardiens tués lors de l'accident, c'est que seule une dizaine avait été victime du feu. Les autres...

Il semblerait qu'ils aient voulu faire leur devoir et neutraliser le Noir, malgré les flammes, les cris de souffrances de leurs camarades blessés, les décombres et les débris qui continuaient de tomber. Il semblerait, oui, d'après les rapports d'autopsies...

Certains avaient la nuque brisée, d'autres, la gorge tranchée ou le crâne fracassé. Les enquêteurs avaient retrouvé deux chiens, deux bergers allemands. Le premier avait eu le cou rompu. Le deuxième avait été éventré, probablement avec un bout de fer rouillé.

Cui, cette nuit-là, l'enfer s'était abattu sur Eiffenseim, mais pas seulement. Le diable lui-même était présent.

La conseillère ne disait mot, mais dans ses yeux se reflétaient les scènes de meurtres, les cris, les flammes... Personne ne pouvait lire dans ses pensées, et pourtant un silence glacial planait dans la pièce alors que tous les regards restaient braqués sur elle. Vigo Vasquez n'était pas mort, il s'était échappé et maintenant...

Tranchant traduisit le fond de leurs pensées d'une voix tremblante.

— Et maintenant, cet homme détient nos enfants...

Le préfet brisa la glace, si l'on peut dire. Son ton était tendu, il comptait terminer la réunion et faire comprendre son point de vue aux autres parents de manière définitive.

— Bon, je crois que nous avons répondu à vos questions. À présent, n'oublions pas pourquoi nous sommes réunis : afin de vous exposer la situation et vous indiquer les consignes qui nous aideront à retrouver rapidement nos enfants.

Il promena son regard sur le procureur, le commandant Salomo et la jeune Miraud, qui acquiescèrent d'un air grave à ses propos. Erwan Lauterbach avait compris. « C'est l'heure du roulage dans la farine », se dit-il.

— Il était normal que nous vous montrions cette vidéo, reprit Rollin. À présent, je vous demande de... de bien prendre en compte ce que je vais vous dire. En premier lieu, comme vous l'avez déjà compris, et répondant de même aux instructions des ravisseurs...

— Des... des ravisseurs ? demanda Elvio, qui s'exprimait pour la première fois. Qu'est-ce qui vous fait dire que ce Vasquez n'est pas seul ?

Nathalie Ruiz, qui était sur sa droite se pencha vers lui, posant sa main sur son bras.

— Vigo Vasquez est un homme puissant, il dirige une bande, une organisation, une sorte de mafia dont il est le chef.

— C'est vrai, approuva Rollin. Cependant vous pourrez avoir les informations que vous désirez par la suite, je, heu... Je vous donnerai le numéro du service du commandant Salomo.

Certaines des personnes présentes tiquèrent à cette annonce. Normalement, dans le cadre d'un acte « terroriste », une cellule spéciale aurait dû se former, avec un service dédié à cette mission : l'OCLCO, l'Office central de lutte contre le crime organisé, ou l'OCRVP, celui des violences aux personnes, à moins que la SDAT, la Sous-direction antiterroriste, ne s'en charge. Salomo, quant à lui, ne s'occupait que des renseignements à la PP, une sorte de service secret dédié au territoire de la ville de Paris. Quel allait être son pouvoir, et surtout, ses moyens pour agir sur un cas aussi grave ?

Le préfet n'approfondit pas la question sous-jacente qu'il lisait dans les froncements de sourcils de ses antagonistes.

— Donc, en premier lieu, le secret absolu sur toute cette affaire : pas un mot à la presse, bien sûr. Mais surtout je m'adresse à vous, madame Ruiz, et messieurs Tranchant et Lauterbach, n'appelez pas vos contacts, n'en parlez à personne que ce soit police ou justice. Je vous laisse imaginer quelles seraient les réactions de Vasquez si l'affaire venait à la une des journaux. Ce dément a été formel et, au moins sur ce point, nous nous rejoignons. Sans compter qu'il est hors de question que vous parasitiez les actions en cours. Vous risqueriez de mettre la vie de nos enfants en danger.

Il se tourna vers le procureur et la conseillère du ministre, pour reprendre :

— Ensuite, ne vous inquiétez pas, laissez-nous faire. Grâce à vos témoignages, et suite aux enquêtes que nous avons effectuées sur chaque enlèvement et aux éléments que nous possédons sur le Noir et sa bande, avec le ministère concerné, le parquet, et surtout les services de la préfecture de police, nous sommes en train de monter une opération, qui, je l'espère, nous ramènera bientôt nos enfants sains et saufs. En attendant, soyez patients, et faites-nous confiance.

— De quel genre d'opération parlez-vous ? Avez-vous un moyen de contacter ce Vasquez ? demanda Tranchant.

— Malgré tout le respect que j'ai pour vous, ces informations doivent demeurer confidentielles. Il en va de la vie de nos enfants.

— Vous voulez dire que « la vie de nos enfants » repose entièrement sur le fait que nous devons vous faire confiance ? interrogea Nathalie d'une voix acerbe.

Cela ne lui plaisait pas du tout d'être mise à l'écart des opérations.

— Malheureusement, et croyez bien que le temps que nous passons à en discuter, nous ne le passons pas à essayer de les retrouver.

— Mais, vous avez un plan au moins ?

Le ton de Lauterbach était cynique et volontairement provocateur.

Rollin se tourna vers lui, ses yeux brillant d'une hypocrisie volontaire, afin de le défier.

— Commandant, nous nous connaissons depuis longtemps, et vous savez que j'ai toujours un plan, et généralement, il réussit. Vous êtes bien placé pour le savoir, je crois ?

Erwan s'était fait moucher, il dodelina de la tête en maugréant. Tranchant, Ruiz et Vitalli jetaient au préfet des regards de chiens affamés et frustrés, disposés à mordre, ou à faire des conneries. Il était temps de leur donner un os à ronger.

— Madame, messieurs, s'il vous plaît, je comprends votre anxiété et je vais essayer de… de vous donner quelques indications sur notre stratégie. Cependant, je… je compte sur vous, n'est-ce pas ?

Tous acquiescèrent, les yeux en feu, la langue pendante, prêts à choper les miettes que le directeur de cabinet allait leur jeter.

— Bien…

Il posa un air désolé sur Salomo, comme s'il cherchait à s'excuser de devoir révéler des informations primordiales. « Un leurre, tempêta Erwan en lui-même, il nous prend pour des cons ! ». Rollin annonça :

— Nos équipes n'ont pas chômé et nous pensons, dans quelque temps, avoir, peut-être, localisé la planque de Vasquez et…

— Vous pensez que c'est là où se trouve ma fille ? coupa brutalement Nathalie.

— S'il vous plaît, s'il vous plaît, je crois que j'en ai déjà trop dit. Nous ne sommes sûrs de rien pour l'instant, c'est pour ça que je vous demande d'être patients. Nous allons devoir mettre des micros, des équipes de surveillance, faire des approches, monter un groupe d'intervention…

— Un groupe d'intervention ?

Tranchant fronçait les sourcils, perplexe.

— Oui, enfin, je veux dire, rien n'est établi. Mais nous avons plusieurs pistes et sommes en mesure d'y arriver. Faites-nous confiance, nous faisons tout pour récupérer nos enfants sains et saufs, mon fils en fait partie, je le répète. Soyez patients.

Disant cela, le préfet s'était rapproché de la porte, la main déjà tendue, comme pour les inviter à partir. La question qu'il attendait tomba à ce moment-là. Elle venait de Lauterbach.

— Combien de temps ? Dans combien de temps pensez-vous pouvoir…

Rollin savait quoi répondre.

— Donnez-nous quarante-huit heures, et nous vous recontacterons pour faire le point…

— Quoi ? Deux jours sans nouvelles ? s'offusqua l'avocate.

— Oui je sais, mais si je vous donne mon numéro, vous n'allez pas arrêter d'appeler, n'est-ce pas ? Et est-ce que cela fera avancer notre action ? Non. Maintenant, madame, messieurs, si vous permettez, je vous demanderais de nous laisser.

— Vous allez nous appeler, hein ? demanda Elvio en se rapprochant de la porte que le préfet venait d'ouvrir.

Salomo avait rejoint son supérieur, il répondit à sa place.

— Ne vous inquiétez pas, monsieur Vitalli, dès que nous aurons des nouvelles de votre fils, nous vous les ferons parvenir.

Le cheminot lui adressa un regard angoissé, il se rapprocha du visage du préfet.

— Heu… monsieur le préfet, je… j'aurais des choses à dire aussi, si vous voulez, vous savez, sur le… le procès où j'ai témoigné, c'est… c'est l'inspecteur qui…

Le haut fonctionnaire était devenu blême, il glissa son regard sur celui d'Elvio, jusqu'à ce que leurs sourcils se touchent presque.

— Écoutez, Vitalli, chuchota-t-il. Je suis au courant de tout, vous n'avez fait que votre devoir, pour nous aider dans cette affaire. C'est trop gros pour vous, vous comprenez ? Ne dites rien, à personne, vous comprenez ? À personne.

Le ton d'Elvio se fit menaçant.

— Mais, je veux récupérer mon fils. Et je ferai tout pour, et…

— Moi aussi, je veux mon fils, l'interrompit Rollin.

Il le poussa résolument vers l'extérieur. Vitalli regarda les autres parents qui attendaient pour parler eux aussi au préfet, il baissa les yeux et s'éloigna.

Le juge Tranchant s'était levé à regret de son fauteuil, à la fois frustré et suspicieux. Cela ne lui plaisait pas d'être mis à l'écart des opérations, lui qui avait l'habitude de suivre les enquêtes et de les valider. Atteignant la porte, il se pencha à l'oreille de Rollin.

— Monsieur le préfet, laissez-moi participer à la cellule spéciale, au moins en tant qu'observateur.

— Vraiment désolé, répondit l'autre en lui serrant la main, mais vous n'aurez pas un point de vue objectif, vous êtes impliqué, je ne peux pas.

C'était définitif. Inutile d'insister. Le juge se sentit froissé, il se redressa et le regarda en face.

— Je vous appellerai.

— Oui, n'hésitez pas. Le sourire de Rollin dégoulinait de miel.

Quand ce fut le tour de Nathalie Ruiz, elle lui lâcha, cynique :

— On attend votre appel alors, c'est ça ?

— Oui, c'est ça, malheureusement…

Il grinçait des dents. Il savait qu'elle n'en resterait pas là.

— Malheureusement. Vous n'avez que ce mot à la bouche.

— Il est de circonstance, je crois.

— Il est bien pratique, oui. Vous aurez de mes nouvelles, et ne vous inquiétez pas, je n'appellerai pas la presse.

« Encore une qui croit avoir des relations », pensa Salomo qui s'était planté au-dessus de son chef. Il lui envoya son sourire le plus glacial. Ruiz l'avait mis au jour, il en était persuadé. Elle avait bien saisi qu'il n'avait pas eu ses galons en faisant l'école militaire d'Aix-en-Provence. Qu'il venait de la rue. « Et alors, sale pouffiasse de bourge de gauche » se dit-il en la regardant partir. Elle se retourna et lui jeta un regard qui aurait pu passer pour un doigt d'honneur.

« Salope… »

Lauterbach sortit le dernier. Il attendit que les autres se soient éloignés dans le large couloir moquetté pour planter ses yeux bleus dans ceux de Rollin.

— Vous n'avez pas l'intention de suivre les exigences de Vasquez ?

Le regard du préfet se teinta d'acier.

— C'est vous qui me demandez ça ?

À peine voilé de menaces.

— Pour nos enfants, si on veut les revoir, ce serait une… une solution.

— Il est hors de question de négocier. Ne vous inquiétez pas Lauterbach, j'ai un plan.

— C'est bien ce qui m'inquiète.

— Laissez-moi vous dire une chose, commandant. Même si un inconscient décidait d'alerter la presse, ça ne servirait à rien. J'ai déjà mis sous pression les principaux rédacteurs des chaînes de télévision, des radios, et des journaux, nationaux et régionaux. Je les ai prévenus qu'il risquerait d'y avoir une tentative de déstabilisation du pouvoir en voulant produire de fausses révélations sur d'anciennes affaires de justice et surtout, impliquant des édiles de l'État. Ils ont ordre de ne surtout rien faire et de me prévenir aussitôt. Et comme je l'ai dit tout à l'heure, cette personne mettrait en danger la vie de nos enfants. Alors, faites passer le message à votre ami le poivrot, pensez à votre fille. Donnez-moi quarante-huit heures, et vous la reverrez.

— Vous voulez que je vous fasse confiance, alors faites-moi confiance à votre tour. Prenez-moi dans votre groupe d'intervention, à moins que… À moins que vous n'ayez des choses à cacher ?

L'autre lui répondit d'un sourire de hyène en lui tapotant l'épaule :

— Que je vous fasse confiance ? Ne vous laissez pas miner par vos sentiments, vous savez que ça peut être, comment dire, dommageable. Vous devriez appeler votre ami, le médecin, peut-être… Ça vous ferait du bien !

— Vous savez que je ne prends plus rien depuis plus de deux ans, vous n'avez pas le droit !

— Oui, c'est ce que disent les gens comme vous. Au revoir, Lauterbach. Suivez mon conseil, ou pas, je m'en fous, mais ne me menacez pas. Vous m'avez compris ?

Il le poussait vers la sortie. Erwan fulminait, mais il ne trouvait rien à redire.

ERWAN

Lauterbach repéra Vitalli qui tournait en rond, le guettant dans un coin du couloir, près de l'immense escalier en marbre qui descendait vers le hall, et soupira en se rapprochant de lui.

À peine fut-il à portée de voix que le cheminot lui sauta dessus.

— Inspecteur, attendez, je veux vous parler.

— Me parler de quoi ? l'agressa Erwan, regrettant aussitôt son attitude.

Après tout, c'était lui qui avait mis le cheminot dans cette merde.

— De... Du procès, de ce que demande le ravisseur, ce... Ce Vasquez, c'est notre faute...

— Chhhhhuttttt...

Lauterbach se saisit du bras d'Elvio pour le tirer à l'écart.

— Écoutez, Vitalli. Je connais Rollin, je veux dire, le préfet que vous venez de voir. C'est lui qui a organisé ce procès, et c'est lui qui s'occupe de l'enlèvement de nos enfants. Si jamais il apprend que...

Il tourna la tête et sa main relâcha la pression sur le bras d'Elvio. Il venait de voir l'avocate. Nathalie Ruiz était en train de discuter avec Tranchant, échangeant des numéros de téléphones et à présent, elle se dirigeait vers eux d'un pas résolu.

— Qu'est-ce que c'est que cette histoire de procès, commandant ? Je veux savoir la vérité.

Il lui fit son plus beau sourire.

— Eh bien, comme l'a expliqué le procureur, il n'y a rien à dire.

Elle posa un regard suspicieux sur les deux hommes.

— Me prenez pas pour une conne. Vous deux, vous vous connaissez, c'est ça ?

— Non, répliqua Erwan. Enfin, oui, puisque j'enquêtais sur cette affaire et que monsieur était témoin, c'est tout.

— Vous vous connaissez, et vous voyez très bien ce que je veux dire.

Elle fusillait du regard le pauvre Elvio qui s'était pris d'une passion subite pour le bout de ses chaussures.

— Vous avez « déconné », vous vous rappelez ? Les propres mots de Vasquez, ajouta-t-elle à l'intention du policier. Je n'en resterai pas là, la vie de ma fille est en jeu à cause de vos conneries, et…

— Putain, mais qu'est-ce que vous croyez ? Ma fille de quatre ans est entre les mains de ce malade ! Vous pensez que s'il y avait une chance, même en y laissant ma vie et mon honneur, je ne la saisirais pas ?

Nathalie le regarda un moment, puis elle se passa la main sur les yeux.

— Excusez-moi, je… Vous n'y êtes peut-être pour rien. Tranchant non plus, d'après lui… Et vous, le témoin ?

Elle bloquait sur Elvio.

Celui-ci branla du chef.

— Bon, ben, moi je vais y aller, ils m'attendent au dépôt.

Elle lui attrapa le bras.

— Attendez, attendez… Prenez ma carte, si jamais… Enfin, on ne sait jamais. Pensez aux gosses, on leur doit la vérité, ils sont en danger. Hein ?

Le cheminot se saisit du bristol avec l'air d'un chat sous un jet d'eau froide. Il baragouina quelques mots :

— Heu, je… j'ai rien fait, je sais rien, je sais rien. Au revoir, au revoir, puis tourna les talons et s'éloigna.

« Au dépôt, c'est ça, au bistrot oui » pensa Nathalie. « Je n'en ai pas fini avec toi. Je suis sûre que tu caches quelque chose. »

Elle vit l'officier de la PJ qui le rattrapait.

— Monsieur Vitalli, je vous appelle, hein ? Je vous tiens au courant.

Elvio releva ses yeux sombres.

— J'y compte bien, commissaire, j'y compte bien.

— Faites pas le con, Vitalli, faites-moi confiance. J'ai ma gosse…

— Ouais…

Il partit pour de bon, par les grands escaliers, traînant des pieds comme s'il se coltinait des chaînes de bagnard.

Erwan était retourné près de l'avocate.

— Qu'est-ce que vous lui avez dit, demanda-t-elle.

— De pas faire le con. Il a tendance à picoler…

— Oui, c'est comme si c'était inscrit sur son front.

Erwan fit un triste sourire, il voyait qu'elle s'était calmée. Une question le taraudait.

— En parlant de déconner, tout à l'heure, releva-t-il. C'est quoi votre rôle dans l'histoire ? Rollin dirigeait l'enquête de son poste de directeur de la PJ, Tranchant était président de la cour d'assise, moi je m'occupais du terrain et on sait que Vitalli a témoigné contre Vasquez, mais vous ? Vous étiez bien son avocate lors de la première affaire ?

— Vous vous en souvenez ?

— Vous pensez ! Vous l'avez fait sortir, ce salaud !

— Il n'avait pas tué ces gosses.

— On en a eu la preuve par la suite.

— Un autre gamin, et ce n'était plus moi qui le défendais.

— Pourquoi ?

Elle le fixa un moment avant de répondre. Se demandant si elle avait envie de se confier à lui. Il puait la magouille, son rôle n'était pas net, mais, après tout, elle n'avait rien d'extraordinaire à révéler.

— On s'était brouillés.

— Quoi ? Vous ? Avec… avec Vasquez ?

— Oui, mais vous savez, ce n'est pas la brute que tout le monde imagine…

Elle surprit son regard narquois.

— Ce n'est pas un enfant de chœur. Ça faisait des années que je le défendais pour des histoires de trafics, quelques homicides, c'est vrai, mais d'autres truands, et des braquages. Il s'en est toujours sorti par un non-lieu : manque de preuves, ou efficacité de ses avocats, ricana-t-elle, satisfaite de se moquer du commandant.

Il encaissa sans rien dire : flics et avocats s'entendaient comme chiens et chats. Ce n'était un secret pour personne, surtout lorsque les seconds détruisaient le travail des premiers en l'espace de trois audiences.

— Puis il y a eu cette histoire d'enfants tués dans les piscines, continua-t-elle. Il n'y était pour rien, j'en avais la conviction. Mais il faisait tout pour faire penser le contraire. Il n'y avait pas de preuve, et ses alibis étaient en béton. Mais j'ai voulu savoir pourquoi cette comédie, qu'est-ce qu'il était allé foutre dans cette piscine… Ça ne lui ressemblait pas. Et il m'a envoyée promener, on s'est disputés, et, disons qu'il a perdu ma confiance…

— Comme c'est bizarre, la coupa Erwan, un brin cynique.

— Non, il y avait quelque chose… Je le connaissais bien, je vous dis. Et quand il est tombé pour la deuxième affaire, l'histoire du gosse dans ce stade… Il est revenu me voir et j'ai refusé de le défendre. Je… je crois que c'est là que j'ai déconné.

— Vous le connaissiez bien ? reprit Lauterbach, suspicieux.

Elle redressa la tête et le toisa.

— Comme une avocate connaît bien son client. Il y avait un rapport de confiance mutuelle, de confiance professionnelle. Sinon, vous pensez qu'il s'en serait aussi pris à ma fille Salomé ?

— Pardon, ce n'est pas ce que je voulais dire…

— Oui, je sais… vous n'avez rien à dire, c'est bien ça ?

Ce fut à son tour de la fixer.

— Oui, c'est bien ça. Mais ne me prenez pas pour le chienchien de Rollin ou pour un abruti. Je ne compte pas rester inactif de mon côté, croyez-moi. Je vais me mettre sur la piste de ma fille, consignes ou pas consignes.

Nathalie sembla apprécier sa réaction.

— Moi aussi, je compte agir. On met nos billes ensemble ?

Il la voyait venir, il avait trop de choses à cacher. En quoi pourrait-elle lui être utile ? Il essaya de prendre un ton de regret pour lui répondre.

— Si j'apprends quoi que ce soit sur nos enfants, je… Je vous tiens au courant.

Elle le regarda méchamment :

— C'est ça, vous m'appellerez… Comme vous avez dit à ce pauvre Vitalli.

Nathalie lui tourna le dos et s'engagea dans les escaliers de la préfecture.

ÉLOÏSE

Dans le bureau du préfet, Éloïse Miraud posait un regard sceptique sur Rollin. Elle avait besoin d'explications sur son opération. Elle voulait aussi en savoir plus sur les exigences du ravisseur, savoir ce que cela voulait dire. Mais le préfet la devança, s'approchant d'elle une main tendue.

— À présent, mademoiselle Miraud, si vous permettez, nous devons discuter de cette affaire avec le procureur et le conseiller Salomo.

Elle en fut estomaquée, bien que se levant à l'invitation de l'homme.

— Mais... les consignes du ministre sont strictes, je dois participer aux réunions. Bien, heu... Dans quel service se trouve la cellule spéciale qui gère cette affaire ?

Elle tentait d'afficher son statut de membre du gouvernement. Raide comme un piquet, la bouche pincée et le regard neutre, fuyant bien que droit, sans aucune émotion. Ce n'était plus un être humain, juste un rôle, distant au possible, retranché derrière ses prérogatives, politique, déshumanisé.

— Je ne vous le dirai pas, s'amusa Rollin. Écoutez-moi bien, Éloïse, le ministre et moi nous sommes entendus et j'ai accepté votre participation à cette réunion, et à toutes celles que je ferai avec des personnes extérieures à mes services. Mais, pour le reste, il m'a donné carte blanche, et, malgré toute la confiance que peut vous accorder votre supérieur, pour ma part, je n'ai confiance qu'en mes collaborateurs. Désolé, il s'agit de sécurité nationale, vous devez comprendre, et il s'agit aussi de mon fils.

— Co... Comment ? Vous parlez de confiance ? Mais vous savez très bien que je suis habilitée au secret sur la sécurité intérieure.

— Oui, vous parlez de la DGSI là, mais ici nous sommes à Paris. Capitale de la France, certes, mais pas la France. Nous avons nos propres services, et mes accords avec le ministre ont été établis dans ce sens, le respect des règles, mademoiselle. Maintenant, si vous permettez.

Il la raccompagnait vers la porte. Elle tenta :

— Je... j'ai des comptes à rendre, à... au ministre. Votre plan, vos renseignements, donnez-m'en les grandes lignes ? Dans quel secteur géographique avez-vous localisé le ravisseur et...

— Oui, la coupa-t-il sèchement, au ministre. Et bien, quand vous verrez Laurent, vous lui direz qu'il n'a qu'à m'appeler s'il veut des renseignements, et dites-lui que...

Il s'était arrêté devant la porte ouverte, la déshabillant du regard, un sourire de vipère sur les lèvres.

— Au fait, en parlant de comptes à rendre, vous étiez bien l'assistante du député Frontin il y a cinq ans ? Ce bon vieux député...

Des bras aux pommettes de son visage, la peau de la jeune femme se para d'une teinte pourpre. Elle se rappelait très bien du député Frontin, soixante-douze ans et toute sa verve grâce aux petites pilules bleues. Il lui avait mis le marché en main, si l'on peut dire. Il lui offrait une place dans un ministère à la fin de son stage : simple échange de bons procédés. En contrepartie il lui avait proposé « la botte » selon ses termes... Juste une fois, juste une nuit avec lui, ce n'était pas cher payé pour une carrière au sein du gouvernement. Lui parlant de toutes les autres, députées et même ministres femmes : comment croyait-elle qu'elles avaient réussi ? Ce vieux satyre lui avait juré que personne, au grand jamais, n'en saurait rien.

Et maintenant, Rollin qui remettait ça sur le tapis. Elle se passa la main dans les cheveux en essayant de garder un sourire digne.

— Comme vous voudrez, monsieur le préfet, si ce sont les accords. Je... j'attends votre appel ?

— C'est cela, oui, attendez.

Il referma la porte, la laissant comme une merde sur le palier du bureau. Elle regarda rapidement autour d'elle pour voir si personne n'avait assisté à ce moment pitoyable de son existence et se secoua le corps. « Le salaud, pensa-t-elle, le salaud... » Mais que pouvait-elle faire ?

Elle continuerait sa mission, juste pour le faire chier, cet enfoiré – ses origines de fille de boutiquier remontaient parfois au travers de ses pensées. Et pour cela, elle devait en savoir plus. Elle repéra Lauterbach, l'air préoccupé, en train de descendre lentement les escaliers de marbre. Juste l'homme qu'elle désirait voir. Elle fit claquer ses talons pour le rejoindre.

— Commandant, attendez, je voudrais vous parler.

Il s'arrêta, pour la dévisager.

— Vous aussi, vous vous êtes fait mettre à la porte ?

— Heu, oui, mais ne vous inquiétez pas, le préfet a un bon plan et...

Il la coupa.

— Je les connais, ses plans.

Lui prenant le bras, elle fit son sourire le plus angélique.

— Vous m'en direz tant.

Délicatement, il ôta ses doigts de son avant-bras, comme s'il s'agissait de quelque chose de visqueux.

— Laissez tomber.

Il la regarda plus attentivement.

— Vous non plus, vous n'êtes au courant de rien, c'est ça ?

Elle reconnut son impuissance d'un mouvement de tête. Erwan y vit aussi de la haine pour Rollin et ça lui plut.

Il lui demanda :

— Madame la conseillère du ministre de l'Intérieur, qu'est-ce que je peux faire pour vous ?

— Je... j'ai pris l'affaire en cours, j'ai survolé le CV de Vigo Vasquez mais vous, vous avez travaillé plus de deux ans sur cette affaire du tueur des piscines. Racontez-moi. Racontez-moi tout, du début à la fin, jusqu'à la mort du gamin dans le stade. Puis le procès qui a suivi. Je veux tout savoir.

— Ça vous avancerait à quoi ? Et moi, qu'est-ce que ça me rapportera ?

— M'avancer à quoi ? gémit-elle. J'ai deux cents rapports à lire et douze milles minutes de procès à décrypter. Par contre, vous, vous pouvez m'en raconter plus en l'espace d'une heure. En contrepartie, je pourrais vous dire...

Elle le fit languir un moment, puis se décida à finir sa phrase.

— Je pourrais vous dire avec qui Vigo Vasquez s'est échappé cette fameuse nuit de novembre.

Tel un Indien Navajo, le gangster avait toujours su effacer ses empreintes après son passage, ne s'entourant que d'hommes prêts à mourir pour sa cause. Erwan savait que retrouver l'ombre de sa trace relevait de la mission impossible. Par contre, s'il s'était fait de nouveaux amis en prison, un voyou que la Criminelle connaissait, le commandant était persuadé de pouvoir remonter sa piste. Et donc, de retrouver le Noir.

Il afficha son plus beau sourire en direction d'Éloïse.

— Je vous offre un café ?

ENZO

Il l'avait regardée partir en pleurant : « Maman, maman… ». Et elle, elle disait : « Je vais revenir, je vais revenir… »

Enzo tapa des deux poings sur ses genoux. Assis sur la cuvette des toilettes, seul, enfermé dans la salle de bains, il n'avait pu empêcher les souvenirs de remonter à la surface. C'était à cause de ce SMS. Pourquoi son père se souciait-il de lui, à présent ? C'était un misérable, il n'en avait jamais rien eu à foutre de sa personne. Enzo s'était construit avec sa haine, comme un rempart, une forteresse qui l'isolait des autres, c'était sa compréhension du monde. *Vous n'aurez que de la rage de ma part, rien d'autre. Et surtout toi, papa…*

Ça lui bouffait le cerveau. Le gosse ne pouvait admettre que son paternel s'inquiète pour lui. Ça détruirait tout, la carapace qu'il s'était forgée et le tissu relationnel installé entre lui et son père. Des mots secs échangés, comme des coups, des claques, des regards de mépris. Auxquels Elvio Vitalli s'était plié, il aurait fait n'importe quoi pour son fils, mais cela, Enzo ne le voyait pas.

Il se raccrochait à ça, pour ne pas se souvenir, ne pas subir, encore et encore, l'absence de sa mère. Il avait six ans, il la revoyait, sa valise à la main, droite et tremblante face à son père, assis derrière sa table, sa bouteille.

— Bon, bah… J'y vais, alors.

Les yeux vitreux du vieux n'avaient pas cillé et Enzo avait éclaté en sanglots, s'accrochant à ses jambes comme on s'accroche à une bouée en pleine tempête. « Ne pars pas... ne pars pas... » Elle s'était baissée, jusqu'à ce que ses cheveux caressent son visage, et lui avait demandé de « s'occuper de son père » Elle lui aurait demandé de se jeter dans une forge emplie de lave en fusion, cela n'aurait pas été pire. Il se rappelait, et les larmes dévalaient sur son visage tel un torrent.

« Enzo, il faut que tu restes avec papa, tu ne vas pas le laisser tout seul ? Tu comprends ? »

Il ne comprenait pas.

« Et puis, quand maman sera installée, tu pourras venir dans la grande maison de Jacques à Nice, tu verras, il y a... Il y aura d'autres enfants de ton âge. Tu sais, je serai un peu leur maman, à eux aussi... »

Sa mère allait s'occuper d'autres enfants... Elle l'abandonnait !

Enzo sentit les sanglots l'étouffer, il fallait qu'il se calme. Il entendit la voix de Salomé derrière la porte.

— Enzo, ça va ? Qu'est-ce que tu fais ?

Le garçon ouvrit la bouche pour répondre, mais une salive épaisse le paralysait, il referma les lèvres en donnant un grand coup de poing dans le mur sur sa gauche et en se raclant la gorge.

— Oui ! Ça va, ça va ! cria-t-il un peu trop fort.

La voix de Salomé le réconfortait. Ça allait mieux, il n'aurait pas dû se mettre dans un état pareil.

« Salomé... » pensa-t-il.

Jamais une fille de la sorte n'avait croisé son chemin. Quelque chose l'intriguait. Il essaya de se rappeler. Cela avait un rapport avec tout ce qui venait de lui passer par la tête. Il se remémora les mots, ce n'était pas ça. Les gestes alors ? Ses yeux cherchèrent autour de lui, sa main gauche se plaqua contre le mur, glissant en faisant des cercles, il ripa sur une grosse vis. Puis une autre, et encore deux, aux angles d'un carré.

La plaque de fer devait mesurer un mètre sur un mètre, fixée au mur par ces quatre grosses vis. Enzo tapota dessus, puis frappa, comme on le fait sur une porte. Ça résonnait.

Son esprit s'échauffa : seul ce mur de la salle de bains avait été repeint d'un blanc lumineux. Les trois autres, de la même teinte, avaient le terne des années passées. Cela démontrait que la plaque de fer avait été ajoutée récemment, et que quelqu'un avait voulu la dissimuler.

Il était à présent à genoux près du mur, son oreille plaquée contre le métal froid. Derrière, cela sonnait creux, et un souffle en ressortait, un peu comme lorsque l'on écoute à l'intérieur des coquillages.

Enzo n'avait jamais tenu de coquillage de sa vie, mais il avait déjà posé un verre de cantine contre son oreille, ça faisait le même effet.

Il se recula. De quoi s'agissait-il ? Un passage, sans aucun doute. Ou bien, une aération. Ils étaient sur un bateau et il y avait toujours ces grosses sorties d'air en forme de périscope sur les ponts.

De son ongle crasseux, il réussit à écailler la peinture sur une des vis. Elle devait faire dix millimètres de diamètre et le garçon du quartier de la Fourche n'osait imaginer sa longueur. Il s'agissait d'un gros modèle. Plaquée, collée contre le mur par une visseuse électrique – Enzo avait aidé à la réfection d'un appartement et se rappelait des cloisons de placoplatre fixées à l'aide de longues vis sur des cadres de ferrailles –, mais surtout, la peinture avait fini de la souder au fer.

Autant rêver.

Mais rêver n'empêchait pas d'essayer.

Il ressortit de la salle de bains. Son visage imprégné de concentration intrigua Salomé. Elle se rapprocha de lui alors qu'il ouvrait un à un les tiroirs de la cuisine.

— Ça va ? Je… je t'ai entendu… Tu pleurais ?

Enzo se retourna, il était mortifié.

— Heu, non, enfin, ça va, c'est passé…

— Tu sais, j'ai un peu réfléchi, et je crois qu'il ne faut pas s'inquiéter. Maxime est le fils du préfet quand même, tu imagines ? Et nos parents vont tout faire pour nous sortir de là.

Elle essayait de le rassurer, Enzo en était presque gêné. Il demanda à brûle-pourpoint :

— Tes parents, ils sont toujours ensemble ?

— Hein, quoi ? Non. Non, ils sont séparés. Toi aussi, hein ?

Il retourna à ses tiroirs.

— Oui, moi aussi.

Tout en farfouillant au milieu des couverts, son esprit turbinait. Il finit par trouver ce qu'il désirait, une fourchette avec un manche plat et épais, et une autre de même nature, afin de faire levier sur la première.

Salomé haussa les épaules et se détourna pour partir. Sur le canapé, Camille et Choupette regardaient un dessin animé, tandis que Maxime dormait, le corps agité de spasmes, tel un chien pris de rêves de chasse.

Enzo hésita un instant, puis rattrapa la jeune fille pour chuchoter à son oreille.

— Je… J'ai peut-être trouvé un moyen.

— Un moyen ? demanda-t-elle sur le même ton de conspiration.

— De nous évader, enfin, je veux dire, de partir d'ici.

— Hein ? Tous les cinq ?

— Non, toi et moi. Il faut qu'on aille prévenir la police, et surtout, il ne faut pas que tu restes, avec le... l'autre taré, là.

Il indiquait la porte de la cabine du regard, désignant implicitement le garde qui se trouvait derrière.

— Mais enfin, je viens de te dire que... Qu'il vaudrait mieux attendre.

Au regard de déception que lui jeta le garçon, Salomé regretta aussitôt ses paroles. Quant à Enzo, il était prêt à lui avouer qu'il possédait un portable, et qu'il suffisait, peut-être, qu'ils atteignent le pont pour pouvoir appeler les flics. Il se retint pourtant, et secoua la tête, se disant qu'il y arriverait bien tout seul.

— C'est pas grave, reprit-il, oublie. Je... j'ai rien dit.

Il avait glissé les fourchettes dans la poche de son survêtement et cela n'avait pas échappé à la jeune fille. Elle le suivit de ses yeux bleus alors qu'il retournait vers la salle de bains.

À ce moment-là, ils entendirent les verrous de la porte du salon se mettre à claquer. Tous se figèrent, Choupette se blottissant dans les bras de Camille. Le premier homme entra, le petit, qui semblait boiter. Il posa un doigt sur ses lèvres. Le silence était de mise. Une femme le suivait, porteuse de deux gros sacs de provisions marqués du sigle Carrefour, et enfin, bloquant la sortie, le plus épais des gardes s'encadra dans la porte. Enzo remarqua que son regard se portait, encore, exclusivement sur Salomé. Il sentait comme des fourmis furieuses qui parcouraient ses veines. La femme, une Viêt qui paraissait terrorisée, jeta un œil interrogateur au chef des gardiens. D'un mouvement de tête, il lui désigna la grande table ovale. Elle y déposa les sacs et tout en reculant, risqua un œil sur les deux petites filles.

— Je vous présente Lyo, elle viendra vous préparer le dîner et s'occuper des gamines ce soir. Interdiction de lui parler. En attendant, le petit déjeuner, comme promis. Il n'y aura pas de déjeuner. Vous dînerez à 6 heures.

Le boiteux avait parlé d'un ton sec, puis d'un signe de tête fit signe aux autres de sortir.

En quelques secondes, les ravisseurs et la jeune femme avaient quitté la pièce et verrouillé la porte. Par défi, Salomé avait toisé le garde qui la fixait, elle en avait ressenti des frissons de terreur. Elle devait le reconnaître, Enzo avait raison, ce garde n'était pas net. Les petits yeux noirs de l'homme cagoulé dégageaient un désir vicelard qui lui avait glacé le sang.

Alors que Camille et Choupette déballaient les cakes, pots de Nutella, boîtes de Palmito et jus d'orange, laissant volontairement Maxime dans son sommeil, l'adolescente rejoignit Enzo qui allait s'engouffrer dans les toilettes.

— Attends, je… J'ai changé d'avis. C'est quoi ton plan.

Le garçon ne put retenir un sourire de soulagement. Il s'en rendit compte et tenta de reprendre un air sérieux.

— C'est même pas sûr, heu…

Il tourna la tête de tous côtés. Puis, désignant la salle de bains :

— Donne-moi cinq minutes, et je te dis.

Intriguée, elle le laissa s'enfermer et alla voir ce que la femme avait ramené pour le petit déjeuner. Ses doigts partirent s'emmêler dans les cheveux de la petite Camille.

— Alors Camille, ça va ?

La gamine s'engouffra un pain au lait garni d'une bonne couche de Nutella avant de répondre.

— Oui, fit-elle en montrant Choupette. De m'occuper d'elle, ça m'empêche d'avoir peur et de penser à ma maison. La pauvre, tu sais, elle est toute petite.

Salomé lui rendit un sourire grave.

— Tu es vraiment courageuse, tu sais.

— Heu, tu crois que… Qu'on pourra rester amies, après, je veux dire, quand on sera rentrées chez nous ?

— Bien sûr.

Camille secoua sa tignasse châtain clair.

— Mouais, tu dis ça, mais tu retourneras voir les filles de ton âge, et moi, tu m'oublieras.

La jeune fille se mit à hauteur de la gamine.

— Camille, je te promets que… Qu'est-ce que tu dirais d'une soirée pyjama ? Hein ? Je t'inviterai à dormir chez moi, si tu veux, et on se fera une petite soirée entre filles. Tu sais, j'ai pas beaucoup d'amis, fille ou garçon, en vérité.

— T'as quand même une meilleure amie ?

— Même pas, enfin si, j'en avais une, mais elle a déménagé à Perpignan et je ne la vois que pendant les vacances.

Le visage de la petite s'illumina.

— Heu, tu sais, peut-être que si on se voit souvent… eh bien… on pourra, je… je pourrais être ta meilleure amie ?

Elle en était devenue écarlate, sur ses derniers mots. Salomé se mit à rire.

— T'es toute rouge, il faut pas ! Si tu veux, je serais vraiment, vachement, super heureuse que tu sois ma meilleure amie.

— Pour de vrai ?

— Oui. En attendant, occupe-toi bien de Choupette et sois courageuse. Il ne nous arrivera rien, faut juste attendre que le temps passe, et qu'on nous ramène chez nous.

— Et, t'as vu la dame qui va venir nous faire à manger, elle a l'air gentille.

— C'est vrai.

Camille devint songeuse.

— Oui, c'est vrai, mais j'aimerais quand même retourner à ma maison.

— Tes parents te manquent ?

— Mes parents ? Heu... Oui, enfin, c'est plutôt Fati qui me manque. J'aimerais qu'elle soit là et qu'elle me prenne dans ses bras.

— Fati ? C'est qui ? C'est ta meilleure amie ?

— Non, c'est Fatima, c'est ma nounou. Mais c'est comme ma meilleure amie aussi, je te la présenterai, tu verras, elle est... Elle est super.

Salomé lui ébouriffa tendrement les cheveux et regarda le dessus de la table.

— J'ai faim moi. Alors, qu'est-ce qu'il y a ?

— Y'a du Tella !

C'était la petite Choupette qui répondait, la bouche entourée de chocolat aux noisettes. Salomé la prit dans ses bras.

— Eh bien, on va se faire une petite tartine, avant que tu n'aies tout mangé !

Les trois gamines éclatèrent de rire.

Enzo était revenu, il affichait le sourire du gars qui vient de gagner le premier prix mais qui n'a pas le droit de le dire. Salomé croisa son regard, excitée et curieuse. Il se contenta d'acquiescer puis s'adressa à Choupette.

— Alors, Choupette, dis-moi, il a l'air bon ce Nutella ?

Derrière eux, ils entendirent la voix de Maxime qui émergeait.

— Du Nutella, qui a parlé de Nutella ?

Les trois enfants soupirèrent en le regardant se pointer à table. Il avait l'air peiné et blessé. De les voir rire ensemble le rendait jaloux. En vérité, comme les autres, il avait besoin de soutien. Enzo s'en aperçut et fit glisser le pot de chocolat jusqu'à lui.

— Tiens, mon gars, fais-toi plaisir, mais ne mange pas tout cette fois-ci.

— Heu, merci, je... Non, je... je voulais dire, je regrette pour tout à l'heure.

Ça détendit les autres. Camille lui dit :

— On va avoir une nounou, une dame qui va venir nous faire à manger. Tu veux du jus d'orange ? Y'a pas de coca.

— Très drôle ! répondit Maxime, puis il sourit franchement. Merci, Camille. Si t'as déjà bu, je veux bien un peu de jus d'orange.

Voyant que la paix était revenue, Salomé et Enzo firent mine d'aller manger leur tartine près de la télévision. La jeune fille dévorait Enzo du regard.

— Alors, tu vas me dire ? Qu'est-ce que t'as trouvé ? Un passage secret dans les chiottes ?

Le garçon rigola.

— Presque.

Puis, il reprit son sérieux pour lui expliquer.

— Il y a une plaque de fer vissée contre un mur, et derrière ça sonne creux. J'ai réussi à décoincer les vis mais j'ai pas osé enlever la plaque, si jamais un des autres veut aller aux toilettes.

— Ha, c'était pour ça la fourchette ? Fais voir.

Il lui montra « l'outil ». Il avait replié trois des dents de la fourchette pour se servir de la dernière comme d'un tournevis.

— Voilà, t'es contente ?

— T'es un vrai bricoleur, toi, le taquina-t-elle.

Ça lui ramena une image, un film d'horreur qu'il avait vu.

— Tu sais, les fourchettes c'est utile. On peut même tuer avec, je l'ai vu dans un film. Bon, il faut que les quatre dents soient vers le haut, mais regarde, tu plantes la fourchette là, dans le cou du type et tu tournes, tu tournes comme si tu mangeais des spaghettis. Y'a une artère là, le mec il se pisse de son sang et il crève.

— Arrête, t'es dégueulasse.

Ça l'amusait de voir la jeune fille horrifiée :

— Tu devrais pas rigoler, et même, tu devrais en garder une sur toi, de fourchette, on ne sait jamais, ajouta-t-il en jetant un énième regard vers la porte.

Gênée, Salomé préféra changer de sujet de conversation.

— Et ta planche, dans les toilettes, tu crois qu'il y a un passage derrière ?

— Je ne sais pas, on verra cette nuit. Quand tout le monde dormira, je démonterai les quatre vis et je libérerai la plaque. C'est peut-être des voies d'aération.

— Et si c'est le cas, ça va te… Ça va nous mener où à ton avis ?

— Je sais pas, sur le pont. Et de là, on pourra peut-être rejoindre le quai. C'est grand un bateau. Si ça marche, heu…

Il hésitait encore pour le portable, mais s'abstint d'en parler.

— Si on peut prévenir quelqu'un, si ça se trouve, demain matin la police sera là, non ?

— Il faut qu'on trouve un téléphone.

Enzo retint un sourire.

— On trouvera, ne t'inquiète pas. D'abord, on doit sortir d'ici, et surtout, Salomé, il ne faut en parler à personne, d'accord ? Les filles sont trop petites et Maxime…

Ils échangèrent un regard entendu. La jeune fille avait compris.

— Oui, tu as raison.

Le garçon posa ses yeux sur le hublot, encore blanchi de la lumière du jour.

— À présent, y'a plus qu'à attendre.

— Et espérer… ajouta Salomé.

SALOMÉ

Lyo, la jeune Viêt, était revenue vers 5 heures, en même temps que le crépuscule. Le jour ne baignait plus les hublots recouverts de blanc, au contraire. Enzo s'était échiné à essayer de voir quelque chose au travers et il était sûr d'avoir pu distinguer des lumières vers le bas. Comme des étoiles sur le sol, les lampadaires du port.

La jeune fille leur avait préparé des raviolis en boîte que les enfants avaient dévorés, assis tous les cinq autour de la grande table ovale. Aucun n'avait vraiment envie de parler, et l'arrivée du crépuscule avait réveillé le cafard en chacun d'eux, notamment des plus petits.

Choupette faisait grise mine, toujours collée à la petite Camille : Lyo était restée près d'elles pour leur chanter des petites chansons. Maxime s'abrutissait de télé. Salomé s'était décidée à montrer à Enzo comment jouer aux échecs. Elle n'en pouvait plus de le voir tourner en rond et avaler les kilomètres avec ses baskets usées. Le garçon se sentait comme une balle élastique jetée entre quatre murs.

Au moins, tant qu'il essayait de se rappeler si le pion devait sauter, ou pas, par-dessus son adversaire pour pouvoir le manger, il ne pensait pas aux quatre vis de fer dans la salle de bains.

Choupette avait fini par s'endormir dans les bras de Lyo, qui l'avait couchée sur son matelas près de celui de Camille. Maxime s'était octroyé le canapé, ne s'apercevant même pas que la télé était éteinte tant il ronflait. Quant à Salomé et Enzo, ils s'étaient allongés à un mètre l'un de l'autre.

Le petit garde à la jambe folle était venu chercher la Viêt en crachant de sa voix sèche :

— On éteint maintenant. Et on dort. Compris ?

La pièce était plongée dans une demi-obscurité, la lumière électrique provenant des coursives extérieures passait au travers des hublots peints. Jetant les meubles en ombres sur les murs et faisant se découper les formes des enfants et de leur matelas sur le sol moquetté. Enzo pensait que du dehors on devait moins bien voir que de l'intérieur. Il guettait le hublot qui se trouvait près de la porte, ou de temps en temps passaient les silhouettes des têtes de l'un ou de l'autre garde. À un moment Salomé émit un petit sifflement afin d'attirer son attention : elle lui désigna un autre hublot, sur le mur d'angle. On y voyait en ombre chinoise le crâne chauve du plus gros, son visage plaqué contre la vitre. Il essayait de regarder dans la pièce, en direction de l'adolescente. Enzo sentit ses muscles se tendre tels des filins d'acier sous sa peau. Il fallait qu'il reste patient, qu'il attende, encore et encore. L'homme finit par partir, et les secondes, les minutes, les heures continuèrent de tourner.

Le bateau s'était mis à tanguer. Un orage, une tempête, on entendait le crépitement de la pluie sur les rambardes au dehors taper comme des rafales de mitraillettes alors que le tonnerre grondait, jetant parfois de grandes flaques de lumière aveuglante dans un fracas de guerre.

Deux heures et demie, sur la montre d'Enzo. Il rampa, tant bien que mal à cause du roulis, jusqu'au tas de couvertures qu'il avait préparé à côté du canapé et les ramena à lui. D'un geste adroit, il en jeta deux à Salomé, tout en surveillant les hublots. Les deux grands en firent des boules qu'ils glissèrent dans leur couchage, ensuite Enzo fit signe à Salomé d'attendre. Il se leva et tituba en direction des toilettes. Il entendit :

— Chuis malade, qu'est-ce que tu fais ?

C'était Maxime, il s'était redressé sur son canapé.

— Moi aussi je suis malade, je vais aux toilettes. Tu veux m'accompagner ?

— Non, ça va, je crois que je vais me retenir, ou alors, je vais vomir ici.

— Attends, je t'apporte un saladier, proposa Enzo.

Il fit l'aller-retour pour le lui donner et vit avec soulagement que le petit gros se recouvrait la tête de sa couette pour se rendormir. Le garçon se rapprocha de Camille, dont il voyait les yeux clairs briller dans l'obscurité.

— Ça va ? T'as du mal à dormir ?

La petite chuchota :

— J'ai pas peur de l'orage, mais j'aime pas quand ça bouge.

— Et Choupette, elle dort ?

— Oui, on dirait qu'elle entend rien, elle dort comme un bébé.

— C'est bien, reste près d'elle et essaye de te rendormir.

La gamine avait remarqué Salomé, qui regardait vers eux et se redressait de temps à autre sur son matelas.

— Qu'est-ce que vous faites ? demanda-t-elle.

Enzo se mit à genoux pour se rapprocher le plus possible de Camille.

— Heu, on va... On va essayer d'aller prévenir la police, pour qu'ils viennent nous chercher. Dors, ne crains rien.

Elle le fixa un long moment, puis elle dit :

— Tu vas revenir ? Je veux pas rester seule avec l'autre idiot.

Le garçon sentit son cœur se déchirer, il ne pouvait pas lui mentir, faire ce que lui avait fait sa mère. Il lui souffla :

— On va revenir avec la police, ne t'inquiète pas.

Il estima que le moment était propice – pas d'ombres aux hublots et Maxime qui ne bougeait plus –, et fit signe à Salomé de le rejoindre alors qu'il se dépêchait vers la salle de bains.

Dès qu'ils furent à l'intérieur, la porte fermée, il éteignit la lumière. Salomé s'inquiéta.

— Qu'est-ce que tu fais ? On voit rien.

— Attends.

Il sortit, le plus discrètement possible, son portable et l'alluma pour s'en servir comme d'une lampe de poche.

— Putain, t'as un portable ! chuchota un peu fort la grande.

— Chhhhutttt, oui, mais il marche pas, y'a pas de réseau. Peut-être que si on arrive à sortir...

Salomé le regardait tordre ses fourchettes et s'attaquer au dévissage de la plaque.

— C'est ça ta sortie ?

— On va le savoir bientôt, attends, passe ta main. Passe ta main !

Malgré le roulis, qui les faisait se cogner et la presque totale obscurité, il put voir un sourire sur le visage de la jeune fille lorsqu'il guida sa main vers l'angle de la plaque qu'il tirait à lui, après avoir enlevé la première vis. Un courant d'air frais lui fouettait les doigts. Il se dépêcha d'enlever les trois autres et déposa le morceau de fer sur le mur opposé.

L'air froid passait par intermittence, il y avait un battant qui tremblait sur l'ouverture. Elle était moins large que prévu, à peu près cinquante centimètres de chaque côté. Enzo poussa le battant et avança son téléphone pour voir l'intérieur. C'était un passe de buanderie, un toboggan d'aluminium qui démultipliait la lumière, en légère pente sur deux mètres, avant de plonger vers l'inconnu. Enzo entendait presque le cœur de Salomé battre. Il pensa : « C'est de la folie, j'aurai dû m'en douter. » À présent, la peur les tenaillait tous les deux. La jeune fille prit les devants.

— On y va ?

— Et si c'est fermé, de l'autre côté ?

— Je ne crois pas, et puis, on pourra toujours remonter. Il faut y aller avec les pieds en premier, comme ça, s'il faut sauter, on est bons.

— T'as fait de la spéléo ou quoi ?

— Non, répondit la fille, ma mère m'emmenait à Adventureland à Poissy. Y'avait des tunnels qui menaient dans des piscines à balles, tu connais pas ?

— De nom, je connais de nom.

Ils chuchotaient au maximum du possible, leur voix à peine audible. Salomé voyait le téléphone trembler légèrement dans la main du garçon, elle avait envie de lui demander pourquoi il lui avait posé cette question sur ses parents, s'ils étaient divorcés ou pas. Ce n'était pas le moment.

— Bon alors ? Tu te décides ou j'y vais en premier ?

Enzo lui jeta un regard blême. Il avait peur de faire une crise de claustrophobie : en plus, avec le sol, le plafond et les murs, la terre entière qui semblait danser la valse, il risquait de devenir fou s'il se retrouvait coincé dans le passage. Il remarqua le petit sourire sur le coin des lèvres de la fille et rétorqua :

— J'y vais, je te laisse le portable. Éclaire-moi.

Il se tordit en deux et fit glisser ses jambes dans l'ouverture, Salomé retenait le battant, et le sang dans ses tempes tambourinait comme à un jour de kermesse.

Il eut du mal à passer le premier angle, mais se retrouva rapidement dans le conduit vertical, à descendre lentement, dans le frottement des parois. Il faisait de plus en plus sombre et déjà la panique le guettait. Le bateau balançait, il avait les coudes le long du torse. Et s'il ne pouvait pas remonter ? Et Salomé, comment allait-elle savoir s'il était resté coincé ou pas ? « Tu vas pas faire ta chochotte à présent, se morigéna-t-il, allez ! »

Centimètre par centimètre, il descendit l'équivalent d'un étage, puis ses pieds butèrent sur quelque chose. C'était l'heure de vérité : en se glissant sur le second toboggan, il eut l'impression de ne plus pouvoir se mouvoir. Il ahanait, la pente était trop douce. En plus, il se rendit compte que s'il arrivait à passer l'angle en descendant, il ne pourrait jamais le faire en remontant, sans aucune prise. Il resta coincé dans le coude, réfléchissant, sa conscience lui disant que la sortie était probablement bouchée, et qu'il risquait de finir sa vie empêtré dans ce conduit.

Il commença à remonter, ce n'était pas possible, la sortie était fermée, voilà tout.

D'un coup, il vit une petite lumière au-dessus, Salomé qui arrivait.

— Salomé ?

Il l'appela tout doucement.

— Qu'est-ce que tu fous ? Avance !

— Salomé, c'est... C'est coincé !

— Hein, qu'est-ce que tu dis ? Attends, j'arrive.

Enzo pensa : « Et merde ! »

Et il s'engagea d'un coup de rein dans le dernier passage. Poussant sur ses mains, il se fit glisser, son pull remonta sur son visage, manquant l'étouffer. Enfin, il sentit sous ses pieds le battant qui s'ouvrait. Un élan de joie gonfla dans son corps, il eut envie de crier. Mais de sentir le vide aspirer ses jambes le stressa à nouveau, il n'avait aucune prise. Et s'il tombait de plusieurs mètres ? Tant pis, il essayerait de se rattraper au battant.

Cela ne fut pas nécessaire mais il eut la peur de sa vie en sentant ses pieds bloqués par le plancher alors que la moitié haute de sa poitrine était encore à l'intérieur. Il se tortilla comme un ver et se retrouva sur un sol de ciment, plongé dans le noir. L'obscurité plus le roulis du bateau lui avaient fait perdre l'équilibre, il était incapable de se relever. Il se plaqua au mur pour reprendre son souffle en attendant Salomé.

Elle sortit avec la lumière du téléphone et se releva aussitôt, regardant autour d'elle.

— Enzo, t'es où ?

— Chuis là, par terre.

Il se força à se lever. Dieu qu'il avait mal au cœur, mais ça passait. La peur avait fait des ravages.

— Ça va ? demanda-t-il.

— Oui, ça va. On est où ?

Le petit écran du cellulaire éclairait de grands bacs sur roulettes, et des machines à laver.

— C'est la buanderie, expliqua Enzo. Il n'y a pas de fenêtres, on devrait pouvoir allumer.

Ils trouvèrent rapidement l'interrupteur et furent heureux de se voir à nouveau en entier. Il y eut un énorme bruit de tonnerre, et le bateau sembla monter de deux étages pour redescendre aussi vite, le garçon et la fille se retinrent l'un à l'autre en soufflant.

— Ouah, quelle vague...

Enzo paraissait soucieux.

— Oui, j'espère qu'on est toujours dans le port.

Salomé n'y croyait pas trop. Cela aurait voulu dire qu'ils auraient fait tout ça pour rien. Elle le regarda dans les yeux.

— On le saura bientôt. On va voir ?

D'un coup de tête, il exprima son accord. Elle se rapprocha de la porte, éteignit la lumière et déverrouilla les clenches.

Ils eurent l'impression d'émerger dans un entrepôt géant, le sol de ferraille était parcouru de flaques, et au plafond brûlaient des dizaines de néons. Il se trouvait au tout début de l'immense cale du bateau, parsemée de piliers, bourrée de conteneurs, montant et descendant au gré des vents, qui se terminait par des bruits et des lumières venant du dehors qui firent bondir le cœur de nos deux ados.

Ils se glissèrent de la pièce pour aller se cacher derrière une palette de bidons recouverte d'un filet de cordages. Devant eux, à une bonne centaine de mètres, ils voyaient la sortie. Des camions entraient et sortaient sur une passerelle menant sur le quai du port. Ils distinguaient ses lampadaires brumeux striés par la pluie, l'air froid, la liberté ! Des douzaines d'hommes hurlaient, garant les véhicules, déchargeant des caisses : ils se trouvaient à l'extrémité de la cale, là où s'effectuaient les manœuvres de chargement.

Enzo et Salomé se tenaient à l'endroit menant aux cabines et au poste de pilotage. Ils rejoignirent l'ombre d'un conteneur et commencèrent à se faufiler vers la sortie.

Plus ils avançaient, plus cela devenait dangereux. Ils furent obligés de s'arrêter, cachés le long de la paroi derrière un camion. Face à eux, un espace fortement éclairé était animé par le va-et-vient de véhicules et d'hommes recouverts de cirés. Le bruit des moteurs, et les cris des uns et des autres faisaient penser à une préparation de guerre.

Salomé se pencha vers Enzo pour chuchoter :

— T'as allumé le portable ?

— C'est la merde, toujours pas de réseau.

Ils observaient quatre marins en train de fixer avec des câbles une camionnette afin qu'elle ne se balade pas à cause du roulis qui secouait le bateau. Enzo demanda :

— Tu crois qu'ils marchent avec les ravisseurs ? On pourrait essayer de leur parler ?

L'adolescente resserra son emprise sur son bras, lui désignant la paroi opposée.

— Les méchants sont là-bas, regarde.

Derrière une rangée de caisses en bois, des hommes armés de fusils d'assaut donnaient des ordres et récupéraient des bordereaux, tout en distribuant des enveloppes. En fait, dans chaque coin de la cale, des soldats patrouillaient. Mais ce n'était pas tout. Enzo repéra deux gardes postés de chaque côté de l'entrée de la cale qui s'ouvrait comme sur les ferries, en faisant une passerelle sur le quai, et sur laquelle entraient et sortaient les camions. Outre leurs armes, les gardes possédaient de solides torches qu'ils baladaient sur les visages des marins qui passaient près d'eux.

— Merde…

— Tu l'as dit, répliqua la fille. Qu'est-ce qu'on fait ?

— Je ne sais pas. On est à trente mètres de la sortie, et avec ces soldats…

Salomé lui donna un coup de coude.

— Il y a peut-être un moyen, regarde !

Un semi-remorque avançait vers eux pour se garer le long de la paroi. Le temps que le chauffeur mette le frein à main et descende de la cabine, les deux gamins avaient longé le mur pour aller se planquer entre ses roues arrière. À présent, ils se trouvaient à quelques pas de la sortie, et des véhicules s'étaient mis en file indienne, traversant la passerelle et débordant sur le quai. On les voyait à peine à cause des trombes d'eau au-dehors. Un camion se pointa pour sortir et le garde fut obligé de rentrer à l'intérieur afin de le laisser passer.

C'était leur chance.

Un matou serait à peine passé entre la paroi et le fourgon, mais Enzo et Salomé n'étaient pas du genre obèse, le seul problème c'est qu'entre leur planque et le camion subsistaient trois mètres à découvert. Trois petits mètres. Et juste en face se tenait un garde, les deux mains serrées sur une Kalachnikov. Enzo entendit crier :

— Dépêchez-vous, dans vingt minutes on ferme tout ! Compris ?

Il se tourna vers son amie.

— Salomé, il faut tenter le coup. Regarde, toutes les deux minutes, le garde tourne la tête pour voir si les autres ne lui font pas un signe.

Les bras serrés contre la poitrine, la jeune fille frissonnait. Enzo s'inquiéta.

— Qu'est-ce qui se passe, t'as froid ?

Elle claquait presque des dents.

— J'ai pas pris de petite laine, désolée. J'ai l'impression d'avoir les os en glaçons, mais ça va aller… Qu'est-ce que tu veux que je fasse ?

La totale confiance qu'elle lui accordait troubla le garçon. Pour le coup, de son côté, il avait chaud.

— Bon, tu vas prendre le portable. Dès que le garde se retourne, tu fonces et tu te planques sur le quai. Je te rejoins juste après.

Elle secoua la tête.

— Non, non, non. C'est ton portable. Tu y vas en premier, comme tout à l'heure.

— Mais si, je... Si on nous voit, tu seras coincée !

— Au contraire, s'ils te voient, ils te courront derrière, ils sauront pas que je suis là. Hé, hé, pas bête la blonde.

Elle essayait de sourire, mais devait retenir ses dents de s'entrechoquer dans le même temps.

— Ouais, pas bête, reprit-il à contre-coeur. J'aurais préféré que...

— Cesse de discuter, dans une demi-heure on aura appelé les flics. Vas-y, fonce.

Elle le poussait vers l'avant. D'un coup, le bateau se souleva. Ils virent les roues du camion décoller et faillirent avaler leur cœur alors qu'il manquait les écrabouiller contre le mur. Une palette au fond s'était détachée, les marins criaient. Devant eux, le camion avait glissé de quelques mètres lorsque la passerelle avait tapé. Quelqu'un hurla des ordres :

— Virez-moi ces camions avant qu'ils ne tombent à la flotte, allez !

Salomé serra la main d'Enzo de toutes ses forces.

— Faut y aller, le soldat regarde de l'autre côté, vite.

Il crut qu'elle allait le suivre et se précipita, mais sa main resta vide. Et en trois bonds, il se retrouva sous la pluie, le long du camion, sur le pont qui menait au quai. Il regarda vers l'intérieur de la cale. Salomé le fixait, et puis il y eut le bruit du moteur et le camion commença à sortir, quittant la passerelle. Le garçon suivit le mouvement en trottinant, voyant la jeune fille s'éloigner, le pont se dégager et le deuxième garde reprendre sa place.

Salomé était coincée à l'intérieur.

ENZO

Les trombes d'eau lui tabassaient les épaules alors que le camion s'éloignait. D'un rapide regard, il se situa sur un long quai bordé de plusieurs cargos. Plus loin, des hordes de lampadaires jetaient comme des flammes leurs lumières tremblantes sous les assauts du vent, et derrière, des immeubles immobiles, défiant la tempête, parsemés de petits carrés jaunâtres, de vie.

La ville, les secours, les flics.

En attendant, sur le quai, les hommes pullulaient. Le gamin se trouvait dos à un mur de conteneurs. Ils étaient empilés les uns sur les autres, donnant la taille d'un immeuble à leur conglomérat. Le camion reculait toujours, Enzo était à découvert. Il repéra les portes grandes ouvertes d'un des conteneurs et plongea dans l'ombre qui s'offrait, se plaquant à la paroi pour continuer d'observer dehors.

Il savait que s'il ne bougeait pas, il serait sauvé, personne n'irait le chercher là et il pourrait discrètement s'éloigner au moment propice. Mais son regard ne quittait pas la grande ouverture de cale. Avec l'orage et la nuit sans lune et sans étoile qui recouvrait ce coin de terre, ça faisait comme un immense écran de cinéma. Des véhicules en sortaient, des hommes armés, luisant comme des cafards dans leur ciré sombre et trempé, et, collée sur la gauche, il voyait la silhouette de Salomé. Il était persuadé qu'elle regardait dans sa direction, le cherchant des yeux. Elle fit une sorte de signe de la main, et il la vit disparaître vers le fond. Elle allait sûrement retourner avec les autres, pour veiller sur Camille et Choupette.

Il était fou d'inquiétude. Sa main farfouilla dans la poche de son survêtement et en sortit le téléphone portable. Il alluma l'écran et son visage s'éclaira de joie, il y avait du réseau.

Juste à ce moment, un bruit de moteur le fit bondir, un camion reculait à toute allure dans sa direction, ses feux arrière brûlant comme deux gros nuages rouges sous le filtre de la pluie. Enzo replongea le portable dans sa poche et regarda en tous sens, il se précipita vers le fond du conteneur, se cognant les pieds dans des rouleaux de câble. Son cœur battait à la vitesse d'un télégraphe de la Western Union, il y voyait que dalle. Le camion se plaqua à l'entrée du rectangle de fer, l'illuminant de ses feux, on se serait cru dans un four à pizza garni de braises rougeoyantes. Son pied buta et il s'étala, le souffle haché, en panique. Des portières claquèrent, des hommes arrivaient. Ombre parmi les ombres, on ne voyait que ses mouvements désordonnés sur le sol, il rampait tel un lézard affolé à qui l'on vient de couper la queue. De ses doigts mouillés il agrippa une grosse toile de jute et se traîna dessous, pour pivoter, face vers l'entrée, et s'immobiliser.

Dans ses oreilles, le sang tapait, mais aussi le bruit des pas sur le sol de ferraille qui résonnait jusqu'à faire trembler ses os.

Deux hommes avancèrent jusqu'à lui. Couverts de plastique gris foncé, dégoulinant de pluie, une eau noire comme de l'encre. Enzo pouvait voir la moitié de leurs corps au travers d'un pli de la bâche. Il se retint de respirer et son cœur fit un double salto quand résonna en un bruit de tonnerre le choc d'une caisse qu'on lâche sur le sol. Une caisse de bois avec des inscriptions en lettres gothiques dessus.

L'un des individus avait la voix grave et forte.

— Ici on sera bien... Putain de temps de chiotte.

Un décideur, fort en gueule, pas comme le deuxième dont la voix chuintait, comme sortie d'une flûte cabossée : il avait peur.

— Putain, mon Gégé, faut qu'on s'dépêche. Si on se fait choper...

— Ferme-là, y'en a pour deux minutes, aller bouge. Attends, je m'allume une tige, j'en peux plus de cette flotte de merde... J'ai les arpions trempés. File-moi le pied-de-biche et va chercher le marteau.

Enzo avait la caisse en ligne de mire. Il entendit le bruit d'un briquet, puis l'odeur de la fumée de cigarette vint lui réchauffer les narines. Enfin, l'homme s'attaqua au couvercle de la boîte en grognant.

À ce moment, le téléphone du garçon se mit à vibrer dans sa poche. Il ne se rappelait plus s'il avait ôté la sonnerie ou pas. Normalement, elle se mettait en route au bout de cinq vibrations. Le pauvre Enzo ne pouvait pas bouger, les deux hommes se trouvaient à moins de trois mètres.

Son entrejambe se recouvrit d'un liquide brûlant mais l'intégralité de son corps était glacée, les racines de ses cheveux prises de frissons, il se mit à pleurer, le souffle haché, la bouche tremblante, tordue tel un masque antique et débordante de bave, terrorisé.

Le couvercle de la boîte craqua au son d'un gros « Et merde ! » de l'homme. Le téléphone s'était arrêté, mais Enzo continuait de pleurer, tout doucement. Jamais, jamais il n'avait connu une telle peur.

— Vite dépêche-toi, prends-en un max.

Il voyait les mains de l'homme sortir de la paille des pistolets d'acier noir, brillants de graisse. La caisse était remplie d'armes de poing autrichiennes. Il les donnait à son acolyte, puis en glissa trois ou quatre sous son ciré, dans sa ceinture de pantalon.

— Vite, le marteau, faut refermer la caisse.

Le deuxième homme se mit à genoux pour renfoncer les clous, la voix pleine de malaise.

— Quand même, ça craint, on déconne là. Si jamais le Noir apprend qu'on le vole…

— C'est bon, on se sert un peu, coupa l'autre. Je sais déjà à qui on peut les vendre. Tu seras bien content de toucher trois à quatre milles euros par Sig. Combien t'en as pris ?

— Deux…

— C'est tout ? Prends-en un autre, merde tu déconnes.

— Non, je préfère pas.

— T'as peur ? Il saura rien, je te dis, on en a chargé des dizaines des caisses comme celle-là, ce soir.

— Non, y'a pas que la peur, ça me gêne… Je le respecte le Noir. Tu sais, Vigo, il a toujours été correct avec nous et nos familles, quand on était en taule.

— Ouais, mais ça, c'était l'ancien Vigo.

L'homme au marteau suspendit son geste. Enzo les entendait comme s'il discutait avec eux. Le chaud de la pisse sur ses cuisses avait refroidi, mais il se sentait beaucoup mieux. Ces hommes avaient d'autres chats à fouetter que lui.

— L'ancien Vigo ? reprit celui qui chevrotait. Tu vas pas me dire que tu crois à toutes ces conneries ?

— C'est toi qu'es bouché, mon pote, s'énerva le truand. Tu te fermes les yeux ! On l'a accusé de viol, de viol ! Sur des gosses ! Et de meurtre, tu t'en rappelles ?

— Sûr que j'm'en rappelle. Mais Tony nous a expliqué que c'était des conneries, pour le faire plonger, parce qu'ils avaient rien d'autre. Et moi je le crois, ça fait vingt ans que je bosse avec eux.

— Tu le crois, hein ? Putain, t'es vraiment une brèle. Je vais te faire une fleur. Tu sais pas ce qu'il m'a dit, Gino ? Hein ? Tu sais pas ?

L'homme avait fini de reclouer la caisse, il s'était levé. Enzo vit un mégot de cigarette rebondir sur le sol et rouler jusque sous son nez.

— Vas-y, crache, qu'est-ce qu'il sait, Gino ?

— Y'a des gosses à bord, des marmots. Je sais pas combien, mais y paraît qu'y sont de tout âge. À ton avis, ils sont là pourquoi, hein ?

— Tu veux dire que...

— Je te dis que ce salaud est un putain de pédophile, un taré, une pourriture ! Et qu'on ferait mieux de le buter et de lui voler son fric. Il se les est pris pour lui, ces mômes, tu comprends ? Pour faire ses petites affaires quand on sera au large. Imagine ! Imagine, tiens, en ce moment même, pendant qu'on se torche toute cette merde, il est en train de s'en taper un ! Ou une ! Pourquoi tu crois qu'on l'a pas vu, hein ?

— Merde...

— Comme tu dis, et crois-moi, c'est pas des conneries, c'est Gino qui les garde, avec l'autre obsédé de Victor, un pote au chef, t'as saisi ? Ce porc a été inculpé pour attouchement sur mineurs lui aussi, une belle bande, hein ? Allez viens, faut qu'on rentre ce camion à bord après ce sera fini. Bouge !

Ils prirent la caisse à deux pour se diriger vers l'entrée, pendant que le deuxième homme marmonnait : « Merde, merde, merde... »

Quant au jeune garçon, il n'avait plus froid, plus peur, il s'était à demi redressé. Les deux bandits avaient disparu sous la pluie, les portières claquèrent, et le moteur poussa un long toussotement avant de s'emballer, envoyant un nuage de fumée crade dans le conteneur. Ses yeux lui piquaient, et son sang courait à la vitesse d'un étalon dans ses veines. Les mots de l'homme se répétaient dans son cerveau : « En ce moment même, il est en train de s'en taper un ! » Et surtout « Ou une ! »

Salomé, elle était retournée là-bas ! Quelque chose d'irrationnel fit se tendre ses muscles et bouger ses jambes, il courut jusqu'à la ridelle arrière du camion au moment où celui-ci se mettait à avancer. D'un bond, il passa par-dessus et se glissa sous la bâche pour atterrir au milieu de caisses. Le camion accéléra, il se retrouva secoué, se cognant, se tordant le cou et les genoux. Il entendit des voix crier alors que la pluie tambourinait au-dessus de lui. Les roues bondirent, le faisant sauter alors qu'un coin de caisse s'occupait de lui racler le dos, puis le moteur poussa un long rugissement, comme un râle de lionne, et enfin, plus rien.

Le ronronnement des pistons, les pneus qui glissaient, et surtout, plus de crépitement de pluie au-dessus de lui. Il était à nouveau dans le cargo.

Il entendit :

— Foutez-le là ! C'est bon, dépêchez-vous, on ferme.

Le camion reculait. Enzo leva un coin de toile, il se rapprochait de l'avant d'un autre poids lourd, à l'endroit précis où il s'était trouvé avec Salomé. Il se glissa au dehors, pris de frisson. Il était trempé et la température à l'intérieur de la cale avoisinait celle d'un congélateur. Il se faufila entre la paroi et les véhicules pour rejoindre le fond du bateau. L'endroit était plus calme, il vit un homme passer sur la droite, enlevant sa parka trempée. Il devait y avoir les escaliers menant aux étages de ce côté-ci. Il repéra les trois portes ovales avec leur manivelle et leurs clenches, comme les portes de sous-marins. C'est par là qu'ils étaient arrivés. Laquelle était la buanderie ?

S'étant assuré que l'endroit était calme, plusieurs murs de cargaisons le séparant de l'entrée où se passaient les manœuvres, Enzo fonça jusqu'à la première porte pour la tirer. Impossible de l'ouvrir. La deuxième, idem, et la troisième aussi, elles semblaient verrouillées. Effectivement, le garçon remarqua une entrée de clé carrée, la même que dans les wagons de trains : quelqu'un les avait fermés.

— Merde ! jura-t-il, pour se retourner aussitôt, de peur qu'un des gangsters ne l'ait surpris.

C'est là qu'il entendit la petite voix derrière la porte.

— Enzo ?

Il colla son visage contre le fer glacé.

— Salomé, c'est moi, ouvre, ouvre…

Il y eut un bruit sourd, puis la porte s'entrebâilla et Enzo se rua à l'intérieur.

Salomé referma à sa suite et bloqua la porte avec un balai qu'elle mit en travers.

Enzo était assis par terre, à se remettre de ses émotions. La jeune fille vint se poser à genoux devant lui.

— Enzo ? Qu'est-ce que tu fais là ? T'as prévenu les flics ?

— Les, les flics ?

Le garçon était confus, il balbutia :

— Je, j'ai eu peur…

— T'as eu peur ?

— J'ai eu peur pour toi.

Salomé voulait se montrer furieuse de le voir revenir, qu'il n'ait pas réussi à s'échapper. Mais elle aussi avait eu tellement peur de se retrouver seule, dans la cale. Et ensuite, là, dans la buanderie. À hésiter si elle devait remonter ou non, ou bien essayer de s'échapper comme l'avait fait Enzo, lui qui n'avait pas fléchi au moment de franchir la passerelle, alors qu'elle…

Elle se jeta dans ses bras, le visage ruisselant de larmes, en disant :

— Moi aussi, j'ai eu peur, je… je suis contente que tu sois revenu. J'ai eu si peur, si peur…

On a beau être un poulbot du 18ᵉ, un Apache des remparts, un gavroche de Ménilmontant, une racaille des quartiers Nord, Enzo ne put retenir ses propres larmes, il avait passé une rude soirée… Mais de sentir la petite poitrine chaude de l'adolescente contre la sienne, son souffle près de sa bouche, la trace de son regard sur ses pupilles, il ne pouvait s'empêcher de frissonner. De frissonner de chaud. Que d'émotions nouvelles et inconnues en l'espace de quelques heures, aurait-il pu penser.

Au bout d'un moment, la jeune fille se recula en reniflant, un sourire chaleureux sur les lèvres, elle le regarda de haut en bas.

— C'est quoi cette odeur ? c'est… C'est toi ?

Il devint rouge comme une tomate.

— Je… j'ai failli me faire avoir, alors… Je… ça va sécher…

Elle augmenta son sourire.

— C'est pas grave, va. T'as pu appeler les flics ?

— Les flics ? Le réseau, j'avais un réseau tout à l'heure…

Il farfouilla dans son fut' pour sortir son portable, dégoulinant de flotte. Un sourire gêné sur les lèvres, il alluma le clavier. Salomé se pencha pour regarder l'écran. Le sourire d'Enzo s'effaça.

— Merde, y'a plus de réseau, merde !

La jeune fille lui secoua le coude, désignant du doigt le petit carré lumineux.

— Y'a pas de réseau, mais y'a un message.

Enzo nota l'intitulé : « Le vieux. »

Il mit l'appareil en veille pour le ranger dans sa poche en disant :

— Oui, j'ai vu, c'est un ancien message, je sais ce que c'est.

Salomé vit quelque chose de froissé et de sombre dans son regard, comme une gêne, une honte cachée. Elle n'insista pas.

— Bon… Mais, tu m'as pas dit, pourquoi t'es revenu ?

Cette fois-ci, quelque chose d'encore plus foncé passa sur les pupilles du garçon. Les ténèbres elles-mêmes. Il se redressa en se raclant la gorge.

— Je vais te raconter.

ERWAN

Le ciel avait repris sa teinte de couvercle de gamelle, une sorte d'aluminium imprégné de plomb, de beaucoup de plomb. Dans ce petit café de la rue Saint-André-des-Arts, la lumière était chiche, quelques étudiants parlaient à voix basse dans un coin où les murs paraissaient peints de suie tant l'ombre était profonde. Cet endroit de Paris garderait son atmosphère moyenâgeuse quoi qu'il arrive, pensa Erwan. Il avait commandé un cognac, et Éloïse l'avait imité. Il faisait chaud, c'était agréable, mais les yeux du jeune commandant ne pouvaient s'empêcher de regarder le ciel, au dehors, à travers les carreaux des vitres recouvertes de buée. Ce gris humide qui tordait les cœurs. Il n'eut aucun mal à débuter son histoire.

Quatre années auparavant…

Tout avait commencé par une fin de matinée pluvieuse, du côté d'Aulnay, en février, pendant les vacances. Brouillard, bruine, degrés Celsius à un chiffre, qui aurait eu l'idée d'aller à la piscine? Le petit Olivier, six ans, avec sa sœur Isabelle, douze ans, qui préparait une compétition, ainsi qu'Aurélie, sa meilleure amie. Il devait y avoir une cinquantaine de personnes dans et autour du bassin, dans les couloirs, allant et venant au travers des vestiaires ou se rinçant dans les douches. On avait retrouvé le petit dans une cabine, allongé sur le sol, le slip arraché.

Il avait été étranglé.

Pas de caméra, pas d'empreintes, pas de viol, mais des attouchements, c'était certain. La semaine suivante, un mercredi, piscine de Bondy, à cinq kilomètres d'Aulnay. Anne-Sophie, une enfant de dix ans. Sa mère se baignait avec son petit frère de six mois, sa fille s'était rendue aux WC. Culotte arrachée, pas de viol, marques autour de la gorge.

La fillette était morte étouffée.

Puis, plus rien, jusqu'en juin.

Le premier du mois, piscine de Draveil, Mélanie, onze ans, étranglée.

Le cinq juillet, piscine de Saint-Denis, la petite Fatima, six ans, retrouvée nue, recroquevillée sur le sol d'une cabine. Morte par strangulation.

Et pour finir, fin août, un samedi matin, à Évry. Mohamed, huit ans, étranglé, le maillot arraché, mais un élément nouveau : le tueur avait laissé des gants de vaisselle dans un seau empli de javel.

— Je m'en souviens, chuchota Éloïse. Le tueur aux gants Mapa, c'est comme ça que les journaux télévisés le nommaient.

— Ouais, mais la marque a fait pression, les chaînes ont reçu le message, et on a fini par l'appeler le tueur des piscines.

Elle demanda :

— C'est vous qui étiez chargé de l'affaire ?

— Oui, un des inspecteurs de mon équipe se trouvait à la piscine d'Aulnay : les flics du coin étaient trop contents de refiler l'affaire à la Crim' de Paris. La préfecture a accepté et le parquet a suivi, en nommant un juge d'ici.

— Qui a instruit l'affaire ?

— Il y en a eu plusieurs... Lenocher a commencé, puis quand on a vu qu'on avait affaire à un tueur en série, ils en ont nommé un autre. Maugendre, qui a été dessaisi par la suite. Après il y a eu Joël Jégouzo, puis Marie Demorand et enfin, le juge Laherrère. Mais, en vérité, c'était Rollin qui menait la danse. Il était patron de la PJ à l'époque, et comment vous dire... La petite Anne-Sophie, la seconde victime recensée, Rollin connaissait la mère, et surtout le père. L'homme était le numéro deux des entreprises France-Bâtir, une boîte qui construit des immeubles, des écoles et des bureaux dans le monde entier. Un intime du ministre du Commerce Extérieur, qui qu'il soit, si vous voyez ce que je veux dire... Enfin, Rollin voulait ce tueur. Pour lui, c'était à la fois une question de carrière et d'honneur, il s'était engagé.

— Et les gants de vaisselle, ils ont donné quelque chose ?

Lauterbach se recula sur sa chaise, considérant son verre vide. D'un mouvement de la main, il fit signe au serveur de les resservir, puis se pencha vers la conseillère du ministre en croisant ses bras sur le bois brun de la table.

— Les gants ? Non, rien : ça n'a rien donné, il n'y avait que de la javel à l'intérieur. On a tout de suite compris qu'on avait affaire à quelqu'un de sérieux. Mais laissez-moi vous raconter la suite. Ne posez pas de question tant que vous ne saurez pas tout. L'histoire est assez longue et complexe comme ça.

Le flic se redressa, dans ses yeux ressortaient comme des volutes sombres les journées et les nuits d'enquêtes, les questions et les réponses qui ne venaient pas, et surtout, la découverte des petits cadavres.

— Mon groupe était en première ligne, et c'est nous qu'on appelait à chaque nouvelle victime. Donc, cinq enfants étranglés, et agressés sexuellement, entre février et août.

Olivier, six ans, Anne-Sophie, dix ans, Mélanie, onze ans, Fatima, six ans, Mohamed, huit ans.

Le préfet de l'époque, le patron de la PJ, les médias, tout le monde nous mettait la pression. On avait quatre autres groupes avec nous, et on a attaqué. Enquête de voisinage, décryptage des fiches d'inscription, recueil de témoignages des personnes présentes le jour des meurtres, vérification des employés ainsi que de ceux s'occupant des travaux dans les établissements, de l'entretien, mais surtout, surveillance des autres piscines.

Les autres piscines… Plus de cent bassins municipaux. Avec les clubs privés, cela faisait presque deux cents piscines en région parisienne. Mais il y a eu pire, un de mes gars a eu l'idée de farfouiller sur des vieux cas, dans le reste de la France. Il en a trouvé une dizaine, rien que sur les dix dernières années. Narbonne, Vidauban, Auch, puis Lamballe, Lusignan, Beauvais, que des bleds. Des gamins retrouvés étranglés, dans des piscines, à chaque fois… Les assassinats ne se suivaient pas, et surtout, ils passaient d'un département à l'autre. Et maintenant, notre tueur s'attaquait à la région parisienne. Rollin me mettait une pression folle, il m'appelait la nuit pour aller vérifier tel ou tel truc, on arrêtait des balayeurs, des maîtres nageurs parce qu'ils avaient un casier : vol dans la caisse, pédophilie pour certains, des dizaines d'heures de garde à vue. Des nuits blanches…

Lorsqu'il avait prononcé ces mots, Éloïse avait senti une brisure dans sa voix, une ombre s'était posée sur son visage. Il s'était passé quelque chose pendant ces nuits blanches. La jeune fonctionnaire ne pouvait pas savoir que Lauterbach avait perdu sa femme à ce moment-là, à cause de cette affaire.

Le garçon de salle venait de ramener les deux cognacs. Le flic s'enfila une bonne rasade, ce qui sembla laver les taches sombres dans son regard. Il se racla la gorge avant de reprendre :

— L'enquête a piétiné des mois jusqu'à ce qu'on trouve le petit Romain. À Suresnes. Je m'en rappelle comme si c'était hier. Le gardien de la piscine a appelé le quinze qui nous a transmis l'info. Le groupe s'est rendu sur place. Un samedi après-midi, j'étais de garde. Le gamin faisait partie d'un centre aéré et malgré les consignes, ils l'avaient laissé aller pisser tout seul. On l'a retrouvé dans une cabine, comme les autres. Un petit Antillais de huit ans, il portait encore son maillot et le tueur lui avait fracassé le crâne contre le banc. Il s'était passé quelque chose, on voyait les marques sur son cou, mais le meurtre avait été... disons, précipité. On a compris pourquoi par la suite. Les moniteurs étaient revenus chercher le petit et ils criaient son nom dans tout le vestiaire. L'assassin a paniqué, mais il a réussi à s'enfuir sans se faire voir. Cependant, il avait « paniqué », et commis sa première erreur.

Les yeux d'Éloïse se mirent à briller, elle serrait ses mains sur la table, invitant Erwan à continuer. Lui n'était pas excité, il se contenta de soupirer.

— Il avait laissé un indice, comme on dit, une preuve. Sur le banc, était posé, bien étalé, un billet de dix euros. On a compris comment il procédait. Il laissait la porte de la cabine entrouverte et se cachait derrière. Sur le banc, il posait ce fameux billet. Le gosse, en passant, l'apercevait, et ne pouvait s'empêcher de pénétrer dans la cabine pour s'en saisir. C'est là que notre tueur refermait la porte.

Erwan leva son verre et le vida cul sec avant de le faire claquer sur la table.

— Et là, c'est devenu intéressant : le billet n'avait pas d'empreintes mais il était imprégné de transpiration, vous comprenez ? Le tueur utilisait ces fameux gants, mais le billet avait séjourné dans la poche de son pantalon, contre sa cuisse imbibée de transpiration, enfin, c'est ce que les scientifiques ont imaginé. On tenait son ADN à cet enfoiré. Bien sûr, le jour même, nous avons passé en comparaison tous les fichiers que nous possédions et ça n'a rien donné, mais on avait quelque chose. Il ne nous restait plus qu'à faire des tests sur tous les témoins, suspects, personnes présentes, ou ayant des raisons de l'être, de toutes les scènes de crime, et on aurait notre homme. Il y en avait pour des mois, on le savait, mais en faisant des recoupements, des adresses, des déplacements, cela pouvait s'accélérer. Et ça s'est accéléré, mais pas comme on le croyait.

— Je sais, le coupa Éloïse. L'arrestation de Vasquez, cela devait être début novembre, c'est ça ?

— Oui, quelques semaines après le meurtre du petit Romain. Vigo Vasquez, le gangster, celui que l'on surnomme le Noir, le chef de bande, le braqueur de banque, l'homme que les antigang rêvaient de mettre sous les verrous, celui-là même, traîne à la piscine de Juvisy. Tout habillé, il n'était pas là pour la baignade. Il se balade dans les vestiaires et s'engueule avec une gamine de treize ans qu'il pousse dans une cabine, avant de la laisser et de retourner se poser dans les gradins. Il n'avait aucune raison d'être là. La fille et sa mère se sont plaintes à la caisse, et le gardien nous a prévenus. On ne savait pas encore à qui on avait affaire, on a envoyé l'armada. C'était à croire qu'il nous attendait. Il n'a opposé aucune résistance et mes hommes l'ont amené jusqu'à mon bureau. Où il a léché le coton-tige. Une heure après, on avait les concordances d'ADN. Vigo Vasquez était notre tueur.

La conseillère remua du doigt devant son interlocuteur.

— Non. Vous voulez dire, c'était l'homme dont la transpiration imbibait le billet retrouvé à Suresnes.

— Le billet retrouvé, oui, et le corps du petit Romain avec son crâne fracassé, on l'a retrouvé aussi.

— Oui, je sais, mais je me rappelle des suites de l'instruction à présent, c'est pour ça que je me suis permise de préciser ce fait.

Lauterbach grogna.

— L'instruction ? Mais laissez-moi finir, j'en ai marre de cette histoire et…

— Et… vous ne pensiez pas qu'elle reviendrait, encore, vous péter à la gueule ? C'est ça ?

— Qu'est-ce que vous voulez dire ?

— Justement, c'est à vous de me le dire.

Ils se toisèrent un instant, avant qu'Erwan ne se mette à ricaner.

— Vous prêtez foi à ce qu'il raconte sur la vidéo, c'est ça ?

— Non, je veux juste comprendre.

— Alors laissez-moi finir et vous verrez, il n'y a pas plus simple.

Elle avait réussi à l'énerver. Il reprit tout de même son récit.

— On tenait notre homme. Et quel homme ! Vigo Vasquez n'était pas n'importe qui. Son casier était gros comme le bras : trafic de drogue, braquages, cambriolages et même homicides. Seulement, tout cela, c'était des présomptions, des affaires dans lesquelles il avait été inculpé, et il s'en était toujours tiré blanchi. Alors que tout le monde savait qu'il y était jusqu'au cou. Il fallait reconnaître qu'il savait se débrouiller pour dégoter les meilleurs avocats, et qu'il faisait très peu d'erreurs. Depuis une vingtaine d'années, il défiait la BRB et l'Antigang : on retrouvait son nom, mais les témoins se rétractaient, ou disparaissaient. Par contre, c'était la première fois qu'il tombait pour des trucs de pédophilie, ce qui était assez étrange. L'avocate, Nathalie Ruiz, la femme que vous avez vue dans le bureau du préfet, c'est elle qui est venue à la garde à vue. Elle a saisi le juge pour vice de forme, tout ce que vous voulez, elle a tout de suite commencé à nous mettre la pression. On a débuté la GAV, il nous fallait du biscuit pour l'inculper, car malgré son CV et son ADN retrouvé sur le billet, on n'avait rien d'autre. Et manque de bol, le cabinet d'avocats qui le défendait était tenu par d'anciens procureurs qui connaissaient les rouages du système judiciaire comme leur poche. En cas d'abus, ils étaient prêts à faire intervenir le Tribunal pénal international pour mise en cause de la présomption d'innocence. Et ce qu'on avait, l'agression dans la piscine, le billet, c'était pas suffisant pour une mise sous écrou.

— Je sais, il est ressorti une première fois, c'est ça ? demanda Éloïse.

Erwan secoua la tête, dépité.

— Oui, au bout des soixante-douze heures de GAV. Son avocate a fait intervenir des témoins, pour les autres meurtres. Cet enfoiré avait des alibis en béton.

— Je ne savais pas.

Le flic ricana.

— On n'avait pas trop envie de raconter partout comment on s'était fait enfler par un tueur de gosses.

Il vit qu'il avait choqué la jeune femme et lui fit un sourire désolé.

— Ouais, excusez-moi. Donc, Vigo Vasquez avait passé les six derniers mois en Afrique, au Tchad, à construire une école. Et surtout, cette école, il l'a fabriquée avec des membres de la Légion étrangère, dont un capitaine couvert de médailles et un colonel. Ces deux officiers nous ont téléphoné, ils étaient prêts à témoigner sur leur honneur. Ils étaient encore là-bas, dans leur régiment : c'est Ruiz, l'avocate, qui les avait sortis du lit. Elle a réussi à les convaincre de raconter ces conneries. En fait, Vasquez avait fait la Légion dans sa jeunesse et il continuait de fréquenter et d'aider ses anciens camarades dans les œuvres caritatives qu'ils conduisaient.

— Vous dites que les témoins racontaient des conneries : cela n'a pas été prouvé !

— La suite nous l'a prouvé.

— Il est sorti, alors ?

— Oui, il est sorti. Et nous, on ne l'a pas lâché. Rollin m'a convoqué et il m'a passé un savon du tonnerre. Il était persuadé qu'on tenait notre homme et il le voulait. Il le voulait plus que tout. Vasquez s'est rendu dans un pavillon à Boulogne. Il y était assigné à résidence avec interdiction de quitter le département.

— Vous l'avez fait surveiller.

— Non, on s'est assuré qu'il y était, puis on s'est barrés. Mais on aurait dû. Parce qu'il a récidivé.

— Le gamin dans le stade…

— Oui, le soir même, un stade qui se trouvait à deux kilomètres de son pavillon. Enfin, je veux dire, pas « le soir même ». On a découvert le gosse le lendemain matin. Allongé dans le vestiaire désert, habillé d'un short et d'un tee-shirt, on l'avait poignardé au ventre, trois fois. On n'a jamais retrouvé l'arme. Mais il y avait un mégot près du corps, la même marque de cigarette que fumait Vasquez. On a tout de suite demandé l'analyse de la salive par le labo et on est partis le cueillir dans son pavillon. Ce coup-ci, il ne nous attendait pas, mais il nous a suivis à la PJ sans faire d'histoires. Par la suite, un témoin nous a appelés. Elvio Vitalli, que vous avez vu dans le bureau du directeur de cabinet. Il nous a dit avoir vu un homme louche quitter le stade, la veille au soir. À l'heure correspondant à la mort du gosse. On lui a montré les photos, il a reconnu le Noir. Sans hésitation. Mais, à ce moment-là, on le tenait déjà. L'ADN du mégot avait parlé. C'était bien la salive de Vasquez qui se trouvait dessus. Cette fois, il était cuit. Le parquet n'a pas chômé, à croire qu'ils avaient peur qu'il nous sorte encore un alibi magique. L'inculpation est tombée dans la nuit, le jugement a été ordonné en comparution immédiate, cour d'assise spéciale, présidée par Tranchant. Le procès a débuté trois semaines plus tard et a duré trois jours. Vous connaissez la suite : le tribunal s'est concentré sur le gamin du stade, avec de fortes présomptions sur les autres meurtres, dont le Noir a quand même été déclaré coupable. Au total, trois fois trente ans, la perpétuité pour ce salaud.

— Trois fois trente ans, ce n'était pas un peu abuser ?

— Et les parents des gamins, vous croyez qu'ils pensent que c'était « abuser » ?

— Vous savez très bien ce que je veux dire, je parlais des présomptions.

— Ce qui est fait est fait, se défendit Lauterbach. Le gosse dans le stade, c'était lui. Le mégot lui appartenait, empreinte digitale plus ADN de sa salive, et en plus un témoin l'a formellement identifié sur le lieu du crime. Je vous ai tout dit, à vous maintenant. Avec qui Vasquez s'est échappé ?

Éloïse ne se laissa pas démonter, elle s'emporta à son tour:

— J'ai encore une question, commandant. Quel a été le rôle de Rollin dans cette affaire?

Le flic secoua la tête, mal à l'aise.

— Hein... quoi?

— Quel a été son rôle? Pourquoi Vasquez lui en veut-il? Et à vous?

— Et l'avocate, et le témoin? Et Tranchant? C'est un braqueur de banque, un trafiquant de drogue et un putain de tueur de gosses, ça ne vous suffit pas? Et qu'il ait kidnappé une petite fille de quatre ans, ma gosse, ça ne vous suffit pas?

La jeune femme baissa les yeux, semblant désolée de s'être laissée aller. Elle n'en tirerait rien de plus.

— Oui, je... Bon, d'accord, on en reste là. Je vais vous dire avec qui il s'est échappé. Stéphane Ferrada, le tueur de flic. Il avait une cellule au même niveau et on a retrouvé son sang dans celle de notre Vasquez. On pense que le Noir a été brûlé lors de l'explosion de l'avion et que Ferrada, lui aussi blessé, l'a aidé à sortir. Et à s'évader. Je n'ai pas tout raconté tout à l'heure, concernant le... l'accident d'avion et l'évasion.

Erwan connaissait Ferrada, comme n'importe quel flic de France, et il imaginait très bien ce qui avait pu se passer. Gardes tués, et même, torturés. Ferrada était un fou furieux: lors de ses boulots, sa spécialité c'était de tirer. Sur des civils, des employés, des flics. Il avait une vingtaine de meurtres au compteur. Il avait aussi un frère, si Erwan se rappelait bien. Victor, un schizophrène. Vigo Vasquez, Stéphane et Victor Ferrada, cela faisait une belle brochette de fils de pute. Son instinct de flic tournait à plein régime. Il allait se les faire, ces enfoirés.

— N'en dites pas plus, j'ai compris.

Il se leva de sa chaise.

— Et maintenant, si vous permettez, j'ai ma fille à aller sauver. Bonne soirée, madame la conseillère.

— Heu... Attendez, je ne vous ai pas tout dit, pas encore...

Elle le regardait d'un air contrit, ça sentait encore la mauvaise nouvelle, pensa le policier.

— Quoi? Allez-y, accouchez!

— Ferrada est mort. Il a été tué le mois dernier lors d'un contrôle routier par les gendarmes du côté d'Auxerre. Il conduisait un camion transportant des voitures de sport, un camion volé au dépôt de l'usine d'Audi à Düsseldorf. Il a tenté de s'enfuir en tirant sur les motards avec un pistolet-mitrailleur.

Erwan se rassit lentement sur sa chaise, les yeux vrillés sur la bouche de la conseillère, comme s'il pouvait en voir sortir les mots.

— Qu'est-ce que vous dites ?

— On a caché l'identité de la personne sur qui les gendarmes avaient tiré, Ferrada était censé avoir péri lors du crash de l'avion dans la prison d'Eiffenseim.

— Et le camion, les voitures de sport, il y a eu des suites ?

— L'enquête a été confiée au GIR d'Auxerre, mais le ministère leur a fait comprendre qu'il fallait la classer rapidement.

Lauterbach ne put retenir un sourire sarcastique.

— Évidemment.

Il se remit debout.

— Merci pour l'information, un gangster mort, bravo. Vous savez mener une transaction.

Éloïse était rouge de confusion.

— Je… Je suis désolée.

— C'est ça.

Il s'éloigna pour aller régler la note, sans un regard pour la jeune femme. Dans sa tête, les idées se mettaient en place. Sans le savoir, la conseillère lui avait filé un sacré tuyau. En épluchant le dossier de Vigo Vasquez, Erwan avait noté qu'il était impliqué dans le trafic de voitures volées à grande échelle. Des véhicules neufs, dérobés dans des dépôts ou directement sur des parkings d'usine, qui disparaissaient ensuite de France comme par magie. Pas de doute, Ferrada bossait pour le Noir quand il s'était fait plomber par les militaires de la brigade mobile. Et si le truand avait rejoint le gang de Vasquez, ses amis avaient dû faire de même.

Lauterbach savait où les trouver.

Ils venaient tous du même quartier de la Grande Borne à Grigny, une de ses inspectrices avait enquêté sur eux pendant quelques semaines, pour une histoire de saucissonnage. Elle connaissait leurs noms, leurs habitudes, et surtout, l'endroit où ils traînaient.

NATHALIE

La bruine, les pavés recouverts de gras, les soucis, et ses cheveux bruns qui s'emmêlaient sur son visage. Nathalie Ruiz les balaya d'un geste en relevant la tête ; elle y était presque. Sa voiture était garée trois rues plus bas, du côté de la station de métro Place des Fêtes, et la longue ruelle grimpant jusqu'à chez Matéo était si raide qu'elle aurait pu se trouver sur le versant ouest du mont Blanc. Son souffle haché était ponctué de soupirs, elle ne savait que penser. En attendant, il fallait qu'elle en informe son ex-mari. Il attendait, elle le savait, il attendait d'avoir des nouvelles de leur fille.

Le rideau de fer gris taché de tags était baissé. De chaque côté de la rue pavée, des voitures désossées, ou recouvertes d'enduit, poncées, des modèles des années soixante-dix pour la plupart. Une DS noire, le capot brillant comme un soulier ciré, une longue BMW au profil de squale, une Ford de feuilleton policier américain. L'avocate tapa quatre petits coups résignés et le rideau grinça en remontant. L'intérieur du garage était plongé dans le noir.

Matéo Rizzo, un garçon d'origine corse par sa grand-mère, la quarantaine, un mètre quatre-vingt, aux cheveux châtains bordéliques et corps massif, comme s'il avait soulevé des rochers toute sa vie. Une tendance au poil, les bras recouverts de coups de crayon verticaux, de grosses pattes à la Vidocq sur le haut des joues, le poitrail velu et une barbe de deux jours qui paraissait en avoir vingt. Ses yeux étaient noirs, et plus que cela, sombres, lorsqu'ils se posèrent sur Nathalie.

— Alors ?

— J'ai du nouveau... Je... T'as quelque chose à boire ?

Il tourna son regard vers le fond du garage, qui semblait finir en une grotte obscure, et commença à faire redescendre le rideau de fer, son doigt appuyant sur l'interrupteur, comme s'il essayait de le transpercer.

— J'te rejoins, se contenta-t-il de dire.

Nathalie soupira à nouveau. Il était de mauvais poil, c'était mauvais signe. Mais à quoi devait-elle s'attendre ? Salomé était tout pour lui, comme pour elle. Habituellement, ils étaient prêts à se déchirer telles des hyènes sans honneur pour leur fille. À présent, il s'agissait d'être solidaires. L'ennemi venait de l'extérieur cette fois-ci, et elle connaissait son nom.

Lorsque Matéo l'eut rejointe dans le petit bureau, sorte d'aquarium vitré, posé en haut d'un escalier de ferraille au-dessus des voitures dépecées et de la fosse ombrée du garage, Nathalie s'était déjà servi un verre de whisky écossais, du vingt ou trente ans d'âge. C'était le péché mignon de son ex, les malts rares, et elle devait reconnaître qu'elle y avait pris goût à son tour. Une clope venait de surgir au bout de ses doigts et Matéo prit le temps de sortir son vieux Zippo pour la lui allumer, avant d'aller se poser en face d'elle, le cul sur le bureau de fer gris.

— C'est Vasquez ! attaqua-t-elle en soufflant la fumée de sa première taffe, et ne pouvant retenir des flammes de haine d'animer ses yeux.

— Vasquez ? Quel Vasquez ?

— Le Noir, je t'avais parlé de son procès. Tu te rappelles ?

Matéo traînait dans le Milieu depuis ses huit ans, l'âge de son premier cambriolage de supermarché, avec sa petite bande de Chevilly-Larue. Un « Inno » ça s'appelait, à l'époque. Il s'était glissé par un soupirail de cave avant d'aller ouvrir la porte de derrière à ses copains. L'un d'eux avait ramené un radiocassette flambant neuf chez lui, son père l'avait marbré de coups et il avait balancé. Les flics, le foyer, ça avait apporté des fréquen tations au garçon et surtout la leçon de ne jamais ramener de came chez soi. Du coup, Nathalie venait le voir et parler de ses clients, qu'il connaissait plus ou moins bien, ou de réputation : cela aidait l'avocate à cerner l'individu, et Matéo en apprenait aussi sur les affaires du palais et sur les enquêtes des condés.

— Le Noir, putain, je le crois pas ! s'emporta le gangster garagiste, puis il se mit à réfléchir en faisant couler une cascade de whisky dans un verre de la taille d'un seau à glace.

Ça lui revenait, ils avaient parlé de l'affaire à l'époque de l'arrestation de Vigo Vasquez dans cette piscine de Juvisy. C'était le cabinet de

Nathalie qui l'avait défendu, et la jeune femme n'avait pas compris l'attitude du Noir, elle s'en était livrée à Matéo qui s'était renseigné de son côté.

— Il faut que je t'explique, lui dit-elle. Je sors de chez le directeur de cabinet du préfet de Paris. C'est eux qui ont l'affaire en main, le préfet Rollin... son propre fils a aussi été kidnappé par Vigo, mais c'est pas le seul.

— Le fils de Rollin ?

Tous les gangsters de Paris connaissaient Rollin, ne serait-ce que de la période où il était directeur de la PJ.

Elle lui raconta toute l'histoirc, n'omettant aucun détail, parlant des protagonistes présents, de l'attitude de Rollin, du DVD et des revendications de Vasquez. De l'histoire de la planque, et de sa discussion avec Lauterbach.

Matéo avait suivi l'exposé en silence, il connaissait les talents de son ex-amoureuse pour exposer les détails, même ceux enfouis sous des tonnes de sous-entendus, il lui faisait confiance. À la fin, elle lui demanda :

— Qu'est-ce que t'en penses ?

D'avoir reparlé de tout ça, d'avoir revu en pensée les images de Vasquez détenant sa fille, ça lui avait refroidi le corps et sa voix tremblait lorsqu'elle avait posé la question. Le bandit le sentit et eut l'instinct de la prendre dans ses bras. Cependant, son machisme le retint, le poussant à se concentrer sur le moyen de retrouver Salomé.

— Je pense que Rollin va vouloir jouer le jeu de son côté. Je pense que le procès était truqué. De toute façon on en avait déjà parlé : Vasquez n'a jamais agressé un gosse de sa vie, c'était des conneries ces accusations. C'est ce que je ne comprends pas.

Quelque chose intriguait Nathalie.

— Attends une minute, tu t'étais intéressé au deuxième procès ?

Matéo lui répondit d'un sourire narquois.

— Qu'est-ce que tu crois, chez les truands, on est des vraies commères. Et les procès, les faits divers, c'est nos magazines people à nous. On aime bien savoir qui a fait quoi, qui entre en taule et qui en sort. Et, oui, j'avais suivi l'affaire et ça sentait l'embrouille à plein nez. Les flics étaient persuadés de tenir le tueur de gosses et ils ont monté cette connerie pour faire plonger Vasquez.

— Cela n'explique pas son attitude, et sa présence dans cette piscine de Juvisy.

— Et s'il essayait de couvrir quelqu'un ? Quelqu'un de sa famille. L'ADN qu'on a retrouvé, il était fiable à cent pour cent ?

— C'était le sien. Un frère, une sœur, un cousin ou même un père ou une mère, personne n'a le même ADN. Il n'y a qu'un cas, un seul, où c'est possible. Lorsque les deux frères sont jumeaux, et vrais jumeaux, conçus dans la même poche dans le ventre de la mère. Et Vasquez n'a qu'un seul frère, qui est plus jeune d'un an: ne t'inquiète pas, j'ai vérifié leur état civil lorsque je préparai sa défense. Ressers-moi, tu veux ?

Elle tendit son verre, Matéo le lui remplit.

— Bon, cet enfoiré de Vasquez séquestre notre fille parce qu'il veut que tu te penches sur ce procès vieux de plusieurs années, c'est ça?

Nathalie approuva sans dire un mot.

— Ça ne m'étonne pas, reconnut Matéo. Vigo n'a jamais aimé se faire enfler, c'est viscéral chez lui.

— T'as l'air de bien le connaître...

— Je ne l'ai jamais rencontré, mais à l'époque où tu m'avais demandé des infos, je m'étais renseigné sur lui. Je suis allé voir son bras droit, Tony Kella, surnommé Tony la Murène, que je connaissais un peu: on s'était croisés au QHS de Fleury. Vigo et lui traînaient ensemble depuis leur adolescence. C'étaient presque des frères. Il m'a un peu parlé du Noir. Le gars a eu une enfance difficile, un père terrible qui les castagnait, ensuite il s'est vite débrouillé tout seul. Braquage pour commencer, puis il a monté une bande et s'est lancé dans les trafics. Tony m'a juré qu'il n'avait rien à voir avec ces histoires de gosses.

— Je le sais, l'interrompit sa compagne, c'est moi qui l'ai défendu, et ses alibis, c'étaient pas du pipeau. Vasquez se trouvait bien en Afrique à l'époque des six premiers meurtres. N'empêche, qu'un beau matin on a découvert un billet de dix imprégné de son ADN, posé sur un banc juste au-dessus du corps sans vie d'un gamin. Bon, là aussi il avait un alibi en béton, il rencontrait des amis à Grenoble, dans un restaurant une heure après le meurtre, les employés et le patron sont formels. Mais là où ça part en vrille, c'est qu'une dizaine de jours après la découverte du billet, on le retrouve dans une piscine en train d'agresser une gamine de treize ans parce qu'elle lui avait soi-disant mal parlé. Normal, il se baladait dans les vestiaires des filles. Mais bon, il l'a juste secouée un peu, pour aller s'asseoir tranquillement sur un banc et attendre. Comme s'il savait que les flics allaient venir le cueillir.

— Il couvre quelqu'un, c'est sûr et certain.

— Mais qui ? Les flics n'avaient pas l'ombre d'un suspect !

Matéo tapa du poing sur le bureau de ferraille, faisant bondir les stylos et papiers qui y traînaient.

— J'en ai rien à foutre ! Cet enfoiré a un problème, il se prend pour

Dieu ! Il se croit intouchable. Il a essayé de prendre les flics pour des cons, et ils lui ont retourné la pareille. Ils la lui ont mise bien profond avec cette histoire de gamin retrouvé dans un vestiaire. Comme par hasard, à deux kilomètres de là où il créchait, à croire que ce sont les condés eux-mêmes qui l'ont refroidi, ce gosse. Rien que pour avoir la peau du Noir !

— Tu ne le crois pas coupable, là non plus ?

— Un mégot, un témoin tombé du ciel. Et puis, je te l'ai dit, Vigo, ses affaires c'est une cinquantaine d'hommes, un système militaire, des bagnoles, des armes, de la drogue, des fourgons, des diamants, tout ce que tu veux. Pourquoi il aurait été s'occuper d'un niard dans un stade ? En sachant que les flics le surveillaient, en plus. Non, je te dis, Lauterbach a monté un coup pour le piéger, et ça m'étonnerait pas que Rollin soit dedans. Le plus drôle, si on avait envie de rire, c'est qu'en attendant, le gars qui a tué les gosses dans les piscines et celui qui a buté le petit dans le stade, ces deux gars, ces deux tueurs, eh bien, ils courent toujours…

— T'as raison, j'en ai froid dans les dos mais…

Matéo planta ses yeux bruns dans ceux de son ex-femme.

— Mais t'en as rien à taper, c'est ça ? Et t'as raison.

Il se leva. Nathalie le vit se diriger vers une armoire métallique contre le mur et la tirer vers lui, il continuait de parler :

— T'as raison, parce que ce qui compte, c'est de retrouver Salomé, et crois-moi…

Il déboîta deux briques du mur derrière l'armoire et dévoila une cache. De là, il tira un gros chiffon beige puant la graisse qu'il posa sur son bureau. Il le déroula, faisant apparaître un pistolet automatique ainsi que deux chargeurs.

— Je vais m'y mettre à ma manière, et pas plus tard que maintenant.

Nathalie se rapprocha de lui, les yeux brillants.

— Tu… Tu as une piste ?

— Quand tu m'as parlé de l'évasion, la nuit du crash de l'Airbus d'Air France, ça a fait tilt dans ma tête. Y'avait des rumeurs dans le Milieu, que des gars avaient réussi à s'échapper et que les flics ne voulaient surtout pas que ça se sache. Ils ont même fait passer le message qu'ils se tiennent tranquilles, et qu'il n'y aurait pas de recherches. À l'époque, on parlait de quatre ou cinq hommes, dont le Noir. Y'avait aussi Petit Bras, le tueur de vieilles, et Malowski, le faussaire qu'avait fait plonger la Banque de France, et aussi Ferrada, Stéphane Ferrada, je le connaissais, lui. Et puis, il y a un mois, il y a eu une autre rumeur : Ferrada se serait fait descendre par des motards de la Bleue, mais bien sûr, les autorités l'ont gardé pour elles. Par contre, il paraît qu'à ce moment-là, il ramenait un semi chargé d'Audi, une dizaine de voitures. Le genre de cargaison dont s'occupe Vigo Vasquez. À présent, je suis sûr que Stéphane bossait avec le Noir.

— Qu'est-ce que tu vas faire ?

Après avoir introduit un chargeur dans son Glock, il fit claquer la culasse d'un coup sec.

— Je vais aller voir ses potes, du côté de Grigny, Ferrada avait une petite bande, avec son frère débile dedans. Il ne faisait rien sans eux. J'en connais certains, des enflures qui me doivent du fric pour une bagnole. C'est l'occasion d'aller réclamer mon dû.

Le regard chargé de haine du malfrat expliquait la suite des opérations. Nathalie reconnaissait ce regard, il l'avait tant fait vibrer par le passé.

Elle lui prit les mains, et Matéo se radoucit pour lui demander :

— Et toi, qu'est-ce que tu vas faire ? Tu vas reprendre l'enquête, je veux dire, l'affaire ?

— Non, le juge Tranchant m'a dit qu'il allait la remettre à plat, et je lui fais confiance. Il avait l'air déterminé. Non, je pensais… Je pensais essayer d'aller voir des proches de Vigo. Je le connais, j'ai discuté des heures avec lui à l'époque du premier procès : je n'arrive pas à croire qu'il m'ait pris Salomé. Je suis une mère, il le sait. Je vais essayer d'aller voir sa mère, pour qu'elle lui parle, je ne sais pas…

Elle avait l'air perdue, elle lui serrait les mains de plus en plus fort, se rapprochant de lui, ses cheveux mélangés sur son visage. L'homme sentait son souffle sur sa bouche. Il l'embrassa, ils s'enlacèrent, se donnant dans ce baiser comme la lave se déverse du volcan.

Enfin, ils se détachèrent. Nathalie avait les yeux baignés de larmes. Matéo se racla la gorge et lui fit un sourire.

— Hé bien, dis donc… Tu l'as vite oublié, ton chirurgien !

Elle lui rendit son sourire, mais le sien était triste.

— Et toi, tes copines des tables de poker ?

— Ha mais, c'était pas pareil, c'était des putes…

— C'est ça, c'était pas pareil.

À nouveau, elle colla son visage près de celui de son ex pour lui chuchoter d'une voix âpre et sèche :

— Retrouve-moi Salomé. Promets-moi que tu la retrouveras.

Le visage du gangster redevint dur comme de la roche.

— Je vais tout faire, Nathalie, fais-moi confiance, je vais tout faire.

Elle savait ce que ces mots impliquaient. Matéo n'était pas un enfant de chœur. En prison, il avait dû tuer pour survivre, et dans ses affaires, il en avait vu des choses… Cependant, elle s'en foutait.

Seule la libération de Salomé comptait, à présent. Rien d'autre.

— Il faut que j'y aille, lui dit Matéo.

Il y avait autre chose dans cette voix, qui brisa le cœur de Nathalie. En plus de la rage, il y avait la peur, une peur terrible. Celle de savoir Salomé enfermée, leur fille, sa fille. Elle était loin d'eux, loin de leurs yeux pour le moment, et demain ? Où serait-elle, qu'allait-il lui arriver ? Il valait mieux ne pas y penser…

Matéo la regardait. Il secoua la tête, comme pour chasser ces pensées, celles qu'il venait de voir dans les yeux de Nathalie et qui lui trituraient le cerveau à lui aussi.

— On y va ?

Elle acquiesça et récupéra son sac pour le suivre dehors, d'où il tira le rideau de fer.

La bruine continuait de chuinter, la rue était déserte et glaciale, comme le silence entre eux.

ROLLIN

À la PP, la préfecture de police, Rollin estima qu'il était temps de signifier son congé au procureur général Paul Rami. Celui-ci ne put s'empêcher de relancer le directeur de cabinet sur un vieux souhait qu'il trimballait. Comme tout bon arriviste, il s'imaginait finir un jour les fesses au chaud sur les bancs cirés de l'Assemblée nationale. Rien que ça, un siège de député, et tout ce qui allait avec… Pour achever sa carrière, il y avait pire.

Rollin lui balançait les formules d'usage.

— Oui, oui, bien sûr, j'en parlerai au ministre, ils doivent déjà être en train de préparer les listes… La Meuse vous m'avez dit ?

— Oui, enfin, la Meuse, un arrondissement de Lyon, ou un trou perdu de Normandie, ce qu'il y aura de disponible… Je ne veux pas m'imposer, mais avec mon expérience des médias, je pense que je pourrai apporter beaucoup au gouverne…

— C'est cela, le coupa Rollin, vous pourrez apporter beaucoup, mais vous connaissez les règles, n'est-ce pas ? La prudence et la patience, la patience, mon cher Paul, ce sont des qualités qui…

Le procureur stoppa net ses pas sur le palier du bureau. Il planta ses petits yeux chafouins dans ceux du préfet.

— La patience, vous n'avez pas tort, Jean-Claude. Il en faut, ainsi que de la prudence, mais… Que pensez-vous de la reconnaissance ? Une belle qualité pour avancer et faire avancer ses amis…

Il tendait sa main en direction de Rollin, un sourire radieux sur les lèvres. « Cette fois, pensait-il, je le tiens. Rollin à trop besoin de moi sur cette affaire, et en plus, il a l'air d'y être impliqué jusqu'au cou. »

Le préfet lui serra les doigts sèchement. Sans les lâcher immédiatement, il chuchota :

— Moi aussi, j'apprécie beaucoup la reconnaissance. Mais parfois, il ne faut pas abuser des termes. Il y a des choses que nous connaissons tous. Enfin, tous…

Rami avait blanchi, il dégagea lentement ses doigts et recula dans le couloir. De chafouine, sa mine était passée au sombre. Rollin ne le lâcherait-il donc jamais avec cette histoire de Séoul ? Il remarqua le regard amusé de Salomo, qui était resté les bras croisés dans un coin du bureau. Même lui semble être au courant, se dit Rami encore plus irrité. Sans un mot, il fit demi-tour et s'engagea sur la large moquette verte.

Rollin referma la porte, son front était plissé de contrariété. Alors qu'il faisait le tour de son grand bureau, le commandant Salomo avait rejoint un bar en marqueterie du XVIIIe pour y pêcher un flacon d'armagnac. Il loucha vers son boss :

— Un verre, patron ?

Le préfet venait de s'asseoir. Il ouvrit un tiroir sur sa droite pour en sortir une pochette en carton rouge qu'il posa devant lui.

Il avait les nerfs.

— Tu as vu cet abruti de Rami ? Malgré les casseroles qu'il se trimballe, il se permet de me mettre la pression parce que j'ai besoin de lui… Je te jure, un nid de vipères à côté du monde de la haute administration, c'est Calimero face à Godzilla.

Jean-Claude Rollin, secoua la tête pour chasser son énervement.

— Nous avons quarante-huit heures. J'ai réussi à convaincre le ministre de ne pas parler de cette affaire pendant ce laps de temps, pas même à Jamois, le préfet, en lui faisant comprendre que ça la foutrait mal que le public apprenne par la presse qu'un dangereux criminel, que la garde des Sceaux avait déclaré mort après le crash de l'année dernière, se soit emparé de cinq enfants de notables. Il sait qu'en contrepartie, je dois récupérer les gosses dans les meilleures conditions, et dans la foulée, je lui ai même promis de lui ramener Vasquez. Mais je n'ai pas précisé dans quel état.

À présent ses petits yeux étincelaient comme des lames de rasoir.

— Vasquez ne savait pas ce qu'il faisait en s'en prenant à mon fils. Maxime…

Sa voix se déchira lorsqu'il prononça le nom de son rejeton. Salomo ne savait pas si c'était de rage ou de tristesse.

Rollin exagérait à peine, il avait son enfant dans le sang, dans le corps. Ça le dépassait, ça avait commencé le jour de sa naissance.

Pourtant pour ses deux premières filles, il se souvenait avoir accueilli les différents accouchements avec indifférence, en pensant aux bouches à nourrir, au côté social, et puis, ça semblait faire plaisir à son ex-femme. Mais pour son dernier…

Il se revoyait à la clinique de Neuilly, au moment où l'infirmière lui avait présenté le nourrisson. Son cœur s'était gonflé, il en avait tremblé et n'avait pu empêcher des larmes de dévaler sur son visage. De voir cette petite tête brune, ces yeux marron, ce visage de mec !

Lorsqu'il était plus jeune, Rollin pensait qu'il éduquerait son fils à la dure, comme lui l'avait été, afin qu'il sache se défendre et se battre, pour pouvoir réussir plus tard, afin qu'il devienne hargneux et malin. Il l'avait fait, involontairement, en gueulant, râlant, et mettant une pression constante sur ses filles… mais pour Maxime : rien. C'était l'effet inverse qui s'était produit.

En fait, la toute première fois où il avait pris le gosse dans ses bras, il avait eu l'impression de tenir un trésor, une merveille, sa merveille. Une sorte d'objet, de jouet ou de petit animal qu'il avait envie de chérir et de gâter – de pourrir – au plus haut point.

De ce jour, c'était ce qu'il n'avait cessé de faire. Maxime n'avait manqué de rien, pire, à partir du moment où il avait commencé à savoir ce qu'il désirait, il l'avait obtenu. D'un simple claquement de doigt, il faisait renvoyer une nounou (à l'âge de six ans), ou se faisait offrir une semaine à Disneyland dans le meilleur hôtel. Il arrivait même à faire revenir son père du bureau juste pour lui dire qu'il s'ennuyait. Et le père Rollin trouvait toujours quelque chose d'encore plus fabuleux à lui offrir.

Mais c'était ainsi, le préfet s'émerveillait chaque jour devant son petit chéri pourri gâté, tout en prenant soin, toutefois, de lui prodiguer une des meilleures éducations. Inconsciemment, il voulait lui donner tout ce qu'il n'avait pas eu, et lui faire vivre l'enfance qu'il n'avait jamais vécue. C'était son fils, sa descendance, son héritier, son bijou. Jean-Claude Rollin avait tout eu, tout réussi dans sa vie et, comme toutes ces personnes qui viennent de la base, il était incapable de profiter de son argent, de se faire plaisir. Son bonheur résidait dans l'accumulation, et la progression sociale. Les fringues, les belles voitures, il pouvait se les payer, mais il s'en foutait. Et puis, Maxime était arrivé, et Rollin s'était rendu compte que tout cela serait pour lui, qu'il vivrait tous ses rêves par procuration. Il se cantonnait quasiment en voyeur de sa propre réussite, le paradoxe psychologique dans toute sa splendeur. Le simple fait de regarder respirer, manger, ou dormir son fils, l'emplissait de bonheur. Et puis, ils feraient des choses ensemble, comme se rendre en voilier dans les îles grecques, voir les Mets jouer à New York, visiter le Colisée à Rome…

Avec Maxime. Sa perle.

Quelqu'un lui avait volé son « jouet », son « trésor », et menaçait de le casser. Son fils, sa vie, oui, sa propre vie.

Ça le rendait malade, notre homme était miné par la haine, mais il avait su gérer cette affaire, comme il avait su le faire pour toutes les complications de la vie politique et économique.

Il avait un plan. À la hauteur de sa rancœur.

— Oui, rajouta-t-il, c'est entre Vasquez et moi, et je compte régler ça à ma manière…

Son regard alla se planter dans celui du commandant :

— Et avec mes propres hommes.

— Avec mes gars, on fera tout ce que vous demanderez.

— Quarante-huit heures et je retrouverai mon fils, mais, en attendant, il faut que tout cela reste secret.

Salomo voyait où son patron voulait en venir.

— Vous pensez aux autres parents ?

— Qui d'autre ? L'histoire que je leur ai lâchée sur la planque du Noir devrait les faire se tenir tranquilles pendant ce laps de temps. Mais il peut y avoir des impondérables, je connais certains de ces zèbres. Lauterbach va sûrement essayer de chercher Vasquez de son côté, mais sans l'aide de ses hommes, il aura du mal. Je le vois mal leur dire que notre gangster s'est évadé, il sait pertinemment que cela provoquera des fuites dans les médias. Et s'il veut revoir sa fille, il ne jouera pas à ce jeu-là.

— Et le juge Tranchant ? Il avait l'air remonté.

— Tu crois que je ne me doute pas qu'il va replonger illico sur l'affaire du gamin du stade ? Je lui souhaite bien du courage, j'ai fait réquisitionner toutes les pièces du procès et les rapports d'enquête de la PJ. Avec ce qu'il lui reste, s'il arrive à avoir le nom de la rue où se trouve ce putain de stade, cela sera énorme.

— Il peut vouloir interroger le témoin.

— Vitalli… J'y ai pensé, j'y viens dans une minute. Je voulais juste essayer de déterminer le pouvoir de nuisance de cette avocate. Elle a des relations, elle peut essayer de nous court-circuiter en appelant le ministère, ou engager une de ses équipes de détectives pour retrouver sa fille. Elle peut aussi vouloir en savoir plus sur ce que raconte Vasquez sur la vidéo. À savoir, le dernier procès, celui du gosse dans le stade…

Salomo avait saisi la subtilité de ton de son supérieur, il enchaîna aussitôt sur ses paroles.

— Ce qui nous ramène à…

— Elvio Vitalli. En plus, ce bouseux a tenté de me faire peur. Cette petite merde de chiure de mouche est venue proférer des menaces à mon oreille, ici, dans mon propre bureau.

Le visage du préfet était devenu rouge de colère, alors qu'il se levait. Son subordonné acquiesçait calmement tout en réfléchissant déjà aux hommes dont il aurait besoin pour cette mission. Rollin croisa le regard de Salomo et secoua la tête en signe de négation.

— Non, rien pour l'instant: si jamais les gosses sont libérés et qu'il manque un des parents, l'un d'eux pourrait appeler la presse à ce moment-là. Mais, comme je te l'ai dit, il faut savoir rester vigilant. Se tenir prêt.

— D'accord, je vais le faire surveiller.

— Je ne laisserai personne me mettre des bâtons dans les roues. Vasquez tient Maxime, il se planque et il veut me faire chanter. Je veux le voir agoniser dans une mare de sang! Heureusement, il nous reste un élément, que j'ai volontairement gardé secret. Cet idiot de Vasquez a décidé de confier les rênes de cette affaire à son pire ennemi, c'est-à-dire moi. Un de ses hommes doit m'appeler toutes les six heures pour savoir ce que nous avons décidé. Il ne va pas être déçu.

Rollin se rassit avec calme en lissant le dessus de son pantalon. Il chaussa des lunettes d'écaille en disant:

— À présent, mettons-nous au travail.

Il ouvrit le dossier rouge et tapota du doigt dessus.

— Tout est là?

— Tout, patron. Vous avez son casier, les photocopies des rares papiers d'identité qu'il a faits, des photos, son CV, sa vie de couple, sa vie de famille, sa vie en prison, ses potes, sa bande, tout ce qu'on a pu réunir sur le Noir. À la fin, vous trouverez même des bulletins de notes datant de son CM2.

— Impressionnant, reconnut le préfet. Bon boulot.

Il dégagea une sous-chemise de couleur noire et l'ouvrit pour en sortir un portrait photographique.

— Voilà notre homme. Putain, il a l'air ravagé. Mais on ne peut nier qu'il y a un air de famille. C'est Vigo en maigre et en décharné, c'est pratiquement lui.

— Oui, Sandro Vasquez, cinquante-quatre ans, le frère cadet de Vigo Vasquez. Il a travaillé trente ans comme fonctionnaire au ministère de la Santé. Il est en arrêt maladie depuis trois ans, cancer du cerveau dégénérescent, il doit lui rester une année à vivre, grand maximum.

— Il se déplace ?

— Il tient debout, si on peut dire, mais faudra y aller mollo.

— Il n'est pas hospitalisé au moins ?

— Non, il vit seul dans le 8e. Il sort faire ses courses, tout va bien, c'est juste que son cerveau se ramollit au fur et à mesure, il se bourre de cachetons en attendant que ça vienne.

L'image d'un cercueil descendant dans une tombe de béton grise traversa lentement la pièce.

— Bon. Eh bien faites que cela ne vienne pas tout de suite, on va avoir besoin de cet enfoiré. D'après nos rapports, Vigo lui rendait régulièrement visite avant que cette histoire de gosses ne lui tombe dessus, il a l'air d'y tenir à son petit frère…

— Il semble qu'ils se voyaient souvent, c'est vrai, compléta Salomo. Mais toujours dans le même sens, Vigo rendait visite à Sandro lorsqu'il était en soins, et même chez lui. Par contre, le frère cadet ne s'est jamais rendu à un de ses procès, et toutes les fois ou le Noir a été incarcéré, il n'a jamais reçu la moindre visite d'un membre de sa famille.

— Cela confirme ce que l'on pensait, Vigo tient à son petit frère, et ce n'est pas réciproque.

Rollin redressa la tête et ôta ses lunettes pour mieux fixer son subordonné.

— Donne-moi de bonnes nouvelles.

Salomo se rapprocha du bureau pour s'asseoir sur un des fauteuils. Les doigts de ses deux mains vinrent se mélanger sur la pointe de son genou.

— On surveille son appartement depuis hier soir. Sandro Vasquez n'en est pas encore sorti. J'ai une camionnette et deux voitures en bas de chez lui. Une équipe de douze hommes, tous des civils, triés sur le volet. Trois d'entre eux sont en train de préparer une planque du côté de Rambouillet, un pavillon isolé au milieu des bois. Le téléphone du cancéreux a été mis sur écoute.

— Très bien. Tu vas appeler tes hommes et leur dire de s'occuper du petit frère. Vous le foutez dans cette camionnette et vous me l'emmenez à Rambouillet, pieds et poings liés et bâillonné. Je viendrai vous rendre une petite visite demain dans la matinée. Mais avant, l'homme de Vasquez m'aura appelé sur mon portable pour connaître notre position. Je la lui donnerai. Son frère, contre mon fils. Un échange. Un échange où on se rendra en force, et alors, on fera le ménage. Et pour que Vasquez comprenne bien mes intentions, on fera un peu hurler Sandro au téléphone, hein, qu'est-ce que tu en penses ?

Les pupilles du préfet brûlaient de haine. Salomo répondit d'un reflet de son œil de verre, froid et glacé, un petit sourire, fin comme un scalpel, sur le bord des lèvres.

— Justement, un de mes hommes a, comme qui dirait, un don pour ça. On l'appelle le Chirurgien.

— Parfait, parfait, se réjouit Rollin. Cela devrait plaire à Vasquez. Appelle tout de suite tes hommes. Je veux des nouvelles dans la soirée.

Salomo se leva.

— Bien, patron.

D'un signe de tête, le commandant salua le préfet. Sa main tourna la poignée et l'homme à l'œil de verre disparut dans le couloir.

ERWAN

Lauterbach avait continué la rue Saint-André-des-Arts, allongeant sa foulée sur les pavés humides et frôlant les vitrines aux placages de bois, pour bifurquer sur sa droite et rejoindre la Seine, qu'il avait franchie par le pont des Arts. Plongé dans ses pensées, il avait à peine remarqué le couple de touristes japonais en train de fixer un cadenas gravé sur la rambarde.

Il longea le quai jusqu'au 36. La Tour pointue, la Maison, comme l'appelaient les flics. Cette institution avait le don de vous entrer dans le sang. On ne rentrait pas au 36 quai des Orfèvres comme dans un commissariat de quartier. Les yeux se levaient, en quête de la fenêtre derrière laquelle le suspect en garde à vue avait été interrogé. Et, lorsqu'on poussait la porte des bureaux, ces mêmes yeux lorgnaient à la recherche de bottins téléphoniques. La cour pavée résonnant encore des roues du carrosse de Vidocq, les escaliers bruyants comme au lycée, l'ancien étage des journalistes, et tout en haut, sous les toits, les locaux de la Crim' que Louis Jouvet enfumait à plaisir de ses bouffées de pipe.

Le commandant s'engagea dans le bâtiment du fond pour grimper deux étages et parcourir les couloirs surpeuplés de la PJ. Il salua un collègue de l'OCLCO, l'Office contre le crime organisé, et pénétra dans l'espace ouvert, cloisonné de vantaux, de l'OCRVP, les locaux des flics bossant sur les « violences aux personnes ». Un groupe d'officiers rigolait dans le fond alors qu'une fille d'un mètre quatre-vingt racontait sa dernière interpellation.

— Madame la policière, me dit le môme, je vous jure que j'ai juste jeté un mégot de clope, vous pouvez vérifier ! Il m'avait prise pour un flic de la BAC, se marrait-elle, et…

— Germain, la coupa sèchement Lauterbach, vous pouvez venir dans mon bureau ?

La grande blonde le regarda d'un air à la fois amusé et surpris, puis elle haussa les épaules et glissa de son casier.

— Oui, mon comm'dant, railla-t-elle, alors qu'Erwan était reparti dans l'autre sens.

Elle ramassa son flingue au fond d'un tiroir et le glissa dans son étui dorsal. Comme tous les flics motards c'était là qu'elle gardait son arme. Sa machine à elle, c'était de la grosse italienne : Ducati 1300, et elle portait un cuir Furygan avec des épaulettes en kevlar, mais à la place des bottes de compétition, elle préférait des Dr Martens, avec la coque en fer au bout.

Erwan farfouillait dans ses tiroirs lorsqu'elle le rejoignit dans son bureau. La flic remarqua que quelque chose n'allait pas.

— Qu'est-ce qui se passe ? demanda-t-elle. Tu as des problèmes ? Ne me dis pas qu'on a encore fait une connerie et que tu viens de te faire botter le cul par « là-haut ».

Le commandant lui répondit d'un ton acide.

— Une connerie du genre : les trois douilles qu'on a perdues sur l'affaire Marhouad ?

— On les avait mises dans le coffre de la voiture, je te le jure, et après, on a tout démonté, sans les retrouver, c'est vrai !

Il leva la tête.

— Ça peut arriver qu'on perde des indices, mais tu aurais dû avoir… Enfin, tu aurais pu te débrouiller pour récupérer le rapport de Villard et biffer les trois douilles ! On est encore passés pour des cons. Au lieu de ça, quand t'as vu que tu les trouvais pas, t'as regardé ta montre et tu t'es barrée, en nous laissant le bébé nous retomber sur la gueule deux jours plus tard.

— Je devais aller voir ma fille, tu sais bien que… Ho, et puis tu m'emmerdes !

Christine Germain venait du Centre, et, en bonne Tourangelle, elle avait un caractère en acier. Dans le genre costaud, autant au physique qu'au mental, elle inspirait le respect. Elle aimait la déconnade mais dans le boulot c'était un roquet. La lieutenante pouvait faire des kilomètres en voiture et passer des nuits blanches à planquer rien que pour soutenir des collègues. C'était Lauterbach qui l'avait repérée à la BAC et avait insisté pour la faire venir à la PJ, dans son groupe, à l'époque où il n'était que capitaine.

Il leva la tête et soupira.

— Excuse-moi, Christine, je suis un peu à cran en ce moment. Tu as vu Manon ? Comment ça se passe pour son nouveau boulot ?

— Son patron est hyper sympa, tu penses, il a la gueule du fils à Delon. Sauf que, pour l'instant, il ne lui paye pas ses heures supplémentaires. J'ai proposé de lui rendre visite mais Manon ne veut pas qu'il sache que je suis flic. D'un autre côté, je la comprends : un patron de boîte de nuit, et dans le 8e en plus… Mais, je vais quand même faire une petite enquête sur ce gars. Et toi, c'est quoi ton problème ?

Erwan éluda la question.

— En parlant d'enquête, justement, tu te souviens de la bande à Ferrada ?

— Si je m'en souviens ? J'ai bossé presque deux mois sur eux. Des petits cons qui font dans le saucissonnage (le braquage à domicile de particuliers), on en avait tapé deux à l'époque, avec des flingues, mais le témoin avait eu peur.

— On avait les noms des gus, je me rappelle. Rhaaa, je le trouve plus ce…

Elle fit le tour de son bureau pour l'aider à fouiller dans ses papiers.

— Putain, tu parles d'un bordel. J'ai posé le rapport sur ton bureau y'a six mois de ça. Tu l'as pas rangé dans un casier ? Attends, il était vert, je crois… Tu serais pas capable de retrouver…

— Quoi ? se moqua-t-il. De retrouver trois douilles dans le coffre d'une Mégane ?

— Ouais, tu m'as eue, là.

Elle posa son doigt sur un coin vert qui dépassait au fond d'un tiroir.

— Il est là.

Erwan l'ouvrit et parcourut les feuillets.

— Bernard Cauve, dit Bouboule, Daniel Alvez, dit Dany, les frères Zerbib, ha… Victor Ferrada, le frère de Stéphane.

— Ouais, Stéphane Ferrada, le braqueur qui est tombé pour avoir tué des flics, il purge sa peine en ce moment.

Erwan ne releva pas la remarque de sa collègue. Il lui demanda :

— Ces gars-là, à part du saucissonnage, ils trafiquaient dans quoi ?

— Bah, ils avaient des armes, ça, c'est sûr, et on les soupçonnait aussi de racket sur des chantiers. Et, bien sûr, ils revendaient tout ce qu'ils volaient chez les particuliers.

— Est-ce qu'ils volaient des voitures ?

— Qu'est-ce que tu crois, c'était leur gros truc d'ailleurs. Ils repartaient avec les clés et les papiers des caisses, des Porsche, des Audi. Pourquoi tu t'intéresses à ça ?

— Il y a du lourd « là-haut », fit-il en désignant le plafond de l'index. Les chefs bossent avec la DC sur un trafic de voitures à l'international, du genre avec des ministres ougandais qui roulent dedans. Et ils ont demandé à tous les services de recouper leurs données.

— En tout cas, tout ce que je peux te dire, c'est que ça m'étonnerait que ce soit eux. C'est une bande de branquignoles qui ne sort jamais du quartier de la Grande Borne. Dans le bar que j'ai noté, là : ils y passent leur vie. Je peux t'en parler, j'ai planqué presque deux semaines devant. Par contre, c'est vrai qu'une fois, j'ai vu débouler le Victor dans une grosse bagnole noire, une Audi justement. Il passait se montrer, la caisse avait l'air toute neuve. Après, il s'est barré, et je l'ai plus revu. Si y'en a un qu'est mouillé là-dedans, c'est lui.

— Victor Ferrada. Qu'est-ce qu'on a sur lui ?

Elle récupéra une des feuilles du dossier.

— Je l'ai noté, là. Vingt-cinq ans, sans emploi, il est soigné pour schizophrénie. Tant qu'il prend ses médocs, ça va. Sinon, il a déjà agressé des gosses, et des proches, mais y'a pas eu de plaintes. Sans ça, il sait conduire. À l'époque où son frère « montait », on pense que c'était lui le chauffeur.

— Et tu dis qu'il a disparu ? À quelle époque ?

— Enfin, disparu. Je le voyais tous les jours dans ce rade, jusqu'au matin où il s'est pointé avec l'Audi, ça devait être vers fin novembre. Ensuite, je ne l'ai plus vu, c'est vrai, mais je n'ai planqué que sept jours. Il est peut-être revenu après mon départ.

Le cerveau d'Erwan turbinait à toute vapeur. Fin novembre, cela correspondait au crash de l'avion et à l'évasion de Ferrada et de Vasquez. Victor avait rejoint son frère, cela ne faisait pas de doute. La piste était mince, mais il tenait quelque chose. Ou bien Victor Ferrada était retourné dans son quartier, et Lauterbach lui tomberait dessus pour le faire parler sur le Noir, ou alors, il n'était toujours pas réapparu et faisait maintenant partie de la bande de cet enfoiré de Vasquez. Ses potes d'enfance devaient sûrement savoir comment le joindre.

— Ha, y'a autre chose aussi, sur ce petit con de Victor, ajouta sa collègue. Il y a deux ans, il s'est introduit de nuit dans un hôpital et a agressé une gamine dans son lit. Agression sexuelle et tentative d'étranglement : la fillette était tombée dans les vapes au moment où l'infirmière est intervenue.

— La fillette ?

La voix de Lauterbach tremblait légèrement.

— Ouais, elle avait huit ans, quelque chose comme ça. Mais, pareil, elle a refusé de témoigner et l'infirmière n'avait rien vu. Sauf que la gamine lui avait tout raconté.

Il la fixait, le visage blême, une sueur glacée poissant dans son dos.

— Okay, heu... Bon boulot, Christine. Je vais tout de suite monter ça aux pontes du cinquième, ça devrait aider. Tu peux me laisser maintenant, t'as sûrement du travail.

— Hé, si je peux faire autre chose...

Elle s'était rapprochée du bureau pour le regarder dans les yeux. Erwan était gêné. Il essayait de contenir son trouble sur ce qu'il venait d'apprendre, et, plus que tout, il redoutait une question sur sa fille Élisabeth.

— Non, non, ça va. Merci, je... On se voit plus tard.

— Erwan, insista-t-elle, tu es sûr que ça va ?

— Tout va bien. Je... si j'ai besoin, je t'appelle, promis.

— Tu promets, hein ?

Il fit oui de la tête. Germain haussa des épaules, pas très convaincue. Elle le connaissait depuis longtemps et savait dans quel état il pouvait se mettre en cas de problème. Elle se dirigea vers la sortie. Elle savait aussi qu'il était capable de se fermer comme une huître.

Erwan attendit qu'elle ait franchi la porte, puis il se leva pour aller la fermer et tourner le verrou. Il retourna s'asseoir derrière son bureau. Une sueur froide dévalait sur son front, du genre qui ne se contrôlait pas. Il n'osait imaginer ce qui pourrait arriver à sa fille et eut soudain envie de vomir. De sa main droite, il tira un tiroir pour en sortir une flasque de schnaps, dont il s'envoya une bonne rasade. Cela allait mieux, bien que son cœur se soit mis à battre au rythme d'un carnaval brésilien. Ses yeux restèrent figés sur un petit sachet qui dépassait du fond du tiroir. Un sachet blanc avec une croix verte dessus. Il se passa une main sur le front, eut envie de reboire un coup de schnaps, mais savait que cela le ferait tituber. Alors que les cachets...

Ses doigts récupérèrent le sac en papier. Il y avait deux boîtes de buprénorphine à l'intérieur, contenant chacune sept cachets de 8 milligrammes. La dose la plus forte. On donnait ça aux toxicos en manque, ou aux types souffrant du cancer. Erwan sortit du blister un des gros cachets et le fit glisser sous sa langue. C'était une connerie, mais il en avait besoin. Il savait qu'il ne supporterait pas de perdre Choupette, que sa vie s'arrêterait. Il savait surtout qu'il ne fallait pas y penser, car, à ce moment-là, un long poignard de plomb fondu se glisserait dans son estomac, et il tournerait, tout doucement et en permanence, jusqu'à ce qu'il ait envie de s'arracher le cœur avec ses ongles. La morphine commençait à agir, il la sentait remonter dans sa gorge et calmer ses sens, les molécules filaient directement dans son sang en pénétrant les veinules de sa langue, faisant un rempart à ses sentiments et à ses angoisses. Après avoir hésité un moment, il glissa la boîte dans sa poche, récupéra le dossier où se trouvaient les infos sur la bande de la Grande Borne, puis se leva pour quitter le bureau.

BOUBOULE

— Bon alors, raconte-moi encore une fois ce qui s'est passé.

Bernard Cauve, dit Bouboule, le patron du bar « La Grande Borne », se tenait avec Yvan Zerbib, la trentaine, et son frère Simon – de deux ans son aîné – dans la cave de son établissement.

Face à eux, recroquevillé dans un congélateur, un grand black les regardait. Il avait le genre de regard qui ne clignait pas. Le type était raide.

— Alors, alors quoi ? rétorqua Yvan. C'est ce grand con qui m'a cherché, et ce coup-ci, il y a eu droit.

— À ce propos, qu'est-ce que t'as fait du couteau ?

Yvan tourna la tête vers son grand frère qui venait de l'interroger.

— Ben, j'l'ai toujours, là, mais t'inquiète pas, je l'ai nettoyé, dit-il en soulevant son pull, dévoilant le manche en bois de cerf d'un impressionnant couteau de chasse.

Son frère et Bouboule échangèrent un regard consterné.

— Tu l'as gardé ?

Le cadet des Zerbib sentit son front se couvrir de sueur. Il balbutia :

— Je... Je vais m'en débarrasser.

Simon tendit la main en soupirant.

— Donne-le moi.

Yvan s'exécuta alors que Bouboule demandait à nouveau :

— Alors, qu'est-ce qui s'est passé ?

Le jeune répondit en y mettant moins de morgue cette fois-ci.

— Eh bien... heu... Je... Je descendais l'escalier quand je suis tombé sur ce con de Moïse qui rentrait de son boulot de nuit. J'ai tout de suite vu à son regard qu'il voulait me faire des emmerdes. Donc, j'arrive en bas, et il me bloque le chemin. « Hé connard, qu'il me dit, c'est toi qu'a été pisser sur le palier de chez ma mère ? » Il m'a pris par le colbac, mais cette fois, je l'ai pas laissé me dérouiller. J'ai sorti mon schlass et je l'ai planté.

Le visage de Bouboule était un masque d'incrédulité.

— Tu l'as planté ?

— Oui.

— Parce qu'il te reprochait d'avoir pissé sur sa porte ?

— Je… Heu, il m'avait traité de pédale la veille, devant tous les potes.

Simon intervint :

— Tu aurais dû venir m'en parler, je me serais arrangé avec Moïse.

— C'est ce qu'il a dit, justement, t'as qu'à aller pleurer chez ton frère. Mais je l'ai pas fait. Je l'ai planté. Cet enculé.

Le cafetier se prit le visage de la main droite, resserrant ses traits de ses doigts boudinés. Il reprit :

— Et donc, tu lui as planté ton couteau dans le ventre et t'as été cherché Simon, c'est ça ?

— Oui.

C'était un tout petit oui. Simon préféra finir de raconter l'histoire à la place de son frère.

— Ouais, Bouboule. J'ai rappliqué et j'ai vu le carnage. Heureusement, il était une heure du matin et le quartier était désert. On a traversé la place en le soutenant par les épaules, et comme j'avais les clés du bar, on l'a descendu là.

— En… En attendant… ajouta Yvan d'une voix faible.

— En attendant. En attendant, vous avez traversé toute la place sous le regard de trois mille fenêtres. Vous avez de la chance d'être venus ici, en fin de compte. Personne n'osera témoigner contre nous.

La voix de Bouboule frappait comme des coups de marteau. Sa main gauche alla chercher une cigarette dans le paquet souple qui se trouvait dans la poche de sa chemise, et Simon sortit son briquet pour la lui allumer. Soufflant la fumée, le patron de bar lui dit :

— Vous avez bien fait, mais j'en ai marre de vos conneries.

Les deux frères croisèrent leurs regards d'un air soulagé, puis Bouboule fit claquer la porte du congélateur.

— Bon, on s'en débarrassera ce soir. À ce propos, qu'est-ce qu'il fout Dany ?

L'aîné des Zerbib s'alluma une Camel à son tour.

— Il va pas tarder. Il devait aller récupérer un fusil d'assaut qu'un gars des Murets lui avait promis.

Le boss se retourna en direction de l'escalier qui menait à la salle du bar.

— On remonte, j'aime pas laisser la salle vide trop longtemps, même si à cette heure-ci c'est plutôt calme.

ERWAN

Après avoir garé sa Laguna de fonction sur un parking extérieur de la cité, Erwan Lauterbach avait traversé la grande place à l'obélisque de béton pour arriver devant la façade du Bar de la Grande Borne. On était en milieu d'après-midi, le ciel était gris, comme le béton ici, et l'air était si glacé qu'il brûlait l'intérieur des narines. Lauterbach ne sentait pas le froid, la buprénorphine réchauffait son sang. Il avait bien remarqué quelques groupes de jeunes tapis dans les halls d'entrée des immeubles mais, sur l'esplanade comme à l'intérieur de l'établissement, il n'y avait pas âme qui vive.

Il poussa la porte vitrée et pénétra dans le bar.

Quelques tables au bois râpeux et sale, un grand comptoir au-dessus en lino rouge, avec sa barre de cuivre recouverte de traces de doigts, le bar de banlieue classique. Erwan repéra la trappe ouverte en face du comptoir et s'en approcha. Des éclats de voix fusaient de la cave et des silhouettes se découpèrent en bas des escaliers. Le flic retourna près de la porte pour s'accouder au zinc.

Cauve, le patron, surgit le premier. Une grimace déforma ses traits lorsqu'il vit Erwan le long du comptoir. Le flic avait en tête les photos anthropométriques que Germain lui avait montrées. Il fit son plus beau sourire.

— Tiens donc, qui voilà ? Bernard Cauve, dit Bouboule, ainsi que les frères Zerbib. C'est marrant, je voulais justement vous parler. Et… Dany Alvez ? Il est resté en bas ?

Les deux frères se plantèrent à l'autre bout du comptoir, alors que Bouboule refermait la trappe et passait derrière le bar. Il ramassa un torchon et essuya son zinc tout en se rapprochant du flic.

— Je ne vois pas de qui vous voulez parler. Vous êtes un de ses amis ?

À présent, il était juste en face d'Erwan.

— Tu veux voir ma plaque ?

— Ce ne sera pas la peine, soupira l'autre. Je vous sers quelque chose ?

— Volontiers. Je suis à la recherche d'infos.

Bouboule jeta un regard torve vers les Zerbib, puis se tourna à nouveau vers son client.

— Des infos ? Il essayait de sourire mais on voyait qu'il avait du mal.

De la tête, il désigna le téléviseur qui se trouvait au mur dans un des coins de la salle.

— Vous voulez que j'allume la télé ?

— Très drôle, Bouboule. Sers-moi un café, va, répliqua Erwan.

Le patron traîna ses pieds jusqu'au percolateur, pendant qu'Erwan réfléchissait. Il était clair que les frères Zerbib n'étaient pas tranquilles. Ils ne consommaient pas, le matant du coin de l'œil, et ne parlaient même pas entre eux. Ils attendaient qu'il se barre.

De plus, le plus jeune des deux n'arrêtait pas de jeter des regards angoissés en direction de la trappe.

Erwan attendit que le patron vienne poser la tasse fumante de café en face de lui pour repasser à l'attaque.

— Je cherche Victor Ferrada, le frère de Stéphane Ferrada. Vous avez grandi ensemble entre ces immeubles, je sais que Victor traînait encore avec vous il y a six mois.

Bouboule prit le temps de réfléchir. D'abord ça allait, le flic n'était pas là pour ce con de Moïse, ou aucune autre de leurs histoires. Ils étaient sur leur garde depuis qu'une vieille qu'ils avaient cambriolée dans le 19e avait clamsé après que Dany l'ait un peu trop secouée. Mais ils avaient nettoyé la baraque à fond, sauf qu'avec leur putain d'ADN, les flics pouvaient vous faire plonger avec la moitié d'un poil de cul. Par contre, le gars en avait après Victor, et là, c'était du lourd. Parce que, depuis peu, ce crétin bossait pour la bande du Noir.

Il se contenta donc de répondre :

— Victor ? Ça fait des mois que j'ai plus de nouvelles. J'espère qu'il n'a pas fait de conneries.

Erwan planta ses yeux dans ceux du gros.

— Et Vigo Vasquez, le Noir, t'as des nouvelles ?

Le flic avait de l'expérience et sa tactique fonctionna. Le trouble qui traversa le regard de Bouboule le trahit.

Les mains du gros se serrèrent de dépit sur le comptoir. Il s'était fait surprendre. Il avait frémi, ce con.

Maintenant, l'autre, n'allait plus le lâcher.

— Connais pas, celui-là, rétorqua-t-il avec un maximum de mauvaise foi.

— Pas de problème, fit Erwan en reposant sa tasse devant lui et en évitant de toucher le dessus du comptoir avec ses manches de peur qu'elles ne restent collées.

Il s'éloigna du bar.

— Messieurs.

Puis se dirigea vers la sortie.

Lauterbach sentait peser dans son dos les regards des trois hommes. Il allait pousser le battant, quand il se retourna :

— Au fait, qu'est-ce que vous foutiez au sous-sol, tous les trois ?

Un silence de mort s'abattit sur le bar.

Pas la peine de faire un dessin à Bouboule. Les trois hommes avaient un casier et le flic le savait. Il devait croire que les produits des cambriolages étaient planqués dans cette putain de cave.

— On rangeait la réserve, répondit-il, la voix un peu sèche.

Erwan était venu se planter devant les Zerbib. Il frotta sa semelle sur le dessus en bois de la trappe.

— Vous rangiez la réserve, hein ? Et il y a quoi dans cette réserve ?

— Rien, des trucs de bar, des bouteilles, des fûts de bières.

Erwan se serait cru dans le film *Peur sur la ville*, quand Belmondo interroge le cafetier. Il se retint de sourire.

— J'aimerais bien les voir.

Bouboule poussa un long soupir et se traîna jusqu'à sortir de derrière son bar. Il alla poser ses quatre-vingt-dix kilos sur la porte de la trappe.

— Je préférerais pas, dit-il.

Nouveau silence de mort.

C'était plus du Verneuil, c'était du Melville, songea Erwan, mais pas le cinéaste. Non, cette réplique faisait penser à Bartelby.

Le gros ajouta :

— Je ne sais pas si vous avez le droit, c'est privé…

— Tu ne sais pas si j'ai le droit ? Mais, mon gars, on enquête sur toi et ta bande depuis des mois, tu le sais ça, non ? Et tu sais aussi ce que ça veut dire ? Une commission rogatoire, un juge d'instruction, l'État qui se porte partie civile. Alors, je suis venu tout seul, mais si tu veux…

Sa main dégaina son téléphone portable.

— J'appelle mes collègues, avec la flicaille, la scientifique, tout ce que tu veux, et tu peux me croire que ces gars, ils trouvent toujours quelque chose. Toujours. Alors que moi, je veux juste des infos sur Victor.

Il agitait son cellulaire sous le nez de Bouboule.

Celui-ci sentait venir les emmerdes comme un avion de chasse japonais fondant sur un porte-avions américain. Il aurait dû lire son horoscope ce matin, pensa-t-il, ce n'était pas possible une poisse pareille. D'abord les conneries d'Yvan et ensuite ce flic qui débarquait et qui voulait des infos sur le Noir.

— Bon, je peux peut-être vous donner l'adresse de Victor.

— Son adresse, où ça?

— Ici, dans la cité, chais pas, il s'y trouve peut-être...

Si le regard du flic avait parlé à ce moment-là, il aurait dit: « Tu te fous de ma gueule, c'est ça? »

— Heu non, répondit inconsciemment Bouboule. Je... heu... Il est en Belgique.

— Eh bien c'est parfait, ça. Et il est où, en Belgique? Tu as son numéro de téléphone?

— Non, non, je ne l'ai pas. Mais j'ai celui d'un bordel où il se planque. Je vous le donne si vous voulez.

— Il se planque? Chez qui? Chez Vigo? Et toi, tu vas me donner son numéro de téléphone?

— Je n'ai jamais dit qu'il était avec...

Le commandant planta ses yeux bleus dans ceux de Cauve.

— Tu balancerais Vigo Vasquez? Toi?

— Mais non, puisque je vous dis que...

— Ouvre la trappe.

Erwan s'était reculé en dégageant le pan de sa veste, faisant apparaître son arme. Bouboule se pencha et tira le panneau pour le faire claquer sur le carrelage, les marches de bois apparurent, allant jusqu'à un sol de terre battue.

— Vous passez devant, je ferme la marche.

Tout en maugréant, le gros s'exécuta. Yvan, et Simon lui emboîtèrent le pas, Erwan s'engagea à son tour et les retrouva tous les trois, penauds, au milieu de la cave.

Une ampoule jetait sa lumière froide sur des étagères mal dégrossies où s'empilaient des bouteilles vides. Par terre traînaient des fûts de bières et des cagettes garnies de petites bouteilles de Coca, d'Orangina et de Schweppes. L'endroit puait le moisi et, collé à un ensemble de chaises et tables en plastique rouge, un gros congélateur Miko ronronnait tel un tigre asthmatique. Pas de porte dérobée, pas de cache. Une cave tout ce qu'il y avait de normal.

Erwan remarqua que le visage du petit Zerbib luisait de transpiration, il matait la sortie comme si, d'un coup, un aspirateur géant allait le prendre et l'emporter vers l'extérieur.

— Vous rangiez la cave ? répéta Lauterbach en s'adressant directement au jeune homme.

Bouboule se racla la gorge.

— Oui, enfin, y'avait juste deux trois bricoles qui…

— Je veux que ce soit lui qui me réponde, le coupa Erwan.

Yvan leva les yeux, croisant furtivement ceux de son frère, qui, de son côté, songeait de plus en plus au poignard de chasse caché dans le dos de son blouson. Bouboule, quant à lui, gardait en permanence au fond de sa poche un Taser électrique de la taille d'une lampe de poche, capable d'envoyer des décharges de 200000 volts. Il avait l'habitude de s'en servir lors de leurs cambriolages aux domiciles des vieux.

— Heu, oui, les cagettes, là… fit Yvan en montrant du doigt le sol, mais en évitant soigneusement de porter son regard vers le congélateur, ce qui, évidemment, n'échappa pas au flic. Il s'en rapprocha et eut l'impression qu'il allait marcher dans de la nitroglycérine, tant le corps des trois autres hommes se raidit d'un coup.

— Il y a quoi, dans ce frigo ?

Disant cela, Erwan avait dégainé son feu. Il le pointa vers les trois gus.

— Rapprochez-vous par là, je veux voir vos mains.

Tout en les surveillant, il souleva la porte du congélateur et y jeta un œil.

Il en eut le souffle coupé.

Le grand Black que l'on appelait Moïse, montrait ses dents dans un rictus de douleur et ses yeux exorbités fixaient Erwan comme s'il s'agissait du diable. Le flic manqua en relâcher le battant, puis il remarqua les doigts crispés sur la gelée de sang, au milieu du ventre. Coup de poignard, conclut-il en reprenant ses réflexes d'enquêteur.

Il rabattit le couvercle, son flingue toujours braqué sur les suspects.

— Eh bien… ça, c'est une surprise.

Les trois hommes affichaient une mine comme le sol de terre. Grise et battue.

À cet instant précis, une ombre apparut dans l'ouverture en haut de l'escalier, accompagnée d'une voix qui gueulait :

— Hé Bouboule, t'es là ? Faut que tu voies mon nouveau joujou, ça tire du douze coups à la seconde !

Dany se mit à ralentir en arrivant sur le bas des marches, il tenait un fusil-mitrailleur de type Kalachnikov, et ses yeux venaient de tomber sur le flic qui pointait le canon de son arme vers son abdomen.

— Jette ton flingue, Dany. C'est la police ! Alors, tu vas t'arrêter en bas de ces marches et tu vas laisser tomber sinon…

Il ne termina pas sa phrase, une brûlure fulgurante lui traversa le cou, il eut l'impression qu'on lui plantait une épée incandescente dans la gorge, jetant des éclairs, déchirant l'ensemble de ses muscles et le secouant tel un shaker démoniaque, tout en lui balançant des shoots dans la tête à la manière d'un Zlatan Ibrahimovic tirant ses coups francs.

Son cœur et son cerveau explosèrent de concert et il tomba raide sur le sol.

ERWAN

Une migraine, une douleur terrible, comme si les veines dans sa tête charriaient des éclats de pare-brise. Erwan reprenait conscience.

Des sons de voix, des chuchotis, la tension régnait autour de lui. Il ouvrit les yeux. Il était toujours dans la cave, allongé sur le sol.

Dans un coin, les frères Zerbib discutaient avec Dany. « Mais putain, c'est un flic, qu'est-ce qu'on va faire? », « Ses collègues doivent savoir qu'il est là… », « Moi je crois pas, il venait pour autre chose… », « Sinon, t'as vu son gun? Il déchire sa race, hein? », « Ouais, pas mal, j'ai faim moi, on va se chercher un McDo après? », « Tu fais chier, Yvan, il faut qu'on règle cette histoire, ça te donne pas mal à la tête toi? Putain, si au moins il n'avait pas vu ce con de Moïse… » La dernière voix était celle de Simon, reconnut Erwan, car il avait l'impression d'avoir de la glue devant les yeux, et chaque mot qu'il entendait, tapait dans son crâne comme un coup de piolet. Allongé le long d'un mur, on l'avait saucissonné à coups de chatterton, à la manière d'une momie, des chevilles jusqu'au cou. Sa bouche était aussi recouverte de scotch, mais ses yeux et ses oreilles étaient libres.

« En tout cas, ils ont des bons flingues, maintenant, les keufs… »

Encore la voix d'Yvan.

Tournant légèrement le visage, Lauterbach aperçut Bouboule, un portable collé à l'oreille. Il essaya de se concentrer pour entendre ce qu'il racontait. « Faut que tu le préviennes qu'un flic le cherche, enfin, le cherchait… », « À ce propos, on sait pas quoi faire… », « Bon, on les attend, alors. Hein ? Quoi ? Le colis ? », « Oui, déjà froid, l'autre... », « OK, j'attends qu'il me rappelle. ».

Le cœur du flic se mit à battre à la cadence d'une chanson d'AC/DC. « Nom de Dieu, songea-t-il, Bouboule est en train d'appeler un proche du Noir. Le portable, il me faut ce putain de portable !!! » Probablement qu'il délirait, mais il était alsacien, et à moitié breton, et tant qu'il ne serait pas mort, il ne lâcherait pas.

— Hé oh, y'a quelqu'un ? cria une voix.

La demande venait de l'étage au-dessus, Erwan pouvait voir le carré de lumière de l'ouverture. Il entendit le gros geindre.

— Chiotte, on a oublié de fermer cette putain de porte. Yvan, monte voir là-haut ce qu'il veut, cet emmerdeur. Fous, le dehors et ferme la taule, compris ?

— J'y vais, Bouboule.

Les pas du jeune Zerbib résonnèrent sur les marches de bois.

Ses yeux à demi plissés, Erwan vit que les autres s'étaient regroupés pour discuter. Les voyous semblaient se moquer de sa présence.

— Bon, qu'est-ce qu'on en fait, alors ? demanda Dany à Bouboule.

— J'ai appelé quelqu'un, ils vont venir s'en occuper, je veux dire, ils vont nous en débarrasser.

— Ha...

— Ouais et tu sais pas la meilleure ? Ils vont nous débarrasser de Moïse aussi.

— Excellent.

Le ton de Bouboule se fit plus bas.

— Par contre, ils m'ont pas dit comment qu'ils le voulaient, l'autre, le flic. Ils doivent m'envoyer un message...

— Comment ça ? Tu veux dire que, qu'on devra... ?

— Attends, j'ai une réponse, un SMS...

— Alors, qu'est-ce qu'il y a marqué ?

— Froid. Y'a marqué qu'ils le veulent froid...

Sur le sol de terre battue, le commandant de police Erwan Lauterbach sentit un vent de panique l'envahir. « Non, pensa-t-il, ce n'est pas possible. Pas maintenant, pas alors que j'aurai pu sauver Choupette ! Il faut que je leur parle, il faut que je leur dise que je veux rencontrer Vasquez, que je veux avouer... »

— Hé, Bouboule !

C'était le jeune Zerbib, qui gueulait d'en haut à travers la trappe d'une voix bizarre.

— Quoi, qu'est-ce qu'il y a encore ?

— Heu, y'a Matéo le Corse qu'est là. Il dit qu'on lui doit une voiture et il veut son blé. Heu... Il a... Il a un flingue, là... Il faut que tu montes, et vite...

Bouboule, Simon et Dany échangèrent un regard.

— Il a un flingue, hein ? reprit le patron de bar.

Dany serra plus fort sa Kalachnikov.

— Je vais monter m'occuper de cet enculé.

Le gros n'en revenait pas.

— Putain de Corse ! Venir me braquer chez moi ? Mais il se prend pour qui, le Maquilleur ? Faut croire que c'est la saint Bouboule aujourd'hui. Bon, vas-y Dany, monte le calmer, on te rejoint. Je vais lui faire comprendre qui je suis, à cet enfoiré. Allez, Simon prend les pieds du colis, je prends la tête, on va le mettre au frais.

Erwan se sentit soulevé tel un vulgaire sac de patates, sous les ahanements de ses porteurs : « La vache, il est lourd ce con. », et encore, « Te plains pas, il est vivant. Il se tient raide. C'est quand ils sont morts qu'ils pèsent leur poids, ces enfoirés. », « Ha, c'est pour ça qu'on les met au froid, alors ? », « T'as tout compris, congelés ils se transportent mieux, c'est un truc de la mafia russe. », « Rhaaaaaa... ».

Le flic sentit son sang descendre dans la tête (Bouboule était plus petit que Simon), et un souffle glacé lui remonter dans le dos. Son corps tapa contre le bord du congélateur et il bascula à l'intérieur. Son visage tapant sur le nez glacé de Moïse.

Il y eut un claquement et une nappe d'obscurité tomba sur ses yeux.

Ce coup-ci, le fameux caractère alsacien-breton en prit un coup. Il se sentait repartir pour les lamentations. Il allait y rester, c'était presque sûr. Il ne devait pas penser à lui, mais à Choupette. Pour elle, il devait essayer.

MATÉO

Lauterbach se contorsionna tant bien que mal à l'intérieur du réfrigérateur, pour se mettre face à l'ouverture. Sa gymnastique lui avait fait dépenser une telle débauche d'énergie qu'il ne souffrait pas encore du froid. Par contre, il sentait, durs comme le fer, les membres de Moïse lui meurtrir le dos. À l'aide de ses genoux, il essaya de soulever le battant. Rien à faire, il était scellé. Il donna de violents coups de tête dedans, à s'en faire mal, sentant le sang chaud couler de son front sur son visage, et se laissa aller en arrière, en riant, en riant comme un con à travers son bâillon. Quand il entendit le premier coup de feu. Puis d'autres qui suivirent.

D'où venaient-ils ? Cela semblait lointain et proche en même temps. Probablement de l'étage.

Erwan se concentra sur les bruits. Une rafale de mitraillette. Ça, c'était la Kalachnikov de Dany. Puis des coups sourds, BAM ! BAM ! Du « Sig ». Son flingue. Puis encore : PAM ! PAM ! PAM ! Du Glock cette fois, reconnut Lauterbach. Y'avait pas de doute, c'était du Glock. Donc, la première détonation venait d'Yvan, puisque c'était lui qui avait récupéré son arme de service. Les coups de feu s'arrêtèrent, puis il y eut des bruits sourds. Des trucs lourds qui dégringolaient dans la cave.

Erwan entendit des râles d'effort, des allées et venues dans l'escalier. Et brutalement, le silence.

Soudain, une voix résonna dans la cave.

— Alors, mon connard, tu voulais me plomber ? Tu me dois dix mille et tu veux me plomber ?

— Je te jure, Matéo, y'a… Y'a un malentendu. C'est que je suis couvert d'emmerdes aujourd'hui. Je… Fallait pas t'énerver, quoi… Je… je vais te payer…

La voix de Bouboule était terrorisée.

— Oui, tu vas me payer, et ensuite tu vas me parler de Victor. *Capicce* ?

— Quoi ? Victor ? Encore ???

— Comment ça, encore ?

Le flic dans son sarcophage décida que c'était le moment de se manifester. Il donna de violents coups de pied, de tête, de genou, de tout ce qu'il pouvait, se démenant comme un diable dans sa boîte.

— Putain, c'est quoi ce bordel ? entendit-il enfin. C'est bon, t'affole pas, je vais te sortir de là.

Les yeux d'Erwan clignèrent sous le flot de lumière. Matéo l'agrippa pour le faire basculer et tomber sur le sol.

— C'est pas vrai, c'est une blague ?

Il le traîna à l'écart et se releva pour aller chercher de quoi couper les liens.

Erwan se dandina pour voir à quoi ressemblait son sauveur et ses yeux s'exorbitèrent de terreur.

Il était allongé au milieu de cadavres.

La tête arrachée par les balles de Dany Alvez se trouvait à quinze centimètres de la sienne. À ses côtés, Yvan Zerbib, les pupilles fixes, le regardait, une mare de sang imbibant son blouson au niveau du ventre. Juste derrière, son frère, Simon, les bras en croix, un gros couteau de trappeur planté au milieu de la poitrine. Il vit son sauveur se pencher sur lui et arracher le couteau, dans un flot de sang, puis revenir et commencer à couper ses liens.

— Tu faisais quoi dans ce frigo, tu cuisinais le Black ? Je sais que t'es flic, j'ai trouvé ta plaque dans les poches de Bouboule tout à l'heure…

En parlant du patron de bar, justement, Erwan le chercha du regard et le vit, en train de ramper, à trois mètres dans le dos du Corse. On aurait dit qu'un train lui était passé sur la gueule. Il se relevait en retenant des gémissements, sa main tendue vers le fusil-mitrailleur de Dany.

Erwan fit de gros yeux insistants en donnant des coups de tête dans le vide. Matéo croisa son regard en fronçant les sourcils, alors qu'il empoignait son Glock dans sa ceinture.

Il se retourna, et tira, à l'instant même où Bouboule remontait le canon du fusil-mitrailleur dans sa direction. La moitié de son crâne explosa et le gros s'écroula.

— Merde ! s'enragea Matéo. Ils sont tous morts ces cons.

Erwan avait réussi à se débarrasser du Chatterton et se leva, hagard, les jambes encore à demi paralysées par le froid. Ses yeux allaient d'un cadavre à l'autre.

— Ha ça, pour être morts… reconnut-il. Qu'est-ce qui s'est passé ?

— Rien, lui répondit le Corse. Je voulais parler un peu avec eux, mais ce con de Dany a voulu m'allumer avec sa Kalache, j'ai dû le calmer. Quant au grand Zerbib, il m'a sorti un couteau de Davy Crockett qu'il comptait m'agrafer dans le dos, ça ne m'a pas plu.

— Ça… ne t'a pas plu ? Et le… L'autre, Yvan ?

— Ce con traversait les trajectoires des balles. Quant à Bouboule, t'es témoin, j'avais pas le choix, là non plus. Le problème, c'est qu'il n'y a plus personne pour…

D'un coup, Matéo fut pris d'une sorte d'illumination, il demanda :

— Mais toi ? Qu'est-ce que tu foutais dans ce frigo ?

— T'as vu le cadavre, dans le congélateur ? Je suis tombé dessus…

Matéo alla jeter un coup d'œil sur le Black.

— Jamais vu, dit-il. Une tête comme ça, ça ne s'oublie pas. Puis, pas très causant, tu te serais emmerdé avec lui…

Erwan se permit un sourire, mais son humeur était morose. Il ramassa son Sig-Sauer, et vérifia le chargeur. Ses yeux se relevèrent sur le Corse.

— T'es qui ? Je te connais. T'es au sommier.

Son ton était soupçonneux. Il s'agissait peut-être d'un pote à Victor.

L'autre lui fit un rictus mauvais. Le mot « sommier » avait réveillé sa répulsion des flics.

— Rizzo, ça te parle ?

— Rizzo ? Matéo Rizzo ? T'es une figure. Bien sûr que je te connais. Matéo le Maquilleur. On t'appelle comme ça, à cause de ton garage. Tu récupères et tu maquilles des voitures pour des braquages.

Le Corse leva la main.

— Attendez, monsieur l'inspecteur, si vous permettez. Je ne suis tombé que pour recel de voitures volées, et encore j'étais même pas au courant. Je les avais achetées d'occasion, je le jure. Le reste c'est des suppositions. Vous aimez bien vous faire des histoires, chez vous, à la maison poulaga.

— C'est ça, recel de voitures, s'esclaffa le flic. T'es aussi tombé pour coups et blessures, violence aggravée, détention d'armes, on te soupçonne même d'avoir fait le chauffeur sur des coups et…

Erwan eut l'impression d'avoir touché quelque chose, il vit une ombre voiler le regard du truand. Visiblement, le fait d'évoquer ces affaires faisait remonter des souvenirs dans sa caboche. Il y avait autre chose, le flic le sentait, il y avait un rapport entre lui et le Corse… Une affaire sur laquelle il avait travaillé ? Une autre, plus importante, l'obsédait. Il demanda :

— Tu cherches des infos sur Victor, pourquoi ?

Matéo alla pêcher une cigarette et une allumette au fond de la poche de son blouson. Il fit s'enflammer le souffre sur le bord de sa santiag et s'envoya quelques bouffées dans les poumons.

— Nathalie Ruiz, l'avocate… C'est mon… Enfin… Je suis le père de Salomé…

— Bon Dieu, bien sûr, Salomé Rizzo…

Matéo confirma.

— Ma fille. Que cet enfoiré de Vigo Vasquez détient, tout comme la tienne. Élisabeth, c'est ça ? Nathalie m'a raconté le rendez-vous avec le préfet, l'histoire des autres gosses kidnappés, la vidéo, tout ça… Tu veux la retrouver, hein ? Toi non plus tu ne fais pas confiance à cet enfoiré de Rollin ? Comment tu savais que la bande à Victor pouvait mener au Noir ? Quoique, vous aviez bien dit que Vasquez était mort dans l'explosion de la prison, alors que vous le saviez vivant. Donc, tu devais aussi être au courant pour Ferrada. Tous les flics de France savaient que des truands étaient en cavale et les laissaient courir… Encore une saloperie dont vous avez le secret ! Et d'ailleurs…

Il agitait sa cigarette devant lui tout en se rapprochant d'Erwan.

— Et d'ailleurs… Moi, je crois que vous l'avez bien planté, le Noir, dans cette histoire de meurtre d'enfants. Toi et ton préfet. Et qu'à cause de ça, ma fille est entre les mains de ce taré. Je connais la réputation de Vigo, fallait pas le chercher. Alors, commandant Lauterbach de la PJ de Paris, c'était quoi cette connerie de mégot que vous avez retrouvé sous le corps du gamin ? C'est toi qui l'as posé ? Dis-le, vas-y, dis-le.

Matéo le fixa un moment, puis il laissa tomber. Le flic avait l'air perdu.

— Ça va, j'ai compris, ajouta-t-il avec dégoût. Je vais aller fouiller un peu ces zèbres, si tu permets, ça nous apportera peut-être quelque chose.

Il se dirigea vers les frères Zerbib et se pencha sur eux.

Erwan le regardait faire, pris d'un grand abattement. Les paroles du Corse avaient réveillé ses démons. Il se revoyait dans le congélateur, lorsqu'il avait cru qu'il ne pourrait plus sauver sa fille, lorsqu'il avait compris qu'il aurait dû dire la vérité, tout de suite. Il avait déconné, menti, trafiqué des preuves et suborné un témoin, mais il croyait faire quelque chose de juste, il croyait… « Sauver des vies, sauver des gosses… » C'étaient les mots mêmes de Rollin, son patron, ce soir-là.

Mais voilà, s'il disait la vérité, il perdrait tout. Son poste, sa carrière, son honneur, il deviendrait une merde, un flic pourri et il quitterait la Maison, la pire des choses pour un keuf.

Comment trouverait-il alors le moyen de s'occuper de l'avenir de sa fille ? Déjà qu'il culpabilisait à cause de la mort de sa mère... Il avait compté combler ce manque par sa stabilité professionnelle, et, il faut le dire, financière.

Mais s'il parlait...

Il avait la nausée, le corps perclus de douleurs, une envie de vomir et de chialer, merde ! Il se secoua les bras pour se ressaisir et se détourna un instant, plongeant la main dans sa poche. Il fit craquer un cachet hors de son blister pour le glisser sous sa langue en se retournant. Ce simple geste le réconforta, le goût de la drogue le réchauffait alors qu'il n'en sentait pas encore les effets. Tout allait s'arranger, il fallait juste qu'il trouve la force de réfléchir. Et d'agir.

Une mélodie stridente le fit sursauter. Il s'agissait de la musique du film *Le parrain*. Les deux hommes se regardèrent, puis Matéo se rapprocha du corps de Bouboule. Il farfouilla dans les poches de son pantalon et en sortit un téléphone portable qui vibrait et sonnait au son de cette mythique musique.

On lisait sur l'écran « appel masqué ». Matéo décrocha et porta le mobile à son oreille. Il entendit :

— Bouboule ? C'est toi Bouboule ?

— Tu veux parler à Bouboule ? Attends...

Matéo se pencha sur le cadavre du gros et planta le cellulaire devant sa figure, durant trois longues et silencieuses secondes, puis il reprit la parole.

— T'as entendu ? C'était ton pote, Bouboule.

Pas de réponse.

Matéo ajouta :

— Il parlera plus. T'as compris ?

La ligne fut coupée.

Matéo montra l'écran à Lauterbach.

— Ça se retrouve, un numéro comme ça ?

— Ça ne sert à rien. Je pense qu'il s'agit de l'équipe qui devait venir nous prendre, moi et l'autre mec dans le frigo. Là, ils ont compris que c'était plus la peine. Quant à leur portable, il doit déjà être au fond d'un fleuve. Mais il y a autre chose que je peux faire.

Erwan récupéra le portable et pianota sur le clavier jusqu'à retrouver un autre appel. Celui passé par Bouboule alors qu'Erwan était attaché. Le nom « Malou » apparut, et il y avait son numéro.

— Qu'est-ce que t'as ?

— C'est un numéro que le gros a appelé pour prévenir Victor, ou peut-être même Vasquez. Enfin, il disait à quelqu'un de le prévenir.

Il leva les yeux sur le truand en hésitant, puis se décida.

— Une certaine Malou ?

Cela ne disait rien à Rizzo.

— Et elle, tu peux la retrouver ?

— Oui, grâce aux bornes téléphoniques.

— Nom de Dieu...

Le visage des deux hommes afficha quelques onces d'espoir. Cependant, Erwan avait bien réfléchi à la situation. Il était officier de police judiciaire, quand même. Il fixa Matéo d'un air grave.

— Il y a juste un problème.

— Un problème ?

Le flic désigna les corps étalés dans la cave.

— Eux. Tu viens de tuer quatre hommes. Quatre assassinats, je ne peux pas te laisser courir dans la nature. Il faut que je t'arrête et que... que je te ramène à la PJ. Et je ne te parle pas du Black dans le frigo.

Matéo regarda l'arme au bout du bras du flic, la sienne était restée sur la terre battue. Ses dents se serrèrent jusqu'à grincer.

— Tu peux pas faire ça !

— Tu vas m'accompagner jusqu'à ma voiture.

— Ma fille est aux mains d'un fou, d'un tueur d'enfants, et je vais me laisser enfermer ?

— Tu disais que Vasquez était innocent.

— J'en suis persuadé. Comme je suis persuadé qu'il a voulu couvrir un proche. Tu comprends ? Un proche ! Rien que la symbolique du mot devrait te donner des sueurs froides !

« Touché », pensa le flic, en sentant une colonne d'eau glacée dégouliner le long de son dos. Cet abruti n'a pas tort. Choupette se trouve enfermée à côté de l'homme qui agresse et étrangle les gosses, le tueur des piscines. Matéo sembla lire dans ses pensées. Il reprit :

— Raison de plus pour arrêter de déconner. Sors ton téléphone et appelle tes potes de la PJ, qu'on aille voir cette Malou au plus vite.

Erwan réfléchissait, il n'avait pas envie de tirer sur ce truand, mais, d'un autre côté, son devoir lui intimait d'agir dans le sens de la loi.

— Je suis désolé, je ne peux pas laisser une scène de crime comme ça. Je... Je ne peux pas faire autrement, je suis officier de police et... Quand même, il y a quatre morts ! T'as tué quatre hommes, c'est pas rien !

— Tu déconnes à plein tube, là ! C'était de la légitime défense, et puis, merde, je t'ai sauvé la vie ! Je t'ai sauvé la vie, putain !

— Je… Moi aussi je t'ai sauvé la vie, je t'ai prévenu quand Bouboule a essayé de…

— Ha oui, bien sûr, j'aurais dû le laisser vivre finalement. Comme ça, il m'aurait buté et après, il t'aurait ramené en voiture au commissariat en s'excusant, c'est ça ? Il t'aurait buté à ton tour, connard ! De toute façon, je te préviens. Si les flics m'arrêtent, je n'aurai plus le choix, je balancerai pour les enlèvements des enfants, je te jure que je les pousserai à se renseigner et l'affaire se saura. C'est pas ce que je veux, je te l'ai dit, j'ai peur pour ma gosse, mais je ne me laisserai pas enfermer au moment où elle a besoin de moi.

Erwan se mit à blêmir.

Il jura intérieurement : « Fais chier ! »

— C'est bon, décida-t-il, barre-toi. Je vais déclarer les meurtres, je… je dirai pas que c'est toi. Un règlement de comptes entre truands, d'accord ? Mais il va y avoir la scientifique et ils sont capables de retrouver ta trace. Alors, quand je passerai au sommier, je serai obligé de te reconnaître… Merde ! T'as buté ces gars ! Je… Je peux rien faire d'autre.

— Je me casse alors ?

— Oui.

— Et toi, tu vas appeler tes collègues qui vont te dire où se trouve le Noir et tu vas t'y rendre. C'est ça ?

— Oui.

— Je viens avec toi. C'est la seule piste qu'on a pour retrouver cet enfoiré.

Lauterbach serra ses doigts sur la crosse de son calibre, sans pour autant le braquer sur le Corse.

— Tu vas te casser, ou je…

— Tu veux qu'on s'explique ? Viens te battre, et après on pourra s'occuper de nos filles.

— T'es quoi, un boxeur ? Tu te crois dans une cour de prison ? J'ai pas envie de me faire démonter la tête par un truand de seconde zone. Je suis flic et je retrouverai ma fille avec mes moyens de flic. Alors je te donne encore dix secondes pour te barrer, ou je te jure que…

— Je suis pas un boxeur, mais je suis pas une lavette, moi ! Une merde ! Oui, t'es une merde ! Tire, mauviette, lève ton flingue et tire, vas-y, refroidis-moi ! J'en ai rien à foutre. Je veux retrouver ma fille et personne ne m'en empêchera. Tu peux faire ton flic exemplaire, connard ! Quand on magouille des preuves pour faire plonger un innocent… Tout ça c'est de ta faute, de ta faute ! Si ma gosse, TA gosse, est en danger, c'est parce que tu les y as mises… Et tu sais pourquoi ? Parce que t'es un putain de camé ! Tu crois que je t'ai pas vu foutre ce cachet dans ta bouche ? Et tes yeux, ils puent la came ! Drogué et pourri ! Quel beau spécimen de flic ! Tu me débectes !

— Je vais te péter la gueule !

Le visage de Lauterbach était rouge de colère. Les deux hommes s'observèrent un long moment, leur regard chargé d'électricité. Erwan poussa un grognement de rage, et fit quelques pas jusqu'au congélateur pour y poser son flingue, puis il enleva son blouson. Le voyant, Matéo fit glisser sa veste de cuir jusqu'au sol et commença à remonter les manches de sa chemise. Il regarda le flic revenir se mettre en face de lui. Il allait dire quelque chose quand l'autre lui colla un direct dans la mâchoire qui l'envoya s'étaler dans la poussière.

MATÉO

Le Corse se releva en se massant le menton, il se mit en garde, les deux poings en avant, et s'approcha d'Erwan pour lui décocher un coup au visage et un autre au foie. Le flic se plia en deux, puis fonça tête baissée dans le ventre de Matéo, qui en eut le souffle coupé. Il se redressa tant bien que mal, pour voir la lèvre éclatée de son adversaire qui pissait le sang. Il grogna « Y'en a marre » et cogna comme un bœuf sur l'arcade, puis la pommette, et termina d'un crochet au menton qui propulsa Lauterbach deux mètres en arrière. Le flic valdingua et s'écroula dans la poussière, à demi sonné. Matéo posa ses mains sur ses genoux pour reprendre son souffle.

Il cracha un peu de sang puis repéra une bouteille de whisky sur une étagère. Il la récupéra et s'en vida la moitié dans le gosier. Requinqué, il se rapprocha de Lauterbach. Le flic se tenait le bas du visage à deux mains, essayant de remettre sa mâchoire en place.

Il leva les yeux sur le truand. Les hématomes sur sa figure mettraient du temps à partir.

— T'as triché, balbutia-t-il, du sang plein la bouche. T'es un putain de boxeur.

— Je te l'ai dit, je suis pas un boxeur. Mais je veux retrouver ma fille, et je ferai tout pour y arriver.

Erwan le fixa en silence.

Le Corse lui tendit la bouteille.

— Allez, fais pas la gueule. Si on bosse ensemble on aura dix fois plus de chance de retrouver nos gosses. On a quarante-huit heures, mec, quarante-huit heures. Après, je m'en fous, tu pourras m'enfermer. Mais laisse-moi venir avec toi, je te suivrai, je ferai ce que tu diras, je te le jure. Tiens, bois un coup.

Lauterbach souffla longuement avant d'acquiescer. Il s'envoya une rasade, sentant ses lèvres s'enflammer au passage de l'alcool. Matéo l'aida à se relever, ils se jaugèrent un moment.

Erwan se sentit obligé de préciser :

— Tu sais, la morphine... les cachets... J'ai un problème avec ça.

— Tout le monde a un problème, je t'emmerde !

Le flic secoua la tête, il s'en voulait d'avoir pris cette merde. Matéo posa sa main sur son bras.

— Laisse tomber, je sais ce qui est arrivé à ta femme, Nathalie m'en a parlé.

Il n'y avait plus de rancune entre eux. Le truand alla ramasser son arme, qu'il rangea dans sa ceinture, puis récupéra son blouson et retourna vers Lauterbach.

— Alors... Tu les appelles, tes collègues ?

Erwan soupira.

— OK, on va voir ce que ça donne. Mais je te préviens : tu ne butes plus personne. T'as compris ? Tu ne butes PLUS personne.

Matéo lui fit un sourire outré.

— Promis, commandant, je bouge plus une oreille !

— Mouais...

Erwan alla récupérer son arme et s'engagea dans l'escalier, suivi par le Corse.

Arrivé en haut, il composa le numéro de ses collègues au service des renseignements de la PJ.

— Allô, Youri ? C'est Lauterbach... Oui, très bien. Écoute, j'ai besoin de loger un cellulaire. Je te donne le numéro. Il me faut la localisation d'un appel reçu il y a vingt minutes et l'adresse du propriétaire. On est sur le coup, là, alors ça urge. OK, j'attends.

Il éteignit son écran et regarda le Corse.

— Il va me rappeler.

Matéo sortit son paquet de Camel et en proposa à Lauterbach qui refusa.

Dix minutes et trois cigarettes plus tard, le collègue de la PJ rappela. Erwan raccrocha, puis regarda Matéo.

— Marie-Louise Mariani, tu connais ?

— Non.

— Elle travaille au port autonome à Dunkerque, le numéro correspond à son portable. La borne impliquée couvre en partie les quais et les bâtiments. Il m'a aussi donné son adresse dans le centre-ville. Qu'est-ce que t'en penses ?

— Je pense qu'elle doit servir de boîte aux lettres. Elle ne fait pas partie de la bande, mais Vigo transporte des voitures dans toute l'Europe et jusqu'en Afrique, même au Moyen-Orient, et pour ça…

— Il faut des bateaux. Et même… un bateau, un gros bateau.

— Vigo est à Dunkerque, et nos gosses ne doivent pas être loin.

— OK, on y va. C'est à combien, quatre heures, quatre heures et demie ? demanda Erwan. On va prendre ma Laguna, j'ai un GPS.

Matéo se marra.

— Ta Laguna ? Quatre heures ? Tu plaisantes ou quoi ? Il est hors de question que je laisse ma tire dans ce quartier. On va prendre ma caisse. Comme ça, on y sera avant la nuit.

— Qu'est-ce que tu racontes ? Il va faire nuit dans moins de trois heures. C'est quoi ta caisse, un avion ?

— Presque, c'est une Ford Mustang Shelby GT500.

Erwan connaissait, le genre de monstre qui montait à 280 km/h en moins d'une minute et dont les hurlements de moteur n'avaient rien à envier à une Formule 1. Rien que d'entendre prononcer ce nom, on en avait des frissons dans le dos.

— Et ma Laguna, qu'est-ce que j'en fais ? C'est une voiture de la préfecture, je ne vais pas la laisser ici !

— Tu vas me suivre jusqu'à l'autoroute et on la laissera dans un endroit sûr. Tu pourras toujours envoyer un de tes hommes la récupérer, non ? Fais-moi confiance, d'ici moins de trois heures, on sera sur le port de Dunkerque.

— Je vois, t'as pas l'intention de respecter les limitations, c'est ça ?

— Je compte sur toi pour me faire sauter les PV.

— Les PV, les meurtres… Bon d'accord, se résigna le flic. Allez, on bouge, et vite alors, je suis pressé de savoir ce que cette femme va nous raconter.

Les yeux du truand se plissèrent, cette fois, il ne rigolait plus.

— Elle va nous mener aux gosses, j'en suis persuadé. Si tu me laisses l'interroger, elle parlera, oui, elle parlera.

Erwan sentit un frémissement glacé le long de sa colonne vertébrale, mais, cette fois, ce n'était pas à cause de la voiture.

TRANCHANT

Il se tenait la tête à deux mains, les coudes sur son bureau, le nez plongé sur le maroquin de cuir vert que l'administration judiciaire lui avait offert à sa prise de fonction en tant que président de cour d'assise. Mis à part un léger reflet venant du jour gris au dehors, il n'y avait rien, sur ce maroquin. Et c'était ce qui minait l'humeur de Jacques Tranchant.

Après son entrevue avec le préfet Rollin et les autres parents d'enfants kidnappés, il avait rejoint son bureau le plus vite possible. Un moment, se retrouvant seul dans les grands escaliers du palais, il n'avait pu empêcher une bouffée de peur de remonter à sa gorge et des larmes avaient jailli de ses yeux.

Camille, sa petite fille, était aux mains d'un tueur de gosses, pire, d'un maniaque. Et tout ça, à cause d'un procès qu'il avait présidé.

Pourtant, bon Dieu, il avait fait son travail, uniquement son travail !

Pourquoi Vasquez remettrait-il en question la décision des six juges de la cour d'assise spéciale ? Six juges intègres, tout comme lui. Le lièvre était ailleurs : les décisions étaient bonnes, Tranchant en était persuadé. C'étaient les preuves, les circonstances et les témoignages qui avaient amené ces décisions, et donc, c'était là qu'il fallait creuser. Chercher le doute, la manipulation, le mensonge.

À peine avait-il franchi la porte de son bureau, jeté son cartable de cuir marron sur une chaise Empire, que sa voix avait tremblé en direction de sa greffière :

— Françoise… S'il vous plaît, c'est urgent, filez au greffe et ramenez-moi toute l'instruction, ainsi que les minutes et les pièces du procès Vasquez de 2010. Affaire, heu... homicide sur mineur à Boulogne-Billancourt. Je ne me souviens pas du nom de la victime.

Sa collaboratrice était sèche comme un filet de hareng, les cheveux frisés permanentés d'un gris violet, des lunettes en forme de hublots de sous-marin, et un dentier d'une dizaine d'années qui aurait mérité un contrôle technique. Mais, comme on disait dans ce milieu, c'était une « science ».

— L'affaire Truffaut, monsieur le juge ? 11 mars 2010, au stade Marcel Cerdan de Boulogne, la victime était Émeric Truffaut, un garçon de douze ans domicilié au 15 avenue Flaubert de cette même ville. On l'a retrouvé dans la nuit du 11 au 12. Sa grande sœur – Marine je crois – était partie à sa recherche, et elle avait eu l'idée d'aller vérifier dans les vestiaires du stade où son frère allait courir tous les après-midi et...

— Françoise...

D'une mimique du menton, Tranchant lui fit comprendre de laisser tomber et de courir lui chercher les dossiers.

Elle était revenue depuis une vingtaine de minutes ; bredouille.

Le responsable des archives lui avait expliqué que la préfecture, sous les ordres de son directeur de cabinet, avait réquisitionné toutes les pièces concernant ce procès. Tranchant était effondré : pas de dossier, pas de rapports d'enquête. Cela voulait dire : aucun moyen d'agir pour sa fille Camille. Plus que tout, il redoutait l'appel de sa femme, il l'imaginait chez eux en train de se ronger les sangs, à attendre les « nouvelles ».

Françoise Blot, son assistante, connaissait le juge depuis plus de cinq ans. Le dos raide, derrière son petit bureau situé à droite de celui du juge, elle se racla la gorge deux fois avant de demander :

— Heu, Jacques, vous avez des soucis ?

Tranchant releva doucement la tête.

— Non, non, ça va. Merci, Françoise.

— C'est... heu... C'est à propos de l'affaire Truffaut ? Parce que vous savez je...

Le juge eut une inspiration subite. Il la fixa comme s'il allait la bouffer, ce qui fit rougir la greffière.

— Françoise, vous vous rappelez bien de cette procédure ?

— Oui... Oui, bien sûr. Le petit Émeric Truffaut, retrouvé mort par sa sœur vers minuit. La mort remontait à une douzaine d'heures plus tôt et...

— Une douzaine d'heures plus tôt ?

— Oui, c'était étrange en effet. L'avocat de Vasquez avait soulevé ce point. Le prévenu avait été ramené chez lui, après avoir été interrogé par la police sur une autre affaire, vers 11 h 30 ce jour-là. Le crime aurait eu lieu moins d'une heure après. Il est vrai que son pavillon se trouvait à deux kilomètres du stade.

— Cela voudrait dire que Vigo Vasquez, à peine rentré chez lui, après avoir été cuisiné sur une série de meurtres sur des mineurs, serait ressorti assassiner ce gamin ? Heu… Y avait-il d'autres choses… Je veux dire, d'autres choses étranges ?

C'était à son tour de rougir. Il avait présidé ce procès et s'en rappelait à peine. Il voyait passer tellement de conflits, de cas, et toujours en simultané. Il avait pris l'habitude de synthétiser les décisions en s'appuyant sur les faits, les preuves et le Code pénal.

Françoise lui adressa un sourire indulgent. Et, de nouveau, une lueur maline s'alluma derrière ses hublots. Elle venait de comprendre que quelque chose n'avait pas été clair dans ce procès, et que cela perturbait le juge. Telle son idole, Miss Marple, la greffière adorait les énigmes. Elle se creusa le cerveau avant de répondre.

— Il y avait deux choses. Je m'en souviens. C'était le levier des avocats de la défense. Le mégot qui contenait l'ADN de Vasquez, il avait été retrouvé sous le corps du gamin, c'est-à-dire que la sœur ne l'avait pas remarqué avant que la police ne le découvre. Ensuite, le témoin, un certain… Alvieti ? Je ne sais plus. Il a dit avoir vu Vasquez sortir du stade une première fois vers 18 heures. Puis il s'est rétracté pour dire que c'était vers 14 heures. C'était d'autant plus troublant qu'il n'habitait pas dans ce coin, et n'avait aucune raison de s'y trouver.

— Comment ça ? Où habitait-il alors ?

— Dans le 11ᵉ, je crois, près de la gare de l'Est.

— Et que faisait-il à Boulogne ce jour-là ?

— D'après lui, il faisait le tour du quartier à la recherche d'un appartement à louer, en regardant les façades.

— Il est… Je veux dire, c'est un cheminot, et il cherchait un appartement dans un des coins les plus huppés de Paris ?

— Oui, mais la défense n'a pas pu approfondir. Il y a eu objection de la part du procureur et vous l'avez retenue.

— Je l'ai retenue ?

Il se recula dans son fauteuil, le regard lourd d'amertume.

Tout lui revenait à présent. Rollin, à l'époque c'était le patron de la PJ. Il était venu le voir avec le procureur général du parquet de Paris. Ils lui avaient expliqué que Vasquez avait échappé pendant des années à la justice alors que la PJ était certaine de son implication dans une douzaine de meurtres sur des mineurs. Tranchant avait enregistré le message, consciemment ou inconsciemment, tout en disant qu'il respecterait la loi. Mais ce que voulaient ses interlocuteurs était clair, Vigo Vasquez le tueur d'enfants devait plonger.

Pas un moment il ne s'était douté, n'avait imaginé… L'inimaginable…

Comment ? Comment pouvait-on truquer un procès ?

Les actes d'accusation reposaient sur l'ADN retrouvé sur les lieux du crime, et pire encore, sur le corps de la victime. Plus un témoignage visuel raccrochant l'heure du crime à la présence physique du suspect. Et il y avait les présomptions, les fameuses présomptions. Avec tous ces éléments, le prévenu n'avait aucune chance.

Vasquez disait qu'on l'avait piégé. En admettant qu'il ait eu raison, pensa Tranchant, il n'y avait pas trente-six solutions pour aboutir à la conclusion finale. S'il y avait eu manipulations, elles étaient visibles comme le nez d'un clown au milieu de sa figure : le témoin avait menti, et le mégot contenant l'ADN du coupable avait été déposé par les flics.

Et qui se trouvait sur les lieux en première intervention ? Le capitaine Lauterbach de la criminelle. Celui qui enquêtait depuis des mois sur le tueur des piscines.

Pourtant, il y avait un problème. Comment prouver ces manipulations ? Il le pourrait, en assignant Lauterbach, Vitalli et même Rollin à comparaître, et en les cuisinant. Avec l'accord du procureur général… L'ami de Rollin, celui qui avait dit de ne rien remuer pendant quelques jours. Tout se rejoignait : le préfet avait mis la main sur cette affaire et il tenait son monde. Indirectement, il contrôlait aussi le sort de Camille et ça, Jacques Tranchant ne l'admettait pas. Il se mit à réfléchir : qu'aurait-il fait lorsqu'il était encore un jeune juge d'instruction ? Indépendant…

Il y avait eu meurtre, et donc ?

Il eut une illumination. Et donc, il y avait un meurtrier ! Si ce n'était pas Vasquez, qui était-ce alors ? Il fallait reprendre l'enquête et trouver le vrai coupable. Ainsi, la demande de Vigo le Noir serait exaucée : il serait innocenté et les enfants libérés.

Le juge retrouvait sa vitesse de réflexion. Il voyait nettement les problèmes auxquels son raisonnement était confronté : mener une enquête sur une affaire vieille de trois ans. N'importe qui pouvait aller sur le terrain, et même s'il n'avait plus les dossiers en main, Françoise possédait tous les éléments nécessaires dans sa cervelle pour renseigner quiconque. Pour ce qui était de faire des analyses, ou de chercher des informations sur des personnes ou des véhicules, Tranchant pouvait contacter l'identité judiciaire, la scientifique ou le service des cartes grises. Il en avait l'habilitation. Il ne restait plus qu'à trouver un enquêteur, qui surtout, ne soit évidemment pas de la police. À moins que…

Il pointa les yeux sur sa greffière.

— Françoise, votre beau-frère qui était capitaine à la brigade des mineurs, il habite toujours dans la région ?

— Heu… Oui, il profite de sa retraite dans son petit pavillon à Juvisy.

— Ne m'aviez-vous pas dit qu'il s'occupait aussi, parfois, de retrouver des gosses disparus, des fugueurs ? À titre privé ?

— C'est vrai, il ne peut pas s'en empêcher. Il a bossé toute sa vie auprès de gamins en difficulté, de parents désarmés. Alors, quand il entend parler d'une affaire, il propose ses services. Ou parfois, ce sont ses anciens collègues qui le contactent pour aider une famille ou retrouver un enfant. Il adore aller sur le terrain, enquêter…

— Il adore enquêter ? Françoise, vous êtes extraordinaire, le savez-vous ? Appelez-le, tout de suite, s'il vous plaît. J'ai une enquête à lui confier, et… je vais avoir besoin de vous mais surtout, de votre discrétion. C'est très important, je pense que Vigo Vasquez n'est pas le meurtrier du petit Truffaut, et que le coupable court toujours, vous comprenez ? Il faut que je découvre la vérité, c'est le seul moyen pour que… je… C'est très important… Je vous expliquerai plus tard, pour l'instant, je ne peux pas.

La greffière en avait la culotte qui tremblait. Elle n'avait jamais vu son patron dans cet état, ni même n'importe quel juge, qu'il ait trente ou soixante ans. Ces hommes se cachaient en permanence sous un masque d'arrogance et de supériorité. Raides, impersonnels, des robots au service du droit. Et voilà que le robot, en réalité, était un humain ? C'était à la limite du pathétique, songea-t-elle. Mais, que le grand juge Jacques Tranchant l'appelle à l'aide – et qu'il lui fasse confiance – la rendait toute chose. Elle se sentit investie d'une mission et se mit au garde-à-vous en prononçant d'une voix exaltée :

— Je l'appelle tout de suite, monsieur le juge.

Elle farfouilla dans son sac à la recherche de son portable en pensant à son beau-frère René. Le pauvre avait pris de l'embonpoint depuis la mort de sa femme, cinq années plus tôt, alors qu'il venait tout juste d'être mis à la retraite. Il avait un penchant pour le pontarlier, une sorte de pastis de son pays, là-bas, à Besac comme il disait, à Besançon, mais elle le connaissait. Il ne tenait pas en place dès qu'on lui parlait d'une disparition ou de gosse à aider. Et là, il allait être aux anges. Parce qu'il s'agissait, cette fois, d'enquêter sur une affaire de meurtre…

BURMA

Et c'est ainsi que le lendemain matin, René Burma se présentait devant le stade Marcel Cerdan de Boulogne-Billancourt. Il s'agissait d'un petit terrain de football entouré d'une piste de course à pied, le genre de stade vieillot qui ne sert qu'aux écoles. Ce jour-là, aucune classe n'était présente et c'était tant mieux pour ce que Burma avait à faire. Tout en entrant dans l'enceinte qui menait aux vestiaires, il écrasait de son gros pouce jauni le foyer de sa bouffarde.

Le bâtiment était en rez-de-chaussée, fait d'un grand rectangle de briques grises et protégé d'un toit en carton mâché ondulé se résumait à des WC mixtes et deux salles de vestiaires, dont l'une affichait le mot « visiteurs » sur la porte. René jeta un œil intrigué sur les alentours du stade à la recherche du grand panneau d'affichage en bois qui permettait d'annoncer les scores des équipes. Il était là, affichant un « Brillantine » à demi délavé comme sponsor, ainsi que le score de zéro à rien. Les pancartes portant les chiffres avaient été subtilisées du côté des visiteurs. Le ciel était gris et les voitures au dehors filaient en chuintant dans le grondement des scooters, le chant des sirènes d'ambulance et les exclamations des klaxons. C'était la chanson des villes, songea le vieux flic à la retraite.

Il n'y avait qu'à pousser la porte pour accéder aux vestiaires. La salle était vide, des patères aux murs, au-dessus de longs bancs usés par les culottes de foot des gosses, quelques graffitis, des douches à faire peur à Stephen King lui-même, avec leur carrelage de boucherie et la tuyauterie rouillée et tordue. Il considéra le sol, des petits carrés de faïence à la couleur indéfinissable et essaya d'imaginer le corps du gamin.

Burma avait en tête le rapport que lui avait fait sa belle-sœur. Le gosse avait été retrouvé dans le deuxième vestiaire, allongé par terre, face à la porte. Trois coups de couteau dans l'abdomen, un petit de douze ans. René avait demandé un maximum d'informations, et la « science » s'en souvenait parfaitement : le gosse avait été frappé au niveau du nombril.

Comment un adulte du gabarit de Vasquez aurait-il pu donner trois coups de couteau rapprochés à une telle hauteur ? En se baissant ? En se mettant à genoux ?

Ce n'était pas le problème, lui avait dit le patron de la sœur de sa défunte femme. Tranchant lui avait expliqué que Vigo le Noir n'était sûrement pas le coupable : il ne s'agissait pas de le disculper en cherchant des faits, mais plutôt, en retrouvant le vrai coupable.

Burma avait traité quelques affaires d'homicide par le passé et il savait une chose : s'il y avait meurtre, il y avait mobile. Le gosse n'avait pas été agressé sexuellement, ni volé, il fallait donc chercher ailleurs.

Il regarda autour de lui en essayant de reconstituer la scène. Les deux individus s'étaient trouvés face à face. Deux gamins, du même âge ou presque. Ils se connaissaient, pour que la victime ne se soit pas retournée pour fuir, ou qu'elle n'ait pas tendu les bras pour se défendre et donc prendre des coups et avoir des marques.

Françoise n'avait pu lui dire s'il s'agissait d'un gros couteau ou d'un petit canif.

Le meurtrier était un proche, du moins une connaissance d'Émeric Truffaut. Il regarda sa montre, il avait appelé la mère du gamin la veille au soir pour savoir s'il pouvait passer lui parler de l'affaire. Elle avait accepté sans grand enthousiasme, mais curieuse de savoir ce que ce policier à la retraite avait à lui dire.

La femme qui lui ouvrit la porte de cet appartement, situé au rez-de-chaussée d'une petite résidence de bas étage, devait avoir dans les trente-cinq ans. Elle en paraissait cinquante. La mort de son fils l'avait détruite. En pénétrant dans le logis, Burma eut l'impression que la dame vivait seule. Les rideaux étaient tirés, la télévision bourdonnait, un gros chat dormait sur une commode de bois sombre. Tout était en noir et blanc, ou plutôt, en noir et gris, comme la couleur des cheveux de la mère.

— Bonjour, madame. Je… heu… C'est très aimable à vous de me recevoir.

Voyant le côté bourru du vieux flic, la femme se sentit rassurée. Elle lui fit un sourire avec ses yeux, mais son visage resta de marbre.

— Bonjour, entrez donc. J'allais boire un thé, vous en voulez une tasse ?

Elle ne buvait pas de tisane. C'était déjà ça, pensa Burma.

Ils s'installèrent dans le salon, sur le fauteuil usé. René préféra dire la vérité.

— Écoutez, madame Truffaut, je suis envoyé par le juge qui a présidé au procès de l'assassin de votre fils, enfin, c'est compliqué. Ce juge pense qu'il y a eu erreur et que le meurtrier n'était pas Vigo Vasquez. Il m'a chargé, à titre officieux, de reprendre l'enquête.

La tasse de thé, posée sur sa soucoupe de porcelaine, tremblait en faisant un petit bruit métallique.

— Vous voulez dire que… Mais, et les autres enfants tués ? Je veux dire, dans les… les piscines ?

— Il s'agirait de deux affaires séparées. Vasquez pourrait avoir tué les autres enfants, mais… pas votre fils.

La mère posa sa tasse, avant qu'elle ne tombe. Elle venait de comprendre que l'homme qui avait tué son enfant courait toujours.

— Que… Que puis-je faire pour vous aider ?

— Parlez-moi du jour où…

— La dernière journée ?

Des mots qui pesaient des tonnes. « La dernière journée », de la vie de son fils, de sa vie à elle. De la vie tout court.

— Oui.

Ses yeux baissèrent d'intensité, et les mots sortirent.

— Émeric adorait courir, mais pas dans la rue, non, sur la piste. Il tournait. Vous savez, c'était un garçon particulier. Pour ses douze ans, il réfléchissait beaucoup, souvent perdu dans ses pensées. C'était pendant les vacances de la Toussaint, il partait tous les après-midi au stade, en bas du boulevard, avec une bouteille d'eau et une petite serviette, pour courir. Vers midi…

— Excusez-moi, la coupa Burma, il y allait toujours seul ?

— Oui, mais… je crois qu'il avait rencontré quelqu'un.

— Quelqu'un ?

— Un garçon, enfin, une fille, je ne sais pas, il n'a pas voulu m'en parler.

Le vieux flic remarqua une hésitation, mais ne releva pas.

— Mais vous vous en êtes rendu compte, c'est ça n'est-ce pas ?

Elle refit ce sourire sans âme.

— À son attitude, il passait une demi-heure dans la salle de bains avant d'y aller, et il s'énervait lorsque j'essayais de lui poser des questions, alors je n'insistais pas. Nous avions une sorte d'accord entre nous.

— Je vois.

— Donc, ce jour-là…

— Vous avez gardé sa chambre en l'état ?

La femme resta figée, elle avait perdu l'habitude de passer d'un sujet à l'autre. D'autant plus qu'il s'agissait d'Émeric.

Son fils.

Mort.

Burma le sentait. Le désespoir, l'incompréhension et la haine tremblaient sous une carapace autour d'elle, autour des mots qu'elle prononçait. Une carapace prête à se fendre. Ses épaules remontèrent comme prises d'un frisson, sauf qu'elles restèrent tendues près du cou, et elle prononça d'une voix blanche.

— Sa chambre ? Oui, elle est à l'étage… La police n'est même pas montée la voir.

L'inspecteur posa sa main sur son avant-bras et serra doucement, il vit les épaules de madame Truffaut s'affaisser. Elle tourna vers lui un regard mouillé d'excuses. Il aurait voulu s'excuser à son tour. D'avoir réveillé la douleur. Il se contenta de demander :

— Si vous permettez, heu… j'aimerais la visiter.

Elle acquiesça, soulagée qu'il la laisse et ne lui pose plus de questions. Elle désignait l'escalier du menton. Il se leva, se racla la gorge, mal à l'aise, et emprunta les premières marches.

Une pancarte de bois, peinte d'une calligraphie de stand de marchés de vacances, annonçait le nom d'Émeric sur la porte de la chambre. Le vieux flic poussa le panneau en essayant de ne pas briser le silence.

Un lit une place, avec dessus, une couette d'un mauve de lavande et deux ours en peluche, un brun et un blanc. La fenêtre avait ses rideaux à demi tirés, couleur lavande eux aussi. Une commode, une armoire épinglée de pages de fanzines, un bureau de collégien, avec son pot à crayons, ses classeurs à l'effigie du drapeau anglais, des piles de mangas sur des étagères, une petite télévision carrée et sa console de jeux. Rien que du très banal pour un préadolescent, si ce n'était les magazines et les posters sur le papier peint d'un jaune provençal.

Burma s'approcha de la table de nuit et feuilleta les *People* et *Gala* qui y étaient posés. Il découvrit, dessous, un calendrier des Dieux du Stade exhibant leur corps musclé dans des poses « artistiques ». Lady Gaga l'observait, étalée en trois exemplaires sur les murs au-dessus du lit, à la fois glamour et provocante, usant du style de Marilyn Manson qui, lui aussi, avait droit à son effigie. Ainsi que Nicolas Sirkis, le chanteur d'Indochine.

En allant farfouiller dans les bacs sur le bureau, Burma découvrit des gommes roses en forme de cœur, de faux tubes de maquillage, des porte-clés Hello Kitty. Il tira un tiroir, une poupée Barbie s'y trouvait. Accompagnée de robes de princesse scintillantes. Il tira celui du dessous et vit un cahier noir serré d'un élastique.

Il jeta un œil par-dessus son épaule, histoire de s'assurer qu'il était seul, et sortit le cahier. Il s'agissait bien d'un journal. Émeric avait abandonné l'écriture de ce journal pendant plusieurs mois, pour le reprendre en quelques mots, trois jours avant sa mort.

« 8 mars 2010, cher journal, je reviens vers toi pour te dire que j'ai rencontré quelqu'un d'extraordinaire : Gino. » Sur la même page, il y avait des « Gino » écrits un peu partout et dans tous les sens, certains entourés d'un cœur.

Rien d'autre.

Il tira un coin de feuille qui dépassait, il s'agissait d'un article de journal en noir et blanc. Une photocopie tirée d'Internet. Il parlait d'un camp de Gitans qui s'était installé sur une parcelle abandonnée du sud de Boulogne. « Les gens du voyage investissent le site des futurs immeubles de la commission départementale. » Une photo en noir et blanc représentait un vaste terrain vague où se posait une dizaine de caravanes : il y avait du linge étendu sur des cordes, et des gamins figés qui regardaient l'objectif. Sur la droite, un groupe d'hommes et d'adolescents, une dizaine de personnes, et, un peu au second plan, assis sur les marches d'une des caravanes, un jeune, une ombre noire obscurcie par le contraste de l'imprimante, était entourée d'un coup de feutre rouge, une flèche le pointait jusqu'à la marge, et la même écriture que dans le cahier y avait inscrit « GINO ».

L'inspecteur replia délicatement la feuille pour la glisser dans sa poche. Il regarda autour de lui, puis se décida à sortir de la chambre et descendit les escaliers.

Madame Truffaut n'avait pas bougé de sa chaise. La tasse de thé froide posée devant elle. La porte de sortie se trouvait juste en face du bas des marches.

Burma s'arrêta pour lui adresser un sourire idiot.

— Je… je vous remercie, madame. J'espère qu'on pourra régler cette… affaire.

— Vous avez trouvé quelque chose ?

Elle demandait cela plus par compassion pour le vieux flic que par curiosité.

— Oui, peut-être, je vous tiendrai au courant.

— Si vous voulez.

— Au revoir, madame Truffaut.

— Au revoir.

Elle ne se leva pas.

Elle aurait pu faire un pas de trop et tomber dans un gouffre, celui de son anéantissement. On cherche tant de choses que l'on ne trouve jamais, dans le regard des autres. Tout devient si vain et fragile, quand on a perdu son enfant…

Son ange.

Quand un enfant tombe, on a peur, notre cœur bondit, et nous aussi, vers lui, pour l'aider à se relever, et à repartir. Émeric était tombé et sa mère s'était précipitée. Aucun des deux ne s'était jamais relevé.

En refermant la porte derrière lui, Burma s'en voulait d'être venu la déranger. Son fils était mort, et découvrir le nom de celui qui l'avait assassiné importait peu pour sa mère. Cependant, peut-être que d'en savoir la raison lui ferait du bien, songea-t-il en serrant le papier de journal dans sa poche.

Dès qu'il fut assis derrière le volant, René sortit l'article de sa poche pour le relire consciencieusement. Il attrapa un stylo dans la portière et récupéra un carnet dans sa poche pour y prendre des notes. Ensuite, il farfouilla dans sa boîte à gants, trouva son guide *Paris banlieue* et en déplia la carte. Quelques secondes plus tard, il démarrait sa Clio.

Trois grands buildings illuminaient de leurs façades à miroirs l'endroit où aurait dû se trouver le camp de gitans. Trois années s'étaient écoulées depuis l'écriture de l'article, Burma était impressionné par les progrès du BTP. Comment imaginer qu'un terrain vague ait pu exister à cet endroit ? Il descendit de voiture et traversa le boulevard. En se mettant sur la pointe des pieds il pouvait voir, deux cents mètres plus bas, le panneau des scores dépassant du stade où le gamin s'était fait trucider. Ce n'était pas grand-chose, un prénom trouvé dans un carnet, un gosse qui passe des heures dans sa salle de bains avant d'aller faire son footing. Une rencontre avec une personne « extraordinaire », suivie, quelques jours plus tard, d'un meurtre. Un acte non moins « extraordinaire ». Deux faits extraordinaires qui s'enchaînent, cela pouvait être le début d'une piste, pensa Burma.

Il sortit le petit Nokia en plastique bleu qui lui servait de téléphone portable, ainsi qu'un vieux calepin d'adresses à tranche dorée muni de son crayon minuscule. Il était temps de demander de l'aide au juge Tranchant.

Le juge ne s'était pas décidé à rentrer chez lui. Il sentait que la résolution de la disparition de sa fille pouvait se jouer d'un moment à l'autre. Il avait essayé de rappeler Rollin, mais celui-ci faisait refuser les communications par sa secrétaire, il ne lui restait donc que son enquêteur pour lui apporter un peu d'espoir. Il ne pouvait s'empêcher de se ronger les sangs en imaginant sa fille cloîtrée, séquestrée par Vasquez. Elle était si… si gentille, si polie. Si discrète. C'était à peine s'il se rappelait avoir fait quelque chose avec elle ces derniers mois. À part l'entrapercevoir au moment d'aller se coucher, ou bien, lorsqu'elle dînait avec sa nounou juste avant lui et Maryse… Il se rendit compte avec horreur qu'il passait plus de temps avec son chat qu'avec sa propre fille, puisque celui-ci venait ronronner sur ses genoux tous les soirs alors qu'il se détendait devant la télévision en feuilletant ses dossiers. Tranchant se jura que si jamais Camille revenait, il lui consacrerait tout son temps, et plus encore.

L'appel de Burma lui soulagea les nerfs, il avait besoin d'agir. Le vieux flic lui parla du gamin gitan, puis de l'article qu'il avait trouvé et qui citait le représentant de la communauté : le pasteur Matthaus. Il demanda au juge s'il y avait moyen de retrouver ces différentes familles qui, d'après *Le Parisien*, faisaient partie des évangélistes tziganes. Tranchant promit de tenter tout ce qu'il pourrait en ajoutant qu'il avait fait du bon travail. Il raccrocha et se mit à réfléchir.

En tant que président de cour d'assise il avait déjà eu à traiter des affaires concernant des membres de ces groupes évangélistes nomades, généralement des problèmes d'expropriation, ou d'occupation illicite de terrains communaux ou privés. Il y avait aussi des affaires de vols ou de violence comme dans toutes les communautés et il se rappelait que le problème était de retrouver ces inculpés qui déménageaient tout le temps. Il décrocha son téléphone et appela une connaissance de la DCRI. Avec eux, on pouvait retrouver un quidam en train de camper à trois kilomètres du Machu Picchu, pour peu qu'il ait, dans sa jeunesse, effectué un stage dans un camp du Djihad.

Son ami lui confirma que les différentes communautés tziganes, gitanes et plus spécialement roms étaient censées se déclarer à chaque fois qu'elles s'installaient dans une commune. La mairie faisait aussitôt remonter l'information vers une base de données du ministère de l'Intérieur dans laquelle les personnels habilités pouvaient piocher à leur guise selon les besoins. Bien sûr, il précisa que nombre de ces groupes, et plus particulièrement les Roms, omettaient souvent de se déclarer. D'après lui, les évangélistes jouaient le jeu, essayant de tout faire pour conserver leurs droits de nomades en montrant leur bonne volonté, d'autant qu'ils faisaient partie des rares qui inscrivaient leurs enfants dans les écoles des villages lors de leurs séjours.

Tranchant s'empressa d'appeler le ministère qui le guida jusqu'au service concerné. Là, il s'enquit de la situation d'une communauté pilotée par un pasteur nommé Matthaus, en priant pour qu'ils ne se soient pas expatriés en Belgique ou en Espagne. L'employée trifouilla dans son ordinateur et lui annonça qu'un camp déclaré à ce nom s'était établi depuis quelques semaines sur un terrain aménagé du côté de Creil. Elle lui demanda s'il désirait des informations sur une personne en particulier. En effet, les services de l'État avaient profité des derniers recensements pour lister et ficher les membres de chaque communauté. Tranchant avança le prénom de Gino, disant qu'il s'agissait probablement d'un jeune garçon. La fonctionnaire lui dégotta un Gino Milleto de dix-huit ans, ainsi qu'un autre, Gino Valla, qui avait trente ans. Juste avant de raccrocher, il la questionna sur les allées et venues de ce groupe d'évangélistes, afin de savoir, si, trois ans plus tôt, ils avaient bien installé un campement sur la commune de Boulogne.

Elle confirma, les dates correspondaient. L'âge du premier Gino de même, dix-huit ans aujourd'hui, quinze à l'époque des faits, trois de plus qu'Émeric à ce moment-là. Tranchant la remercia et rappela son enquêteur.

La pluie s'était mise à tomber, faisant des traînées de lumières sur la crasse du pare-brise. Il y avait au moins deux années que Burma n'avait pas utilisé sa Clio, la laissant moisir sous le grand jasmin de son jardin. Un coup de nettoyage naturel ne lui ferait pas de mal. Le flic devait reconnaître que Tranchant était motivé. Moins d'une heure s'était écoulée depuis son premier coup de fil et voilà que le magistrat venait de le rappeler pour lui donner des informations sur le camp des évangélistes. Il avait même réussi, Dieu sait comment, à dégotter le nom de famille du petit Gino.

Burma jeta un œil sur sa montre, pas loin de midi, il aurait pu rentrer à son pavillon, se préparer un déjeuner et ensuite s'attaquer à une de ses siestes journalières, mais son instinct de limier s'était réveillé. Il le sentait, la piste était toute chaude, il ne fallait pas la lâcher.

Il prit la direction de Creil, au nord de Paris.

Juste après l'aéroport Charles-de-Gaulle, les champs et les forêts apparurent, cinglés de pluie et de vent. La terre gorgée d'eau mouvante telle une mer, montant vers le ciel d'un gris de béton mouillé, les arbres aux ramures sombres étouffant la lumière sur la petite route qui traversait le domaine forestier. Les gouttes tambourinaient sur le toit de la voiture et rendaient le sol glissant. Burma passa par Senlis, puis Chantilly. Ses amortisseurs gémirent sur les pavés de la petite ville bourgeoise puis il prit la direction de Nogent-Sur-Oise. D'après le juge, le camp des nomades se trouvait entre cette ville et Creil, tout près d'un ensemble qui eut un temps une sinistre réputation : Le Plateau. Une cité perdue, en pleine campagne Picarde. Il s'arrêta dans un bar tabac, certain d'avoir des réponses à ses questions.

Les clients savaient où trouver les Gitans. Le campement était « caché » de la départementale par une bande de forêt. La Clio s'engagea sur la voie en lacet alors que la pluie cessait et que le vent sifflait, faisant claquer les feuilles perdues sur les vitres de sa voiture. Un espace de terroir découvert apparut soudain, éclatant d'une lumière blanche, et il repéra les caravanes.

Il fallait s'engager sur un chemin de graviers qui se terminait par de la boue, l'obligeant à s'arrêter. Pour une fois, le temps jouait en la faveur des nomades, le terrain était si bourbeux qu'aucun véhicule n'aurait pu y rouler. Dans ces conditions, les caravanes et les camionnettes des Tziganes semblaient figées dans le sol de glaise.

L'ex flic descendit de voiture. Ses pieds s'enfoncèrent dans la terre avec des bruits de succion. Le spectacle était irréel, une vingtaine de caravanes et véhicules blancs plantés au milieu des champs, cernés, de loin en loin, de hautes barrières d'arbres.

Le camp avait l'air désert. Quelques chiens grognèrent, planqués sous les habitations, des rideaux s'écartèrent, pour rester figés. René se décida, il alla frapper à la première caravane. Un filet de fumée noire sortait d'un petit tube sur le toit, dessinant une arabesque sur le blanc cassé du ciel.

Une femme habillée de noir, les cheveux en foulard, entrouvrit le battant. Ses yeux scrutèrent le vieux flic, centimètre par centimètre, avant de remonter se planter sur son visage.

— Qu'est-ce que vous voulez ?

Burma se sentit tel un étranger.

— Bonjour, madame. Excusez-moi de vous déranger, je... je cherche un jeune... Gino. Gino Milleto.

Le regard de la femme se recouvrit d'un voile.

— Gino ? Il n'habite plus ici. Partez.

— Mais... sa famille, tenta Burma.

— Partez.

Elle referma la porte de plastique.

La pluie s'était remise à tomber.

Burma se secoua, pris de frissons. Le froid, l'humidité dans son corps. Il y avait autre chose, un malaise.

Il pataugea jusqu'à la deuxième caravane, voyant au mouvement rapide du rideau à la fenêtre que son propriétaire avait observé toute la scène. Il frappa doucement et la porte s'ouvrit à la volée.

— Qu'est-ce que vous voulez ?

L'inspecteur pensa tomber sur la sœur de la précédente, tant elle lui ressemblait.

— Bonjour, madame. Je cherche… Madame Milleto.

La femme hésita. C'est elle, pensa Burma. Elle répéta, en nuançant :

— Qu'est-ce que vous lui voulez ?

— Je voudrais vous parler d'un gosse, d'un gamin qui aurait dû avoir quinze ans aujourd'hui.

Le regard de la femme partit derrière lui, comme s'il y avait un écran de cinéma au loin et qu'elle s'y absorbait. Puis elle se ressaisit.

— Entrez. Je n'ai rien à boire.

Le flic s'essuya les pieds en balbutiant :

— Je… heu… merci, je ne veux rien.

L'endroit était propre et intime, avec ses teintes rouges et ses meubles en bois ciré recouverts de napperons. Immédiatement, il repéra un cadre avec une photo, posée sur une étagère. On y voyait un jeune homme aux yeux sombres, il devait avoir vingt ans, la photo était déchirée. Le garçon avait son bras autour des épaules d'un compagnon, mais ce personnage avait été enlevé du cadre, avec la moitié gauche de la photo.

La femme lui fit signe de s'asseoir.

— Je… Heu… Merci de me recevoir madame, commença Burma. Je voudrais… je voudrais voir Gino.

— Gino ?

Elle semblait dire « Qui c'est ? », mais en fait, son cœur se serrait, ça se voyait.

— Oui, Gino, c'est votre fils.

— Il n'est plus… Il n'est plus ici.

— Ah…

Burma laissa passer un petit silence, il sentait que la femme était à la torture et ça le gênait. Il désigna le cadre.

— Ce n'est pas lui, là, sur la photo ?

— Non, ce n'est pas lui. C'est Marco.

— C'est son frère ?

— Qu'est-ce que vous voulez ?

— Je vous l'ai dit, madame, j'aimerais juste parler avec Gino. C'est…

Il sortit la coupure de journal de sa poche et la montra à la femme qui fit semblant de s'y intéresser, l'espace d'une poignée de secondes, avant de reprendre son attitude froide comme le marbre des caveaux.

— J'ai trouvé cet article dans la chambre d'un gamin qui s'est fait assassiner il y a trois ans. A priori, ce garçon, Émeric, fréquentait votre fils. Gino pourrait peut-être me donner des indications, me dire s'il était au courant de quelque chose…

Elle le coupa.

— Vous êtes de la police?

Le mot police sonnait comme une insulte dans sa bouche.

— Je veux juste rencontrer Gino.

— Je vous l'ai dit, il n'est pas là. Il a quitté le campement.

Puis, tout d'un coup, tournant à nouveau les yeux vers un écran imaginaire, la femme se mit à débiter des mots:

— Il… Il a un travail. Il vit seul. Seul… Dans une petite chambre près du Faubourg Saint-Antoine, enfin, je crois que ça s'appelle comme ça. Il travaille dans le bâtiment, les échafaudages. Quelqu'un l'a vu récemment, il était sur un chantier, un beau chantier, la façade de la Madeleine. Il nettoie les pierres…

Les larmes coulaient sur ses joues, tout doucement.

— Le faubourg Saint-Antoine? Vous avez son adresse?

Elle tourna son visage vers lui.

— Partez, s'il vous plaît, partez.

Aussitôt, il se redressa.

— Je… Heu… Merci, madame, merci…

Elle ne le regardait plus, ses yeux rivés sur la photo à demi déchirée.

Burma se retrouva sous la pluie battante. Il pataugea jusqu'à sa voiture. Il avait le cœur brûlant. Le flic en lui avait vieilli et l'homme repris ses droits. Il en avait vu des mères malheureuses, brisées, dans sa vie d'enquêteur. Il avait de plus en plus de mal à retenir son désarroi.

Arrivé à sa voiture, il s'essuya le visage, étalant la flotte sur ses yeux rougis, et sortit sa pipe de sa poche qu'il alluma en tremblant. Il mit le contact, chauffage à fond pour chasser la buée. Il n'avait qu'une envie: rentrer sur Paris, et aller sur le chantier de la Madeleine. À présent, il voulait savoir. Comprendre.

GINO

Malgré la pluie, les travaux continuaient. De grandes bâches de plastique tachées par le sable claquaient au vent, recouvrant les échafaudages et empêchant les déjections des Kärchers de gicler dans la rue. Toute la façade est de la Madeleine était recouverte de ces échafaudages. Une trentaine d'ouvriers s'activaient. En les voyant en ombres floues au travers des bâches, on imaginait leurs cris par-dessus LE bruit, un bruit écrasant, causé par les moteurs alimentant en pression les lances de jet, plus celui des jets eux-mêmes sur la pierre. La bande son d'un film de guerre.

Burma avait garé sa Clio rue d'Anjou et avait rejoint la place par le boulevard Malesherbes. Il avait appelé Tranchant pour lui raconter la suite, parlant de la photo déchirée et du frère qui s'y trouvait. Un dénommé Marco. Le juge allait avoir de quoi s'occuper.

Une haie de barrières bloquait l'accès aux trottoirs. Derrière, les groupes électrogènes rugissaient et un Algeco dégoulinait de sable mouillé. Le vieux flic leva les yeux sur les immenses colonnes qui couraient tout autour du Temple et il se demanda comment un gosse d'à peine dix-huit ans avait pu se retrouver là. Les silhouettes s'agitaient sur les passerelles tremblantes. Le froid mordait dans l'humidité pulvérisée et le vacarme explosait, emprisonnant les hommes, faisant se resserrer leurs épaules et plisser leur front de douleur. Pliés à la tâche, ils comptaient les heures qui les séparaient du silence.

Il frappa à la porte de l'Algeco et tomba sur un petit homme vêtu d'un costume à bas prix qui regardait des revues pornos derrière son bureau.

Burma se présenta comme l'oncle de Gino, il voulait le voir, et le chef de chantier lui expliqua que le gamin était en pause. Probablement à mâcher un sandwich, au chaud, dans un des bars de la place.

Burma fit le tour et regarda au travers des vitres embuées des cafés. Il finit par repérer un garçon très brun, seul dans son coin, assis devant une grosse tasse de café ou de chocolat qui fumait doucement. Il poussa le battant et se glissa dans le brouhaha du bar, se dirigeant vers le gosse.

— Bonjour, Gino, je peux m'asseoir? dit-il en tirant une chaise.

Le garçon releva ses yeux noirs, cherchant d'instinct d'autres flics derrière l'homme à la gabardine beige. Il comprit aussi qu'il ne pourrait se lever et partir sans le bousculer. Ses mains remontèrent sur la table pour se serrer.

— Qu'est-ce que vous voulez? demanda-t-il.

Cela fit sourire Burma: exactement les mêmes mots, avec la même intonation, fière et agressive, que ceux prononcés par sa mère quelques heures plus tôt.

— Rien de mal, ne t'inquiète pas, je ne suis pas de la police. Je veux te parler d'Émeric.

En entendant ce nom, Gino devint livide. Une ombre de peur passa sur son visage et ses deux mains sur la table se mirent à trembler, alors qu'il répétait:

— Ém... Émeric? Je... Comment savez-vous qu'on se... connaissait?

— Émeric parlait de toi dans son journal intime.

— Il parlait de moi?

— Oui, il avait même conservé ta photo.

Burma sortit la copie de journal.

Le gamin s'en empara, son visage de plus en plus crayeux. Burma s'inquiéta.

— Qu'est-ce qu'il y a petit, t'es tout pâle, t'es pas bien? Tu... Tu veux un verre d'eau?

Gino se mit à déglutir, il avait envie de vomir, il avait froid et chaud en même temps, se forçant pour ne pas que son estomac se torde d'un spasme.

— Co... Comment m'avez-vous retrouvé?

— C'est ta mère qui m'a parlé du chantier, je suis allé la voir ce matin.

Le gosse s'était mis debout, la salle tournait autour de lui. « Ce n'est pas possible, pensa-t-il, ce n'est pas possible. »

— Ma mère? Vous lui avez parlé d'Émeric? Et mon père... Vous avez vu mon père?

Cette fois, le flic crut que le jeune homme allait s'écrouler sur le sol. Il vacillait devant lui, dans sa tenue de chantier tachée de sable mouillé, son visage à la teinte de linceul dégoulinait d'une transpiration sale, on aurait dit un mort-vivant.

— Ton père ?

— Mon Dieu ! Non ! s'écria Gino.

Il bouscula le flic, les tables, les chaises, et se précipita vers la sortie.

Burma était resté paralysé.

— Hé gamin, attends, qu'est-ce que…

Paralysé par la peur.

Gino poussa la porte du bar, des braises ardentes au fond des yeux, il regarda autour de lui, la rue, les voitures, la ville grise. Dans le concert des klaxons, le grondement des moteurs, la pluie tombait sur son visage. Il se mit à courir. Burma surgit à ce moment-là et l'appela :

— Gino ! Gino !

Le gosse se lança sur le boulevard, au milieu des voitures dont les freins hurlaient, il se dirigeait vers le chantier. Le vieux flic se lança à sa poursuite, longeant le trottoir en courant maladroitement, crachant ses paquets de cigarettes à chaque foulée. Gino atteignait les échafaudages. Il bondit dessus, ses grosses chaussures de travail résonnaient sur les passerelles, faisant trembler la ferraille, la bâche claquait. Telle une araignée grise, Gino tirait les barreaux des échelles et grimpait.

Le vieux flic arriva au pied de l'édifice, il se pencha pour pouvoir voir sous la bâche et aperçut le gosse à plusieurs dizaines de mètres. Il se hissait à la force des bras, la pluie et le vent le faisaient vaciller.

« Il veut monter sur le toit ! », comprit Burma. Gino s'agrippait tel un damné aux dernières barres de fer qui rejoignaient le sommet. Ses compagnons de travail s'étaient réunis, le visage levé, frappé par la flotte, incrédules. Ils le virent atteindre le toit de pierre du Temple et se redresser. Gino avait la taille d'un doigt, un petit doigt fin et titubant fouetté par la pluie. Certains essayèrent de crier, mais le bruit des machines dévorait tout. On voyait que la silhouette, tout là-haut, hésitait. Devait-elle essayer de grimper encore plus, jusqu'au faîte de la Madeleine ? Mais la pierre était glissante et Gino, après plusieurs tentatives, se retrouvait coincé sur ce bord de gouttière. Les gouttes piquaient les yeux, les ouvriers continuaient de crier, ainsi que Burma. Il aperçut deux hommes qui se mettaient à grimper pour rejoindre le jeune Gitan. Le flic sentait son cœur battre dans sa gorge.

Subitement, les machines s'arrêtèrent, le silence s'abattit avec une étonnante violence, à peine troublé par les écoulements d'eau et les claquements de bâche.

Gino ne bougeait plus.

Burma était persuadé qu'il pleurait.

— Gino ! Redescends !

Il y eut un cri effroyable.

Les hommes distinguèrent les poings dressés dans le vent, puis le jeune Milleto se jeta dans le vide.

On eut l'impression que la tempête allait rabattre son corps frêle contre la façade mais la vitesse de la chute fut explosive. L'impact claqua comme un coup de feu.

La pluie arrosait la silhouette disloquée sur le bord du trottoir, le sang s'en échappait comme des tentacules de part et d'autre de son corps, se mélangeant à l'eau qui ruisselait le long du caniveau.

Le vieil inspecteur tituba jusqu'à un coin sous la bâche et se mit à vomir, un peu de café, un peu de bile, il ne restait que ses tripes, il s'y essaya.

Il était resté de longues minutes à l'observer, les lumières bleues des ambulances éclairaient la pluie, le SAMU, les flics, jusqu'à ce que des pompiers recouverts de parkas noires emmènent le corps sur un brancard. Le chef de chantier était passé devant lui, d'abord l'air ahuri. Par la suite, il lui avait jeté un regard accusateur, avant d'aller parler aux flics. Mais il n'y avait rien à dire. Un terrible accident, un acte de démence. Le flic avait tourné la tête vers Burma avant de replonger dans ses notes, puis il s'était éloigné. Burma hésita, étonné de ne pas être interrogé. Il aurait voulu parler, s'expliquer. À quoi bon ? Le regard du petit homme au costume usé s'était planté tel un poignard dans son cœur.

Burma était retourné dans sa voiture. Les yeux fixés sur son pare-brise qui se recouvrait de pluie. Il se maudissait. Tout était de sa faute. Il avait tué ce gosse. Avec ses questions à la con.

Il repensait aux mots du petit Émeric : « J'ai rencontré quelqu'un d'extraordinaire. » Sa gorge se serrait à nouveau, mais il ne devait pas, il y avait l'enquête, il fallait continuer. Son téléphone se mit à vibrer dans sa poche. La nuit s'écoulait devant lui, la ville clignait des yeux, les lumières s'allumaient, elle refusait de s'endormir. Cela faisait des heures que le vieux flic attendait, là, sous un ciel de Paris trempé et foncé. Il attendait qu'il se passe quelque chose, que sa torpeur s'éloigne et que son esprit se réveille, sans trop de casse.

Le juge Tranchant.

Burma se saisit du cellulaire, sa voix racla au moment de répondre.

— Oui ?

— Vous avez du nouveau ?

— Le gosse est mort.

— Pardon ?

— Le gosse est mort. Gino, le petit, il s'est échappé quand j'ai commencé à lui poser des questions et il s'est jeté dans le vide.

À l'autre bout des ondes, le juge avait senti, à l'intensité de la voix du vieux flic, que le drame l'avait touché. Lui-même était perturbé, de se retrouver face à un mur, ainsi, subitement, avec la mort d'un autre gosse. Il laissa échapper :

— Mais, bon Dieu, comment ?

— Vous pensiez que cela aller être facile, monsieur le juge ?

— Non.

Ils laissèrent passer un moment. Tranchant entendait le clapotis de l'eau taper sur le toit de la voiture de l'enquêteur.

— Burma, dit-il, rentrez chez vous.

La réponse du vieux montrait qu'il avait encore des dents et qu'elles mordaient toujours dans les bouts de l'enquête qui les avait menés jusque-là.

— Et de votre côté, vous avez appris quelque chose ?

Tranchant soupira.

— Pas grand-chose. Le père Milleto est une sorte d'intégriste évangélique, il seconde le pasteur qui dirige leur campement. En ce moment ils organisent des conventions et participent à des manifestations contre le mariage pour tous. J'ai retrouvé une main courante d'il y a cinq ans. On le soupçonnait d'avoir frappé ses deux fils après qu'ils aient été hospitalisés à La Courneuve. Côtes cassées, arcades fendues, ce genre de dégâts, mais il n'y a pas eu de suite. J'ai aussi des notes sur le frère, Marco. Attendez que je regarde, voilà. C'est sans surprise. Il a pris le virus du père au niveau des idées et de la violence. De la délinquance aussi. On a des rapports sur des agressions contre des homosexuels : coups de couteau, barre de fer. Il purge une peine à Fleury pour un braquage foireux qu'il a fait avec deux complices, il y a six mois à Montrouge. Il n'en était pas à son premier coup.

Burma regardait le ciel s'obscurcir. Les lumières des phares l'éblouissaient, les lampadaires clignotaient, feux follets jaunâtres dans la pluie froide. Il se sentait las.

— Je crois que je vais suivre votre conseil, monsieur le juge.

— Vous avez fait du bon boulot.

— C'est ça, grommela le vieux, et il coupa la communication.

Tranchant se permit un sourire de l'autre côté de la ligne, puis il posa son BlackBerry sur le dossier Milleto qu'il avait devant lui et son sourire s'effaça. Tout comme Burma, une chose amère restait collée contre son palais, un sale goût d'inachevé.

Les ennuis n'étaient pas finis.

Le téléphone sonna à nouveau, c'était Maryse. Tranchant hésita, il était terrorisé, mais l'heure était arrivée.

— Allô, chérie ?

— Qu'est-ce que tu fais ?

La voix de sa femme était terrible, froide et sèche à la fois, déchirée par les sanglots, le ton agressif.

— Comment ça ? répondit-il, faisant semblant de ne pas comprendre, mais lançant une perche.

— Comment ça ? répliqua-t-elle, plus acerbe que jamais. Tu me mens, tu me fuis ! Notre fille a disparu et tu ne fais rien ! Rien !

Tranchant était paralysé.

— Je te jure que…

Maryse éclata en pleurs.

— Jacques, qu'est-ce que tu fais ? Mon Dieu ! C'est notre fille… Je regarde les informations en continu personne n'en parle. Je me retiens d'appeler la police, notre avocat, ton ami le juge Aune, oui, même lui, pour qu'il fasse quelque chose, lui !

— Je… Je suis désolé, mais le préfet Rollin a été très strict et…

— Le préfet Rollin ! Mais tu ne vois pas que… Mon Dieu, Jacques, mon Dieu, dis-moi que tu as des nouvelles.

Il ne pouvait que répéter cette stupide phrase.

— Je… Je suis désolé.

— Mais fais quelque chose ! Fais quelque chose !

— Je… je m'en occupe, je te promets que je m'en occupe.

— Tu es un lâche ! Un lâche !!!!!

Elle hurlait de douleur, que c'en était abominable. Elle raccrocha. Tranchant tremblait, le front moite. Il regarda son cellulaire un long moment, avant de le reposer sur le bureau. Puis il se mit à pleurer.

De Paris, Burma rejoignit Juvisy et son petit pavillon de banlieue. Il gara sa voiture devant sa grille, n'ayant pas le courage d'aller ouvrir le garage, et rentra chez lui. Un gros chat gris vint s'enrouler autour de ses jambes, alors qu'après avoir posé sa gabardine, il se dirigeait vers le frigo afin d'en sortir une boîte de « Fric-Frac pour Cat » qu'il déversa dans la gamelle de Winston, son vieux matou. Il lorgna sur un reste de pâtes à la sauce tomate encore collées au fond d'une assiette, puis se décida à les balancer au micro-ondes. Pendant que l'appareil ronronnait, son regard vide se porta du côté de l'escalier, comme s'il se repassait un vieux film.

Il fit un sourire. Puis il descendit dans la cave pour remplir au cubitainer sa bouteille de vin rouge, et il prépara chichement sa table.

Après avoir mangé, bu les deux tiers de la bouteille, il fuma quelques bouffées de pipe dans son fauteuil en cuir usé en caressant Winston. Parfois, un train passait le long de la voie ferrée non loin, faisant vibrer les fenêtres. Puis il y avait le silence, et la noirceur au dehors, que l'on voyait au travers des vitres parsemées de petits serpents de pluie. Le vin avait réchauffé son âme, il n'avait plus peur. Il s'endormit dans son fauteuil, trop abruti pour pouvoir se relever.

Au matin, il grimaça en étirant ses articulations, puis toussa rageusement les restes de tabac encore accrochés à ses bronches. Il était énervé, et bougon. Il se leva, monta directement à l'étage et jeta ses fringues par terre pour aller se brûler la couenne sous la douche. Quinze minutes après, il s'avalait l'équivalent d'un litre de café très noir en se retenant d'allumer sa première bouffarde de la journée. À ses pieds, à peine réveillé, son chartreux ronronnait assis sur sa queue, comme il le faisait tous les matins.

Il regarda l'heure sur sa vieille Lip : 8 h 30. Le juge était peut-être déjà à son bureau. Sa main se posa sur le combiné du téléphone.

— Tranchant ? C'est Burma.

— Inspecteur, vous êtes matinal.

— Vous aussi.

Le ton des deux hommes était enjoué. A priori, il y avait eu transmission de pensée. Mais, de son côté, Tranchant ne pouvait avouer au vieux flic qu'il avait fui son appartement dès l'aube afin d'éviter de croiser les yeux creusés de douleur et de reproches de sa femme.

Le flic attaqua sur l'idée qui lui était venue au réveil.

— Monsieur le juge, je veux une autorisation de visite pour aller voir le frère de Gino.

Le sourire de Tranchant était presque perceptible au travers des ondes.

— J'étais en train de vous faire préparer les documents. Passez au greffe du tribunal d'Évry, c'est le plus proche de chez vous, et munissez-vous d'une pièce d'identité : les papiers vous y attendront à partir de 10 heures. Vous pourrez ensuite aller visiter Milleto de 14 heures à 18 heures, j'appelle Fleury dès que j'ai fini de faxer les formulaires.

« Nom d'une pipe, pensa Burma, un juge qui prend des initiatives ! Manquerait plus qu'il se déplace sur le terrain. » Il avait tellement l'habitude des bureaucrates obnubilés par leur carrière, comme le missile par la chaleur, que ça le conforta encore plus dans son envie de savoir le dernier mot de cette histoire.

— Très bien, monsieur le juge, je vous tiens au courant.

— J'y compte bien.

La voix de Tranchant n'était plus ironique. Lui aussi sentait que le fil de cette affaire aller bientôt se raccorder, ou pas...

Les gardiens du service pénitentiaire de Fleury-Mérogis avaient demandé à Burma de vider ses poches dans une bannette en plastique avant de le faire passer au travers du portique détecteur de métal. Il avait ensuite pu récupérer ses affaires et rejoindre, à la suite de deux fonctionnaires, la salle de parloir réservée aux avocats, ou aux visites privées et exceptionnelles. Celle du vieux flic n'était pas exceptionnelle, mais elle était sur ordonnance du juge dans le cadre d'une affaire criminelle, pour laquelle le témoignage du détenu Marco Milleto était requis.

Le maton lui donna les dernières consignes avant de l'introduire dans la petite pièce meublée de deux chaises fixées au sol ainsi que d'une table de même ordonnance. Une sorte de filet de ping-pong fait d'une planche de bois séparait la table en deux. Il n'y avait aucune fenêtre mais une glace sans tain que le gardien lui désigna.

— On vous observera de là. Interdiction de toucher le prisonnier, interdiction de lui transmettre quoi que ce soit, objet, document, crayon. Gardez vos mains sur la table, en évidence, et restez assis sur votre chaise tant que Milleto sera dans la pièce, vous avez saisi ?

Le flic grommela un assentiment et entra. Les murs étaient peints d'un gris métallique qui aurait rendu jaloux la plupart des barreaux de la prison. Il était face à la deuxième porte, celle par laquelle arrivait le détenu. Au travers d'une petite vitre blindée, il aperçut un visage jeter un coup d'œil à l'intérieur, puis entendit la clé faire tourner le verrou.

Le gosse devait avoir dans les vingt-deux, vingt-trois ans. De taille moyenne, plutôt costaud, il portait un bas de survêtement de nylon noir et délavé, un tee-shirt bleu marine, le regard mauvais, les cheveux noirs et brillants. Son visage affichait le mutisme officiel du taulard qui n'a rien à dire, rien à perdre et rien à gagner.

— Assieds-toi, lui demanda le gardien, plus par routine que par ordre.

Il ajouta, à l'attention de Burma :

— Vous avez vingt minutes, mais le détenu peut décider d'interrompre l'entretien avant. Ce n'est pas une convocation au bureau du juge.

— Je comprends, répondit le vieux.

La porte se referma, ils se retrouvèrent seuls.

Burma laissa passer une longue minute, voyant que le jeune le dévisageait ouvertement, attendant que l'intensité de son regard baisse. Un regard qui balançait. On avait l'impression de se prendre des semi-remorques, des frigidaires, des conteneurs emplis de déchets, du vent froid, du vent sale, de la haine et de la rage, de se prendre tout ça en pleine gueule. Jeté dans un cri qui disait « Je t'emmerde ! Quoi ! Je t'emmerde ! »

Enfin, le détenu baissa les yeux et sembla s'intéresser à la matière composite de la table.

— Tu es Marco Milleto, le frère de Gino, c'est ça ? demanda le flic d'une voix mal assurée.

Il savait que ce qu'il avait à annoncer allait créer des dégâts.

Le jeune releva ses yeux de feu et lâcha ces mots comme des torpilles :

— Gino est mort !

— Oui, il est mort.

La morgue quitta le visage de Marco, il se plia légèrement, comme sous le coup d'un direct à l'estomac. Cette fois, ses yeux étaient en demande.

— Qu'est-ce que vous dites ?

— Écoute, Marco, je suis désolé, mais ton frère Gino…

— Ce n'est plus mon frère ! cria l'autre, mais ses pupilles luisaient et sa bouche tremblait.

Burma resta un instant interloqué, puis il reprit :

— Gino s'est jeté d'un échafaudage, hier soir, il s'est suicidé.

— Suicidé ? Suicidé ? Un truc de mauviette !

Il se mordait les lèvres. D'un coup, il ne joua plus au dur, il se pencha en avant pour se prendre le visage à deux mains et sangloter.

— Mon Dieu Gino, Gino, pourquoi ?

L'inspecteur était mal à l'aise. Il attendit que le gosse se calme. Cela dura quatre, cinq ou dix minutes, il ne savait plus. Finalement, Marco releva les yeux, il reprit son air hautain et racla la morve sur son nez d'un coup de manche. Il se tenait les épaules droites, face au flic.

— C'est tout ce que vous aviez à me dire ?

— Non, je suis venu te parler d'Émeric Truffaut.

Marco parut sincèrement surpris, il réfléchissait mais rien ne venait, ce nom lui était inconnu.

— Connais pas.

Burma sortit sa coupure de journal et la déplia en prenant soin de garder ses limites avec la planche au milieu de la table.

— Gino le connaissait, lui. Le gamin du stade, à Boulogne-Billancourt, il y a trois ans, ça te dit quelque chose ?

Il n'avait pu retenir les intonations de flic dans sa voix, mais le jeune ne s'en formalisa pas. Il était trop choqué pour cela. Un deuxième uppercut qui le fit vaciller.

— Ce… C'était lui ?

— Alors, tu le connaissais.

— Non. Je vous ai dit que non.

La réaction typique du truand. Nier, nier, toujours nier, quoi qu'il advienne !

L'ex flic soupira, remballa son journal et posa son regard fatigué sur le jeune.

— Écoute, gamin, tu crois pas que ça suffit ? Un mec a pris trente ans pour ce crime, et il n'y était pour rien. Gino est mort, il est mort parce que j'étais venu lui parler d'Émeric, et toi, tu viens de me demander si « c'était lui ». T'es en taule, je ne suis plus flic, mais pour la mémoire de ton frère, oui, ton frère, dis-moi ce que tu sais.

— Mon frère… répéta à voix basse le taulard, et dans son regard passaient des images de gosses tapant dans une balle, allant piquer des œufs chez la grand-mère, jouant à la bataille avec un jeu de quinze cartes dépareillées, des souvenirs de frangins.

Burma lança une accroche.

— C'est lui qui a poignardé Émeric ?

— Non, c'est pas lui.

— Qu'est-ce qui s'est passé ?

Marco poussa un long soupir et se secoua les épaules, comme on fait partir de la poussière.

— On avait installé le campement à Boulogne-Billancourt, et on zonait dans le quartier avec les autres gamins. Puis Gino a commencé à dire qu'il avait des trucs à faire, tout seul. Il partait, l'après-midi, et revenait le soir, tout rêveur, avec un drôle de sourire aux lèvres. Je me suis dit qu'il avait trouvé une gadji et j'ai voulu l'interroger. Ça l'a mis en rogne, je me souviens, et on s'est battus. Il est… Enfin, il était petit mais nerveux, une vraie boule de muscles. Je… j'étais jaloux, je crois.

Le jeune Milleto se passa une main devant les yeux, essayant de comprendre. La prison l'avait changé, lui avait appris à réfléchir, à relativiser : le monde était pourri et l'ennemi, finalement, n'était pas là où il le croyait.

— J'avais la tête pleine d'idées préconçues, et j'en étais fier. Gino était plus mesuré, lui. Il avait raison… Un jour, je l'ai suivi. Il se rendait au stade, là, celui que vous disiez… Je me suis planqué et j'ai vu ce gosse qui courait, un gamin. Il devait avoir douze ans, alors que mon frère en avait quinze. Quand il a vu Gino, il a fait un grand sourire et il s'est précipité vers lui. Ils se sont rendus dans le vestiaire et je les ai rejoints, en me cachant. Et là… Là… je les ai vus, ce… C'était… Ça m'a écœuré, ils s'embrassaient, se... se pelotaient, je le croyais pas. J'ai vu rouge, vraiment, un voile de fureur devant mes yeux, j'ai sorti mon couteau et je me suis précipité. J'ai poussé Gino et j'ai poignardé le petit, le... le gosse, je... je l'ai poignardé. Mon Dieu...

À nouveau, Marco se prit le visage à deux mains pour pleurer, il répétait : « Mon Dieu, Gino, pardonne-moi, pardonne-moi... »

Burma accusa le coup, il avait de la glace dans les veines, le désarroi qui revenait. Un jour, il le savait, il ne le supporterait plus. Marco releva la tête et reprit son monologue, il avait besoin de la raconter, cette fichue histoire.

— Gino, il... Il s'est jeté sur le corps en pleurant, il le serrait, et moi, j'étais toujours furieux. Je lui ai pris le bras et je l'ai arraché, je l'ai traîné dehors et ramené au campement. Il disait qu'il me tuerait. Moi, j'étais effondré. Effondré de haine et de honte. Dès qu'on est arrivés au camp, j'ai pris un manche de pioche et je l'ai tabassé, tabassé en lui disant qu'il ne fallait plus qu'il touche un homme de sa vie. Il renâclait et prenait les coups en essayant de mordre comme une vieille carne. À la fin, je lui ai dit que j'allais tout répéter à notre père et à notre mère. Il est devenu livide. Tous les deux, on avait trop peur de notre père, il était violent, violent comme... comme moi. Il m'a supplié, supplié de ne rien dire, il m'a juré que plus jamais il ne s'intéresserait aux garçons, que c'était une folie, que c'était l'autre qui l'avait forcé, et c'est là que je l'ai perdu. Je savais qu'il mentait, et ça m'a fait mal. Finalement, j'aurais préféré qu'il continue de se battre, je sais, c'est con. J'ai été voir mon père et je lui ai dit qu'on devait partir. Il n'a pas posé de questions, le lendemain, on quittait Boulogne. Quant à Gino, il était brisé. Il restait dans les jupes de notre mère, à pleurer, pleurer. Il pleurait le gamin que j'avais tué, et je lui en voulais pour ça, aussi. Je... j'ai fait courir le bruit qu'il aimait les garçons, je n'ai pas tenu ma promesse. Petit à petit, les gens du campement l'ont rejeté. Mon père faisait semblant de ne pas entendre les ragots, c'était trop gros, trop énorme pour lui, et puis, il avait eu une discussion avec Gino qui lui avait juré, sur sa propre vie, que c'était faux, et mon père lui avait répondu qu'il le tuerait, et qu'il se tuerait ensuite si c'était vrai. On est comme ça dans notre camp, on a des principes, des valeurs, d'ailleurs – il fit un petit sourire triste – c'est tout ce qu'on a. Par la suite, Gino est devenu une sorte de banni, il... C'était comme une maladie au sein du campement. Et lui, il sentait trop la pression, les mensonges, il a fini par partir. De mon côté, je ne voulais plus, je ne pouvais plus lui parler, et je me suis éloigné...

— Pour en arriver là ! conclut le vieux flic à sa place.

— Oui.

Burma se permit à son tour de l'allumer du regard.

— Tu as tué le petit Émeric, tu as brisé le cœur de sa mère, et… Tu as tué ton frère. Tu en es conscient ?

L'autre acquiesça, lourdement.

— Je sais.

Burma secoua la tête pour exprimer sa désapprobation et son dégoût. Marco répéta :

— J'ai tué mon frère le jour où je suis entré dans ce vestiaire.

Le juge Tranchant allait être content, pensa le flic. Mais cela ne lui mettait pas du baume au cœur, au contraire. Il demanda, en soupirant :

— Tu serais prêt à faire une déposition par écrit ?

Marco releva la tête.

— Oui. Oui, je… j'aimerais être jugé pour ce crime. Oui.

— Bien.

Le flic se leva, il n'y avait pas d'urgence, le gamin ne reviendrait pas sur sa parole, ça se voyait. Il appela :

— Gardien.

Il allait rejoindre sa Clio et téléphoner à Tranchant, mais avant, il allait remplir sa pipe de vieux tabac gris et la fumer tranquillement dans le silence du parking désolé de la prison.

Il savait déjà que le goût ne lui plairait pas.

MATÉO

Les seize soupapes de la Mustang Shelby GT500 tournaient à plein régime sous le capot alors qu'un paysage de lande digne d'un film de loup-garou défilait de part et d'autre de l'habitacle. Un vilain crachin tentait de s'agripper aux vitres, on aurait dit des petits vers transparents qui s'enfuyaient vers l'arrière sous la pression de la vitesse. L'aiguille au compteur affichait 190 km/h, avec le grondement de réacteur qui va avec. Lauterbach ne s'entendait plus penser. Sa main droite accrochée à la poignée au-dessus de la portière était sur le point de tout arracher. Le visage crispé, il matait du coin de l'œil le sourire béat du gangster à côté de lui qui savourait la conduite de son monstre.

C'est avec soulagement qu'il vit apparaître la sortie pour Dunkerque. Matéo décéléra progressivement avant de s'engager sur la bretelle. Alors qu'il baissait sa vitre pour régler le péage, il en profita pour s'allumer une cigarette, tendant son paquet à Lauterbach.

— Une petite clope pour te détendre commissaire ?

Le regard du flic jetait des fléchettes empoisonnées.

— Tu veux que je balance mon déjeuner sur tes fauteuils en cuir ?

Matéo fit semblant d'être vexé.

— Tu plaisantes, j'espère ? On a roulé à un rythme de sénateur. C'était *La croisière s'amuse,* que de la ligne droite…

— *La croisière s'amuse* ? J'aurais plutôt dit *Titanic*, mais la dernière partie du film, lorsque le navire se brise en deux et que les passagers s'écrasent contre les rambardes…

— En parlant de bateaux, regarde par là.

Il venait de s'engager sur la voie express qui rejoignait la ville et les premiers bassins du grand port de commerce défilaient sur leur droite, alignant les porte-conteneurs et les cargos à grain.

— Nom de Dieu, il y en a un paquet, jura le flic entre ses dents.

— Ouais, et avec un peu de chance, l'un d'eux appartient à notre homme.

Matéo jeta un œil sur l'horloge de bord, 15 h 30, ils avaient bien roulé, presque deux heures et quart pour parcourir la distance. Il pianota sur son GPS l'adresse que Lauterbach lui avait donnée. Un petit point se mit à clignoter au milieu des entrepôts.

— Je l'ai. C'est à cinq minutes. Espérons qu'elle soit à son bureau, sinon on devra aller la secouer dans son appartement en ville.

Lauterbach se redressa sur son siège en le fixant.

— Comment ça, la secouer?

— Cette Marie-Louise Pariani est le seul lien que nous avons pour retrouver Vasquez, et donc nos filles, non?

— Elle s'appelle Mariani, et elle est peut-être au courant de rien. Si ça se trouve, c'est une simple employée du port qui sert de boîte aux lettres.

— Une simple employée qui s'occupe aussi de logistique lorsqu'il s'agit d'enlever des cadavres. Même des cadavres de flic...

Lauterbach devait reconnaître que le gangster avait raison. Seulement, l'affaire des quatre morts qu'ils avaient laissés à la Grande Borne le taraudait (cinq, si on comptait le grand Black dans le congélateur). Matéo devrait s'expliquer pour ça, même s'il avait des circonstances atténuantes. En attendant, ils avaient passé un pacte pour retrouver leurs filles, à condition que le truand ne se remette pas à tirer dans tous les sens.

— C'est là.

Les larges pneus de la Ford crissèrent pour aller se garer près d'un bâtiment moderne sur le fronton duquel s'étalaient les mots « Port Autonome de Dunkerque Région Nord. »

Au dernier étage, Marie-Louise Mariani regardait par la fenêtre de son bureau les cargos qui s'alignaient le long des bassins. Plus de cent navires accostaient et repartaient chaque jour, et une bonne cinquantaine était en transit.

Et, parmi ceux-là se trouvait celui de son amant: le *NSS Abuja*.

Quarante-cinq ans, grande, les cheveux châtains et bouffants, elle portait un tailleur jupe avec de vrais bas, comme Lauren Bacall. De même que ses talons faisaient dix centimètres et que ses ongles, ainsi que son rouge à lèvres, étaient écarlates. D'un rouge sang qui manifestait la nature violente et passionnée de cette femme que l'on aurait pu qualifier de fatale. De simple ménagère qui s'habillait au C&A de la zone de Dunkerque, elle était passée au statut de pin-up vénéneuse en l'espace de deux mois.

Tout était parti de sa rencontre avec le Noir, cinq ans plus tôt. À l'époque, Vigo Vasquez cherchait des appuis au sein d'une des administrations des ports de Dunkerque, du Havre ou de Nantes. Il venait d'acquérir son cargo et tenait à avoir un relais fiable qui lui permettrait de charger et de décharger ses marchandises volées. Ses lieutenants étaient partis à la recherche de la bonne personne, celle que l'on pourrait soudoyer – ou menacer – afin de la mettre au service de la bande et de ses activités. Certains lui avaient ramené des photos avec les dossiers des futurs « associés ».

En voyant le portrait de Marie-Louise Mariani – ainsi que sa fonction : sous-directrice du Port Autonome de Dunkerque – Vigo avait souri. Il savait reconnaître une vraie beauté, surtout lorsqu'elle s'ignorait, ou se cachait sous des allures domestiques et routinières, en pensant avoir passé l'âge. De fait, Marie-Louise était mariée depuis vingt-cinq ans avec le même haut fonctionnaire radin qui passait son temps en allers-retours sur Paris, dont elle avait eu deux enfants. Un garçon et une fille, tous deux de plus de vingt ans et étudiants. L'un à Chambéry en école de commerce et l'autre, la fille, à New York dans un truc privé à 9 000 euros l'année qui vous faisait faire des stages sur des plateaux de télévision.

Le couple partait chaque été dans leur pavillon à Arcachon, et, le reste du temps, se croisait les week-ends. Lui, regardant du sport sur Canal Plus, et elle, écumant les vide-greniers et les manifestations culturelles avec une de ses copines d'enfance.

Vigo avait demandé un rendez-vous.

Après s'être présenté comme un armateur qui aurait des sollicitations « spéciales » à faire au port autonome, il s'était installé de l'autre côté de son bureau. Avec sa barbe de six jours, ses cheveux frisés et noirs, il portait son pantalon battle-dress kaki et un pull marin bleu foncé qui faisait ressortir ses pectoraux. Il avait commencé par lui parler de ses magnifiques yeux verts, qu'elle cachait sous ses lunettes démodées, de ses cheveux, qu'elle pourrait mettre en valeur en les ébouriffant, puis de ses jambes et enfin de son corps qu'elle avait su garder musclé. Marie-Louise s'était sentie rougir. L'homme s'était penché vers elle en disant :

— J'aimerais vous faire un cadeau.

Il avait déposé une boîte de velours vert sur le bureau. Van Cleef Arpels, (volée la semaine précédente lors d'un défilé haute couture à

Milan) : elle contenait une rivière de diamants comme Elizabeth Taylor n'en avait jamais vu. Alors que les éclats scintillants se reflétaient dans ses yeux verts, Marie-Louise se sentit défaillir quand l'homme à la tête de guérillero cubain lui proposa d'aller dîner le soir même à Deauville.

Il l'avait emmenée dans une Maserati jusqu'à un Palace où vêtements et chaussures l'attendaient dans le dressing d'une suite. Ainsi qu'une jeune coiffeuse et une maquilleuse, comme dans les loges de cinéma. Marie-Louise fut transformée. Elle se serait crue dans le film *Cendrillon* avec Vigo Vasquez dans le rôle de la fée. Ils avaient dîné en tête à tête dans le restaurant gastronomique avant de remonter faire l'amour alors que les vagues de l'Atlantique rugissaient à travers les baies ouvertes.

Le lendemain, au petit déjeuner, Vigo lui avait donné une carte Gold, rien que pour elle, en lui disant qu'il voulait, qu'à partir de maintenant, elle soit tout le temps comme ça.

La mère Mariani ne mit pas longtemps à gamberger. Elle largua son mari, prit un deux-pièces dans une résidence huppée de Dunkerque, et en attente des visites de son amant, utilisa la carte bleue pour se vêtir et se coiffer chez les meilleurs commerçants de la place.

Bien sûr, Vigo lui avait expliqué pourquoi il l'avait choisie. C'était tellement excitant. À tel point qu'elle s'investit dans la bande du gangster. Donnant des infos sur des entrepôts à braquer, et bien sûr, falsifiant tous les documents concernant les allées et venues du *NSS Abuja*. Même si elle ne voyait pas souvent son homme, elle se donnait à fond pour sa cause. Ainsi, lorsqu'il avait été emprisonné et jugé pour cette histoire d'infanticide, elle avait tenu la barre. Et l'argent, avec l'aide de Tony le fidèle bras droit, avait continué de s'amonceler dans les caisses du Noir.

À son travail, dans sa famille, les gens avaient halluciné devant sa transformation, ne pouvant que s'incliner, pour ses subordonnés, et baver de jalousie et de plaisir, pour ses amies. Marie-Louise avait raconté avoir rencontré un milliardaire arabe – genre Qatariote, c'était à la mode – qui était fou d'elle. C'était tellement incroyable et exotique que le mensonge était passé comme une lettre à la poste.

Pour l'instant, la sous-directrice pensait à autre chose. Ce con de Bouboule l'avait appelée en début d'après-midi pour lui dire qu'un flic était à la recherche de Victor et qu'ils avaient dû le calmer d'un coup de Taser. Ces abrutis n'avaient pas été capables de gérer un simple pandore et ça la rendait furieuse. D'autant que les choses s'étaient compliquées, et même, accélérées. L'équipe qu'elle avait envoyée, avec l'accord de Tony, l'avait rappelée pour lui dire qu'ils laissaient tomber. Un gars avait répondu au téléphone à la place de Bouboule, laissant entendre que le gros n'était plus de ce monde.

Les gars de la Grande Borne ne faisaient pas partie de la bande du Noir, mais la règle était de rendre service quand des amis appelaient à l'aide. Cette histoire sentait mauvais, pensa-t-elle, et Vigo n'avait pas besoin de ça. Surtout en ce moment. Elle était au courant pour les enfants, le plan était audacieux et risqué, mais, encore une fois, il semblait que le Noir avait tout orchestré avec minutie. Pas un mot des enlèvements dans les journaux, et pas un flic en vue. Jusqu'à ce que son secrétaire vienne lui annoncer que deux hommes désiraient la voir.

Son cerveau fit les connexions et elle sut d'où cela venait.

Le portable de Bouboule avait parlé. Elle attrapa son cellulaire sur le bureau et fit glisser la fenêtre qui donnait sur les eaux du port. D'un geste leste, elle envoya le téléphone dans une lente parabole jusqu'à ce qu'un petit « plouf » se fasse entendre.

Puis elle se pencha sur son interphone.

— Rolland, faites entrer ces messieurs.

Marie-Louise se planta devant son bureau, ses longs ongles plantés dans le bois.

Les deux hommes entrèrent, Marie-Louise leur fit un sourire sans âme : elle ne s'était pas trompée, il s'agissait bien de la maison poulaga.

— Messieurs, bonjour. Vous désiriez me voir ?

Erwan s'avança et posa ses mains sur le dossier d'un fauteuil.

— C'est Bouboule qui nous envoie. Vous connaissez Bouboule n'est-ce pas ?

— Pardon ? Je ne comprends pas. De quoi s'agit-il ? Je n'ai pas de temps à perdre.

— Tu le sais très bien, cocotte ! Ne joue pas les patronnes effarouchées, parce que tu vas devoir bientôt l'oublier, ton boulot. Les services de la PJ ont tracé ton portable. Un dénommé Cauve t'a appelée de Grigny il y a quelques heures, pour te parler de moi. D'un flic qui cherchait des infos sur Victor Ferrada, et surtout, sur le Noir. T'es dans les affaires de Vasquez, on le sait.

— De quel droit me tutoyez-vous ? rétorqua-t-elle. Je n'ai reçu aucun appel, et… enfin… C'est n'importe quoi. De plus, les noms que vous m'énoncez me sont totalement inconnus.

Elle ajouta :

— Qui êtes-vous ? Des flics ? Qu'est-ce que vous voulez ?

— Ce qu'on veut, madame Mariani ? reprit Matéo. Pour commencer, si vous nous montriez votre portable.

— Et vous, si vous me montriez vos plaques ?

Erwan brandit son portefeuille ouvert sur sa carte barrée tricolore.

— Voilà, vous voulez voir nos flingues aussi, ou nos menottes ?

Les yeux de tigresse se plantèrent sur Matéo.

— Et vous, vous n'avez pas de carte ?

Lauterbach s'énerva.

— Ce n'est pas à vous de poser les questions.

« Tiens, il ne me tutoie plus maintenant ».

Matéo décida de jouer franc-jeu.

— Je n'ai pas de plaque, mais j'ai un flingue et je cherche Vigo Vasquez, moi aussi. Ça vous va ?

« D'accord, pensa-t-elle, voilà un autre genre de client. »

— Je ne connais pas ce Vigo… Vasquez.

Matéo se rapprocha d'elle.

— Si ! Tu le connais. Et tu le connais même très bien. T'es sa poule, c'est ça ?

Elle ne put s'empêcher de rougir, alors que Lauterbach était soufflé. Matéo avait raison, cette femme était la petite amie du Noir, sa réaction venait de la trahir. Il se rua sur elle, pour se retenir à la dernière minute d'empoigner son chemisier.

— Où est-il ? Dis-nous où se trouve cet enfoiré !

Elle se recula, bloquée par le bureau, mais ne se démonta pas, montrant ses crocs dans un sourire.

— Qu'est-ce que vous allez faire ? Me frapper ? Je vous dis que je ne le connais pas. Par contre, je connais mes droits, alors foutez le camp et revenez avec une convocation en bonne et due forme.

Levant ses paumes devant lui en signe de paix, Matéo se fit plus conciliant.

— Des gosses ont été kidnappés. Ils sont en danger, maltraités, peut-être blessés, ou morts, à l'heure qu'il est. Tu veux être complice de ça ? On ne te demande pas grand-chose. Donne-nous une adresse, un numéro de téléphone et on te fout la paix.

— Et moi je ne comprends rien à ce que vous dites. Je n'ai rien à dire, mais si vous insistez, j'appelle mon avocat, ou mieux, mon amie la commissaire Devier de Dunkerque, parce que j'ai l'impression que vous racontez n'importe quoi. Des enfants kidnappés ? Et puis quoi encore !

Elle s'était dégagée pour aller se mettre derrière son bureau, sa main posée sur son téléphone.

Les deux hommes se regardèrent. Matéo n'appréciait pas du tout sa tirade sur les enfants. Cette garce était au courant et cela ne lui faisait ni chaud ni froid. Il mourrait d'envie de lui faire subir un interrogatoire à sa façon. Quant à Lauterbach, il pensa appeler Paris, le juge Tranchant par exemple, histoire d'avoir l'injonction qui lui permettrait de la mettre en garde à vue. Ce serait trop compliqué, réalisa-t-il, pratiquement impossible. Il se pencha vers son compère pour lui souffler :

— Elle ne parlera pas.

— Cette garce sait des choses, et elle parlera !

Serrant les poings, le truand posa un regard mauvais sur la sous-directrice. Elle ne put s'empêcher de le soutenir, pleine de morgue. Ce qui eut le don de l'énerver encore plus. Il se saisit du bras d'Erwan.

— D'accord, on s'en va.

Surpris, le flic finit par suivre son équipier. Ils traversèrent le bureau et descendirent par les escaliers jusqu'au parking.

Marie-Louise les avait suivis du regard jusqu'à ce qu'ils disparaissent, elle souffla longuement. Ces deux flics – enfin, ces deux abrutis – n'allaient pas en rester là, c'était sûr. Pas besoin d'être madame Irma pour comprendre que c'étaient leurs gosses que Vigo avait enlevés. Elle se mit à rassembler ses idées. En premier lieu, elle ne devait en aucun cas prendre contact avec la bande, et encore moins avec Vigo. Elle avait bien ce rendez-vous avec la Viêt en fin d'après-midi, mais il s'agissait juste de lui donner de l'argent pour les courses à destination des enfants sur le bateau. Ensuite, les deux crétins allaient la suivre, c'était certain, ils ne lâcheraient pas l'affaire. Elle avait peut-être une idée pour la suite des opérations. Ces messieurs étaient des hommes d'action ? Eh bien, il allait y avoir de l'action.

Lauterbach claqua la portière de la Mustang. Matéo était déjà à la place du chauffeur, il venait de sortir sa dernière Camel et broyait le paquet dans sa main droite, son regard braqué devant lui comme pour défoncer le pare-brise.

Le gangster jeta un rapide coup d'œil vers son collègue et marmonna, les dents serrées :

— Passe-moi le briquet, s'il te plaît, il est dans ta portière.

Après avoir farfouillé deux secondes, Erwan alluma la flamme et la dirigea vers le bout de cigarette plantée dans la bouche de Rizzo.

— Ça n'a rien donné, reconnut-il… Rien. Et en plus, elle connaît les flics de la région.

— Elle nous prend pour des cons.

— Tu crois que c'était du baratin ? Son histoire de commissaire ?

— Non, je veux dire, elle sait où est Vaquez, j'en mettrais ma main à couper. Elle sait où sont les gosses.

Un frisson secoua Erwan. Si le truand disait vrai, Choupette était peut-être là, dans cette ville.

Son ton vibra de dépit.

— Qu'est-ce que tu veux faire ? Tu vois bien qu'elle ne parlera pas.

— Si, elle parlera…

— Arrête de déconner.

Le flic secoua la tête. Il regardait la fumée s'échapper et s'étaler contre le plafond de la voiture. Il se serait bien allumé une clope, lui aussi. Il avait beau réfléchir, ça lui filait le bourdon. Il n'avait aucun moyen de mettre Marie-Louise Mariani en garde à vue, à moins d'appeler Tranchant et de lui demander de contacter un juge du coin, pire, un officier de police judiciaire… Et comment justifier sa demande ? En parlant des cinq morts de la Grande Borne ? Quant à l'autre solution, celle qu'il voyait clairement se dessiner dans les yeux noirs de son compagnon, il préférait éviter d'y penser.

Matéo se pencha et tira la boîte à gants pour en sortir un paquet neuf et le jeter sur les genoux d'Erwan.

— Tiens, allume-toi une tige. Ça te détendra.

L'autre esquissa un sourire et souffla longuement la fumée de sa première taffe. Il se tourna vers Rizzo. Le truand reprit son raisonnement.

— Je sais ce que tu penses, mais on n'a pas le choix. Nos filles sont peut-être là, tout près, et on laisserait tomber ? On n'a pas le choix, Erwan.

C'était la première fois qu'il l'appelait par son prénom. Le flic soupira en expirant sa deuxième taffe.

— C'est quoi le plan, alors ?

— On l'attend. Et on la suit. Si elle rentre chez elle et qu'il n'y a personne, je monte l'interroger, et pour de bon cette fois.

— Pas question, je monte avec toi.

— Vaut mieux pas. T'es flic, et vu que je compte pas la descendre, elle risquerait de te balancer après coup. Moi, j'ai rien à perdre. J'ai déjà quelques cadavres au compteur, pas vrai ? À moins qu'elle ne rentre pas chez elle. Avec un peu de bol, elle va se précipiter sur la planque de Vasquez. Qu'est-ce que t'en dis ?

— C'est juste. Mais elle ne m'a pas l'air trop conne, admit le flic. Je suis sûr qu'elle s'est déjà débarrassée du téléphone. La fenêtre de son bureau donnant sur le port était ouverte, en plein mois de novembre. Non, elle est futée, et elle ne nous mènera pas à Vigo.

— Alors, il faudra qu'elle parle.

— Et si elle ne parle pas ? Et si il y a quelqu'un chez elle ?

— Je ferai ce qu'il faudra. La nuit va tomber, et j'aime pas savoir ma fille dehors quand il fait noir.

Erwan fut obligé de frissonner à cette idée. Choupette avait l'habitude que lui, ou Marine, raconte une histoire, afin de la rassurer avant qu'elle ne s'endorme.

— Elle parlera, répéta le Corse.

— Tu fais chier.

— Je sais.

Ils finirent leur clope en silence, les yeux braqués sur l'entrée du bâtiment. Derrière, ils voyaient passer, tels de gros pachydermes lents, les cargos et autres porte-conteneurs. Le ciel commença à s'obscurcir, s'illuminant de lumières de fête foraine à mesure que les projecteurs et lampadaires du port s'allumaient. Les gyrophares des grues et loaders envoyaient des flaques de couleurs floues dans le bleu du crépuscule, tandis que la bruine elle-même clignotait et crépitait. 20 heures, bipa la Seiko de Matéo.

La voix du gangster perça le silence.

— Et si on l'embarquait, là, quand elle sort ? On l'emmène à la campagne, je veux dire, on trouve un coin tranquille et on la cuisine un peu. On gagnera du temps. T'imagines ? J'ai peur qu'elle aille dans un bar ou qu'elle essaie de nous semer. Je crois que t'as raison, elle est loin d'être conne.

— C'est pas faux, que j'ai raison, reconnut le flic sans bouger d'un poil. Mais, imagine qu'elle sorte et qu'elle aille directement à la planque de Vasquez, ou mieux, qu'elle nous mène aux gosses… Là, on gagnerait du temps, non ?

— Mouais…

Ils se remirent à attendre. Quand, enfin, la lumière du hall s'éclaira.

MALOU

— La voilà, annonça le gangster en se redressant.

Ses yeux brillaient comme ceux d'un loup. La femme aux talons hauts se dirigeait vers une petite Alfa Romeo rouge sang.

Matéo mit le contact et laissa ronronner le moteur. Ils lui accordèrent une centaine de mètres d'avance.

Marie-Louise dirigea sa voiture vers la ville, et plus précisément, vers le centre. Elle roula sur un boulevard puis se mit à ralentir, pour s'arrêter en double file devant un supermarché. Les trottoirs étaient encombrés de clients entrant et sortant du magasin. Matéo la doubla pour stopper plus loin. Ils pouvaient l'observer dans les rétroviseurs. La vitre passager s'abaissa et une jeune fille, d'origine vietnamienne ou thaïlandaise, surgit soudain de la foule pour se pencher par la fenêtre, la moitié de son corps disparaissant dans la voiture.

— Qu'est-ce qu'elle fout ? se demanda Erwan à voix haute.

— Chais pas, c'est peut-être sa femme de ménage.

— Bonjour les préjugés.

— Regarde, elle lui a filé quelque chose.

La jeune fille venait de se redresser, elle tenait une enveloppe de papier kraft dans ses mains. Elle se retourna et remonta la rue dans leur direction alors que l'Alfa repartait sur le boulevard.

Erwan hésita.

— Tu crois qu'elle fait partie de la bande ? On devrait peut-être la suivre, je veux dire, se séparer et la suivre ?

— Écoute, si elle fait partie de la bande, l'autre asperge nous le dira bientôt. En tout cas, moi, je roule. On risque de la perdre.

Toujours ce ton aussi catégorique, constata Erwan. Il préféra ne pas approfondir et regarda longuement la jeune asiatique alors qu'elle les dépassait le long du trottoir.

Matéo déboîta pour rejoindre l'autre véhicule, se tenant à distance, et la filature continua.

Les deux voitures passèrent devant des bars illuminés, puis l'Alfa s'engagea dans des rues peu éclairées. Erwan fit stopper la Mustang en se saisissant du volant. La femme se garait entre deux voitures dans une ruelle sur leur droite. Matéo échangea un regard avec son acolyte.

— Elle ne rentre pas chez elle. Tu vas la suivre pendant que je gare la voiture. File-moi ton numéro de portable.

Erwan s'exécuta avant de bondir de voiture.

Marie-Louise ne se retourna à aucun moment, elle semblait connaître le coin et avançait en longeant les restaurants et commerces de ce quartier animé de la vieille ville. Pas mal de locaux allaient et venaient en parlant fort et en riant. Des groupes de jeunes en majorité. Il la suivit dans un dédale de venelles sombres de moins en moins fréquentées.

Elle bifurqua dans un de ces boyaux et il la perdit de vue. Le flic se précipita, pour tomber sur une petite place déserte, luisante de flotte. Dans un coin, un établissement faisait briller ses néons au-dessus d'une grande baie recouverte de buée. Il y avait deux façades accolées, mais une seule était éclairée et animée. Garés devant, étincelaient les chromes d'une douzaine de scooters Vespa. On se croirait à Rome, pensa Erwan, ou plutôt à Londres, car les deux-roues étaient customisés dans le style des Mods. Multiples rétroviseurs, antennes avec queue d'écureuil, uniquement des modèles vintages.

Il s'approcha du bar et poussa un soupir de soulagement en voyant la silhouette galbée de la sous-directrice au travers des vitres embuées. De la musique filtrait, dans le style Madness. Lauterbach dénombra une vingtaine de jeunes le long d'un comptoir. Un SMS de Matéo s'afficha sur son portable: il s'empressa de lui donner le nom de la place puis alla se poster sous un porche. Une pluie fine faisait briller la nuit devant lui d'une multitude de poussières d'étoiles. Deux minutes plus tard, le Corse le rejoignait. Il sortit son paquet de clopes et en tendit une à son compagnon.

— Elle est à l'intérieur ?

— Ouais, j'ai vu ses courbes, tu ne peux pas les rater.

— J'aime pas trop ça. Ce genre de quartier est bourré de cours intérieures et de passages. Et si elle nous avait repérés ?

— Je ne sais pas, je vais me rapprocher pour voir à nouveau.

Matéo regarda les enseignes avec attention, ce qui lui fit lâcher un « Bordel de Dieu ! ».

Sur la première, il pouvait lire « Fight Zone Club », avec dessous des invitations à pratiquer le kick-boxing, le krav-maga, le street-fight, le ultimate -fight et d'autres gâteries de ce genre… Sur la deuxième, le nom du bar, le « Final Fight », que l'on pourrait traduire comme le « Combat de la Mort » : tout un programme.

En revenant, Lauterbach remarqua son air inquiet.

— C'est bon, j'ai vu sa silhouette, au fond du bar, elle parle avec un mec. Qu'est-ce qu'il y a ? Pourquoi tu tires cette gueule ?

— T'as vu le genre de sport que pratiquent les habitués de ce bar ?

Erwan acquiesça, lui aussi avait fait le lien.

— Bon, qu'est-ce qu'on fait ? On attend qu'elle sorte ?

— J'aimerais bien voir la tête qu'il a, son compagnon.

Matéo jeta sa clope sous la pluie et resserra le col de son blouson sur sa nuque.

— Je vais aller jeter un œil.

Tout en soufflant dans ses mains, Erwan l'observa traverser la petite place et mater à travers la vitre, puis revenir en courant.

— Je la vois plus ! cria-t-il.

— Hein ?

— J'ai regardé partout, je l'ai pas vue.

— Elle est peut-être allée pisser ?

— Ouais.

Ils attendirent quatre minutes, faisant des allers-retours devant la vitrine. Marie-Louise Mariani avait disparu.

— Merde, râla Matéo. Il faut aller vérifier. Je vais entrer. Pendant ce temps, tu fais le tour du pâté de maisons au cas où elle se serait débinée par-derrière.

— D'accord, mais sois prudent, y'a que des mecs là-dedans.

— T'inquiète, c'est les femmes qui m'ont fait du mal, pas les mecs.

Ils se séparèrent et Matéo descendit jusqu'à l'entrée du bar. Aspirant un grand coup, il poussa la porte.

Un long comptoir s'alignait sur la gauche, garni d'un groupe de garçons au crâne rasé, blousons Bombers pour certains, bretelles sur chemises à carreaux pour d'autres, buvant des bières en discutant. Les filles étaient tatouées et coiffées à la Amy Winehouse. À son entrée, les visages se tournèrent vers lui et le silence tomba comme un coup de hache. Il fit semblant de reconnaître quelqu'un vers le fond de la salle en faisant un signe, et le brouhaha reprit. Matéo remarqua tout de même le regard appuyé du mec derrière le bar, comme s'il s'attendait à sa venue. Il décida de rester prudent et s'avança dans la pièce.

On devinait une autre salle derrière un rideau où la musique était plus forte. Rizzo jeta un œil à travers l'ouverture. Il y avait du monde de l'autre côté avec Madness qui balançait ses cuivres à fond. Il tira la tenture pour pénétrer dans la salle voûtée.

Une douzaine de gars en tee-shirt et rangers s'écartèrent pour le laisser entrer, refermant derrière lui le mur que formaient leurs torses aux bras croisés. Marie-Louise était au fond, collée à un juke-box qui balançait la sauce, lui-même placé près d'une sortie de secours dont la porte donnait sur un couloir sombre. Matéo vit la femme lui adresser un sourire de vipère, alors que ses doigts aux ongles acérés tournaient le bouton du volume au maximum. Ensuite, elle s'engagea vers la sortie. Il se précipitait quand il reçut son premier choc au ventre. Cela venait de sa droite, un coup de genoux de type boxe thaï. Le Corse se saisit du gars par les oreilles et l'étala d'un coup de boule. La musique hurlait, les jeunes lui tombèrent dessus. C'était des professionnels de la baston, les bras en béton, les jambes souples. Il se prit un direct dans la tempe, un autre dans les tripes. Un coup de pied dans l'arrière du genou le fit fléchir, il se rua en avant mais ne rencontra que le vide et s'étala comme un crétin. Ces enfoirés le laissèrent se relever. Il les voyait ricaner. Un des jeunes se détacha du groupe et se mit face à lui en sautillant, il lui gueula :

— Alors mon gros, tu veux jouer à la baston ? Je vais te faire un petit balayage de la testa, tu connais ? C'est ma spécialité, le balayage de la testa !

Le truand se rappela soudain qu'il avait son flingue dans son dos. Le balaise en face faisait des moulinets dans le vide en poussant des petits cris à la Bruce Lee : il tenta son fameux balayage par la droite. Matéo contra du bras. De sa main gauche, il se saisit de son Glock et le tendit en gueulant :

— Assez déconné !

Une douleur fulgurante percuta le dos de sa main et fit voler le flingue. Le chauve qu'il avait vu derrière le bar venait de le frapper d'un coup de nerf de bœuf.

— Pas de flingue chez moi, enfoiré ! Bats-toi comme un homme !

— Bande d'enfoirés ! hurla Rizzo.

Ce putain de gros allait comprendre sa douleur.

Le jeune en face lui envoya son pied dans un balayage parfait. La coque de la Dr Martens tapa contre sa tempe avec la force d'une boule de bowling, l'intérieur de son crâne explosa, puis d'autres gars se jetèrent sur lui. Les coups tombaient, nets et puissants : ces furieux se le renvoyaient tel un punching-ball. Matéo se recroquevilla au sol, mais à chaque fois qu'il essayait de se saisir d'une de ces Dr Martens, une autre lui explosait au visage, lui martelait le dos, les côtes…

Il était en train de sombrer quand une détonation lui arracha un sursaut, puis des cris, et les coups cessèrent de pleuvoir. À demi aveuglé, couché sur le sol, la douleur se mit à lui courir sur tout le corps. Matéo se pencha pour vomir.

— Reculez ! Reculez ! hurlait Lauterbach. Je suis flic ! Vous voulez me rentrer dedans ?

Erwan venait d'arriver, tendant son flingue sur les jeunes qui s'écartaient, leurs yeux emplis de fureur animale. Il se pencha sur son collègue.

— Putain Matéo, ça va ? Ils t'ont massacré, ces salauds !

Un des Mods s'écria :

— On s'arrache, allez !

Il y eut une cavalcade et le bar se vida dans la minute. Il ne restait que le patron et une serveuse derrière le comptoir, qui faisaient semblant de ne pas les voir. Le gros se permit même de balancer :

— C'est lui qu'a commencé à chercher la merde !

Erwan avait une folle envie de lui défoncer la gueule, mais l'état de Matéo le préoccupait : ses yeux commençaient à gonfler, il avait la bouche en sang et sa main gauche était d'un noir qui retournait le cœur.

— Appelez une ambulance, bon Dieu, qu'est-ce que vous attendez !

Une vingtaine de minutes plus tard les pompiers déboulèrent, puis des flics de la BAC, gyrophares bleus et orange se reflétant sur les pavés mouillés. Tandis que Rizzo était emmené sur un brancard, Erwan racontait qu'ils étaient venus boire un coup, et le temps qu'il aille pisser, des jeunes s'étaient jetés sur son ami. Il avait dû sortir son flingue pour le tirer de là. Le flic du coin essaya bien de savoir comment ils avaient atterri ici, à Dunkerque, dans un bar de fondus de la baston, mais Erwan connaissait la musique, et il était chef de groupe à la PJ de Paris. Le jeune lieutenant qui prenait sa déposition n'insista pas.

Ils se retrouvèrent à l'hôpital. Matéo eut droit à un scanner, des bandages pour ses côtes fêlées et ses arcades, quant à sa main, elle avait gonflé, un ballon de handball gorgé de sang noir. Les infirmières l'imbibèrent de pommade et la bandèrent. Le gangster devait rester en observation à cause des lésions à la tête. Abruti de calmants, il plongea dans le sommeil. Lauterbach le veilla, assis sur une chaise déglinguée près de son lit.

La fatigue l'envahissait, une fatigue nerveuse plus que physique, mais ses yeux refusaient de se fermer. Il colla ses deux mains contre son visage, il ne savait plus où il en était. Il regarda sa montre : trois heures du matin.

Qui s'occupait de Choupette ? Où était-elle ? Tout était de sa faute, il le savait et ça le rendait fou. Il farfouilla dans sa poche et en sortit une plaquette de cachets. Il en arracha deux du blister, puis regarda longuement la plaquette. C'était le troisième et le quatrième, dans la même journée, presque quatre grammes. Inconsciemment, ses gestes avaient décidé qu'il était temps d'en prendre deux d'un seul coup. Sa nuque le lançait. Le sang dans ses veines était glacé. Il savait qu'après avoir avalé ces deux cachets, ça irait mieux, il pourrait se concentrer, il ne verrait plus ce gouffre noir, collé sur le bord de son âme, prêt à engloutir tout ce qui s'y trouvait.

Puis il regarda Matéo, et son cœur se serra de honte. Un à un, il fit sortir les cachets et les jeta au sol, pour les écraser rageusement. Il broya la boîte de carton dans sa paume et la jeta dans la poubelle. Ses yeux se portèrent sur la fenêtre, l'aube était encore loin. À ce moment-là, il serait alors temps d'aller dire au juge Tranchant la vérité. Au diable Rollin et ses menaces, sa carrière, sa réputation, seule la vie de Choupette comptait à présent.

Matéo eut un sursaut dans son lit, puis il repartit dans un profond sommeil. Cet homme aussi voulait retrouver sa fille, songea Lauterbach, et il avait pris des coups pour ça. Il s'était lancé et n'avait rien lâché. Mais cela ne sera pas vain.

Au matin, ils parleraient, tous les deux.

Il finit par s'endormir sur cette chaise d'hôpital qui lui brisait les reins.

MATÉO

Le ciel était couleur de fer et un air glacé envahissait la chambre. Lauterbach se recroquevillait tant bien que mal sur sa chaise alors qu'une main ferme le secouait.

— Hé commissaire, réveille-toi, on a des choses à faire.

Il ouvrit les yeux. Il les avait troubles, comme le reste. Matéo le fixait. Habillé, les cheveux plaqués en arrière, le visage esquinté, recouvert de pansements, mais le regard vif.

— Ça va, ne t'inquiète pas, j'ai dormi comme un ours. Mais là, j'ai envie d'un vrai café, alors faut qu'on calte avant que le docteur ne ramène sa fraise.

— Quoi... Quelle heure il est ?

— 10 heures, y'a déjà eu une tournée de petit déjeuner, ça m'a rappelé le mitard.

— Mais... tes examens, ton état ?

— Je me sens bien, je te dis ! Et puis, je me suis avalé une boîte d'antalgiques. Avec ça je sens plus mes côtes. Y'a juste la main qui me fait un peu mal, putain d'enculé de patron de bar, attends que je le retrouve ! Allez bouge, si j'ai pas mon litre de café noir et mes quatre croissants au beurre je vais péter un câble, viens !

Erwan n'en croyait pas ses yeux. Son nouvel ami pétait la forme, comment était-ce possible ? Il fallait reconnaître qu'il avait un gabarit de colosse, tout en muscle, et qu'il devait avoir l'habitude de ce genre de

« sport ». Mais il y avait autre chose. Matéo le lui expliqua en se penchant près de son oreille.

— J'ai réussi à séduire une petite infirmière ce matin, j'étais trop en vrac, ça me rendait fou. Elle m'a filé une boîte d'amphétamines, ça va mieux, là du coup. T'en veux ? Il m'en reste deux.

— Mais... comment... comment t'as fait ?

— Secret de Don Juan... Non, je blague. La fille est de Balagne. Alors, t'en veux ? Ça te changera de ce que tu prends.

Erwan posa un regard grave sur son compagnon.

— Non, merci. C'est bon... J'ai arrêté ces conneries.

Le sourire de Matéo s'effaça de son visage.

— T'as bien fait. T'as bien fait... Aller, on calte. Bouge !

Erwan se leva, à demi hagard, et suivit son camarade.

Ils passèrent devant le bureau des infirmières qui leur jetèrent un regard médusé, sauf une, très jeune, qui affichait un piercing dans le nez et montrait le début d'un tatouage dans son cou. Son sourire les suivit jusqu'à ce qu'ils disparaissent dans les escaliers.

Arrivé au parking, Matéo s'inquiéta.

— T'as pas bousillé ma caisse au moins ?

— C'est bon, j'ai juste fait craquer trois vitesses.

— T'as bien fait de t'entraîner. Tu vas prendre le volant.

Ils rejoignirent la Mustang blanche et grimpèrent dedans.

— Où on va ? demanda le flic en mettant le contact.

D'un coup, le truand posa sa main bandée sur le bras de Lauterbach. Ses yeux se fixèrent sur les siens.

— Au fait, je voulais te dire... Merci. Sans toi, hier soir, je me faisais démonter.

— Mais, tu t'es fait démonter !

— Qui ? Moi ? Par une bande de petits branleurs à Vespa ? Je les ai pas vus venir, c'est tout. Allez, roule, va ! Au lieu de dire des conneries. Et dès que tu vois un troquet digne de ce nom, tu t'arrêtes.

Erwan secoua la tête en cachant son rire, alors qu'il passait la première. Puis il songea à la nuit passée et aux réflexions qui s'étaient bousculées dans son cerveau et son envie de rire disparut.

Il allait dire la vérité à Matéo.

ERWAN

Ils repérèrent une grande brasserie près de la gare. Erwan gara la voiture juste en face et ils allèrent se poser dans un coin éclairé de néons blafards. Le garçon de salle se traîna jusqu'à leur table pour leur demander ce qu'ils désiraient, on aurait dit qu'il allait se jeter d'un pont d'un moment à l'autre. Il avait dans les trente ans et des cernes bleutés de soucis et de nuits arrosées au whisky à deux balles. Les deux hommes demandèrent de quoi se sustenter, puis le garçon repartit en râpant ses pieds sur le sol, comme s'il portait des patins de salon.

Lauterbach le regarda s'éloigner avant de se pencher au-dessus de la table, plantant ses yeux bleus dans ceux du gangster.

— Matéo, il faut qu'on parle. Le temps passe, on n'a pas de piste et nos filles sont toujours entre les mains de Vasquez.

— J'y ai pensé. Dès qu'on a bu notre jus, on fonce chez Marie-Louise. Je suis sûr qu'elle ne nous attend pas.

— Non… Je… Il y a peut-être une autre solution. Vasquez avait raison, le… le procès était truqué. Je… On pourrait organiser une conférence de presse et je dirais la vérité. C'est ce qu'il veut, non ?

— Qu'est-ce que tu racontes ? Comment ça, truqué ?

Le regard de Rizzo venait de se resserrer pour former deux fentes sombres.

— C'était donc vrai ? ajouta-t-il. Quelle bande d'enfoirés ! Vous l'avez planté, c'est ça ? Toi et Rollin, le grand préfet ! La belle ordure, ouais ! Vous avez planté Vigo Vasquez ! Et tu t'étonnes après qu'il s'en prenne à nos gosses, à ma gosse ! À cause de vos saloperies !

— C'est bon, s'emporta Erwan, je crache le morceau, t'es pas content ? C'est pas ce que tu voulais ? Je vais tout raconter, comme ça, il libérera nos… Les enfants ! Alors, ta morale, tu te la gardes pour plus tard.

— Ma morale, ma morale… Putain, il était innocent le gars, innocent ! Et les autres meurtres, ceux des piscines ? C'est des conneries ça aussi ?

— Non, c'était bien son ADN sur un des crimes, je te jure. C'est pour ça qu'on l'a coffré. Il a tué ces gosses, c'était lui, le tueur des piscines.

— Il avait des alibis.

— Des potes de la Légion. Si ça se trouve, il leur avait sauvé la vie.

Matéo se recula sur sa chaise. Le garçon venait de revenir avec une joie de vivre à faire fuir un croque-mort, il posa devant eux deux bols de café ainsi qu'une panière pleine de croissants rancis. Le voyou se saisit d'une des viennoiseries et commença à l'arracher à coup de dent. Il s'enfila ensuite la moitié de son breuvage avant de reposer la tasse en soupirant de rage. Puis il détailla Lauterbach, comme s'il cherchait un défaut sur son visage.

— Je comprends pas, ça fait plus d'une journée que je traîne avec toi et j'ai du mal à t'imaginer en train de trafiquer des preuves.

Le flic acquiesça, les yeux débordants de sincérité.

— Bon Dieu, t'as raison, mais… J'étais dans le cirage à ce moment-là. Y'avait tous ces gosses qu'avaient été tués. Fallait le boucler… Et puis…

Il se redressa, mal à l'aise, on voyait que ça lui pesait de se livrer.

— Je venais de perdre ma femme, et Rollin me répétait que c'était à cause de Vasquez. À l'époque, je bossais jour et nuit sur cette affaire, jour et nuit… Pour coincer ce salaud… Et je n'ai pas pu la protéger. Une fusillade il y a quatre ans, devant le restaurant d'un Corse que je connaissais. T'en as peut-être entendu parler ?

Le truand était soudain parti ailleurs, dans un pays lointain. Erwan s'en rendit compte et une lueur d'espoir s'alluma dans son cœur, il insista :

— T'en as entendu parler ?

Matéo se secoua.

— Non, pas du tout. Mais… Ça a dû être dur…

— Oui… Je me suis retrouvé seul avec notre fille. Elle avait à peine un an. J'ai cru que j'allais devenir fou. C'est à ce moment-là que j'ai commencé la morphine, j'avais besoin de quelque chose pour… Pour me…

Il avait envie de dire « pour me détruire », mais il vit, au regard de Matéo que le message était passé.

Le gangster se racla la gorge, gêné.

— Et… les auteurs de… des tirs, vous les avez coincés ?

— Des jours, des nuits entières à éplucher des dossiers et des archives, j'avais mis tous mes gars dessus, même si l'enquête était menée par une autre division. On a essayé de traquer les salauds qui avaient fait ça, mais rien, ils semblaient s'être volatilisés dans la nature.

Matéo ramena le sujet sur l'affaire qui les concernait.

— Mais... Quel rapport avec Vasquez ? Et Rollin ?

— C'est lui qui m'avait appelé ce soir-là, pour aller vérifier des conneries sur une voiture brûlée ! On dînait tous les deux dans le restaurant de cet ami corse, et il m'a ordonné de me rendre sur place. Rollin voulait résoudre ces crimes à tout prix. Il en avait fait une affaire personnelle. Une victime du tueur était la fille d'une de ses relations. Une grosse relation avec qui il avait passé un marché. Il savait que le fait de coincer le meurtrier le propulserait au sommet, et c'est ce qui s'est passé. Avec un coup de chance, ou de destin. Sur le moment, c'est ce que je croyais.

— Le gamin qu'on a retrouvé dans le stade.

— Oui, à croire que le diable était de notre côté. Parce que c'était mal barré au départ. Le jour où on a relâché Vasquez à cause de ses alibis, Rollin m'a appelé, et il m'a passé un savon d'enfer. En me disant qu'il fallait tout faire pour le coincer, que ça allait au-delà de la justice, que des parents attendaient et souffraient, que d'autres enfants risquaient d'être tués et que si ma femme était morte c'était à cause de lui. Que je n'étais qu'un incapable, parce que je n'avais pas réussi à le garder. Il m'a sorti la théorie des légionnaires qui mentaient pour le couvrir. À la fin, il parlait de me casser, de se démerder pour me virer, il avait une haine terrible. Je me voyais déjà au chômage, je... J'étais sous l'effet de la drogue, cette putain de morphine, j'en avais marre. J'avais tout foiré et je culpabilisais par rapport à ma fille. Je n'avais même pas été capable d'arrêter l'homme qui avait tué sa mère et j'allais me retrouver à la rue. Rollin a abattu sa dernière carte. Il m'a dit : « Et vous savez pas la meilleure ? Il a pratiquement avoué ! J'ai parlé avec Vasquez, les yeux dans les yeux, je lui ai demandé : c'est toi qui as tué ces gamins ? Il a souri, il n'a pas répondu, il savait qu'on était filmés, mais il a souri en remuant doucement la tête, un sourire de dément, Lauterbach ! Le sourire d'un gars qui recommencera, encore et encore ! C'est lui ! Nous l'avions dans nos murs, entre nos mains, et vous l'avez laissé sortir ! Vous vous rendez compte ? Vous l'avez laissé sortir pour qu'il aille tuer d'autres mômes ! »

Le regard de Matéo se fit moins dur.

— Ce gars aurait pu jouer dans *Macbeth*, y'a pas à dire, souffla-t-il avec respect. Il t'a bouffé le cerveau avec cette histoire. En menaçant de te virer, en te mettant la mort d'autres enfants sur le dos, et en te la jouant à l'intime conviction. Et puis, il se servait de la disparition de ta femme pour te faire douter, et de ton… ton état. Il appuyait là où ça faisait mal. Un bel enfoiré.

— Cet homme arrive toujours à ses fins en se servant des autres et… Mais je n'ai pas d'excuses. L'idée venait de moi.

— L'idée ?

— Pendant que j'étais en ligne avec Rollin, j'ai eu un appel. Les flics de Boulogne venaient de trouver le gamin dans le stade. Tué à coups de couteau. Un signe, juste après les mots que venait de prononcer Rollin. J'en avais les mains qui tremblaient. Même si, d'après les premières constatations, il y avait peu de chance que ce soit Vasquez. Mais quand même, à croire que Rollin avait passé un pacte avec le diable en personne. J'ai levé les yeux sur mon bureau et j'ai vu le cendrier. Vigo le Noir était encore assis en face de moi, le matin même, et un de mes collègues lui avait offert une clope. C'était juste avant qu'on le ramène chez lui. Le mégot de sa cigarette était là, devant moi, dans le cendrier. J'ai dit aux flics de ne rien toucher, de m'attendre et j'ai repris Rollin en ligne. Je lui ai expliqué mon idée, en lui disant qu'il y avait des risques. Il m'a répondu que je passerais commandant mais qu'il fallait trouver un témoin. Il m'a demandé de dégotter un indic, n'importe quoi, et je me suis souvenu d'un type qui avait une dette envers moi : Elvio Vitalli. Je l'ai appelé, j'avais besoin de son accord le soir même.

— Tu as fait plonger ce pauvre mec dans cette histoire ?

— Ce pauvre mec ? Je l'avais sorti de la mouise un an avant. Une histoire d'homicide. Je le lui ai demandé comme un service. Bon, il n'a pas eu le choix, c'est vrai. Bref, tu imagines la suite. Je me suis rendu sur le lieu du crime et j'ai profité d'un moment d'inattention pour planquer le mégot sous le corps du gamin. Le lendemain, quand le meurtre a été médiatisé, Vitalli s'est manifesté en disant qu'il avait vu un homme ressemblant au signalement de Vigo Vasquez sortir du stade à l'heure du crime. Vasquez était piégé. Une preuve directe et un témoignage. De plus, son meilleur avocat – ta femme – venait de le lâcher. Rollin a fait jouer tous ses appuis, il a demandé un procès en cour d'assise spéciale, sans jurés, et avec un juge à la réputation droite et plutôt collée sur le Code pénal, ça n'a pas traîné. Vasquez a pris perpète.

— Un plan parfait, railla Matéo. Sauf que, trois ans après, un putain d'avion a eu la mauvaise idée de s'écraser sur la prison du Noir. Il ne lui a pas fallu trois mois pour mettre au point sa vengeance et s'emparer de nos gosses. Voilà le résultat quand on essaye d'entuber ce genre de mecs…

— Il ne s'agissait pas de l'entuber, au départ, protesta le flic. Je te rappelle qu'il est quand même accusé du meurtre de plusieurs gamins.

Le truand secoua la tête en soupirant.

— La fameuse « intime conviction », hein ? Je n'y crois pas. Si c'était vraiment le cas, Vigo aurait disparu pour de bon et il nous aurait foutu la paix. Il avait des alibis, des officiers de la Légion ne mentent pas à la justice de leur pays. Il n'était pas sur les lieux des crimes. C'était concrètement impossible. Tu sais très bien que cette histoire d'ADN est bizarre. Si ça se trouve, il voulait vous mener sur la piste du vrai coupable. Non, il n'y est pour rien là non plus, et c'est ça le pire. Vous vous êtes plantés sur toute la ligne. Vous n'avez pas arrêté le bon tueur. Ou plutôt, les bons tueurs ! Et tout ça pour quoi ? Pour une promotion !

Lauterbach n'avait jamais osé affronter cette éventualité. Et maintenant, Matéo la lui mettait sous le nez. Son évidence, plus le poids de sa propre connerie, l'écrasèrent encore plus. C'est à peine si le truand l'entendit quand il prononça dans un chuchotement :

— Mon Dieu... Tu as raison... Le tueur court toujours...

— Y'a pas à dire, Rollin sait manipuler son monde.

— Tout est de ma faute.

Matéo tenta de lui remonter le moral.

— Ne t'accable pas. Vigo l'a bien cherché de son côté en venant vous provoquer. Il ne pensait pas tomber sur un furieux comme Rollin.

Les yeux du commandant s'allumèrent de colère.

— Je n'aurais jamais dû me laisser miner par le chagrin. J'ai déconné. J'ai déconné grave et il est temps de réparer.

— Qu'est-ce que tu comptes faire ?

— Je sais pas, je pourrais aller voir le procureur général, tout lui raconter. Il y aurait une instruction d'ouverte, et je pourrais faire une conférence de presse.

— Le procureur général ? Nathalie m'a dit que Rollin le tenait par les couilles.

— Si c'est vrai, il ne bougera pas le petit doigt. Et pour la presse, Rollin a aussi des amis. Il reste le juge Tranchant : il connaît du monde et il est respecté. Et comme nous, il veut récupérer sa fille.

— D'autant qu'il n'appréciera pas la chanson du faux témoin et du mégot que vous lui avez jouée. Tu sais que tu vas foutre ta vie en l'air ? Monsieur le préfet ne se laissera pas faire et tu n'as aucune preuve directe contre lui. Tu vas finir en taule.

— Et nos filles seront libérées.

— Ta fille sera libérée, et toi en taule.

— C'est vrai, mais qu'est-ce que tu veux faire ? C'est ma faute si sa mère est morte et c'est aussi ma faute si ma gamine est séquestrée en ce moment même.

Matéo baissa le regard. Quelque chose le gênait, ça se voyait, il se mordillait l'intérieur des joues. Il lâcha :

— Non, ce n'est pas ta faute. Ta femme s'est fait tuer et c'est ce qui a tout déclenché. Ta haine, la dope, ton manque de discernement… Écoute, il reste peut-être une chance de retrouver nos filles ce matin. Et tu n'auras pas besoin de finir tes jours en prison. En allant voir cette Malou.

— Elle a dû s'enfuir depuis longtemps, après le coup qu'elle t'a joué hier.

— C'est pas sûr : si elle fréquente vraiment Vasquez, elle est peut-être comme lui. Certaine de son impunité et de la puissance de ses avocats. Je te signale qu'on n'a rien contre elle.

— Rien de rien.

— Mais, on peut la faire parler.

— Toujours cette idée fixe, hein ?

— Ça ne coûte rien d'essayer. Au pire, on appellera Nathalie et je lui dirai tout ce que tu m'as raconté. Elle saura quoi faire pour la conférence de presse et elle contactera le juge Tranchant. Mais avant, on essaye du côté de la tigresse. Imagine qu'elle nous mène aux enfants ? Qu'ils soient là, dans cette ville ? Ce serait trop con de passer à côté. D'autant qu'on perd du temps, là ! Alors, tes lamentations, tes envies d'aller en taule, pour le moment tu les oublies. D'accord ?

Erwan était troublé face à l'insistance de son ami à vouloir lui éviter la prison. Matéo était père, ce qui expliquait ses motivations. Père d'une fille qui était entre les mains d'un bandit à cause de lui. Drôle de motivation. Un sourire désabusé se peignit sur son visage.

— Je ne sais pas…

Le voyou eut une mine contrariée. Il allait dire quelque chose quand il se ravisa et se leva en jetant de l'argent sur la table.

— Allons-y. Finalement, je crois que je vais prendre le volant. Je te fais pas confiance, tu risquerais de me rayer la carrosserie.

ERWAN

Ils se retrouvèrent dans la Mustang, filant au travers des rues froides. Les immeubles de style soviétique défilaient le long d'avenues immenses. Matéo prit la direction de la vieille ville.

— Ne me dis pas que tu veux retourner dans ce bar ? s'inquiéta Erwan en le voyant s'engager dans les ruelles.

— Il faut que je récupère mon flingue.

Ils arrivèrent sur la place. De la brume flottait sur les pavés mouillés et une dizaine de scooters rutilaient devant la façade du bar. Les Mods attaquaient la journée de bonne heure, pensa le flic, à moins qu'ils n'aient fait nuit blanche, à fêter la dérouillée qu'ils avaient donnée à son pote.

Matéo ne prit pas la peine de ralentir, au contraire. Appuyant sur la pédale, il fit rugir le moteur en fonçant vers le bar. Les scooters s'écrasèrent les uns sur les autres formant une sorte de pyramide dans un vacarme de tôle, de giclements d'huile et de bris de verre. Des jeunes surgirent du bar, les yeux leur sortaient de la tête.

Matéo se pencha vers le flic.

— Donne-moi ton calibre.

— Hein ?

L'autre insista du regard, sa main valide tendue.

Erwan lui passa le flingue en soupirant.

— Mets le cran de sûreté.

— Je sais m'en servir.

Et il bondit hors de la Ford.

— J'ai une envie folle de tous vous buter, bande d'enfoirés ! Alors barrez-vous ! Barrez-vous où j'en plombe un !

Il tira plusieurs fois au-dessus de leurs têtes. Les détonations explosaient comme à la guerre, les gars s'échappèrent en tous sens, certains dérapant sur les flaques d'huile et se cassant la gueule, pour se relever et repartir en zigzaguant.

Matéo pénétra dans le bar. Le patron était figé derrière son comptoir. Tous « ses potes » s'étaient barrés. Le gangster lui pointa le Sig en pleine gueule tandis qu'il passait derrière le bar.

— On dit pas bonjour, enfoiré ?

Le gros se mit à transpirer. Matéo vit que le type avait les mains posées sur son nerf de bœuf, tout près de l'évier où se trouvaient les verres sales. Un sourire mauvais tordit sa bouche.

— Mon pote le nerf de bœuf ! Comme on se retrouve ! À ce propos, t'as quelque chose qui m'appartient ! Mon pétard ! Où il est ?

Le patron désigna un tiroir, sous la caisse.

— Là… Je… Je comptais vous le rendre.

— T'es vraiment une merde, fit le truand en récupérant son bien.

L'autre eut un sursaut de fierté. Ils sont comme ça chez les Aryens, pétris de vanité.

— J't'emmerde ! cracha-t-il.

— J'aime mieux ça. Ça m'aurait contrarié de faire souffrir une fiotte.

Le sourire de Matéo s'élargit, dévoilant ses crocs, quand il ajouta :

— Pose ta paluche sur le zinc.

Cette fois, le patron se liquéfia. De la flotte dégoulinait sur son visage, traçant des sillons de crasse sur sa peau grasse.

— Qu… Quoi ?

— T'as très bien compris ! Pose ta griffe sur le comptoir ! Tu veux que je t'aère les neurones ?

Le canon de l'arme s'agita près du crâne du patron.

La main se souleva. Tout doucement, elle monta, puis elle redescendit vers l'aluminium gras du comptoir. Les doigts resserrés, telles les serres d'une vieille accrochée à son porte-monnaie.

— Pose-la à plat !

— No…

Matéo ne lui laissa pas le temps de finir sa phrase. Il avait empoigné le nerf de bœuf pour taper de toutes ses forces.

Du haut des derniers étages des immeubles jusqu'au bout des ruelles du vieux quartier, on entendit le hurlement du gros. Un cri qui glaça le sang du flic à l'intérieur de la Mustang.

Matéo réapparut, il grimpa sur son siège.

— C'est bon, le gars a été coopératif. Il m'a rendu mon flingue.

— Coopératif... ?

Erwan ne pouvait s'empêcher de le regarder comme le sosie d'Heinrich Himmler revenant d'une de ses séances de torture.

Il attendit qu'ils soient sortis du quartier chaud pour se racler la gorge et demander.

— Bon, et maintenant, c'est quoi le plan ?

— On va chez la dame. Avec un peu de chance, elle n'a pas été travailler aujourd'hui. Comme ça, on pourra l'interroger chez elle. Tranquillement.

— Et si elle n'y est pas ?

— Eh bien, on devra aller la chercher au bureau du port, et ça, c'est plus coton. Il faudra qu'on attende qu'elle sorte déjeuner pour l'embarquer, on avisera, je sais pas. L'important, c'est de s'assurer qu'elle n'ait pas calté.

— Et si c'était le cas ? Si elle était partie ?

— Alors, j'appellerais Nathalie.

Erwan acquiesça en silence, pendant qu'il collait, songeur, son visage contre la vitre. La pluie n'allait pas tarder à tomber, à la fois lourde et brumeuse, comme si le vent la soulevait de la mer toute proche pour aller la déverser sur les tours de Dunkerque.

D'un coup, il bondit sur son siège.

— Arrête-toi ! Arrête-toi, stop ! Stop !

Matéo donna un coup de volant vers le bord du trottoir.

— Qu'est-ce qu'il y a ? Tu l'as vue ?

Erwan lui désigna une jeune fille dans la foule devant un grand magasin. Matéo reconnut la jeune Asiatique de la veille. Celle avec qui Marie-Louise avait parlé pendant quelques secondes. Elle portait un panier d'où dépassaient toutes sortes de victuailles.

De là où il se trouvait, Erwan avait repéré l'emballage constellé d'étoiles aux couleurs du drapeau américain : des cornflakes de la marque Sweety-USA. Les cornflakes préférés de Choupette.

— Là, dans le panier, c'est la marque de corn-flakes de ma fille.

— Ça serait énorme, remarqua Matéo.

— Et si elle était chargée de faire les courses pour les gosses ? Hier, Marie-Louise lui a sans doute donné de l'argent avec une liste des choses à acheter...

— Et peut-être qu'elle rentre chez elle rapporter le petit-déjeuner à ses frères et sœurs, qu'est-ce que t'en penses ?

— Dans ce quartier friqué ? Une Viêt ?

— C'est toi qui disais que j'avais des préjugés ? T'es bien un flic. Si ça se trouve elle est plus française que toi et moi. Enfin, admettons, eh bien, les courses sont pour ses patrons.

Erwan se rongeait les sangs, la vue de cette boîte colorée avait éveillé un volcan dans son cœur. Ce n'était pas une coïncidence. Et son intuition de flic, hein ? Qu'est-ce qu'il en faisait ? Il tira la portière, jetant un regard sur son acolyte.

— Tu crois que tu pourras te débrouiller avec l'autre folle ?

Matéo lui envoya un sourire.

— Bon d'accord. T'as mon numéro de portable. Je fonce chez la tigresse, si elle n'y est pas, j'irai à son boulot. Si ça bouge, on s'appelle, OK ?

— J'allais te le dire. Et… Tu ne m'as pas rendu mon flingue.

— Tiens, je t'ai mis le cran de sûreté, fit l'autre en lui glissant l'arme discrètement.

Erwan se dépêcha de descendre alors que la jeune fille disparaissait au coin de la rue. Il se tourna une dernière fois vers son ami en lui faisant le signe du téléphone contre l'oreille : « On s'appelle, hein ? » Matéo le rassura d'un geste en même temps qu'il se fondait dans le flot des véhicules.

Le flic accéléra le pas. Ses yeux collaient au dos de l'Asiatique comme de la glue. Ils marchèrent une dizaine de minutes puis elle entra dans une de ces boutiques chinoises qui vendent aussi bien des nems que des transistors ou des statuettes. Un couple de vieillards aux yeux bridés accueillit la jeune fille avec effusion. « Merde, pensa le flic, Matéo avait raison, elle est rentrée chez elle. » Pourtant, elle posa le sac de provisions sur le comptoir et alla s'asseoir autour d'une petite table avec les vieux. Ils buvaient du thé et la discussion avait l'air assez animée et vu le calme qui régnait dans ce quartier, ce n'était pas les clients qui allaient venir troubler ce qui semblait être une réunion de famille.

Il prit son mal en patience et attendit. Il se serait bien fumé une cigarette mais il avait laissé son paquet dans la voiture. Une bonne demi-heure passa avant que la jeune fille ne réponde à son portable qui s'était mis à sonner. Lauterbach la vit s'exciter au téléphone, puis elle récupéra son sac et prit congé de ses proches.

Son pas avait de nouveau cette cadence rapide que le flic compensait par de grandes enjambées. Elle se dirigeait vers le port.

Après être entrés dans l'enceinte proprement dite, pas loin d'ailleurs de l'endroit où travaillait Mariani, ils empruntèrent une passerelle, puis les docks apparurent. Le jeu du chat et de la souris continua dans les grandes allées du port, au rythme des tracteurs charriant des conteneurs. Des murs de ces boîtes EVP (équivalent vingt pieds) montaient en créant des avenues. Une ville à l'architecture mouvante. Erwan sortit son portable et appela Matéo.

Son comparse décrocha dès la deuxième sonnerie.

— Quoi ?

— Heu, ça va ?

Au son de sa voix Erwan avait l'impression que le truand était essoufflé.

— Cette saloperie était bien chez elle. Je suis en train de la travailler. Mais c'est une vraie carne, elle ne veut rien savoir. Et toi, t'as eu quelque chose ?

— Je suis sur le port. C'est pas normal. Il n'y a aucune habitation.

— Il y a des cargos, non ?

— C'est vrai.

D'énormes bateaux couraient le long des quais sur sa gauche.

— Attends, j'essaye un truc, lui répliqua le voyou.

Il entendit un bruit sourd, puis Matéo qui criait :

— Ils sont sur un bateau, c'est ça ! Dis-le, salope ! Comment s'appelle le cargo ! Parle ou je te casse le nez !

Un frisson s'empara du flic lorsqu'il entendit le retentissement de la claque à l'autre bout du fil.

La voix revint souffler dans le cellulaire.

— Erwan, je crois que tu tiens une piste. T'aurais vu ses yeux quand je lui ai parlé de bateau… Mais pour lui faire cracher des infos, macache ! Je sais plus quoi faire ! Je vais quand même pas lui faire cramer la plante des pieds ? Puis, s'adressant à l'intéressée :

— Hein ? C'est ça que tu veux ? Que je te crame les orteils avec un briquet ?

Le flic était de plus en plus mal à l'aise.

— Attends. Attends ! s'excita-t-il. Elle ralentit ! La Viêt, elle… elle s'approche d'un cargo, c'est sûrement celui-là. Rejoins-moi vite, je… attends.

Il regarda en tous sens. Par chance, des panneaux indicateurs étaient plantés dans le bitume. Il cria dans le téléphone :

— Quai Ferret, je suis sur le quai Ferret !

— Mais… Et l'autre, qu'est-ce que j'en fais ?

— J'en sais rien, bâillonne-la, mais bouge-toi ! Je suis sûr que les gosses sont ici !

— Bon, ben… J'arrive.

Il y avait une pointe de regret dans la voix du truand, comme un enfant à qui on demande de poser le beau jouet avec lequel il s'amusait.

Ce n'était pas le bon cargo, la fille avait repris sa marche. Le quai était interminable et une dizaine de bateaux y étaient accostés.

Erwan avançait deux cents mètres derrière la Viêt, et elle continuait, de ses petits pas pressés, dépassant un de ces porte-conteneurs, puis un autre, et encore un autre. Dix minutes, quinze minutes, il vit soudain qu'elle avait l'air inquiète. On arrivait au bout du quai. Il n'y avait rien, rien qu'un grand espace longé par les bornes d'amarrage. Pas de bateau sur ce dernier emplacement qui s'ouvrait sur la grande mer. La jeune fille regardait en tous sens, elle se mit à trottiner sur le quai, faisant des allers-retours, obligeant Erwan à se cacher entre deux piles de conteneurs. Il fut bien inspiré, car à ce moment-là, débouchant de l'autre côté de la masse de caisses, un gros 4x4 noir se pointa. Il roulait tout doucement, en direction de la fille.

La gamine le vit et s'arrêta en plein milieu du quai désert.

« Nom d'un chien, s'inquiéta le flic, qu'est-ce qui se passe ? » Il se trouvait loin, très loin, séparé de la Viêt par plus de deux cents mètres. Même Usain Bolt ne pourrait arriver à la voiture en moins de vingt secondes. Sa main fouilla dans son blouson pour en sortir son Sig-Sauer.

La berline stoppa et trois hommes en descendirent, entourant la Viêt. Ils regardaient en tous sens, manifestement ils étaient entraînés. Même de là où il se trouvait, Erwan distinguait les armes automatiques entre leurs mains. « La bande à Vasquez ! Pas de doute. » Ce fut comme si la peau de son dos se hérissait d'excitation. « Ils sont venus chercher la Viêt. » L'un des mercenaires récupéra le panier d'osier pour le balancer dans le coffre, puis la fille grimpa à l'arrière.

Les portes claquèrent, le 4x4 allait repartir.

Planqué derrière son conteneur, Lauterbach sortit son portable. Il hésitait : son flingue, le portable ? Les deux objets tremblaient dans ses mains, il appuya sur la touche de rappel, vite ! Ce crétin de Rizzo ne répondait pas, nom de Dieu, mais qu'est-ce qu'il foutait ? Sous ses yeux, la voiture noire roula lentement vers le bout du quai pour disparaître derrière un mur de marchandises.

Ses jambes s'emballèrent. Il enchaîna les foulées sur cet immense quai, il allait arriver tout au bout, là où s'arrêtait le bloc d'au moins mille boîtes de fer quand il entendit vrombir un moteur dans son dos.

Le souffle en vrac, il se retourna. Matéo immobilisait la Mustang en ouvrant la portière côté passager.

— Qu'est-ce qui se passe ? Où est le bateau ?

Erwan grimpa dans la bagnole, il était trempé.

— Il… Il n'y a pas de bateau. La fille est montée dans une voiture avec des gars armés ! Là, là-bas, par là, derrière les conteneurs. ! Une bagnole noire. Roule !

— Des gars armés ?

Le moteur poussa un hurlement et la voiture bondit. Le conducteur fit crisser les pneus en prenant le virage, pas de voiture noire en vue ! Ils avalèrent une grande allée et tournèrent à droite en suivant les panneaux de sortie du port. Alors qu'ils arrivaient au pied d'une immense tour de contrôle qui annonçait la plage et la jetée, ils virent le 4x4 qui sortait du port en direction du nord. Il s'engageait sur le front de mer, vers la sortie de la ville.

Erwan empoigna le bras de son collègue, lui arrachant un gémissement de douleur. Il avait un bleu énorme sous sa chemise.

— Là ! Ce sont eux, ralentis, laisse-les prendre de la distance mais ne les lâche pas.

Matéo obéit sans rien dire. Il passa la barrière à son tour et se força à ne pas rouler trop vite, donnant plusieurs centaines de mètres d'avance à sa proie. Les yeux braqués devant lui, il répéta :

— Les gars étaient armés ?

— Oui, des fusils mitrailleurs. Ces enfoirés se trimballent des fusils mitrailleurs et ils ont pris la Viêt avec eux…

— Putain de merde…

« Oui, pensa Erwan en sentant les battements de son cœur se calmer, et il savait que Matéo arrivait à la même conclusion que lui. Ils vont nous mener aux gosses ! »

VITALLI

Qu'est-ce qui lui avait pris, mais bon sang, qu'est-ce qui lui avait pris ? Comment avait-il pu penser qu'il en serait autrement, que la police, la société, le « système » tout entier n'étaient pas gangrenés ? Ah, il était beau à présent, le père célibataire qui ne désirait qu'une chose : revoir son fils !

Enfermé dans une cellule de béton de la taille d'un placard à balais, avec cette vitre recouverte d'un gras épais qui servait de porte et à travers laquelle les flics pouvaient le mater. Une cellule de dégrisement qui puait la pisse et le vomi. Si le gars, après un séjour dans ce fond de poubelle moisie, n'en ressortait pas guéri à vie de l'alcool, c'est que, vraiment, il n'en avait rien à foutre de la vie.

Pour sa part, Elvio Vitalli était dégrisé, ça oui. Il se sentait plus calme, déprimé et calme. Le pire, c'est que ce n'était pas l'alcool qui l'avait empêché de s'expliquer. C'était la fureur, la folie de l'angoisse qui l'avaient mis dans cet état. Mais il devait reconnaître qu'il avait encore déconné. « J'aurais mieux fait de ne pas boire, se disait-il, et j'aurai pu être utile à mon fils. Tandis que là… »

Les flics allaient bientôt le relâcher, c'est le commissaire en personne qui était passé le lui dire : ordre de la préfecture, mais qu'il n'y revienne pas. En attendant, ils avaient encore des vérifications à faire. Elvio avait rangé sa colère dans un coin de son estomac, remplacée par le dégoût. La police n'en avait rien à faire qu'un procès ait été truqué, que des gosses soient séquestrés et qu'un homme puissant comme le préfet Rollin cache des informations sur ces enlèvements… Ils s'en foutaient. À peine Elvio avait-il prononcé le nom du préfet Rollin que le commissaire avait blêmi, lui demandant « un instant ». L'instant en question était passé, et Elvio s'était retrouvé dans la boîte à vomi, avec menace d'aller au dépôt pour injure à magistrat ou des conneries dans le genre.

Il aurait dû s'en douter, reconnut-il, mais il était tellement bouleversé.

Il était sorti de la réunion de chez le préfet tel un zombie, son fils avait été kidnappé à cause de lui, à cause du faux témoignage qu'on lui avait demandé de faire. Puis il s'était souvenu qu'Enzo avait son nouveau téléphone portable. Il n'y connaissait rien à ces appareils mais se rappelait avoir vu des potes envoyer des SMS, en tapant les lettres sur le clavier. Il avait foncé dans un tabac pour acheter un petit cellulaire jetable. Quelques minutes après, attablé devant son deuxième Ricard, il avait envoyé, fébrile, son message « Où es-tu ? ». Puis il était resté, tel l'idiot du village, devant son écran. Une heure, deux heures.

Il était rentré chez lui, marchant le double de kilomètres à cause des zigzags que ses pas lui faisaient faire. Arrivé dans leur petit deux-pièces au sixième étage, il s'était laissé tomber, tête en avant, faisant hurler la ferraille de son lit.

Vers trois heures du matin, son téléphone vibra quelques secondes, il y eut une lumière, puis, plus rien. Elvio bondit tel un ressort et sa main, tremblante de peur, se saisit du cellulaire. Il alluma l'écran, et lut le message que son fils lui avait envoyé.

Et là... Il pensa que son ventre se froissait subitement comme un kleenex imbibé de bile, que ses poumons devenaient de pierre, que son cerveau s'emplissait d'un vent de sable noir et violent... Il prit une grosse claque dans la gueule, dans l'âme et le cœur, il eut envie de mourir. Mon Dieu, ce qu'il désirait mourir !

Son fils avait simplement écrit : « Et toi ? Où étais-tu ? »

Alors qu'il restait immobile, tel un bloc de granit qui venait de s'écraser, les larmes creusaient leurs sillons sur son visage ridé. Il revoyait ce que son fils avait vécu. Les mots que celui-ci lui adressait étaient autant de coups de poignard tournant dans la plaie de ses remords. Il hésita à envoyer un autre message, non, il devait... Il devait faire quelque chose. Son fils était en danger, prisonnier, et, tant sa haine contre lui était forte, plutôt que de demander de l'aide, il préférait lui cracher au visage. Car c'était ainsi qu'il devait le prendre.

Il devait lui parler, lui dire ce qu'il avait fait pour se rattraper. Il se leva en titubant et alla s'asseoir au bureau d'enfant de son fils. Ramassant une feuille de classeur, attrapant un stylo Bic, il commença à écrire. Il devait se libérer, raconter son histoire pour son fils. Non pas afin qu'il le pardonne, non : pour qu'il ne se fasse pas de mal. Pour qu'il garde espoir en la vie, qu'il se batte, et qu'il s'en sorte. Pour qu'il revienne.

Tout en reniflant, ses larmes gouttant sur l'encre : il écrivit ces mots.

« Mon fils,

Je suis une merde, un mauvais père et si ces hommes te font du mal je me jetterai sous un train, cette fois c'est sûr. S'ils t'ont kidnappé c'est de ma faute, encore une fois de ma faute. Il faut que je t'avoue mes crimes, mes fautes, peut-être me pardonneras-tu, car je l'ai fait pour toi. Il y a des années, tu allais chez ta tante après l'école et souvent les nuits, tandis que moi j'allais boire dans les bars et rentrais bourré chez nous. Ta mère nous avait quittés et j'avais perdu pied. Un jour que je t'ai récupéré, tu avais le regard si triste, si lourd, que j'en ai pleuré. Je n'en ai pas dormi de la nuit. Je t'ai interrogé, tu n'as rien voulu me dire, tu semblais terrorisé. J'ai tout de suite su que ça venait de cet enfoiré de Robert, ton oncle qui te gardait quand j'étais bourré. J'ai pensé qu'il te battait, ça m'a rendu furieux et j'ai décidé de baisser l'alcool et de m'occuper de toi. Je n'ai jamais réussi à arrêter, tu le sais, je suis ainsi. Mais les jours passaient, et ce gouffre dans tes yeux ne disparaissait pas, et surtout, toutes les nuits tu pleurais dans ton sommeil, tu pleurais en te cachant dans tes draps. Alors je t'ai emmené voir des docteurs, puis je suis allé voir ma sœur, ta tante Stéphanie. Je l'ai secouée, j'ai hurlé tellement j'avais peur pour toi, tellement j'avais mal de ce qu'il t'arrivait, et là, j'ai cru que j'allais mourir. Elle m'a avoué la vérité, elle m'a tout dit. Que ton oncle abusait de toi, qu'il allait dans ta chambre la nuit. Mon fils, pardonne-moi, pardonne-moi, tout est de ma faute. J'étais devenu fou, j'ai recommencé à boire, je ne savais plus quoi faire et la haine est montée. J'ai proposé à ton oncle d'aller manger un morceau dans une auberge que je connaissais, dans la forêt de Sénart. Au retour, je lui ai dit qu'on devait parler. Je me suis arrêté dans un chemin forestier et je l'ai sorti de la voiture. Je l'ai battu, battu à mort. De mes deux poings, chacun de mes poings était ton visage, était toi, je le faisais pour toi, je l'ai frappé jusqu'à lui casser tous les os. Je l'ai tué. Pour toi, pour ne plus qu'il te hante. J'avais du whisky dans le coffre, je me suis assis et j'ai bu une bouteille d'un seul coup, je riais et je pleurais en même temps. Ensuite, je me suis dit que je devais aller l'enterrer plus loin, j'avais une pelle dans la voiture. Je l'ai assis à côté de moi à la place du mort, et j'ai pris le volant. Je roulais vite dans la forêt, et cet enfoiré me tombait dessus dans les virages, à un moment, j'ai filé tout droit et j'ai pris un arbre. Quand je me suis réveillé, j'étais dans un car de Police Secours. Il y avait les ambulances, la voiture était écra - bouillée contre un arbre, la ceinture de sécurité m'avait sauvé. Dans le car, un inspecteur de police m'a posé des questions. Il m'a dit que j'allais être accusé d'homicide involontaire, parce que j'étais soul. Mais surtout, que le médecin avait observé le corps de ton oncle et qu'il disait qu'il était mort avant de monter dans la voiture. Il y avait des traces d'étranglement, de profondes traces de doigts. Il parlait d'homicide volontaire, de meurtre, de prison à vie. Je me suis effondré, le flic avait un regard triste et lourd, je ne sais pas, il m'a fait penser à toi, je lui ai tout raconté. Le départ de ta mère, mes beuveries, les viols sur toi mon fils, et la fureur qui m'avait pris. Cet inspecteur, c'était le capitaine Lauterbach, et il a été ému. Il m'a dit qu'il venait de perdre sa femme et qu'il avait une petite fille, et qu'il aurait fait la même chose que moi. Il s'est arrangé avec le médecin, et il leur a fait croire qu'il allait faire un rapport. Mais c'est resté à l'état d'accident, son rapport disait que j'étais sobre et que ton oncle avait péri suite au choc contre l'arbre. Il nous a sauvés. Sauf que quelques mois plus tard il m'a appelé, il m'a demandé un service. Je devais dire que j'avais vu un homme à telle heure à tel endroit pour un tribunal. Je devais jurer que c'était vrai et déposer comme témoin. Il avait gardé le rapport du médecin légiste pour ton oncle, mais même sans ça, je l'aurais fait. Parce qu'il m'a juré que cet homme était un tueur d'en - fants et que si on ne faisait rien, il continuerait. J'ai remboursé ma dette, je suis allé témoigner. À ce moment, j'ai vu de la haine dans les yeux du criminel, mais il ne devait jamais sortir de prison. Tu as compris mainte - nant, cet homme s'est échappé et il vous a tous kidnappés pour qu'éclate la vérité. J'ai beaucoup réfléchi et malgré la promesse que j'ai faite à ce policier, je vais aller la dire la vérité. Le préfet nous a dit d'attendre quelques jours, qu'il allait vous libérer, mais fais-moi confiance, cette fois-ci, je ne laisserai personne te faire du mal. Mon fils, je t'aime, je t'aime tant, pardonne-moi, encore une fois, même si je ne le mérite pas. Je vais te sortir de là, je te le promets. Je te le promets…

Ton père qui t'aime »

Lorsqu'il releva la tête, il se rendit compte de la puérilité de son acte. Elle était belle et sincère, cette lettre, ça oui, mais comment la ferait-il parvenir à Enzo ? Il ne savait pas, il avait juste voulu poser ces mots, ses sentiments, les transmettre au papier. Mais il pouvait envoyer un SMS via le téléphone portable. Il essaya de synthétiser tout ce qu'il voulait dire et tapa ces quelques phrases sur le clavier. Il appuya ensuite sur la touche « envoi ». Et son cœur se serra lorsqu'il vit marqué : « Votre message a bien été envoyé. »

ENZO

Dans la petite buanderie grise et froide, dans le balancement des murs et le grondement des machines, Enzo avait raconté son histoire à Salomé. Tout ce qu'il avait entendu de la discussion des deux hommes, alors qu'il était caché sous une bâche au fond du conteneur. Ses soupçons sur Victor qui se confirmaient, et la raison pour laquelle, lui, Salomé et les trois autres enfants se trouvaient à bord.

L'adolescente ne put s'empêcher de frissonner de tout son corps en répétant :

— Des… Des pédophiles ?

Le garçon jeta un regard lourd en direction de la trappe par où ils avaient accédé à cette pièce.

— Oui, je… Je ne pouvais pas te laisser seule, ni les autres, tu comprends ?

— Qu'est-ce qu'on va faire ?

— Je ne sais pas.

C'était peu de le dire, Enzo était au fond du trou.

Comme son père des années plus tôt, il avait été incapable de protéger ceux qu'il aimait. Quel idiot, mais quel idiot ! s'accablait-il. Pourquoi était-il remonté dans ce camion ? Si ça se trouvait, à l'heure qu'il était, la police serait intervenue et tous les enfants auraient été libérés…

À présent, le corps glacé, les vêtements trempés, il était désespéré et – en même temps – il était bien, là, serré tout contre Salomé.

Les deux adolescents s'étaient recroquevillés l'un contre l'autre dans le coin de la cabine. Dans leur dos, ils entendaient le lourd rugissement des moteurs qui tournaient au ralenti, et, sous leurs fesses, montait et descendait le sol de ferraille au rythme de la houle.

Bercés par le roulis, malheureux et transits, ils finirent par s'endormir.

Enzo fit des cauchemars, des scènes de son enfance, des scènes d'horreur. Lorsque son oncle le forçait à poser ses doigts là où il ne voulait pas, qu'il le basculait en avant, et faisait glisser son short sur ses chevilles alors que les larmes brûlaient ses joues et qu'il sentait cette chose dure forcer entre ses fesses. Il se réveilla en suffoquant, le corps fiévreux, le cœur battant. Il avait envie de hurler. Il serra encore un peu plus la jeune fille contre lui. Elle dormait comme une souche, la bouche à demi ouverte laissant couler un filet de bave au coin des lèvres, le corps lourd. Le garçon quant à lui se sentait fébrile, électrique, son habituelle envie de s'arracher la peau, de sortir de son corps. Que faire ? Que faire ? Que faire ?

Rien, il n'y avait rien à faire ! Rien d'autre que de rester planqués, cachés, dans ce trou sombre à espérer que les hommes ne les trouvent pas. Monter libérer les autres ? Ce serait de la folie, les méchants avaient des armes et eux n'étaient que des enfants. Il pourrait, à nouveau, tenter de quitter le bateau, mais il n'en avait pas le courage, il était si bien, là, contre cette fille au corps chaud. La toute première qu'il serrait contre lui. Il pensa, encore et toujours, à son père : oui, voilà, il allait faire comme lui. Rester dans son trou, caché, ne pas se montrer, ne pas regarder, laisser faire les choses. Les horribles choses…

« Mon Dieu, s'insurgea-t-il, je le savais, je le hais, je le hais ! Je deviens comme lui, je suis comme lui. Et pourquoi, serais-je autrement, hein ? Existe-t-il une autre sorte d'homme ? ». Son père buvait, il devait retrouver de la chaleur à ces moments-là, comme lui avec Salomé. Deux ratés, qui attendaient que ça passe.

Il avait bien une idée, lorsque les hommes les attraperaient, il se proposerait en premier. Peut-être arriverait-il à tous les satisfaire ? Un spasme de dégoût remonta en lui, alors qu'une boule de sanglot se coinçait dans sa gorge. Le téléphone… Il ne faut pas qu'ils trouvent le téléphone.

Il avait l'impression que le bateau gîtait différemment, le bruit des moteurs avait gonflé pendant un instant, avant de reprendre sa monotonie au ralenti. Il farfouilla dans sa poche et sortit le cellulaire en essayant de ne pas réveiller son amie.

Il se rappela le message de son père en l'allumant.

Un SMS d'une dizaine de lignes, bourré de fautes d'orthographes, mais Enzo avait l'habitude. Son regard fut happé par les mots, ces phrases, ces paroles qui commençaient par « Mon fils, j'ai tué ton oncle, je l'ai fait pour toi… » et qui finissaient par « Je t'aime, je n'ai que toi au monde… » Il se mit à lire et à relire le message, au moins dix fois. Il n'y croyait pas.

Ses yeux se brouillèrent de larmes. Son père lui demandait pardon, son père lui parlait ! Le choc était puissant, il devait laisser passer l'orage, tout se mélangeait dans sa tête. Son père avait tué son oncle. Enzo ne pouvait empêcher une joie malsaine de l'envahir, en même temps qu'un immense soulagement, on venait d'ôter de son ventre deux cents kilos de rancœur et d'incompréhension, et, mon Dieu, que cela faisait drôle !

Lui qui avait toujours cru que les deux hommes étaient allés se faire un restaurant en forêt de Sénart, et qu'au retour, l'un plus ivre que l'autre, ils avaient eu un accident de voiture, causant la mort de cette pourriture d'oncle Robert !

La vérité était tout autre.

Enzo n'avait plus froid, au contraire, une force nouvelle l'envahissait. Une envie d'agir. Plusieurs points importants venaient de voir le jour. Un des plus réconfortants était qu'il s'était trompé au sujet de leurs ravisseurs. Ceux-ci réclamaient en fait vengeance, a priori, mais bon, il s'agissait quand même de « bandits ». Ensuite, son père allait les sortir de là, il allait se rendre et dire la vérité. Après avoir tué son oncle afin de venger son fils, il allait sacrifier sa liberté pour le faire libérer. Non, ça ne se pouvait pas, car, plus que jamais, Enzo voulait serrer son paternel dans ses bras, voulait sentir ses joues râpeuses contre les siennes, ses larmes chaudes s'unir aux siennes, voulait lui tenir la main. Sa grosse main rugueuse. Et il allait partir en prison ? Enzo devait faire quelque chose. Lui aussi.

Son père avait appris la vérité sur les agissements de son oncle et il avait agi, il avait tué le monstre, sans jamais le dire, c'est ce qui emplissait le gosse de bouffées chaudes et humides. C'était à son tour. Il fallait qu'il sorte, sur le pont. Qu'il appelle son père, tout de suite, il en brûlait d'envie, de lui dire : « Papa, j'ai lu ton message, j'ai lu ton message. » Et il viendrait le chercher. Il l'avait vu dans un film, les policiers pouvaient repérer les téléphones portables grâce au satellite. Si ça se trouvait, la police était déjà dans les parages à essayer de les retrouver, il suffirait de leur parler du quai où était amarré le cargo, et les enfants seraient libérés. Peut-être étaient-ce les cloisons de fer qui empêchaient le réseau de fonctionner ? Il secoua Salomé.

— Hé, Salomé, réveille-toi.

Les paupières de la jeune fille papillonnèrent.

— Qu... Quoi ? Quess... qu'y a ?

Elle leva le regard et resta ébahie devant la nouvelle attitude du garçon. Il semblait regonflé à bloc.

— Salomé, le... le portable... Il faut que je tente un appel et la police nous repérera, je... Mon père m'a envoyé un message, il faut que je lui réponde.

— Ton père ? Un message ? Qu'est-ce qu'il dit ?

À présent, elle était complètement réveillée.

— Rien, que je l'appelle et la police nous retrouvera. Je vais lui dire de demander aux flics de chercher le portable, comme dans les films.

— Mais pourquoi ils ne l'ont pas déjà fait ?

— Je ne sais pas, peut-être qu'il leur a dit, et que ça n'a pas marché. Écoute-moi Salomé, il faut que je sorte sur le pont, après, ils peuvent nous attraper, c'est pas grave. D'après mon père, les bandits veulent nous échanger.

— Eh bien, il en dit des trucs dans son message, ton père.

— Heu... oui. Allez, viens.

Ils se levèrent, tout ankylosés et transis de froid. Enzo, empli d'espoir et de joie, ne put se retenir d'enlacer la jeune fille et de lui frotter le dos.

— On va s'en sortir, on va réussir, tu vas voir.

Elle balbutia un sourire gêné sans bouder son plaisir. Ça lui faisait du bien de sentir cette chaleur, physique et émotionnelle. Elle se serra encore plus fort contre lui, glissant sa tête contre son cou. Puis elle recula, et leurs yeux s'accrochèrent, leurs souffles se touchaient. Enzo devint liquide, sentit un vertige et approcha ses lèvres. Ils s'embrassèrent comme au bal, juste un « smack » de quelques secondes. La bouche de Salomé avait un goût de bonbon, et celle d'Enzo brûlait de maladresse.

Le garçon lui prit la main et l'emmena vers la porte.

Il déverrouilla la clenche et jeta un œil de l'autre côté. Les néons pisseux éclairaient l'immense cale où les camions et les voitures de sport étaient fixés par des sangles. Des empilements de conteneurs faisaient comme des petits immeubles et ils virent, tout au fond, les tables et les chaises près de l'immense porte de soute fermée.

Pas une âme en vue. Enzo regarda sa montre, six heures du matin. Dehors, le jour devait se lever. Il fallait faire vite avant que les « bandits » ne se rendent compte de leur disparition. Il regarda de droite et de gauche, mais à part le roulis incessant et le grondement de machines, tout était calme. Ils allèrent se cacher entre deux camions bâchés. Il s'agissait de petits bahuts militaires avec de grosses roues dentées. Ils pouvaient voir les deux portes, de chaque côté de la buanderie. Un escalier sur la gauche qui montait vers le pont, et un couloir à droite allant à la salle des machines. Du moins, c'est ce qu'imagina le garçon. Il sortit le téléphone de sa poche : toujours pas de réseau.

Tirant la jeune fille, ils se dirigèrent vers l'escalier.

— Viens.

Les marches de fer crantées résonnèrent sous leurs baskets, ils montaient prudemment, s'arrêtant à chaque palier. Arrivés à l'avant-dernier niveau, Enzo chuchota un juron.

— Flûte !

Deux hommes fumaient une cigarette en discutant, empêchant l'accès au pont. Les gamins redescendirent aussi vite que possible et retournèrent dans l'ombre des camions.

— Qu'est-ce qu'on fait ? demanda la jeune fille à voix basse.

— Je ne sais pas. Il faut absolument que je sorte de… dehors…

Les mots d'Enzo restèrent suspendus alors qu'il regardait en l'air.

— Quoi ? Qu'est-ce qu'il y a ?

— Attends.

Enzo tendit un doigt en désignant le haut de la coque.

— Regarde.

À une demi-douzaine de mètres au-dessus d'eux, s'ouvraient des bouches, des sortes de hublots sans fenêtres. De formes ovales, ils s'alignaient en dessous du pont, séparés les uns des autres d'une bonne vingtaine de mètres. Chaque ouverture avait la taille de trois ballons de foot, trente à quarante centimètres de large pour quatre-vingt de long, juste assez pour faire passer un garçon de la taille d'Enzo.

— Si je pouvais arriver à escalader, je pourrais essayer de téléphoner au travers du trou.

— C'est de la folie, comment tu vas monter ?

— Là, en grimpant sur le camion et ensuite sur les conteneurs, si j'arrive jusqu'au toit du dernier, je serai à moins d'un mètre en dessous du trou, en sautant, je pourrai l'atteindre.

— C'est trop dangereux, et en plus… s'il n'y a toujours pas de réseau ?

Le visage d'Enzo s'illumina.

— Mais… Que je suis con ! On s'en fout si ça ne marche pas. L'ouverture se trouve du côté de la pleine mer. Il me suffit de sauter dans l'eau et de faire le tour pour rejoindre le quai. Le jour va se lever, si je me dépêche, je pourrai trouver quelqu'un qui préviendra la police !

Les yeux de Salomé s'affolèrent.

— Mais tu es fou, tu vas mourir de froid. Et puis c'est super haut, tu peux te tuer…

— Non, je ne vais pas nager beaucoup, regarde, le hublot est sur l'arrière : j'en ai pour deux minutes à faire le tour. Et puis pour le saut ne t'inquiète pas. J'ai vu une émission à la télévision. Il faut faire l'allumette, plonger bien droit, les pieds devant.

Il se força à rire, et ajouta :

— En serrant les poings très forts, et les fesses aussi. Salomé, j'y arriverai !

Il se sentait des velléités de courage, et pourtant, il tremblait de tous ses membres. Il ne savait plus si c'était à cause de la trouille qui commençait à l'envahir, ou du froid qui régnait dans la cale. En tout cas, il crispait sa mâchoire de toutes ses forces pour retenir ses dents de claquer comme des castagnettes. « Allez, pensa-t-il, ce genre d'exploit correspond exactement à l'image que tu te fais d'un acte héroïque. »

Ses années de piscine allaient servir à quelque chose.

Ça ne plaisait pas à Salomé. Les ongles de ses doigts étaient en train de s'enfoncer dans la main d'Enzo, telles les serres d'une buse dans le cou d'un lapin, allant jusqu'à pénétrer sa chair. Il devait la rassurer.

— Il n'y en a que pour quelques minutes, je te dis. C'est le plus simple, et je nage comme un poisson. J'ai pris des cours à la piscine Villon pendant des années, ne t'inquiète pas.

Tout d'un coup, ils entendirent des voix.

— Hé ! Qui va là ? Qui parle ?

Immédiatement, le garçon tira Salomé sous les camions.

Ils s'accroupirent et regardèrent les jambes de deux hommes passer dans l'allée centrale. Chacun d'eux portait une mitraillette, canon pointé vers le bas.

— Qu'est-ce qu'il y a ? disait l'un d'eux. Qu'est-ce que t'as entendu ?

— Je ne sais pas, des voix, comme des voix de gosses.

— De gosses ? N'importe quoi. On doit surveiller si des gars de chez nous ne viennent pas piquer dans les caisses, qu'est-ce que des gamins viendraient faire par ici ? Hein ? C'est des couinements de rats que t'as entendus, ouais.

— Ouais, p't'être bien.

Ils s'éloignèrent.

Les deux enfants s'étaient déplacés pour atteindre l'endroit qui permettrait à Enzo de grimper vers le hublot. Il donna, en dernière consigne à Salomé, l'ordre de rester là, de ne pas bouger jusqu'à ce qu'il revienne avec les secours, et il commença à escalader le camion. Lorsqu'il fut sur le toit bâché, il sauta d'un bond sur le premier conteneur. L'agencement des boîtes les unes sur les autres formait une sorte d'escalier qui le mènerait jusqu'à son but. Il fallait juste qu'il fasse attention au roulis qui s'intensifiait à mesure qu'il prenait de la hauteur. Les charnières des portes des conteneurs étaient de longs tubes de fer, ce qui permit à Enzo de passer de l'un à l'autre sans trop de difficulté. En cinq minutes, il fut sur le dernier, à plus de dix mètres de hauteur. Il se dirigea vers le hublot. Emporté par le mouvement de la houle, il faillit aller tout droit et redescendre aussi sec s'écraser sur le plancher de la cale. Reprenant son souffle, il retourna se positionner en se tenant à la paroi.

D'en bas, Salomé ne le quittait pas des yeux. Il tenta de la repérer, mais il y avait trop d'ombre : il se contenta de lui faire un signe rassurant de la main avant de bondir. Son premier saut échoua, et il retomba lourdement sur la ferraille dans un grand bruit qui résonna.

Salomé entendit à nouveau la voix des deux hommes.

— T'as entendu cette fois ?

— C'est vrai, t'as raison. D'où ça vient ?

— Par là, allons voir.

La jeune fille les vit revenir, ils avaient relevé leur arme. Pour l'instant, ils cherchaient au niveau du sol, mais si jamais ils levaient la tête, Enzo serait foutu. Elle tourna le regard pour voir son ami sauter à nouveau. Cette fois, il réussit à s'accrocher, mais en poussant un cri d'effort, puis il tira sur ses bras pour passer son corps dans l'ouverture.

L'un des gardes s'excita.

— Un cri, j'ai entendu un cri.

— Ça venait d'en haut…

Ils se tournaient du mauvais côté, mais ils étaient en train de pivoter. La jeune fille ne prit pas le temps de réfléchir, elle partit en courant entre les files de camions, pour apparaître une trentaine de mètres plus loin, en plein au milieu de l'allée. Le gars hurla :

— Eh, toi ! Arrête ! Arrête-toi où je tire !

Elle se retourna en levant les mains, verte de trouille. Du coin de l'œil, elle vit le corps de son ami disparaître du côté de la nuit noire et poussa un soupir de soulagement. Les deux gardes furent sur elle en quelques secondes.

— D'où tu sors, hein ? Qu'est-ce que tu fous là ?

— Je t'avais dit que j'avais entendu une voix de gosse.

— Avec qui tu étais ? Hein ? Tu vas nous le dire ?

Elle secoua la tête avec véhémence, jouant la muette.

Les hommes se regardèrent.

— Tu crois qu'il y en a d'autres dans ce bazar ? fit le plus grand en désignant les dizaines de véhicules et de boîtes.

— Je sais pas. Remonte celle-là au patron, il saura quoi faire. Moi, je vais continuer à chercher des rats.

Un sourire mauvais venait de déformer ses lèvres.

— D'accord, fit l'autre.

Le garde tira Salomé par le bras en l'emmenant vers l'escalier.

De son côté, Enzo n'avait rien vu de la scène. Il s'était bien fait une frayeur du tonnerre en retombant sur le conteneur la première fois, mais s'était dépêché de recommencer pour agripper de ses dix doigts le rebord du hublot. Dès qu'il s'était hissé, il avait senti le bloc d'air humide et glacé de cette mer – où se mélangeaient à la fois celle du Nord, l'Atlantique et la Manche – lui frapper le visage. Les balancements du cargo le faisaient dangereusement osciller vers l'avant, malmenant son estomac. Il avait dû résister de toutes ses forces pour ne pas basculer.

La tête vers le bas, il voyait la flotte noirâtre agresser les flancs du bateau comme une meute de chiens sauvages. Ce qu'il était haut ! Par contre, sa position vertigineuse jouait pour lui, formant une avancée au-dessus de l'eau, qui lui permettrait de ne pas rebondir contre la coque s'il tombait. À condition que le roulis lui soit favorable… Et, déjà, ses os étaient gelés, comme traversés de pics de glace. Retenant ses tremblements, il savait qu'il ne devait pas penser, laisser la moindre émotion prendre place et briser son élan. Il devait agir. Avoir du courage. Dix secondes de courage. Dis-toi que le plus dur reste à venir, ricana-t-il en lui-même en regardant une dernière fois l'eau noire et profonde qui l'attendait, comme pour le bouffer. Il se retourna, laissa pendre son corps, les mains au-dessus de sa tête accrochées au rebord, et cria « Maman ! » en se lâchant.

Il eut à peine le temps de prendre de l'air dans ses poumons que ses pieds s'enfonçaient dans l'eau froide : il rentra en boule dans la mer, pris par les vagues, se retourna, essaya de nager, ne sachant plus où se trouvait le haut du bas, tandis que des griffes glacées enserraient sa poitrine, Dieu qu'elle était froide ! À la faveur d'un retour de vague, il sortit la tête de l'eau avant de rebasculer en arrière, mais ça y était, il savait où était l'air. Dans la foulée, un demi-litre de liquide gelé en avait profité pour envahir ses poumons et sa gorge. Il battit des jambes et extirpa son visage en crachant la flotte. Il tourna sur lui-même, cherchant le bateau. Il faisait noir, mais le ciel, au-dessus, brûlait d'un bleu d'aurore magnétique, jetant de l'argent sur les montées d'écume. Le cargo se trouvait à une dizaine de mètres. Il nagea en remuant des jambes et des bras de toutes ses forces afin de se réchauffer, au risque de s'essouffler rapidement.

Ayant atteint la coque, il commença à faire le tour, il avait l'impression que tout bougeait, pourtant, le cargo était immobile, mais la force des vagues l'impressionnait. L'obscurité aussi l'inquiétait. Il nagea, nagea, recrachant l'eau et serrant les dents pour empêcher le froid de lui briser les os, se débattant avec son pantalon, ses chaussures (qu'il aurait dû enlever) et les vagues qui lui mettaient des claques. Quand il arriva au bout du bateau, il ne vit rien, pourtant, la lumière du jour commençait à monter dans le ciel. Il continua pour finalement lever la tête. Avait-il fait du surplace ? Non, ce n'était pas possible… Affolé, il pivota dans l'eau, pour voir, à trois ou quatre kilomètres de là, clignoter les petites lumières de la ville de Dunkerque.

Sous la surprise, il crut qu'il allait couler sur place… Il n'y avait pas de bouée, aucune prise sur la coque, dont le bastingage, tout là-haut sous la masse bleue de la nuit, semblait le narguer. Il se trouvait seul, les membres à moitié gelés, en plein milieu de l'océan. Sous ses pieds, il le savait, des centaines de mètres cubes d'eau n'attendaient qu'un instant de faiblesse pour l'engloutir. Des tonnes et des tonnes d'eau de mer qui ballottaient son corps. Les larmes se mélangèrent à l'eau salée. Des larmes de rage et de désespoir, il n'avait jamais eu de chance, jamais ! Il allait mourir, mourir comme un idiot. Et en même temps, c'était tellement incroyable qu'il avait envie de rire.

Cette saloperie de bateau avait quitté le port pendant qu'il dormait avec Salomé !

SALOMÉ

Alors qu'il grimpait l'escalier de ferraille, le garde avait sorti une radio et parlait :

— Tony, tu ne devineras jamais, on a trouvé une gosse dans la cale. Réveille-toi et réveille le boss.

Salomé entendit une voix froide et dure répondre :

— On ne dort pas. On ne dort jamais.

Juste au moment où ils débouchèrent sur le pont.

À ce moment-là, l'adolescente subit un double choc. Le militaire qui la suivait avait les yeux levés sur le haut du bâtiment, vers les étages du château, et sur les passerelles extérieures, des hommes armés venaient d'apparaître. Elle entendit un ordre.

— Allume les projecteurs.

La voix froide.

Une seconde avant que ceux-ci n'embrasent le pont et ne l'aveuglent, elle eut la révélation. Son regard tourna en tous sens, une fois, deux fois, trois fois, jusqu'à lui donner le vertige. Le bateau se trouvait en pleine mer ! Il n'y avait que du noir autour d'eux. Juste, au loin, sur la gauche, un petit ruban de lumière blanche, comme une guirlande de Noël. Posée sur la terre ferme ; la ville de Dunkerque. Et au-dessus d'eux, immense et effrayante, une grande nappe d'un bleu de gaz, un feu froid et immense. Le ciel, où le faible jour gris essayait de pousser la rude nuit noire. Les mots, les hurlements jaillirent de sa gorge.

— Enzo ! Mon… Mon ami ! Enzo, il est dans l'eau, là, dans la mer !

Vite ! Vite ! Il faut faire quelque chose ! Il faut le sauver !

Elle se rua sur les barres du plat-bord pour se pencher au-dessus du vide. L'eau était plus ténébreuse et profonde qu'un seau d'encre noire. On ne voyait rien, rien !

— Enzoooooooooo ! hurla-t-elle ! Enzoooooooo, où es-tu ?

Elle se précipita pour traverser le pont. Une main puissante saisit son bras et l'arrêta dans son élan. Impossible de s'en détacher, elle se secoua et regarda l'homme. Une stature d'ogre, des yeux de braise noire et un visage mangé par une barbe sombre. La voix, cette voix froide et chaude qu'elle connaissait si bien, lui demanda :

— Qu'est-ce que tu racontes ? Un des enfants a sauté dans la mer ?

— Oui… Oui… Par pitié, sauvez-le, monsieur, par pitié ! Il est là, là, par-là !

Elle secouait son doigt tendu vers l'immense masse d'eau du côté de la terre.

Alors, la voix se mit à rugir :

— Erick, Fred et Flavio ! Mettez les canots à la baille ! Un homme à la mer ! Vite ! Et toi, là-haut, braque les projecteurs de ce côté-ci, il y a un gosse qui se baigne !

Il se tourna vers son second.

— Tony, fonce voir Gino, qu'il me fasse un inventaire des gamins. Va savoir combien d'entre eux se baladent dans les soutes de ce rafiot.

Et, à nouveau :

— Allez ! Qu'est-ce que vous attendez, sortez-moi ces canots !

Il regarda Salomé courir vers les rambardes et se rapprocha d'elle, pour regarder vers le bas.

Le rond blanc du projecteur glissait sur la houle, fouillant l'obscurité, un deuxième s'alluma, venant de plus bas. Salomé vit une ouverture apparaître dans le flanc du cargo en dessous d'eux et une petite grue pivoter. Sous elle se balançait un canot pneumatique, muni d'impressionnants moteurs, qui commença à descendre vers les vagues. Trois hommes étaient à son bord tandis que d'autres criaient en faisant la manœuvre.

— Bougez-vous le cul ! hurlait Vigo du haut du pont.

Enzo avait senti son cœur bondir dans sa poitrine, dès qu'il avait vu ce rond blanc et aveuglant se poser sur la masse sombre de la mer, il avait compris. Levant les yeux, il avait entendu les cris, les ordres, et maintenant, il était obligé de faire demi-tour. Cet idiot s'était mis dans la tête de rejoindre la ville à la brasse, pas moins de trois kilomètres. Il avait déjà parcouru une cinquantaine de mètres quand l'agitation sur le cargo lui avait fait tourner le regard. En plus, il avait dérivé, loin sur la gauche arrière de ce foutu bateau. Il n'en pouvait plus de fatigue, il se remit à nager, tout doucement, en répétant ces mots :

— Salomé, c'est Salomé. Elle s'est rendue, elle a prévenu les bandits pour me sauver.

Son cœur tapait vraiment très fort, des petits coups puissants, pointus, comme cherchant à percer sa poitrine. Il était épuisé, il avait mal, il fallait qu'il nage. « *Salomé, Salomé, elle m'a sauvé, elle m'a sauvé...* » Il se rapprochait de la lumière blanche, plus qu'une vingtaine, non, une trentaine de mètres. En fait, sans le savoir, il reculait, emporté par le courant. Qu'est-ce qu'il était épuisé... Il ne sentait même plus le froid ! La masse qu'il brassait autour de lui était chaude et accueillante à présent. Cela faisait quelques minutes qu'elle le tirait doucement vers le bas, qu'elle pesait sur ses pieds, qu'elle poussait ses épaules un peu plus. Sa bouche lapait l'eau en même temps que l'air et ses paupières étaient lourdes, si lourdes. Tout irait mieux s'il fermait les yeux, il le savait, il sombrerait dans un profond sommeil peuplé de rêves chauds, des rêves avec Salomé.

Il fallait continuer de nager, tout doucement, nager. Tout doucement... Quelque part, un son de cloche résonnait faiblement, là, au milieu de l'océan, l'attirant, tel le glas d'une église.

On ne retrouva pas son corps.

Les recherches durèrent des heures et des heures, jusqu'à ce que la nappe grise et humide du jour recouvre le monde. Un monde sale et triste. Salomé était tétanisée de froid, de douleur et d'incompréhension. L'homme à la voix dure était resté près d'elle, tout du long.

Au bout d'un moment, avec l'immensité de la lumière qui baignait l'océan couleur de ciment, il ne fit plus aucun doute qu'ils ne trouveraient rien. On aurait pu voir une mouette flotter. Le chef des brigands fit venir Gino : il lui demanda de raccompagner la jeune fille dans « sa » cabine. Ils empruntèrent les escaliers extérieurs. Les yeux de Salomé ne quittaient pas l'océan, si grand, si beau, si... monstrueux. La gorge nouée, les larmes avaient brûlé ses joues. Plus une seule ne coulerait avant longtemps.

Elle retrouva les trois autres dans le salon. Choupette et Camille vinrent se jeter dans ses bras, alors que Maxime, affalé devant « sa » télé, tourna à peine la tête. Il se contenta de lancer :

— Je savais que vous reviendriez. À cause de vous, on a failli être punis.

Il se redressa sur un coude, l'air tout de même inquiet.

— Heu… Et l'autre, ton pote, il est où ?

Il ne pouvait pas croire qu'il avait réussi à s'échapper. La jeune fille le rassura, si l'on peut dire.

— Enzo ? Il est mort.

— Oh ! lâcha Camille, bouleversée, tandis que le visage du gros se liquéfiait.

— Mort… balbutia-t-il. Ils… Ils l'ont tué ?

Salomé replongea ses cheveux dans ceux des deux gamines, pour les rassurer et partager leur chagrin. Elle n'avait aucune raison de répondre.

Elle demanda aux filles :

— Ça va, ça a été ?

— Oui, c'est juste l'autre, là. Il ne voulait pas qu'on regarde les dessins animés et il nous interdisait le Nutella. Moi je m'en fous, c'est pour Choupette, ça lui aurait changé les idées. Heureusement, Lyo elle, elle était super gentille…

L'adolescente se redressa, son regard bouillait de haine. Elle se leva et se dirigea vers le canapé pour se camper devant.

— Vire ton gros cul.

— Hein ? Quoi ? Pourquoi ?

Les poings de Salomé se serraient de plus en plus fort.

— Je te dis de dégager.

Il soupira mais s'exécuta, allant ouvrir le frigo pour voir ce qu'il pourrait manger. Salomé récupéra la télécommande et zappa sur une chaîne de dessins animés. Les deux petites furent ravies de venir se blottir sur le fauteuil devant l'écran.

L'adolescente se rapprocha de Maxime.

— Qu'est-ce que tu fous ? l'agressa-t-elle.

— Ben quoi, je mange, j'ai le droit, non ?

— Non. T'as pas le droit. Tu boufferas quand je te le dirai et ce que je te dirai. T'as compris ?

— Ho, ça va, c'est pas parce que ton amoureux s'est fait tuer que…

— Ferme ta gueule. T'en as rien à foutre qu'il soit mort en essayant de nous sauver, hein ?

— Je… je le connaissais même pas.

Toujours la même phrase, « je te connais pas », donc, je n'ai pas de sympathie, d'empathie, rien. Une phrase de riche d'aujourd'hui, aussi commune que « chacun sa merde ».

— Ferme-là, je te dis, et va t'asseoir dans un coin. Je veux plus te voir, t'entends ? Je te préviens, c'est ça, ou je te colle une baffe. Qu'est-ce que tu décides ?

Au feu noir qui brûlait dans le regard de la jeune fille, Maxime n'hésita pas. Il se replia vers le coin des livres en maugréant.

— C'est bon, ça va… T'es tarée, toi.

— C'est ça.

Elle se retrouva à l'endroit où ils avaient discuté avec Enzo. Elle repensait à ses questions, ses mots : « Est-ce que tes parents sont toujours ensemble ? » Il voulait en parler, elle aurait dû le faire. Même si elle avait l'impression d'avoir un feu de braises dans le cœur qui lui faisait atrocement mal, elle ne voulait plus pleurer. Elle s'était rendu compte que la haine était un bon palliatif.

Cependant, elle ne pouvait persécuter cet abruti de Maxime pour son propre bien-être. Elle se dit : « Il faut que je me calme, il n'y est pour rien. » Elle regarda vers la porte du salon, et se rappela le regard que le garde à l'air vicieux avait posé sur elle à son passage. Enzo avait raison, ce type était un porc, une saleté lubrique et dangereuse. À nouveau, des images de leur discussion lui revinrent en mémoire. Elle se dirigea vers le coin cuisine et ouvrit un tiroir pour en sortir une fourchette.

« Tu la plantes dans le cou du gars et tu tournes, tu tournes comme si tu mangeais des spaghettis. »

Elle fourra l'objet dans son jean, contre sa cuisse, en tordant le manche.

Enzo avait raison. Il avait presque toujours raison.

Elle avait à peine fini de penser à tout ça que la porte s'ouvrit et que l'homme du premier jour apparut.

— Préparez-vous, on déménage dans une heure. Et couvrez-vous, il fait froid, on va prendre le canot.

Les yeux de la jeune fille s'allumèrent. Le canot, ils allaient voguer vers le port, peut-être que… Enzo avait dit qu'il savait bien nager. Pourrait-il tenir une heure de plus ? Non, c'était fini, fini, il fallait qu'elle s'y résigne. De toute façon, ses espoirs auraient été vains, pour la simple raison que le cargo s'éloignait… Sa destination, à présent, était un autre pays que la France.

LE NOIR

Tout était venu d'un coup de téléphone à destination de Vigo, une quinzaine de minutes plus tôt. Il était retourné dans son bureau, accompagné de Tony. Les deux hommes avaient la mine sombre. Non, ils n'étaient pas des tueurs d'enfants. D'avoir perdu l'un d'eux les bouleversait. Vigo rompit le silence, en remplissant deux verres de whisky.

— Tony, mon ami, tu sais que je n'ai pas voulu ça.

— Ce sont ces idiots de Gino et Victor. Ils les ont laissés s'échapper.

— Non, le gamin était trop malin. Et n'importe quel garde se serait fait avoir.

Il descendit son verre d'un coup, avant de reprendre :

— Putain de merde, Tony. Cette histoire va trop loin, c'est vrai, mais je veux que ces enfoirés de flics et de magistrats payent pour ce qu'ils ont fait. C'est de leur faute ce qui arrive à leurs gosses !

Tony ne répondit pas immédiatement, accablé de doutes.

— Je sais que tu n'as jamais voulu en parler, dit-il, mais tu te doutes qu'on est plusieurs à se poser des questions. On avait une affaire qui roulait, les flics nous foutaient la paix, et il a fallu que tu ailles dans cette piscine, agresser cette gamine…

— Je l'ai juste un peu secouée.

L'homme de main n'avait pas envie de sourire. Se contentant de faire un léger mouvement de tête en signe d'assentiment, il sirota sa boisson au malt et continua :

— Oui, je sais, du cinéma. Mais il y a des choses étranges, ces questions qu'on se pose, justement. Cette histoire d'ADN, ton ADN, sur les lieux d'un crime dans une piscine, alors qu'au moment des faits, j'étais avec toi au Tchad, avec les gars de la Treizième à construire cette école... Mais surtout, ton idée d'aller emmerder cette gamine, au moment même où les flics étaient sur les dents à la recherche d'un malade qui assassinait des enfants dans ce genre d'endroit...

— Je t'ai déjà expliqué, comme aux autres, qu'ils avaient trouvé l'ADN sur un billet de banque, tu comprends ? Si ça se trouve, c'étaient les traces de dizaines de personnes qui imprégnaient ce bifton, mais c'est tombé sur ma gueule. Tu ne me crois pas capable de m'en prendre à des gosses quand même ?

— Arrête, on en a déjà parlé. Et...

— Et la fille dans la piscine ? Je sais. J'avais envie d'aller prendre un bain, j'ai le droit, non ? Et puis il y a cette gamine qui m'a emmerdé, je l'ai secouée pour la calmer, c'est tout. Les jeunes, ils respectent plus les anciens.

— Tu te fous de ma gueule ! Tu savais que les flics allaient débouler dans cette piscine, et tu les as attendus, pas vrai ?

— Qu'est-ce que je risquais ? À l'époque, ils n'avaient rien de concret contre moi.

— Tu veux dire dans le trafic de voitures, et même, enfin... Moi, j'ai l'impression que tu as voulu les provoquer, les titiller sur cette affaire de gosses tués et que les flics t'ont bien piégé.

— Non, pas les flics. Rollin. C'est vrai, je reconnais que je les ai provoqués, j'ai joué au con, mais ce n'était pas une raison pour m'enfermer à vie, alors qu'ils savaient, oui, Tony, ils savaient que j'étais innocent de ces crimes !

— Et c'est pour ça qu'on a pris leurs gosses. Le préfet et le juge, d'accord, et je ne te parle pas du flic, cet enfoiré qui a foutu le mégot sur le corps du gamin. Mais l'avocate ? Et le cheminot ? C'est une victime lui, ils l'ont manipulé, tu le sais très bien, et en plus, c'est son gosse qui...

— Je sais. Mais je pensais qu'il aurait les couilles d'aller voir la presse, pour son gamin, justement. Et l'avocate, pareil, elle est neutre et c'est grâce à elle que Rollin et les autres vont plonger.

— Rollin, tu lui en veux, hein ? Mais je te comprends. Si un gars m'avait foutu en taule pour le restant de mes jours en sachant que j'étais innocent, ça serait comme s'il avait essayé de me tuer. Tu aurais pu le descendre et c'était réglé, non ?

— Non, parce que je veux qu'il en bave, comme j'en ai bavé derrière mes barreaux quand je croyais qu'il n'y avait plus d'espoir. Je veux qu'il comprenne, ça va au-delà de ce qu'il a fait... Je ne lui en veux pas pour ça, je lui en veux pour ce qu'il est. Je vais te raconter un truc.

Tony fixait maintenant son chef, écoutant ce qu'il avait à dire avec attention.

— Ce Rollin, reprit Vigo, il est venu me voir pendant la garde à vue. Il a demandé à me parler seul à seul, que les micros soient débranchés, et il m'a expliqué, disons, sa philosophie. Il m'a dit que grâce à moi, sa vie allait changer, qu'il allait passer préfet, qu'il avait négocié ma capture dans ce sens. Je lui ai alors répondu que j'étais désolé, mais que je n'étais pas le tueur qu'il recherchait, et que sa promotion, il allait devoir s'asseoir dessus. Je l'ai vu pâlir, juste une seconde, une toute petite seconde, puis il s'est ressaisi. Il m'a dit: « Je vais t'expliquer comment fonctionne la justice dans ce pays. Quand une affaire embarrasse l'État, met à mal l'opinion publique et risque de tout faire dégringoler, et qu'enfin, on tient un coupable, on ne le lâche pas. Même s'il est innocent. » Je lui ai demandé: « Et si les meurtres continuent? ». Lui: « Je prends le risque. Tu as fait une grosse erreur en allant agresser cette adolescente dans cette piscine. Ou tu cherches à protéger quelqu'un pour casser l'enquête. Ou alors, tu t'amuses à provoquer la police, et je reconnais que tu t'y prends bien. Qui penserait qu'un gangster comme toi, un chef de bande reconnu et respecté, agresserait des enfants? Tu t'es cru malin. Mais il y a plus malin. Je vais te faire plonger, quitte à mentir et à faire mentir, s'il le faut. Plus je te regarde et plus je vois que tu es innocent. Mais tu es là, et j'ai besoin de toi pour ma carrière, et pour le bien de dizaine de personnes. Dans la vie, quand une occasion se présente, il faut savoir la saisir. Et mon occasion aujourd'hui, c'est toi. »

Dans la petite cabine qui tanguait sous les assauts de la houle, le silence tomba. Vigo Vasquez reprit son monologue.

— Il m'a fait plonger, comme il me l'avait promis, et ils m'ont enfermé pour perpétuité. À partir de ce moment, il ne me restait que ma haine envers cet homme et ceux qu'il avait fourvoyés. Oui, la haine. Elle me consumait, jusqu'à me rendre cinglé. Au fond de mon trou, j'avais le choix entre devenir fou ou bien rêver de vengeance! Si Dieu m'en donnait la chance, une toute petite chance… Et elle est tombée! Cet avion, qui s'est écrasé…

— Et tu t'es vengé. En kidnappant leurs gosses…

— Ils m'ont traité comme un animal, Tony. Ils m'ont volé mon droit de défense, et ils m'ont enfermé dans une cage. Je ne pouvais voir personne, recevoir aucune visite, et ils m'avaient prévenu: ce n'était que le début. Ils m'avaient enfermé pour la vie. Cette idée de vengeance, ce plan, ça m'a aidé à tenir.

— Tu n'étais pas comme ça.

— Je te l'ai dit, ils ont fait de moi un animal. Ces hommes doivent payer à leur tour, ils doivent payer ! Je n'en dormais plus. Même après l'évasion. Eux, sous prétexte qu'ils sont flics, magistrats, politiques, ils vont passer au travers ? Non, personne ne peut s'attaquer à ces gens-là, jamais. Moi je l'ai fait, et le plus intéressant dans cette histoire, c'est que je leur laisse le choix. Ils doivent se détruire eux-mêmes. C'est pour ça que j'étais obligé de prendre leurs gosses. Avec ce genre de mec, comme Rollin, il n'y a que ça qui marche. C'est une pourriture, et je le tiens par les couilles.

— Une pourriture qui n'a pas dit son dernier mot. Tu l'as cherché une fois, et il t'est rentré dedans. Ça ne t'a pas suffi ?

— On verra qui est le plus fort, cette fois-ci.

— Et le tueur d'enfants ? Le vrai, celui qui a assassiné tous ces gosses dans les piscines, il y a trois ans ?

Vigo se redressa, toisant son ami d'un air dur.

— Je t'ai déjà dit que je n'avais rien à voir avec ça.

Ils entendirent cogner contre la porte.

— Chef, chef, ouvrez, c'est Marco.

— Qu'est-ce qu'il y a ?

L'ancien légionnaire entra dans la cabine. Il portait son fusil-mitrailleur en travers de la poitrine et sentait la panique à plein nez.

— Les rats quittent le navire, chef. Quatre de nos hommes ont mis un canot à la mer et se sont enfuis vers le port. Je crois qu'ils nous ont piqué de la marchandise. Mais… Il y a autre chose. David m'a appelé, il a eu le préfet.

Le gars avait du mal à continuer, Vigo et son lieutenant échangèrent un regard inquiet.

— Parle ! Qu'est-ce qu'il a dit ?

— Il… Il a dit qu'il tenait votre frère, Alessandro, et que maintenant, c'était lui qui dictait les règles. Il a aussi laissé un numéro.

Vasquez était devenu blême.

— Ils ont pris Alessandro ?

— Il vous donne jusqu'à ce soir pour rendre son gosse. D'après David, c'est du sérieux. Et… Il n'y a pas que ça, David dit que…

— Quoi ! hurla son chef. Tu vas la cracher ta Valda ! Qu'est-ce qu'il y a d'autre ?

Le soldat se racla la gorge, avant de reprendre :

— Il a dit qu'ils lui ont fait écouter les… les cris de votre frère. Il paraît qu'il hurlait…

Les yeux du Noir étaient devenus deux petites flaques sombres, des flaques de sang.

— Ils ont fait ça ?

Tony ne put empêcher une remarque acerbe de fuser d'entre ses lèvres :

— Tu le tiens par les couilles, hein ?

— Je vais les lui briser ! Tu entends ?

— Il faut rendre les gosses. Tu t'occuperas de cet enfoiré plus tard.

— Et Alessandro ? Il a un cancer du cerveau, il va crever dans quelques mois… Ce fils de chienne a osé s'en prendre à un malade ! Mon frère !

— Vigo, calme-toi. Je…

Sous le coup de la haine et de la rage, les vaisseaux de ses pupilles avaient éclaté et les tendons dans son cou faisaient penser à des filins prêts à se rompre. Les mots avaient du mal à sortir de ses lèvres tant ses mâchoires étaient serrées.

— Il veut faire un échange aujourd'hui, c'est ça ? D'accord. On va se rendre sur un terrain neutre, sans témoins, sans flics, rien que lui et moi. Sonne le capitaine, dis-lui qu'on met le cap sur Ostende. Préparez les gosses. Appelle David, ordonne-lui de s'occuper des voitures. Qu'ils viennent nous chercher sur le quai à notre arrivée en Belgique. Tony, occupe-toi aussi de la nounou, tu laisseras une équipe pour la récupérer, ils nous rejoindront par la route.

Avant d'aller exécuter les ordres, l'ex militaire demanda :

— Heu, et les quatre hommes qui se sont enfuis ?

Tony balaya ses doutes.

— Ils connaissent les règles, ils vont partir loin… Je ne crois pas qu'ils iront chez les flics. Ils ont besoin de temps. De tout leur temps pour mettre de la distance entre eux et nous. Ils savent qu'ils sont déjà morts.

SANDRO

À Paris, dans le quartier de Saint-Germain-des-Prés.

Alessandro, dit Sandro, Vasquez, vivait dans le noir depuis plus de six mois. La tumeur au cerveau, qui s'était déclarée quatre ans plus tôt, s'était démultipliée en une dizaine de minuscules petites bombes qui explosaient de temps à autre entre ses lobes temporaux. Lui causant des douleurs à vous rendre fou. Il ne s'agissait pas de simple migraine, c'était bien pire, l'impression qu'un jardinier diabolique passait un râteau sur sa cervelle. Ça crissait, ça accrochait, ça se déchirait, jusqu'à lui brûler l'intérieur des yeux. Il se bourrait d'antalgiques, de morphine, qui ne le soulageaient pas. Il souffrait. Le moindre bruit, le plus minime rayon de lumière l'ébranlait. Et pourtant, grand et costaud, il était en forme. Il pouvait aller, venir. Même ses envies, ses irrépressibles envies, continuaient de se manifester.

Mais il avait promis à Vigo. En échange de sa tranquillité, de son confortable appartement de Saint-Germain où les doubles tentures de velours étaient tirées en permanence. Il était bien, là, dans son univers insonorisé. Son « chez lui ». Il pouvait se déplacer au milieu des milliers de livres et encyclopédies qu'il aimait tant. Il regardait, en sourdine, ses émissions à la télévision, et surtout, il ne croisait ni ne parlait à personne.

Ce n'était pas à cause de sa maladie qu'il avait fait cette promesse, non. Il l'avait faite, à cause de cette chose qui habitait sa peau depuis toujours. La peur. La peur de l'autre, ancrée dans ses gènes : la peur de l'homme ! De l'agression, des regards, surtout des regards. Une sorte d'agoraphobie extrême. Il devait rester seul, se faire livrer ses courses, et rencontrer le moins de personnes possibles. Lui qui, avec son regard fuyant, sa mine basse et ses épaules voûtées avait toujours réussi à passer inaperçu, menait une sorte de fin de vie rêvée. Isolé. Protégé. Au calme, à attendre qu'une tumeur plus vicieuse que les autres coupe définitivement le contact dans son cerveau.

On frappa à la porte, c'était inhabituel. Sûrement un de ces colporteurs qui avait réussi à entrer malgré le code en bas de l'immeuble. Sandro alluma la petite télévision noir et blanc. La caméra qui y était reliée lui montra, sur son palier, madame Wiosky, sa voisine depuis des années. Il ne la fréquentait pas, mais il était vrai, qu'au fil des années, tous deux s'étaient rendus de mutuels « petits services ». Il savait qu'elle avait une voix de crécelle et qu'en plus, elle parlait fort. Sandro sortit de ses poches deux petits bouchons de mousse qu'il s'enfonça dans les oreilles et récupéra ses lunettes aux verres foncés avant de faire tourner les verrous.

Il eut l'impression que le jardinier dans sa tête avait remplacé son râteau par un marteau-piqueur. Des hommes cagoulés et armés crièrent en jetant la vieille femme dans le salon, l'un d'eux lui gueula :

— C'est toi Vasquez ?

Puis, sans attendre de réponse, il lui envoya un coup de crosse au visage. Sandro voulait crier mais son cœur s'était dangereusement mis sur pause, il avait le souffle coupé. La douleur était comme un hurlement dans sa tête. Il sentit des bras le soulever et l'emmener, le traînant, le cognant dans le grand escalier de marbre. Il avait perdu ses lunettes et la lumière du jour pénétrait dans sa tête comme un flot de lave. Les doigts de ces hommes serraient ses bras, lui faisant mal, mais surtout, réveillaient l'abominable peur qui sommeillait en lui. Il n'avait qu'un mode de défense, le même depuis son enfance, celui qui faisait enrager son père, pourtant il ne pouvait faire autrement, malgré l'intensité des douleurs que cela lui causait. Il se mit à hurler, hurler comme un homme en train de brûler vif.

ROLLIN

Rollin venait de rejoindre Salomo et ses hommes dans la villa de Rambouillet. Cela faisait maintenant quelques heures qu'ils détenaient Sandro Vasquez. Ils avaient dû l'enfermer dans la cave et recouvrir la porte de matelas de mousse tant ses hurlements étaient terrifiants.

— Cet homme est à moitié fou, remarqua le préfet en ôtant délicatement ses gants de cuir pour les poser sur la commode au plateau de marbre dans l'entrée.

Jef Salomo en avait le front recouvert de sueur.

— J'avoue qu'il nous a foutu la trouille. Le gars dans la camionnette n'arrivait plus à conduire, on a dû assommer cet idiot. J'ai cru que Maurice allait le tuer.

Il soupira comme s'il reprenait son souffle et expliqua :

— La voisine nous avait prévenus. Des années qu'il n'est pas sorti de chez lui. Ses tumeurs au cerveau rendent le moindre bruit et la lumière insoutenables.

— Non, commandant, ses hurlements ne viennent pas de là.

Jef regarda son chef avec étonnement. Le préfet continua.

— Ce type est tordu, et pas seulement physiquement, il y a autre chose. Il nous craint, il craint les hommes armés. Il a dû être enlevé dans son enfance ou un truc comme ça.

— Ou bien, simplement, son père le cognait.

Rollin eut une moue dubitative.

— Alors, il devait sérieusement le cogner… Je comprends pourquoi

Vigo tient tant à le protéger.

— On a des nouvelles ?

— Oui. Il n'a pas tardé à me rappeler. Vasquez m'a donné rendez-vous dans un endroit où il pense que je serai désarmé. Comme si j'avais l'intention de faire appel à nos belles forces de l'ordre. Ah tiens, justement, quand on parle du loup !

Salomo suivit le regard de son supérieur vers la grande fenêtre et aperçut deux camionnettes noires qui venaient de freiner sur les graviers. Les portières arrière s'ouvrirent et une vingtaine d'hommes en descendirent pour se mettre en rang. Une sorte de force paramilitaire, comprit aussitôt l'ancien supporteur du PSG. Treillis bleu marine, bonnets de même, gilets pare-balles, gants épais et rangers aux pieds, ils portaient un uniforme de type commando et un armement pour aller à la guerre. Mitraillette de gros calibre, fusil à pompe, lance-roquettes et grenades. Leur chef, un grand gaillard à la moustache en accroche-cœur, entra dans la villa et les rejoignit.

— Ah, vous êtes là, fit le mercenaire en repoussant dans son dos le fusil-mitrailleur qu'il avait en bandoulière. Monsieur Rollin, on m'a dit que vous êtiez un amateur de bons whiskies…

— Écossais bien sûr, comme vous, colonel Hugues. Bonjour.

Le préfet se tourna vers Salomo, faisant les présentations.

— Jef, voici le colonel Ryan Hugues, un Écossais, et sa troupe d'hommes de combat. Tous viennent du Royaume-Uni, ils sont arrivés cette nuit par la mer et je leur ai fourni les véhicules. Ces hommes travaillent habituellement pour des groupes pétroliers en Afghanistan ou en Irak. Ils rendent aussi des services en Occident, si on y met le prix. Est-ce que tu as du whisky ?

— Il y en a dans la cuisine, mais je crains que ce ne soit pas un super millésime.

— Tant que ce n'est pas de l'irlandais, rigola l'officier, quoique, j'en ai quelques-uns dans ma troupe à qui ça ferait plaisir. Mais très peu pour moi. Alors, monsieur Rollin, nous avons discuté des termes du contrat, deux cent mille euros pour moi et mes dix hommes, plus trente mille pour les frais. Mais, s'agissant de la mission, nous aurions presque pu l'accomplir gracieusement puisqu'il s'agit de libérer des enfants. C'est bien ça ?

— Oui, l'homme qui détient mon fils nous a fixé l'heure et le lieu du rendez-vous. Comme je vous l'ai expliqué, il s'agira de faire un échange entre son frère, que nous détenons, et mon fils. À ce moment-là, j'aimerais, comment dire…

— Vous aimeriez… laissez-moi deviner, s'amusa l'Écossais. Vous aimeriez en avoir pour votre argent… Nous nous occuperons de tout. Il me faudra la topographie des lieux et l'assurance que nous aurons le temps d'intervenir avant que la police ne débarque. Nous avons l'habitude de frapper vite et fort, cependant cette méthode est, comment dire…

— Expéditive, c'est ça ? Et c'est ce que je désire, vous me suivez ?

— Je vous comprends très bien. Ces malfrats ont des armes de guerre, ce ne sont pas des enfants de chœur, tant pis pour eux. Et leur chef ?

— Si vous me suivez si bien… Le chef, et son frère tant qu'à faire. Tout le monde pensera à une guerre entre bandes rivales. Les gangsters d'aujourd'hui ont l'habitude de régler leurs comptes à coups de Kalachnikov.

— J'ai saisi le message, monsieur Rollin. Le frère et le chef, on va leur faire connaître le goût du plomb. Ha, voici votre ami qui revient avec le whisky.

— Servez-vous, buvez un verre, nous devrions nous mettre en route d'ici une heure ou deux. En attendant, j'ai encore quelques affaires à régler.

Salomo le rejoignit dans un bureau à l'étage.

— Parfait, tout est parfait, trancha le préfet en s'allumant un gros cigare. Bientôt cette histoire de gosses sera réglée. À présent, donne-moi des nouvelles.

— On a pisté le portable de Lauterbach, on pense qu'il s'est lancé sur la piste du Noir. Ce matin encore, il était à Dunkerque. Quant au juge, il n'est pas sorti de son bureau. Et vu qu'on a subtilisé les dossiers sur l'affaire, il ne peut pas faire grand-chose. Reste l'avocate : un de mes hommes est sur son dos, façon de parler. Elle s'est rendue en Moselle pour aller voir la mère du Noir.

— Ah bon ? Décidément, c'est vraiment une femme hors du commun. Voilà qu'elle a eu la même idée que nous !

— Oui, elle va essayer de l'influencer, je pense…

— Rien d'autre ?

Au ton de la voix de son chef, le front du commandant se couvrit d'une sueur glacée.

— Heu… Non, je… Je comptais envoyer quelqu'un pour surveiller le chômeur…

De son regard froid, Rollin lui fit comprendre de ne pas insister.

— Mon cabinet a reçu ce matin un appel du commissariat du 18e arrondissement. Un homme est allé déclarer la disparition, enfin, il a dit « l'enlèvement », de son fils. Cet homme a expliqué au flic de service qu'il connaissait le nom du ravisseur et ses motivations. Heureusement qu'il a prononcé mon nom, parlant de mes soi-disant magouilles dans un procès.

Le fonctionnaire nous a immédiatement prévenus et je leur ai ordonné de le mettre à l'ombre un moment. Heureusement, cet idiot était complètement ivre. Ils vont le relâcher dans une heure. Tu as l'adresse, envoie tes meilleurs gars. Je n'aime pas faire ça, tu le sais Jean-François, mais…

— On va s'en occuper, patron, proprement. Elvio Vitalli ne fera plus de bruit à partir de ce soir.

— Je ne veux rien savoir, et je ne t'ai rien demandé. Fais ce que tu juges être le plus efficace. Tu aurais dû le surveiller. Cet idiot ne devra s'en prendre qu'à lui-même. Il aurait attendu quelques heures et il aurait récupéré son fils. Mort ou vivant, mais il l'aurait récupéré.

— Je les appelle tout de suite.

— Très bien. Ensuite tu iras chercher le frère de notre ami. Nous avons de la route à faire avant les grandes retrouvailles.

VITALLI

Du fond de sa cellule de dégrisement Elvio Vitalli revivait les événements. Il se revoyait dans sa chambre alors qu'il venait d'envoyer le SMS à son fils. Il devait tenir sa promesse. Il se trouvait dans un état second, bouleversé. Afin de se donner du courage, et surtout de se réveiller de sa gueule de bois, il s'enfila un demi-litre de whisky à bas prix, puis dévala les escaliers et se rendit directement au commissariat de quartier. À cette heure-ci, il y avait juste un planton derrière le comptoir, qui l'envoya directement au « bureau des plaintes ». Là, on le fit patienter deux bonnes heures dans un couloir – une dizaine de plaignants le devançaient –, avant qu'un officier ne le reçoive.

L'effet du whisky remontait à travers ses balbutiements, et vu son haleine, le flic fut obligé de se reculer sur sa chaise. Elvio avait du mal à s'expliquer : le procès, Vigo le Noir, le tueur d'enfants dans les piscines… « Ce » Vigo le Noir ? Celui qui était incarcéré depuis plus de trois ans ?

Même avec la meilleure volonté du monde, le jeune officier ne pouvait retranscrire ce récit. Il pensait se trouver face à un de ces fous paranoïaques. Son fils avait dû fuguer. « Avec un daron pareil, c'est ce que j'aurai fait, ne put s'empêcher de penser le flic ». Il décida de se débarrasser du bébé, comme on le faisait d'habitude, en le refilant à un autre. Mais pour cela, il faudrait patienter. Attendre jusqu'à 9, peut-être 10 heures si jamais des réunions étaient programmées, pour qu'Elvio puisse rencontrer le commandant de quart.

Elvio patienta, de plus en plus fébrile. Il essayait de classer les mots dans sa tête, de rester clair. Vers 11 heures il passa dans le bureau du commandant, et là, le cheminot lâcha sa bombe :

— Le préfet Rollin est au courant, il sait que des enfants sont séquestrés… Appelez-le, emprisonnez-moi pour faux témoignage, et dites-le à la presse, ça fera libérer les enfants. C'est ce que vous voulez, non ?

Il se trompait, le nom du préfet avait l'habitude de semer l'effroi dans le monde des fonctionnaires gradés de la police de Paris. N'écoutant non pas son courage mais sa carrière, le commandant prévint le principal, qui lui suggéra de passer un coup de fil au directeur de cabinet.

Cette fois, il fallut moins de vingt minutes pour qu'Elvio se retrouve en cellule de dégrisement.

À présent, l'après-midi était bien avancée et on venait de le libérer.

Il se retrouva sur le boulevard Saint-Antoine, hagard, il ne savait plus quoi faire et avait mal à la tête. Une décision s'imposait. Fouillant ses poches, il trouva un billet de vingt euros : suffisant pour aller pousser la porte du premier bistrot. Pendant qu'il buvait, il regarda son portable plusieurs fois. Son fils n'avait pas répondu à son message, que faire, que faire ? Il eut une sorte de pressentiment, une angoisse ténue lui bouffa le ventre, remontant jusqu'à sa gorge et manquant lui faire recracher son quatrième pastis. Il se passait quelque chose, un danger approchait ! « Mon Dieu, Enzo, mon fils ! Que faire, mais que faire bon Dieu ! » Et soudain, il eut une illumination : l'avocate ! La brune qui était avec lui, hier matin, dans le cabinet du préfet ! Elle avait des relations, elle, et puis, sa fille était prisonnière, elle aussi. S'il lui disait la vérité, le faux témoignage, elle convoquerait la presse…

Complètement dégrisé, Elvio régla ses consommations et se rua dehors… Il devait rentrer chez lui. La carte de l'avocate était restée posée sur la table de la cuisine quand il avait vidé ses poches la veille. Il marchait sur le trottoir à se couper le souffle, à tel point qu'il sentit son estomac se révolter sans crier gare. Il se pencha sur le capot d'une Clio pour vomir.

Ça allait mieux. Sauf que le propriétaire de la Renault se mit à lui hurler dessus derrière son pare-brise. Un petit vieux, énervé. Elvio lui fit un signe d'excuse et passa devant lui pour traverser le boulevard. Il ne vit pas, au loin, le gros 4x4 noir qui passait une première vitesse, puis la seconde, accélérant de plus en plus vite dans sa direction. Elvio marchait sur la route. L'homme de main de Salomo l'avait en ligne de mire, encore une dizaine de mètres : son pied appuya de toutes ses forces sur l'accélérateur.

Le cheminot s'immobilisa, il venait d'entendre le hurlement du moteur fonçant sur lui. Avant même qu'il ne se retourne, il entendit un bruit terrible, comme une explosion de ferraille dans un rugissement de moteur tournant à vide.

Le petit vieux dans sa Clio, n'avait pas apprécié de se faire vomir sur le capot. Il mit le contact et commença à déboîter, ne quittant pas le poivrot des yeux « Qu'est-ce qu'il fout ce zigoto ! » Un sentiment de rage l'anima. « Je vais aller lui dire deux mots à cet empaffé » se dit-il juste avant de passer la première et d'accélérer à toute gomme pour sortir de sa place. C'est là que le bout de son aile gauche percuta le 4x4 qui arrivait à plus de 90 km/h, l'envoyant valdinguer dans la voiture d'en face. Le tout-terrain, lui, se souleva de l'arrière tant le choc fut brutal – alors que la tôle se tordait et s'enfonçait dans le torse du chauffeur –, avant de retomber lourdement sur ses roues.

Elvio ne saisit pas tout de suite que le Toyota noir avait essayé de l'écraser, pourtant le crash venait de se produire à trois mètres de lui. Les deux conducteurs avaient le visage dans le pare-brise, déchiquetés. Du côté passager du 4x4, un homme vêtu de noir, bonnet sur la tête, s'extirpait en gémissant. Et c'est là qu'Elvio comprit.

L'homme tenait un revolver et le pointait sur lui. Puis il bondit sur le goudron et manqua s'écrouler en poussant un cri de douleur, mais se redressa et avança en boitant. Vitalli se mit à courir. Ses oreilles, son corps guettaient les coups de feu. Il entendit le brame d'un bus et jeta un œil en arrière, tout en rejoignant le trottoir de l'autre côté du boulevard. Le chauffeur du bus n'avait pas vu que l'homme était armé et s'était arrêté juste derrière lui en klaxonnant. Celui-ci, surpris, jura en relevant son flingue. Il s'aperçut que son client détalait et se rua sur la gauche pour se faire embrocher par une moto qui arrivait à toute berzingue. La collision fit passer la moto de 80 à 30 km/h dans un bruit de chair qui se déchire. Homme, motard et deux-roues imbriqués glissèrent sur quelques mètres avant d'attaquer une série de cabrioles où volaient l'huile et le sang, pour finir par s'écraser sur le bitume.

Elvio courait, courait… Il n'avait plus envie de vomir, son cœur battait à tout rompre. De peur, il battait de peur. Non pas suite à la tentative d'assassinat dont il venait d'être victime, non. À cause de son pressentiment, toujours le même. Enzo était en danger, et il devait le sauver. Il grimpa ses escaliers quatre à quatre, poussa la porte de chez lui, récupéra sa précieuse carte de visite et redescendit aussi sec les marches. Il ne fallait pas que les tueurs du préfet – car, pour lui, il n'y avait aucun doute – le retrouvent. Il se rua dans la première station de métro, La Fourche, regrettant aussitôt. Le réseau ne passait pas. Trois stations plus loin, il surgit à l'extérieur et pénétra dans un troquet pour commander un double café, cette fois-ci. Dès que le garçon de salle eut débarrassé le plancher, les doigts fébriles d'Elvio Vitalli composèrent le numéro de l'avocate. Dans sa tête, une prière se répétait en boucle : « Pourvu qu'elle soit là, pourvu qu'elle soit là… »

NATHALIE

Par endroits, le chemin était un tapis de boue. Nathalie Ruiz devait en permanence faire attention à ne pas s'enliser. L'Austin Mini avançait lentement, bringuebalant dans les ornières sur ce sentier au cœur des forêts Vosgiennes, qui menait à l'institution Sainte-Marie.

Elle avait eu l'adresse par son cabinet. La mère de Vigo Vasquez était prise en charge dans cet établissement depuis plus de vingt ans. Une paralysie des deux jambes l'obligeait à se mouvoir en chaise roulante. L'infirmière au téléphone avait été réticente, lui demandant si elle faisait partie de la famille et pourquoi elle voulait la rencontrer. L'avocate, en disant qu'elle désirait lui poser quelques questions sur ses fils, avait été prévenue. Madame Vasquez était sénile, peut-être même folle. Quoique le mot paraisse « tabou » dans la bouche de l'employée. Car l'institution n'avait pas vocation pour ce genre de cas.

Nathalie vit une trouée au sein des barrières d'arbres et un parking de ciment mouillé accueillit sa petite voiture. Le bâtiment avait la taille d'une grosse ferme, de la forme d'un U, sur un seul niveau. Une vieille fourgonnette stationnait devant l'entrée aux murs décrépis et seules quatre voitures occupaient le parking. Il y avait aussi deux mobylettes contre un mur sur la droite. Du côté de l'entrée, située en plein milieu du « U », on pouvait lire « Institution catholique Sainte-Marie d'accueil aux personnes âgées ». Nathalie savait que la femme qu'elle venait voir était née tout près d'ici.

Elle entra dans le hall triste et froid. Les murs étaient peints d'un vieux jaune pisseux alors que le revêtement du sol était en ciment. Les chauffages de fonte se recouvraient d'humidité, ajoutant à la froideur de l'endroit. Une jeune infirmière, dont la blouse était recouverte d'un épais gilet de laine rouge, vint l'accueillir en lui tendant une main fine. Nathalie avait remarqué la présence d'une vieille femme vêtue de noir assise sur une des trois chaises en face du petit comptoir de réception désert.

— Bonjour, madame. Je suis Pascale Kneuss, lui fit l'infirmière en souriant. J'ai vu votre voiture de la fenêtre de la cuisine.

— Bonjour, merci de me recevoir... Il y a beaucoup de personnes âgées, je veux dire, de retraités à Sainte-Marie ?

Cette question la taraudait depuis son arrivée, tant tout ici avait l'air abandonné et lugubre.

Le sourire de la jeune fille s'élargit.

— Nous en avions dix mais depuis la semaine dernière ils ne sont plus que huit. Oui, c'est vrai que c'est antique et en mauvais état ici, mais nos petits vieux ne veulent pas partir. Donc en attendant, l'État et l'association continuent de nous donner le minimum pour notre survie. Avec la directrice, nous sommes quatre employés, et un médecin passe toutes les semaines. Et puis, les parents et amis de nos retraités nous aident aussi, en préparant des repas, ce genre de choses... D'ailleurs...

Elle hésita un instant, puis fit un signe à la vieille dame qui était assise contre le mur pour qu'elle les rejoigne.

— Je voudrais vous présenter madame Manuela Dorcino, la sœur de madame Vasquez. Si ça ne vous dérange pas, elle va vous accompagner. Ça sera plus simple, je pense. Enfin, vous comprendrez...

Elle se remit à sourire en serrant les mains de la femme.

— Je vous laisse entre de bonnes mains ! Bon, il faut que je retourne à la cuisine. À plus tard, Manuela !

Elles se retrouvèrent seules dans le petit couloir poussiéreux. La femme avait un regard triste mais alerte. Suspicieuse, elle demanda :

— Pourquoi désirez-vous voir ma sœur ? Elle n'a plus rien, aucun bien, plus rien.

— C'est... C'est au sujet de Vigo, son fils.

— Son fils ? Elle ne l'a pas vu depuis vingt ans...

— Je... je pourrais en parler avec elle ?

— Vous risquez d'être déçue, enfin... Je... Excusez-moi, mais ma sœur Francesca a tellement souffert, que... Je ne voudrais pas que vous soyez venue pour réveiller ses cauchemars, justement.

— Ses cauchemars ? Je... Non, non. Je ne sais pas quoi dire.

— Bon, je me fais peut-être des idées, mais avec Vigo, je me méfie.

Venez, elle est en train de regarder sa série télévisée.

Elles empruntèrent un couloir, sur l'aile gauche de « la ferme » Nathalie entendait des bruits étranges, des cris, des plaintes, des rires de fous, ne sachant pas s'ils venaient du son des téléviseurs, des radios ou des résidents eux-mêmes. Elles passèrent devant une salle garnie de tables et de chaises ainsi que d'une grosse télévision datant du général de Gaulle qui diffusait un reportage sur les camps de la mort pour un public inexistant. Puis apparurent une série de portes, les unes à la suite des autres : les chambres d'où provenaient tous ces bruits. Nathalie eut un haut-le-cœur : ça sentait le formol, l'urine et le vomi, et pire encore, une odeur de décomposition, de chair pourrie. Cela ne semblait pas déranger Manuela qui s'arrêta devant une des portes et la poussa sans frapper.

Nathalie entra à sa suite, pour voir une vieille femme au visage maigre recouvert de rides allongée dans un lit. Près d'elle, posé sur une chaise, un écran plat diffusait un épisode de telenovela, le son à fond. La première chose qui frappait était l'état de ses mains, squelettiques, à la peau parcheminée couverte de croûtes. Les yeux de l'avocate descendirent le long des draps pour se rendre compte qu'en dessous du bassin toutes formes disparaissaient. Ou plutôt, ne subsistaient que des angles, comme si des os remplaçaient ses jambes. Là aussi, l'odeur était suffocante. D'ailleurs, le premier réflexe de Nathalie fut de jeter son regard à la fenêtre comme pour en briser les carreaux et faire pénétrer l'air !

Mais l'air, dans cette petite chambre miteuse était vicié et nauséabond. Alors qu'elle se traitait de folle, ayant pour seule envie de fuir en courant, elle se força à avancer, tandis que Manuela la présentait :

— Francesca, il y a une dame de Paris qui veut te parler, une avocate.

La vieille femme roula des yeux dans sa direction puis son regard se reporta sur son écran de télévision.

— C'est moi qui le lui ai acheté, fit son accompagnante en saisissant la télécommande et en baissant le son. Elle adore regarder toutes ces séries, sauf celles où il y a du sang.

— Mais, son fils, enfin, ses fils ne l'aident pas ?

— Ils ont eu une histoire douloureuse, je vous l'ai dit, et leurs rapports se sont détériorés. Tout ça à cause du père, un fou, un malade.

— Qu'est-il devenu ?

— Il est mort. Bon, qu'est-ce que vous vouliez lui demander ? Profitez-en, parce qu'après ils lui donnent son sédatif et elle dort jusqu'au soir. À défaut de chauffage, on les fait dormir.

La jeune femme fit le tour du lit pour se retrouver face à la mère du Noir.

— Heu… Bonjour, madame, je…

Aussitôt, elle pensa : « Mais qu'est-ce que je fous là ? »

— Je voulais vous parler de Vigo.

La vieille à l'état de semi-cadavre releva lentement ses grands yeux vitreux sur l'avocate, pour piailler :

— Vigo, Vigo, il est mort, mort !

Nathalie jeta un œil sur la sœur qui semblait désolée et amusée en même temps.

— Qu'est-ce qu'elle raconte ?

— Elle n'a plus toute sa tête, ça fait des années qu'elle raconte tout un tas d'histoires sur ses enfants.

— Quel genre d'histoires ?

— Demandez-lui.

— Vous savez bien qu'elle n'est pas en état de me répondre ! Pourquoi m'avoir laissée venir ?

— Pour que vous disiez à ses fils dans quel état elle est !

C'était donc ça, comprit Nathalie. Face au désarroi de la sœur, elle ne pouvait lui en vouloir… Cependant, elle désirait en savoir plus. Cette fois, malgré l'odeur, elle se pencha sur la mère.

— Madame Vasquez, pourquoi dites-vous ça ? Vigo, c'est votre fils quand même.

La vieille se mit à balancer la tête d'avant en arrière.

— Vigo, Vigo, il l'a tué ce salaud, il l'a tué. Moi, je l'aimais, puis il y a eu Manolo et Alessandro, mes fils, mes fils… Il voulait m'en séparer, il les battait, surtout Sandro… Mon pauvre Sandro, qu'est-ce que tu as souffert ! Et Manolo, il devait faire comme Vigo, et Sandro, tous les jours, toutes les nuits, il le frappait, et moi… Moi, je ne disais rien, je ne disais rien.

Cela fit une impression horrible dans le ventre de Nathalie, on voyait la souffrance tordre le visage de la femme, on sentait les larmes forcer pour jaillir, mais la source était tarie, depuis trop longtemps.

— Madame, je… je ne comprends pas, qui est Manolo ?

La folle se tourna vers Manuela.

— Manolo, je l'avais appelé comme ça, comme toi, Manuela, et notre cousin de Valencia, tu te souviens ? Manolo… Mon Dieu, Manolo, lui aussi, lui aussi, ils l'ont tué, avec Vigo, ils l'ont tué, tous, tous… Manolo est mort, mais il marche, tandis que Vigo… Le diable l'a dévoré… Avec ses crocs, il l'a dévoré ! Dévoré !

La sœur de Francesca était bouleversée, des larmes s'étaient mises à couler sur ses joues ridées. Elle se rapprocha de Nathalie.

— S'il vous plaît, venez, venez, laissez-la.

Elle l'attirait vers la porte. Nathalie ne savait plus quoi faire, le regard de la vieille semblait l'agripper, comme des serres, se plantant directement dans ses entrailles, jusqu'à la nausée. Elle recula, suivant le mouvement de la sœur qui lui faisait des petits signes, alors que Francesca se replongeait dans son écran, le visage encore plus déchiré qu'à leur arrivée.

Elles se retrouvèrent dans le couloir. Nathalie se rendit compte de l'état dans lequel se trouvait Manuela, essayant de reprendre son souffle et essuyant son visage. Elle lui prit le bras :

— Qui est ce Manolo ? Que disait-elle ?

— Je ne sais pas. Je ne sais pas. C'est la première fois que j'en entends parler.

— La première fois ?

— Oui, d'habitude nous ne parlons jamais du passé, jamais.

— Mais vous connaissez sa vie, non ? Racontez-moi !

La femme se dégagea, plantant ses yeux dans ceux de l'avocate.

— Ça vous intéresse les malheurs des autres ? Retournez à Paris et dites à son fils qu'il n'a qu'à venir lui-même la prochaine fois. Ou bien, demandez-lui, il vous racontera.

Elle s'éloigna dans le couloir, vers la sortie. Nathalie hésita un instant, puis se précipita derrière elle, pour la retenir délicatement en lui touchant le coude.

— Excusez-moi, je... Je ne suis pas une amie de son fils. Je... j'ai une fille, Salomé. Et Vigo, le fils de votre sœur, l'a enlevée, vous comprenez ? Il a enlevé ma fille. Je voulais juste, enfin, je me disais qu'elle pourrait l'appeler, lui parler. Mais...

Manuela se retourna, le visage défait par la surprise et la honte. Elle balbutia :

— Je... Pardon, je ne savais pas. Je... Enfin, je savais que Vigo était un bandit, mais de là à enlever des enfants...

— Manuela, je dois comprendre, je dois savoir. Racontez-moi son histoire, celle de votre sœur, et de ses fils, s'il vous plaît.

La vielle femme regardait les trois chaises contre le mur, face à la réception déserte.

— Oui, bien sûr... Je vais vous raconter tout ce que je sais, et vous comprendrez alors, pourquoi ma sœur est ainsi.

Nathalie se sentit soudain beaucoup mieux, mais pas encore complètement. Elle fit une mine désolée.

— Dites, ça vous ennuie si on va sur le parking ? Je meurs d'envie de m'allumer une cigarette... Ensuite on pourra discuter dans ma voiture.

Elle n'en pouvait plus de cet endroit. La mort lente qui suintait partout, les secrets qui ricanaient dans l'ombre, et les douleurs passées qui hurlaient dans les têtes des résidents.

Nathalie fuma plusieurs cigarettes. Le froid ne les gênait pas, et finalement, la nature, bien qu'impressionnante et lugubre, avait du bon. Elles restèrent contre la voiture à discuter, mais ce furent d'autres frissons qui saisirent l'avocate au fur et à mesure des révélations que lui faisait Manuela, des frissons de terreur.

MANUELA

À une bonne heure de route de l'endroit où se trouvait l'institution, s'ouvrait une vallée. Ou plutôt, une espèce de cuve de la forme d'un cratère géant qui s'étalait sur une vingtaine de kilomètres, où la forêt était beaucoup plus dense et sombre et où des pans entiers de pierres avaient été sortis de la terre pour construire des immeubles dans les villes de la région. Des carrières formant des impasses dans le paysage, des cicatrices béantes dans les bois, le sol recouvert de boue, car en permanence, dans ce trou, tombait la pluie et coulait l'eau venue des bords de la cuve. Cet endroit s'appelait le Trou du Busard.

On disait qu'il y a très longtemps une météorite géante était tombée, creusant ce trou, et qu'ensuite les dieux l'avaient reprise pour la renvoyer d'où elle venait. La roche était particulièrement recherchée : une pierre marron foncé, presque noire, que l'on retrouve sur les façades des églises de Franche-Comté. Il y avait aussi ce qu'on appelait des bosquets de pics de pierre rouge, qui surgissaient au sein d'une clairière, tout comme apparaissaient traîtreusement des gouffres et des saignées tapissées de ces mêmes roches effilées et serrées.

Pourtant, malgré ces paysages dignes d'un roman de Lovecraft, malgré le froid et l'humidité constante, et bien que le soleil ait refusé d'illuminer de ses rayons cet endroit du monde, des hommes et des femmes y vivaient. Trois petits villages s'y côtoyaient, qui avaient chacun leurs particularités. Le village de La Motte, qui se trouvait sur les hauteurs, était habité par des Piémontais venus s'installer peu après les guerres napoléoniennes. À la même époque, des familles venues de Castille s'étaient installées dans les deux autres communes, Grive et Terre-Noire. Ceux de La Motte s'occupaient du commerce, du transport et des péages pour les pierres, tandis que les habitants des deux autres villages creusaient et suaient dans ces mines de boue à ciel ouvert où pullulaient les moustiques ainsi que des taons qui vous arrachaient des morceaux de chairs à chacune de leur attaque.

À Terre-Noire vivait une famille dont le patriarche était un bandit notoire. Cet homme, une force de la nature, violait les femmes qu'il croisait dans la forêt et assassinait des hommes lors de querelles dans les bars. Il avait femme et enfants, dont un fils : Rico Vasquez.

Ce fils épousa Francesca et ils allèrent s'installer dans une chaumière au milieu d'une clairière abandonnée.

Manuela avait tenu à décrire les lieux et l'ambiance qui y régnait afin que l'avocate puisse comprendre ce qu'avait vécu sa sœur. Elle-même avait sa propre famille, au village, et rendait régulièrement visite à Francesca lorsqu'elle était enceinte de son premier enfant, Vigo. Jusqu'à sa naissance tout se passa bien : le père, bien qu'ivrogne, violent et doté d'un physique de bûcheron aux mains comme des battoirs, continuait de respecter sa femme.

Comme c'est souvent le cas, le drame puisa ses origines dans le social. L'État décida de fermer les carrières et la plupart des hommes furent licenciés. À partir de ce jour, le bar de Terre-Noire ne désemplit plus, les hommes buvaient et mâchaient leur rancœur avant de rentrer chez eux à la nuit tombée, et tout comme le voile nocturne, ils s'abattaient sur leurs femmes de tous les muscles de leurs bras et de tous les crans de leur ceinture. Du moins, c'est ce que commença à subir Francesca.

Rico ne se contentait pas de frapper sa compagne, il passait aussi sa hargne sur son fils d'à peine un an, alors qu'il commençait tout juste à se mouvoir sur ses jambes. Tout s'accéléra lorsque Francesca tomba enceinte pour la deuxième fois : son mari ne le supporta pas, lui reprochant une bouche de plus à nourrir. Et les coups redoublèrent.

À chacune de ses visites, Manuela s'inquiétait un peu plus. Certes, son homme la frappait de même, mais pas les enfants, ou alors, pas si jeunes, et il ne la battait pas autant que ce que subissait sa sœur. Elle retrouvait Francesca le visage marbré de bleu, les jambes déformées par la douleur, seul son ventre était épargné. Mais sa grande crainte était pour le petit Vigo. Il portait des bosses sur la tête, et un de ses bras balançait, sans compter qu'il boitait. Francesca lui avait dit : « Il va le tuer, un jour… Ce fou va tuer mon fils, mon petit chéri. » « Il faut alerter les gendarmes, lui répondit sa sœur. Ça ne peut plus durer, ton ventre enfle de plus en plus, il est énorme, tu risques de faire une fausse couche. Et ton fils, Vigo ne va pas bien. S'il prend encore des coups ce soir, il ne survivra pas. Regarde-le, comme il est frêle et terrorisé… » Mais Francesca, plus que tout, craignait les ragots. Elle répliquait « Non, non, et le village, que diront-ils si je vais voir les gendarmes ? Non, ne t'inquiète pas. J'ai prévenu Rico. S'il recommence, je le quitte. Et puis, je suis à mon neuvième mois, je risque d'accoucher… » « Oui ! s'était empressée de répondre sa sœur. Viens avec moi, viens à la maison, il n'osera pas venir te faire du mal. » « Et ton mari ? », « Je le provoquerai, et il me mettra une rouste. Ensuite, il sera épuisé et je lui ferai ce qu'il aime, et crois-moi, après, il fait tout ce que je demande. Alors ? », « Je ne sais pas, demain, peut-être… » « En tout cas dis bien à Rico que s'il vous fait du mal, j'irai voir les gendarmes, je n'ai pas peur moi. Dis-lui, hein ? Tu lui diras, que s'il continue je… » « Oui, oui, je te promets. Laisse-moi maintenant… »

Manuela quitta la masure avec un dernier regard empli de crainte vers le petit Vigo. Le garçon tremblait comme une feuille, une feuille rongée par les asticots, presque transparente d'usure. Il était terrorisé, le regard perdu et, déjà, dans un autre monde.

Ce soir-là, raconta Manuela, un terrible orage éclata. Le Trou du Busard se transforma en un cloaque sombre, fouetté par les éclairs. Par la suite, en écoutant les délires de Francesca, j'ai compris qu'un drame s'était produit durant la nuit. Ce qui est sûr, c'est qu'elle a accouché mais son mari ne put prévenir personne, toutes les routes étaient coupées, et la vallée plongée dans une obscurité digne du fond des enfers.

Le lendemain, en fin de journée, je suis retournée la voir. La maison était vide, les placards béants, la famille avait quitté la maison précipitamment. Je suis allée dans la chambre, les draps étaient tachés de sang, il y en avait jusque sur les murs. Ma sœur avait dû accoucher, mais était-elle vivante ? Prise de panique, je me suis rendue dans la cabane du bûcheron, un jeune idiot qui s'était installé sur le chemin menant à la maison de ma sœur. Il m'a dit qu'il avait vu passer la vieille camionnette de Rico dans la matinée, et que ma sœur y était.

J'étais soulagée, mais quand même, je suis allée voir les gendarmes. Ils m'ont écouté, pour m'expliquer ensuite qu'ils ne pouvaient rien faire. Je leur ai pourtant dit que le petit Vigo était en danger et que peut-être l'accouchement s'était mal passé. Ils m'ont répondu que Rico avait dû emmener sa famille à la ville, dans un hôpital, que je n'avais qu'à me renseigner.

Je l'ai fait. Pendant des semaines, j'ai écumé les établissements de santé, j'ai appelé des médecins, et je n'ai rien trouvé. Ils avaient disparu.

Plus de deux années se sont écoulées, puis on les a vus revenir. Ils ont réinvesti leur maison, comme si de rien n'était. Dès que je l'ai appris, je me suis précipitée chez eux. Rico m'a accueilli d'un « Tiens, voilà celle qui veut appeler les gendarmes! ». Je l'ai ignoré pour prendre des nouvelles de ma sœur. Mon Dieu qu'elle avait changé ! Elle semblait avoir engrangé trente années de plus, le visage marqué et fatigué, mais surtout son regard, il avait perdu toute vie. Comme éteint. Elle parlait à peine, vaquant par automatisme à ses tâches ménagères. Je lui ai demandé des nouvelles de son accouchement, elle m'a présenté Alessandro. J'ai cru revoir Vigo, un petit être malingre et traumatisé qui se collait aux jupes de sa mère comme un chaton. Dans ses yeux, vivait la peur. Je n'eus pas de doute qu'il était battu, et sevré. Maigre comme un clou, voûté, il faisait peine à voir.

Quant à Vigo, c'était le contraire. Bien qu'il soit de très petite taille pour ses trois ans, il était robuste et en bonne santé, je ne le reconnus pratiquement pas. Ses cheveux, de blond cendré, étaient passés à noir corbeau, tout comme son regard, qu'il portait, haineux, sur son père. « Quelle étrange situation, ai-je pensé. Pourquoi le père épargne-t-il Vigo, ainsi que sa mère ? Alors que le petit Alessandro paraissait subir l'enfer ? »

Cette maison, cette famille, cachait quelque chose de lourd et de mauvais. Ma sœur m'ignora, jetant des regards craintifs vers son mari, et après leur avoir laissé un panier rempli de fruits et de charcuterie, je suis repartie. Et la vie a repris son cours, les années ont passé, et Rico est redevenu Rico.

J'allais régulièrement les voir, Alessandro avait été forcé de rester « à la chaise » le plus longtemps possible, alors que Vigo enchaînait les travaux de bûcheron dès ses cinq ans. Le silence pesait toujours aussi lourd, ma sœur avait de nouveau des marques de coups, ainsi que le petit Sandro, et Vigo aussi. Je soupçonnais Rico de faire dormir Alessandro sous l'escalier sur une paillasse, alors que les autres avaient droit à un lit. Mais que pouvais-je faire ?

Je voyais son aîné grandir et forcir, tandis que lui devenait de plus en plus craintif et malingre. Lorsqu'ils eurent onze et dix ans, se produisit le second drame. À nouveau l'hiver, mais de la neige cette fois-ci, qui recouvrait tout. Rico buvait et buvait et continuait de frapper les siens, Francesca n'en pouvait plus, elle s'en confiait à moi. « Un jour, me disait-elle, je partirai, j'emmènerai mes fils, et je le quitterai ce salaud. » « Mais, ma chérie, lui rétorquai-je, il te retrouvera, il te battra et il te ramènera… » « Oui, je sais. Il dit que si je m'enfuis, il me brisera les jambes. Mais je le tiens, j'ai quelque chose qu'il ne veut pas voir déterrer, il me laissera tranquille. » Elle se faisait énormément de soucis pour son dernier. Souvent elle me disait « C'est de la faute à Rico, mais aussi à Vigo, cet hypocrite… Il ne protège pas son frère, il devrait souffrir comme lui ! Il devrait protéger son frère » Je voyais qu'elle répétait ce discours à son aîné car celui-ci devenait de plus en plus rebelle face à son père, d'où les coups qu'il recevait.

Rico était devenu une brute, un animal, alcoolisé en permanence. Comme son père, on le soupçonnait d'avoir violé des jeunes filles dans la forêt et nombre de frères et de pères de Terre-Noire et de Grive désiraient lui faire la peau. Étonnamment, ce fut la jalousie qui poussa ma sœur à la révolte, elle ne supportait pas que son bourreau de mari la trompe. Ils se disputaient de plus en plus. Et, cette fameuse nuit, cette terrible nuit, les gendarmes et les ambulances envahirent le chemin devant leur maison.

Au cœur de la forêt, à une centaine de mètres de chez eux, se trouvait une crevasse au fond de laquelle s'érigeaient des piques de pierre rouge. Certains l'appelaient la Rivière de Pierres, d'autres, les Crocs du Diable. C'est là qu'on retrouva ma sœur, au milieu de la nuit, les deux jambes brisées. Rico disait qu'elle était partie à la recherche de cette canaille de Vigo qui avait fugué, alors qu'il faisait nuit noire, et qu'elle avait chuté.

Les gamins ne dirent pas un mot, ma sœur corrobora les dires de son mari. Alors que la lune était pleine, et qu'avec la neige, on y voyait mieux qu'en plein jour. D'autant que ma sœur connaissait chaque pierre, chaque sente et chaque piège qui entouraient sa maison. Une dernière chose éveilla la méfiance des gendarmes, les os de ses jambes avaient été comme broyés à plusieurs endroits, comme si une masse avait frappé. Mais ils apprirent tout cela après que Francesca ait été opérée, et l'affaire était close depuis longtemps.

À partir du jour où Francesca rentra chez elle sur un fauteuil roulant, le deuil et le silence s'abattirent sur cette famille.

Mais ce n'était pas fini.

Trois ans plus tard, Vigo devait avoir quinze ans, il se sauva. Il fugua pour aller dans je ne sais quelle grande ville. Francesca était désespérée, elle le traitait de lâche, de parjure. Elle me disait que « cet imposteur » lui avait juré de prendre soin d'Alessandro, qu'il les avait abandonnés, tous les deux. Et lorsque je lui parlais de cette fameuse nuit où elle avait « chuté » dans la crevasse, elle répondait parfois : « Rico a voulu que je retrouve Vigo, dans les Crocs du Diable, il a voulu que je le retrouve… »

Mais Vigo ne les avait pas complètement abandonnés. Deux années passèrent, Alessandro allait sur ses seize ans, il ne prenait presque plus de coups, et Francesca non plus. Je m'occupais d'elle à plein temps. Le garçon, à force de maltraitance, était devenu presque simplet : il parlait peu, et s'effrayait de tout. Le père, quant à lui, perclus d'alcool, titubait en permanence et s'endormait à tout bout de champ.

Un soir, Vigo est revenu. Grand, fort, il était avec une bande d'amis. Que des jeunes de seize à dix-huit ans qui conduisaient des voitures américaines. Je me trouvais avec ma sœur quand je l'ai vu entrer dans la chaumière. Ses yeux se sont allumés de joie. Rico a relevé la tête pour râler : « Vigo, tu es revenu prendre ta raclée, hein ? C'est ça ? » Ses amis se mirent à rire. Rico ne s'était pas rendu compte de la différence de corpulence qui les séparait.

Son aîné lui dit : « Père, viens dehors. Allons discuter, si tu veux. » Le vieil ivrogne s'est levé, furieux : « Ha oui, tu veux parler ! » Il avait défait sa ceinture, comme avant, et Alessandro se terrait derrière la chaise de sa mère.

À ce moment-là, ma sœur a poussé des cris d'effroi. Je n'ai pas compris, et Vigo non plus. Ses yeux se sont assombris de déception et de mépris quand elle a crié « Non, Vigo, ne fais pas ça, laisse-le, laisse-le moi, par pitié, par pitié… » Le gamin s'est rapproché d'elle, le visage bouleversé, incrédule : « Mais, mère… », Elle lui répondit : « Je t'en prie, va-t'en, pars, laisse-nous, ne nous fais pas de mal ! Tu nous as abandonnés ! Tu nous as abandonnés ! Tout va bien maintenant, tout va bien… Tu nous as abandonnés… » « Mais, mère… Je suis revenu ! »

Ce fut au tour du père de crier : « Alors, mauviette, tu viens recevoir ta raclée ? »

Il était sorti dans le froid, sa ceinture à la main, les yeux emplis de colère. Vigo me jeta un regard perdu, puis il fit un signe à ses amis de rester, avant de sortir et de fermer la porte derrière lui.

On n'entendit rien, pas un bruit, pas un cri. Le garçon revint, seul, une quinzaine de minutes plus tard. Francesca le regardait avec désespoir. Ils ne se comprenaient plus. Il hésita, puis prit la main d'Alessandro. Sa mère planta ses ongles dans la peau de son aîné : « Jure-moi, jure-moi que cette fois tu ne l'abandonneras pas ! Ton frère, ton sang, ta chair, ton égal ! Jamais, jamais tu ne l'abandonneras ! Jure ! Jure ! »

Vigo acquiesça plusieurs fois, il se tourna vers moi. Sa voix était déchirée par les sanglots, par la rancœur. Il me dit : « Prenez bien soin d'elle, ma tante, je vous enverrai de l'argent. » Je lui ai demandé : « Tu… Tu ne l'emmènes pas ? », « Je ne sais pas si je lui pardonnerai… »

En effet, Francesca pleurait en marmonnant le nom de Rico, sans aucun regard pour ses deux fils.

Ses deux fils qu'elle devait ne plus jamais revoir.

Je les ai regardés partir dans leurs voitures américaines, puis j'ai marché jusqu'à la Rivière de Pierres. Quatre mètres plus bas, le corps de Rico Vasquez se tordait, transpercé, le sang coulant en rigole entre les roches, entre les Crocs du Diable.

Nathalie avait laissé parler la vieille femme, sans, à aucun moment, tenter de l'interrompre. Malgré les questions qui lui brûlaient les lèvres, malgré les vagues de répulsion et d'horreur qui se bloquaient dans sa gorge. L'avocate avait compris que Manuela désirait se confier – se confesser, même – depuis de longues années. Que cette histoire, l'histoire de sa sœur et de ses neveux, elle la portait comme on porte un fardeau.

Et à présent, Nathalie voyait les épaules de la femme se soulever, sa poitrine se gonfler de l'air de la forêt : elle respirait.

Elle se saisit de ses doigts secs en disant :

— Mon Dieu… Comment ? Que…

— Ne cherchez pas, répondit Manuela, Dieu n'était pas dans ces bois ce jour-là. Quant à la raison de toute cette violence, je ne la connais pas. Certains disent que cela proviendrait du lieu où Rico avait installé sa famille : un lieu maudit.

— Où est-ce ?

NATHALIE

Elle ne savait pas pourquoi elle avait posé cette question. Manuela l'avait regardée d'un air horrifié. Mais pouvait-on comprendre ce qui se passait dans la tête d'une mère dont la fille était séquestrée ? Elle lui avait indiqué le chemin. Le village de Terre-Noire se trouvait à une trentaine de kilomètres, et la maison dans laquelle avait grandi Vigo était dans les bois alentours.

L'Austin Mini avait sinué sous les hauts arbres aux branches tordues, pour se rapprocher du village. Nathalie conduisait sans réfléchir, mais au fond d'elle-même, elle connaissait la raison qui la poussait à s'enfoncer un peu plus dans cet endroit maudit.

Le besoin de se persuader que toute cette histoire horrible était vraie.

Plus de trente ans après, le lieu-dit de la Rivière de Pierres était devenu un site classé, à visiter. Quelques panneaux, disséminés, permettaient de rejoindre l'endroit mais les touristes ne semblaient pas s'y presser. Ce qui était assez compréhensible : l'environnement lugubre ne prêtait pas à la balade.

Une quinzaine de kilomètres après avoir traversé Terre-Noire, un dernier panneau perforé de trous de chevrotine, pointait en direction de la sombre forêt, indiquant La Rivière de Pierres. Quelqu'un avait barré le nom du site pour écrire en dessous en lettres rouges « Les Crocs du Diable ». Les roues de la voiture s'engagèrent dans le chemin recouvert de feuilles moisies. Au bout d'une centaine de mètres, elle aperçut une petite cabane de bois et s'arrêta. Manuela lui avait parlé d'un simplet qui vivait sur ce chemin des décennies plus tôt. Le « voisin » de la famille Vasquez. Était-il toujours vivant ?

Nathalie s'approcha en regardant autour d'elle. La forêt, immense et menaçante, semblait déserte, seul le vent faisait bruisser les branches alors que, de temps à autre, résonnaient les cris des corneilles. Elle frappa à la porte mais nul ne répondit. Intriguée, elle se rapprocha de la fenêtre pour essayer de voir si le lieu était toujours habité. Elle repéra un petit lit dans un coin, un poêle à bois, des outils – hache, pelle – et une commode recouverte de poussière. Sous la poussière, se trouvaient une succession d'objets blancs aux orbites creuses, certains ayant des dents, d'autres des cornes : une collection de crânes. Oiseaux, chats, chiens, lapins, petits mammifères, et plus grands… Nathalie sentit son sang se glacer. Non, pensa-t-elle, ce n'est pas possible. Elle recula prestement pour retourner à sa voiture, dont elle remit le contact. Au loin, elle voyait la grosse bâtisse noire de la famille de Vigo. Sa main droite passa la première et la voiture se remit à cahoter dans les ornières.

Elle s'arrêta devant la façade. Les volets étaient fermés, la grosse porte de bois aussi, on aurait dit une maison hantée. Quelque part, vers l'arrière, un volet claquait. Nathalie fit le tour, ne découvrant rien d'intéressant, si ce n'est le sentier qui partait dans la forêt.

Elle avait l'impression de revivre l'histoire de Manuela. Elle mettait ses pas dans ceux de Francesca, ceux de Vigo, et de Rico. De loin, on voyait la saignée sombre qui déchirait le sol de la forêt. Des pancartes incitaient les visiteurs à la prudence. Elle ralentit le pas pour se trouver les deux pieds au bord du profond précipice.

Une sorte de mini-canyon au fond duquel se dressaient, tels d'énormes stalagmites, des pointes de pierre rouge. La « rivière » munie de ses crocs serpentait sur une centaine de mètres. Elle imagina l'horreur d'une chute, comme celle qu'avait vécue Francesca après que son mari lui a brisé les jambes. Et ce fameux soir, où ils avaient fui ? Que s'était-il passé ? La pluie, l'orage, avaient dû remplir le précipice et dégouliner vers le bas. Elle se mit à suivre le bord, pour voir jusqu'où ça allait.

Elle arriva face à une sorte de gros trou, le bout de la « rivière », où s'entassaient troncs d'arbres, branches, plastiques et où s'amoncelaient les pierres. C'était là qu'arrivait tout ce que l'orage charriait. Elle se pencha, essayant de distinguer quelque chose, lorsqu'une voix résonna dans son dos, la faisant bondir de peur.

— On trouve de tout dans ce cul de bas de fosse ! Surtout les lendemains de tempête ! Ah ! Ah ! Ah…

Ce rire de fou lui fit l'impression d'un bain froid. Nathalie se retourna pour tomber nez à nez avec un gros paysan à la tenue débraillée et sale. Sa braguette était ouverte, une de ses bretelles pendait, mais plus que tout, son visage effrayait. Son rire de maniaque dévoilait des dents manquantes. Sur tout le devant, il devait en rester une en haut pour deux en bas. Une barbe grise et emmêlée couvrait son menton, ses yeux étaient creusés et avinés.

— Holà, p'tite dame, faut m'excuser de vous avoir fait peur, lui fit le simplet, à présent âgé d'une cinquantaine d'années.

Nathalie ne put se retenir de le questionner.

— C'est… c'est vous qui habitez la cabane au bout du chemin ?

— Oh voui, ç'la fait bien quarante années que je vis dans le coin. Vous faites la touriste ? On n'en voit pas beaucoup de par ici.

— Je… Non, je m'intéresse à la famille qui vivait ici, dans la maison.

Elle désignait la grosse bâtisse sombre qui se découpait au milieu des arbres.

Le vieux cracha par terre.

— Celle du Rico ? Tudieu ! En voilà un qu'aura mal fini. Crevé là, dans les Crocs du Diable, un peu plus haut. Je l'ai vu comme je vous vois. Que même c'était son fils qui l'y avait jeté. Je vous l'dis parce que c'est loin maintenant. Mais les gendarmes, à l'époque, y z'ont dit que le salaud avait chuté.

— Le salaud ?

— Ça oui, c'en était un, et un beau. Frapper sa femme comme il le faisait, Tudieu ! L'a bien payé, ouais, l'a bien payé…

L'homme se mit à humer le ciel d'un air grave puis il se retourna pour commencer à s'éloigner en disant :

— Devriez retourner de par la ville, ma p'tite dame, y semble que la nuit va pas tarder. Et l'chemin, dans le noir, c'est plus le même.

Nathalie sentit de la peur chez le simplet, elle crut même l'entendre marmonner : « Et la forêt non plus, c'est plus la même… »

Elle avait encore une question à poser. Elle le rattrapa et se planta devant lui.

— La… la nuit où ils se sont enfuis, vous étiez là, n'est-ce pas ? Que s'est-il passé ?

L'homme s'arrêta, troublé. Il secoua la tête, comme pour chasser les souvenirs. Puis, finit par dire :

— Je les ai vus passer d'vant ma cabane, avec son camion le Rico, et la dame qu'était enceinte des jumeaux.

— Des jumeaux, comment ça ? Pourquoi dites-vous ça ? Et le petit, Vigo ? Vous l'avez vu ?

— Nan, je sais plus. J'ai juste vu les visages de Rico et sa femme, même qu'elle pleurait, la pauvre. Mais pour les jumeaux, ça, je sais pas m'dame. Mais la Francesca, avant qu'elle parte, elle avait un ventre énorme, tout gonflé, y'avait pas qu'un seul bonhomme là-dedans, je vous le dis, ou alors… ou alors, c'était un monstre… Ha ! Ha ! Ha ! Un monstre !

Il reprit son chemin, tout en riant, et disparut dans l'ombre qui commençait à se propager.

Nathalie rejoignit sa voiture en frissonnant. La nuit tombait, littéralement, dans ce genre d'endroit. Et elle n'avait pas envie de se retrouver coincée. Retenant ses tremblements, même la température avait chuté, l'avocate fit démarrer son moteur et enclencha la fermeture des portes. Elle ne voyait plus le simplet, le chemin s'assombrissait. Elle s'engagea sur le sentier, cherchant à rejoindre la route le plus vite possible. En passant devant la cabane, elle repensa à ce que lui avait dit le vieux fou. Des jumeaux. Était-ce possible ? L'un d'eux serait-il mort la nuit de l'accouchement ? Il y avait autre chose. Ce qu'elle avait vu sur la commode du simplet.

L'image se superposait sur le pare-brise, alors qu'enfin, elle sentait le goudron de la départementale chuinter sous sa voiture. Elle accéléra, histoire de chasser de son esprit ce petit crâne blanc, un crâne à demi défoncé, mais un crâne humain. Un drôle de crâne humain, parce qu'il était tout petit. À moins que cela ne soit celui d'un singe, ou d'un mammifère de cette forêt. Le simplet l'avait dit : « On trouve ce tout dans le cul de bas de fosse, les lendemains de tempête… » Un ourson ? Dans les Vosges ? Nathalie avait beau réfléchir, cela ressemblait bel et bien à un crâne d'enfant, d'un très jeune enfant.

Elle se trouvait à une dizaine de kilomètres de l'autoroute quand son téléphone se mit à vibrer. Le clavier indiquait un numéro inconnu. Elle décrocha.

— Madame Ruiz, c'est… C'est Elvio Vitalli, le… le père d'Enzo. Je… C'est moi le témoin, enfin… Vous savez ?

— Je sais qui vous êtes, monsieur Vitalli. Que voulez-vous ?

— Je… On a essayé de me tuer, mais je m'en fous. Je veux dire la vérité. L'homme sur la vidéo, le kidnappeur, il avait raison : le procès était truqué. J'ai fait un faux témoignage, à la demande du capitaine Lauterbach.

— Un faux témoignage, mais…

— Oui, je n'étais pas là, le jour du meurtre du gamin. J'ai… j'ai menti au procès, et je veux que ça se sache. Comme il a demandé, pour qu'on libère les enfants.

Nathalie n'en croyait pas ses oreilles : elle avait une chance, enfin, d'obtenir la libération de sa fille ! Elle essaya d'organiser ses pensées, de trouver la meilleure chose à faire, et elle pensa au juge Tranchant. Alors que son pied ne cessait de s'enfoncer sur l'accélérateur, elle demanda :

— Où êtes-vous ?

— À Paris, dans un bar, je ne peux pas rentrer chez moi. Je crois que le préfet ou le flic, ils veulent pas que je témoigne.

« Les enfoirés », pensa l'avocate. Elle regarda sa montre.

— Je vais vous donner un numéro de téléphone, celui du juge Tranchant. Appelez-le, dites-lui ce que vous m'avez dit, et rendez-vous à son bureau. Je vous rejoins d'ici deux à trois heures, attendez-moi. Il faut qu'on arrive à contacter Vigo Vasquez, vous avez compris ? Et soyez prudent !

— Oui, je vais faire ça. Je veux que mon fils soit libéré.

— Il le sera. Ne vous inquiétez pas. Grâce à vous, il le sera. Vous avez de quoi noter ?

ROLLIN

— On voit que votre adversaire a fait l'armée, et c'était pas pour creuser des latrines. Cet homme sait tenir une place.

— Oui, mais vous, colonel Hugues, vous savez déloger les rats, et les éliminer, n'est-ce pas ?

La question venait du préfet. Le militaire reposa ses jumelles sur sa poitrine.

— Ne vous inquiétez pas, monsieur, je ne risquerais pas ma peau ni celle de mes hommes si je sentais que la mission était impossible. Et je ne renégocie jamais un contrat, on va libérer votre fils.

— Occupez-vous d'abattre le Noir et toute sa racaille, c'est tout ce que je vous demande. Pour mon fils, je n'ai pas fait l'armée, mais je m'y connais en négociation.

— Comme vous voudrez.

Les deux hommes se trouvaient sur un promontoire surplombant la partie est du camp de vacances du lac de Violle près de Gruznamur. Rollin devait reconnaître que Vasquez était rusé. Il avait bien choisi l'endroit, sachant que la police française ne pourrait intervenir sur le territoire belge. Mais il ignorait que cela arrangeait aussi son ennemi.

Ils étaient à une trentaine de kilomètres d'Ostende, grand port sur la mer du Nord, à moins d'une heure de route de la frontière française. Vigo Vasquez avait donné rendez-vous à Rollin afin qu'il lui ramène son frère dans un village de vacances déserté en cette période de l'année. Le site se trouvait dans une immense forêt peuplée d'arbres gigantesques. Un centre de détente tout ce qu'il y avait de classique, abritant une trentaine de bungalows, avec terrains de tennis, réfectoire et aires de jeux pour les enfants, sous l'ombre profonde des sapins et cèdres géants. On y accédait par une petite route qui quittait la départementale, dix kilomètres plus loin. Passées la barrière et la maison fermée des gardiens, la route se transformait en avenue et traversait tout le village, dardée de sentiers sur les côtés qui menaient aux cabanons munis de leur petite terrasse de bois. Une particularité faisait tout le charme de ce lieu de vacances. Le village était traversé par une petite rivière que l'avenue franchissait sur un petit pont de pierre. Deux autres passerelles, piétonnes et cachées au milieu des pins, permettaient les allées et venues de chaque côté des berges.

Le village avait été partagé en deux, entre Vigo et Rollin.

Le préfet se trouvait du côté est, à l'entrée du village, au niveau des réfectoires sur lesquels on avait inscrit le mot « restaurant ». À l'opposé, le Noir avait installé son quartier général dans les buanderies jouxtant les terrains de tennis, au fond de la forêt. Une route secondaire permettait de rejoindre directement les grands axes menant aux plages à une dizaine de kilomètres à l'ouest.

Une quinzaine de cabanons s'éparpillaient dans chacune des zones, séparées par la rivière, et le colonel Hugues avait disposé ses hommes jusque dans les arbres, reconnaissant, d'après ses observations, que Vigo n'avait pas manqué de l'imiter. Chaque partie du camp comptait une bonne trentaine de soldats armés de fusils-mitrailleurs et de grenades. Hugues avait même des mortiers, au cas où il faudrait transformer ce havre de paix en champ de bataille digne de Grozny.

Rollin avait installé sa base dans un pavillon à une centaine de mètres du pont où devait se dérouler l'échange. Des mercenaires, le visage barré de suie noire, montaient la garde. Le préfet ne voulait pas prendre le risque de perdre son précieux colis. Le long de la route, de gros 4x4 munis d'un treuil sur leur pare-chocs s'alignaient en direction du pont.

Avec Hugues et Salomo, lui-même vêtu de sa tenue de chasse – chaussures de marche, pantalon kaki et veste à poches multiples – ils se tenaient autour d'une table sur laquelle était étalée une photo satellite du camp. Le frère de Vigo était dans le pavillon juste à côté. On avait barricadé les fenêtres et trois hommes armés ne le quittaient pas des yeux.

Hugues désigna les deux rectangles représentant les terrains de tennis.

— Je pense que le Noir se planque là-bas. Grâce à la route qui arrive derrière, il peut aller et venir à sa guise.

— Y'a-t-il moyen de couper sa retraite ? interrogea Rollin.

— Non, tout ce que je peux faire, c'est tenter de l'encercler par les côtés : une dizaine de mes commandos ont déjà traversé la rivière. À l'heure qu'il est, ils doivent ramper dans les fougères à la vitesse de limaces. Ce sera un de nos atouts. Avec les snipers dans les arbres et les mortiers.

— Ah oui, quand même... siffla Salomo d'admiration.

— Mais il pourra tout de même s'échapper par l'arrière quand ça commencera à canarder. Vous ne croyez pas qu'il serait temps de proposer quelque chose Salomo ?

Le ton du préfet était acerbe et Salomo s'empressa de répondre en dépliant une carte routière.

— J'ai envoyé quatre de mes hommes avec des M16. Ils vont rejoindre la route qui va vers la mer et se planquer. Si le Noir se barre, il devra obligatoirement passer par là, et ils ne le rateront pas.

— Ce ne sont pas les mêmes que ceux qui devaient s'occuper de Vitalli, j'espère ?

— Non, non... monsieur le préfet. Cette fois, ils ne foireront pas leur coup.

— Salomo, vous vous rendez compte de la merde dans laquelle vous me mettez ? Vitalli va s'exciter et courir chez le juge Tranchant ou pire, chez cette avocate, Nathalie Ruiz. Il va vouloir balancer tout ce qu'il sait. Notre seule chance, c'est de descendre Vigo Vasquez dès cette après-midi. À partir de là, qui se souciera d'une erreur judiciaire sur un homme qui n'existe pas ?

— Oui, mais surtout, il faudrait libérer les enfants. Ça les calmera, autant le juge que l'avocate.

Le préfet eut une moue dédaigneuse.

— C'est ça, oui... les enfants... Occupons-nous déjà de mon fils, et si mon plan marche, on aura encore de quoi négocier pour les autres.

Le colonel Hugues ne fit aucun commentaire, il se dit juste qu'il avait raison de demander des tarifs exorbitants pour ses missions, vu les salauds qu'il était obligé de côtoyer. Mais il avait vu bien pire. Hugues avait fait l'Afrique et l'Asie : Rollin était un enfant de chœur comparé à certains dictateurs et autres chefs de guerre.

Le haut fonctionnaire pointa son index sur le pont.

— C'est là que tout va se jouer ! D'ici une heure ou deux, dès que le Noir se décidera. Alors, on commencera à s'amuser. En attendant, ne soyons pas trop prétentieux. Vasquez a prouvé par le passé qu'il savait lui aussi jouer au fils de pute et je ne veux pas de mauvaise surprise. Salomo, tu me colles un gars avec un calibre dans la chambre du frère. Dis-lui qu'au moindre problème, je veux qu'il lui explose la tête, compris ?

Le front du conseiller se plissa de perplexité.

— Vous craignez qu'il ne s'échappe ? Avec la drogue qu'on lui a injectée et les coups qu'il a reçus ? C'est un légume. Il serait incapable de faire du mal à une mouche, et encore moins de gambader dans la forêt.

— Ce n'est pas de lui dont je me soucie, Jean-François, je crains un coup fourré de son frère. Si nous avons réussi à passer le pont, qu'est-ce qui les en empêche ?

Disant cela, il posa un regard appuyé sur le chef des mercenaires britanniques. Une lueur de connivence alluma l'œil d'Hugues, et il se dirigea vers la porte.

— Je vous laisse, j'ai encore des choses à vérifier.

De l'autre côté du camp, sur le toit de la buanderie, Vigo et Tony plissaient les yeux en direction de la forêt. Sur leur droite, un ancien légionnaire regardait au travers d'énormes jumelles posées sur un trépied.

— Alors, demanda le Noir, tu vois quelque chose ?

Sans décoller son regard des lentilles, le guetteur répondit :

— Des snipers, sur les toits et dans les arbres. Et sur la gauche à cinq cents mètres, j'ai repéré un binôme recouvert de fougères et armé de M16. Ils ont franchi la rivière.

— Ce salaud dispose d'une véritable petite armée, reconnut Tony.

— Il est surtout très malin. On ne doit rien négliger. Tu vas envoyer des hommes ratisser la route du retour vers la frontière. Je suis certain que cet enfoiré nous y a préparé une petite surprise. Quant aux commandos qui ont franchi les lignes, s'ils pensent être les seuls à y avoir pensé ! Mes gars ont fait le Kosovo et je n'ai pas choisi cet endroit par hasard.

— Tu veux qu'on lance une attaque pour libérer Sandro ?

— Non, on va d'abord faire l'échange. Rollin est du genre à coller une ceinture explosive à mon frère. Il veut récupérer son fils, eh bien, rendons-le lui. Dès que Sandro sera parmi nous on passera à l'attaque. Cette fois, le préfet ne s'en tirera pas. Je veux l'avoir au bout de mon FAMAS.

— Tu veux… t'en occuper ?

— Ce n'est pas ce que tu m'avais conseillé de faire depuis le début ? Tu avais raison, je n'aurais pas dû essayer de la jouer comme lui. Non, les vraies méthodes, ce sont celles que je connais. Il va crever.

— Et les autres enfants, quand est-ce qu'on les libère ?

Vigo posa ses yeux fatigués sur son capitaine. Aucun des deux n'avait oublié ce qui était arrivé au petit Enzo. Il secoua la tête.

— Tu as raison, il est temps de les libérer. C'était de la folie de penser que ces salauds diraient la vérité pour sauver leurs gosses. Aucun n'a essayé, tu te rends compte ? Cet enfoiré de flic qui a posé le mégot sur le corps de ce pauvre gamin, il en a rien à foutre de sa fille ? Et le juge ? Et l'autre, le témoin…

— Tu te doutes bien qu'il a été manipulé.

— Tout comme le flic et le juge, je sais, je n'oublierai jamais ce que m'a dit Rollin le jour où il est venu me voir au 36… Et maintenant qu'il a pris mon frère – mon frère malade – et qu'il ne réclame la libération que de son propre fils, je me rends compte que les autres n'étaient que ses jouets. Il a fait avec eux la même chose qu'avec moi, il les a manipulés. On va retourner à l'hôtel. Je vais récupérer le fils du préfet et le ramener ici. Ensuite, quand Rollin sera mort, ou entre les griffes de la police belge, on libérera les gosses et on disparaîtra.

NATHALIE

Les bateaux-mouches remontaient la Seine et, malgré le froid et la grisaille humide qui recouvrait les cirés de couleurs vives des touristes, ceux-ci s'extasiaient en vue de la cathédrale Notre-Dame, préparant caméras, iPad et appareils photo afin d'immortaliser leur voyage. De son bureau, le juge Tranchant ne voyait pas le monument, mais de l'autre côté du fleuve, s'élevait la tour pointue du 36 quai des Orfèvres. Une institution qui avait failli – pire, pensa-t-il, qui avait trahi – à travers les actes de son ancien directeur, Rollin, et de l'un de ses chefs de groupe, le commandant Lauterbach.

Il était dans son bureau avec Elvio Vitalli et Nathalie Ruiz. Chacun avait raconté son histoire, posant sur la table une nouvelle pièce du puzzle qui les mènerait à la libération de leurs enfants.

Le juge avait débuté en dévoilant l'enquête qu'il avait fait mener par l'ancien flic Burma. Une enquête qui avait été occultée par les pouvoirs judiciaires de l'époque. Vigo Vasquez n'était pas impliqué dans l'assassinat du jeune Émeric Truffaut et pour cause : Burma avait fait signer des aveux au véritable meurtrier, et Elvio Vitalli, le principal témoin, venait de se rétracter.

Elvio avait livré le poids qui pesait sur sa conscience. Oui, il avait menti, à la demande de Lauterbach, et parce que celui-ci le tenait à cause d'une vieille affaire que le cheminot avait préféré ne pas dévoiler. Il avait croisé Nathalie Ruiz devant le bureau du juge et lui avait confié toute l'affaire, lui avouant son crime envers son beau-frère. C'était elle qui lui avait conseillé de ne pas parler de cette histoire, expliquant que le but n'était pas, pour l'instant, d'envoyer les gens en prison en faisant ressurgir une vieille affaire d'inceste qui ne pourrait qu'ajouter à la souffrance de son fils Enzo. Quant à Nathalie, elle s'était contentée de leur dire que Vasquez n'était pas le monstre décrit par Rollin. Leur expliquant qu'il avait cherché à couvrir quelqu'un de sa famille, le véritable meurtrier des enfants dans les piscines, et qu'il s'était fait prendre à son propre jeu.

Sur la route qui la ramenait de Terre-Noire elle avait eu le temps de cogiter. Un mot, entendu en deux occasions, ne cessait de la hanter, le mot « jumeaux ». Matéo lui avait fait remarquer que seul l'ADN de deux jumeaux était semblable, et Vigo avait tenté de se faire accuser à la place d'un autre, d'une personne ayant le même ADN que lui, puisqu'il ne pouvait se trouver en deux endroits à la fois, le jour où l'on avait retrouvé le billet imbibé de sueur près du petit Romain. Nathalie savait qu'il ne mentait pas en disant qu'il était à Grenoble à ce moment-là. Pourtant, Vigo était l'aîné de sa fratrie, il ne pouvait être un des jumeaux, en admettant que Francesca, sa mère, ait bel et bien accouché de jumeaux le soir où ils s'étaient enfuis avec son père, comme le suggérait le simplet dans la forêt. Le simplet, qui conservait un petit crâne sur une étagère à côté de son téléviseur. Un crâne qui ressemblait furieusement à celui d'un enfant. Les paroles de Manuela lui revenaient en mémoire : « À leur retour, je n'ai pas reconnu Vigo. Ses cheveux, de blond cendré, étaient passés à noir corbeau… »

Trois frères : Vigo, Alessandro et son jumeau. L'un d'eux avait disparu, probablement assassiné par son propre père, et ce n'était pas celui que l'on pourrait croire. Nathalie pensait avoir dénoué le fil, cependant, elle n'osait pas en parler, pas encore. Il restait des zones d'ombre.

Elle expliqua à Tranchant et Vitalli que le Noir n'était pas du genre à accepter les injustices, c'était pour cela qu'il avait monté toute cette histoire, l'enlèvement des enfants, après s'être évadé de prison. Il n'avait pas aimé se faire piéger par le directeur de la PJ de l'époque : Jean-Claude Rollin. Elle leur raconta brièvement le genre de père qu'il avait eu. Et quand Tranchant voulut en savoir plus sur ce « membre de sa famille » que Vigo avait protégé, elle resta dans le flou, préférant revenir sur les actions qui devaient leur permettre de récupérer leur fils et leur fille le plus tôt possible. Cette affaire avait assez duré : le préfet Rollin ne donnait aucune nouvelle et son implication par rapport à Vigo Vasquez le rendait de plus en plus dangereux.

— Vous avez essayé de le joindre ? demanda Nathalie à Tranchant en parlant du préfet.

— Aucunes nouvelles depuis vingt-quatre heures. J'ai appelé son bureau : ils disent qu'il a laissé une consigne, au cas où le capitaine Lauterbach, vous Nathalie, ou moi-même, demanderions après lui.

— Une consigne ? Quelle consigne ? s'inquiéta Elvio, en se rendant compte avec un pincement à l'estomac qu'il n'était pas comptabilisé dans la liste des personnes dont Rollin attendait un appel.

— De dire qu'il était « en mission » et que d'ici ce soir ou demain, tout « rentrerait dans l'ordre ».

— Mais enfin, éclata l'avocate, c'est tout ce qu'il a dit ? « En mission » ? Et la police, la gendarmerie ? Que font-ils ? Et les médias ? Vous ne pensez pas qu'il est temps de les prévenir ?

— Justement, nous sommes là pour en parler. Et grâce à monsieur Vitalli, nous avons peut-être une chance de mettre un terme à cette histoire à notre manière, et avec l'aide des autorités, les véritables autorités. Au diable Rollin !

— Mais pourquoi agit-il ainsi ? demanda Elvio.

— Il a voulu gagner du temps pour ne pas que cette histoire de procès truqué lui explose à la figure, et aussi, certainement en accord avec le ministère de l'Intérieur, afin de cacher l'évasion des prisonniers lors du crash de l'Airbus l'année dernière. Il a dû leur promettre de régler cette affaire rapidement. Cependant, cela fait deux jours maintenant. Tant que nous étions dans l'obscurité, nous ne pouvions rien faire. À présent, grâce aux aveux du meurtrier du petit Émeric et à votre témoignage, monsieur Vitalli, nous pouvons agir. Et nous avons intérêt à nous dépêcher.

— Je vois ce que vous voulez dire, monsieur le juge, rebondit Nathalie. Le préfet est aux abois. C'est la raison pour laquelle il voulait régler cette affaire de son côté. Il veut faire disparaître tous les témoins de cette histoire. Il a commencé avec vous Elvio, et il va continuer avec Vasquez. Il va tenter de l'abattre et je crains le pire pour nos enfants. Parce que, si vous disparaissez, ainsi que Vasquez, qui pourra raconter qu'un drame a eu lieu à cause des manipulations d'un haut fonctionnaire ? Ils diront qu'ils ont gardé le secret sur cet enlèvement afin de négocier, normal, il s'agissait d'un tueur d'enfants. Et ils n'auront aucun mal à convaincre l'opinion qu'ils ont été obligés de donner l'assaut, quitte à ce que…

— Je n'arrive pas à le croire…

Tranchant se parlait à lui-même, il ne pouvait concevoir qu'un représentant de l'État puisse agir ainsi, allant jusqu'à faire périr des enfants.

— Eh bien moi, je peux vous dire que l'homme qui a essayé de me tuer était bien réel, appuya Vitalli. Mon Dieu, mon fils…

Nathalie posa la main sur son bras qui tremblait.

— Ne vous inquiétez pas. Grâce à vous, Vasquez libérera nos enfants sans qu'il y ait de... Enfin, j'ai appelé deux amis journalistes qui ont contacté des reporters de LCI et de BFM télévision. Je leur ai promis un super scoop sur un kidnapping d'enfants et ils doivent arriver d'un instant à l'autre. Nous devons mettre notre intervention au point. Mais il nous manque le plus important, le contact de Vigo.

— Nous pourrions essayer de transmettre le message en direct à la télévision ? proposa Tranchant.

— Il y a autre chose qui m'inquiète. Le témoignage de Vitalli risque d'être trop léger à ses yeux, même si nous avons la preuve que ce n'est pas lui l'assassin de l'enfant dans le stade. Il y a le risque que Lauterbach contredise vos dires, aidé par Rollin. Vasquez risque de ne pas marcher à ce prix-là.

Elvio réfléchissait.

— Le capitaine Lauterbach m'avait l'air d'un mec bien. Il était persuadé d'arrêter le vrai meurtrier, c'est ce qu'il m'a dit. Sinon, il ne m'aurait jamais demandé de témoigner. C'était pour ça qu'il le présentait comme un service à lui rendre. Je pense qu'il coopérera, si on lui explique la vérité.

Ses yeux pointés sur l'avocate étaient comme une invite à la faire agir.

— Vous avez raison, je vais l'appeler tout de suite. Je lui demanderai de faire un témoignage vidéo avec son téléphone portable, en espérant qu'il ait la fonction dessus, et de nous l'envoyer. Avec votre témoignage et cette vidéo, ça devrait fonctionner.

— Quant à la stratégie, ne vous inquiétez pas, la rassura Tranchant. Lorsque les journalistes sauront ce que nous nous proposons de faire, ils trouveront tout de suite le meilleur moyen pour que notre plan marche. L'affaire est trop énorme.

Ils avaient tous trois les yeux qui pétillaient : ça paraissait tellement simple, finalement. Sans violence, avec la seule vérité, ils allaient faire libérer leurs enfants...

— Je prendrai la parole, reprit le juge. Je demanderai à Vasquez de nous rendre nos enfants.

Nathalie avait sorti son portable.

— J'appelle tout de suite Lauterbach, les reporters ne vont pas tarder.

Elle n'avait pas de nouvelles de Matéo, mais il lui avait demandé de ne surtout pas l'appeler. Ce serait à lui de la prévenir s'il y avait du nouveau. Son sixième sens lui disait qu'elle n'allait pas tarder à avoir de ses nouvelles.

Elle composa le numéro d'Erwan Lauterbach en espérant que le flic comprenne leurs arguments, et surtout qu'il accepte de détruire sa propre carrière, et celle de Rollin, afin que chacun puisse revoir ses enfants. Pour cela, elle allait devoir lui exposer sa théorie sur les trois frères Vasquez, pour peu que cette horrible histoire soit vraie…

MATÉO

Vigo le Noir, était un homme d'expérience: il donnait foi à la prudence, à l'extrême prudence. C'était pour cette raison que les enfants n'avaient pas été directement amenés dans le camp de vacances du lac de Violle. Après le départ du cargo, le chef de bande avait ordonné à ses hommes de récupérer les petits otages et de les emmener dans un hôtel réquisitionné situé à une vingtaine de kilomètres du village de loisirs.

Il s'agissait d'une bâtisse en L de plain-pied. La réception occupait la plus petite partie du bâtiment et les chambres la plus longue. De l'autre côté du parking, chaque chambre avait une immense baie vitrée donnant sur la forêt.

Un dénommé Marco, aidé de deux autres compères, avait eu pour mission de récupérer Lyo, la jeune Vietnamienne qui s'occupait des gosses, et de la conduire au motel. Les hommes étaient si pressés d'obéir aux ordres qu'ils ne s'étaient, à aucun moment, rendu compte qu'on les avait suivis.

Matéo fit ralentir la Shelby en voyant le 4x4 quitter la route principale pour s'engager sur un sentier qui partait dans les bois. Erwan lui désigna un panneau planté sur le bord du chemin.

— Regarde. Les gosses sont sûrement là, dans cet hôtel.

La pancarte annonçait l'« Hôtel de la Faverolle », avec, en dessous, noté en anglais et en français « Ouverture de Mai à Septembre ». Le gangster hésitait à suivre la voiture. L'accès était sûrement surveillé par des hommes armés. Il proposa :

— Regardons sur le GPS s'il y a moyen de se rapprocher de ce foutu hôtel sans passer devant.

Ils continuèrent sur une centaine de mètres pour prendre un chemin forestier, jusqu'à se garer à l'ombre des grands arbres. La technologie avait du bon. Le réseau Internet passait et Matéo mit à peine quelques minutes pour télécharger les cartes Google Maps de la région.

— Bingo, déclara-t-il. Le chemin sur lequel nous sommes, monte et redescend la colline. À cet endroit, on doit surplomber l'hôtel sur sa partie arrière. Regarde, on voit bien le bâtiment en forme de L avec des voitures sur le parking. Je suis sûr qu'on peut se rapprocher sans être vus.

Erwan vérifia que son portable fonctionnait puis le rangea au fond de sa poche.

— OK, allons-y. On repère si on voit les gosses et on appelle les flics du coin.

Les roues de la grosse américaine se mirent à danser dans les ornières du sentier. Matéo avait remarqué qu'à un moment le chemin faisait un décroché en demi-cercle : il pensait qu'il s'agissait du passage en haut de la colline, juste avant la descente. C'était de cet endroit qu'ils pourraient dominer l'hôtel. Ils grimpèrent sur deux kilomètres et une grande clairière s'ouvrit devant eux. Ils se trouvaient sur une aire de déboisement. Un camion chargé de troncs et de branches occupait le milieu de l'espace plat et deux bûcherons étaient occupés à faire hurler leur tronçonneuse alors qu'un autre homme conduisait un tracteur muni de pinces géantes qui lui permettaient de trimballer les arbres coupés.

Le bruit était insupportable. D'ailleurs, les forestiers portaient des casques sur les oreilles. Ils repérèrent la voiture au museau de fauve et arrêtèrent un instant leur engin destructeur pour la regarder passer. Matéo alla se garer sous les arbres de l'autre côté du chemin. Les ouvriers ne firent plus attention à eux et reprirent leur travail.

Ils descendirent de la voiture. Le Corse passa à l'arrière pour ouvrir un tiroir sous un siège et en sortir une paire de jumelles.

— Dis donc, t'es équipé, remarqua Erwan.

L'autre lui fit un clin d'œil.

— Et encore, t'as pas tout vu. Allez, viens, on doit pouvoir rejoindre l'hôtel en descendant tout droit.

Ils commencèrent à dévaler la colline, écrasant les mottes de terre et écartant les fougères. Derrière eux, le bruit des tronçonneuses continuait à hurler dans l'immense forêt.

— Là, baisse-toi, il est là.

Matéo avait posé sa main sur l'épaule de son ami pour qu'il se cache.

À présent ils se trouvaient à un demi-kilomètre du bâtiment blanc, juste en dessous d'eux. Matéo empoigna les jumelles et commença à scruter les lieux, à la recherche de sa fille.

Il repéra quatre tout-terrains noirs devant la bâtisse plus deux hommes armés d'un fusil-mitrailleur. Quatre autres soldats étaient plantés devant l'entrée menant aux chambres. Il baissa les jumelles pour voir la face arrière de l'hôtel. Il pouvait distinguer les baies vitrées des chambres donnant sur les jardins clôturés de petites haies. Son cœur se mit à faire des bonds dans sa poitrine. Dans l'une de ces chambres, les rideaux étaient ouverts, faisant de la baie vitrée l'équivalent d'un écran de télévision. Matéo était persuadé d'avoir vu les reflets d'une chevelure blonde.

— Je crois que j'aperçois les gosses cria-t-il par-dessus le bruit des tronçonneuses.

— Tu... Tu les vois ? Est-ce que tu vois nos filles ?

— Il faut que je me rapproche.

Matéo se tourna vers Erwan pour voir une drôle d'expression se peindre sur son visage. Le téléphone du flic vibrait le long de sa cuisse, il ne l'avait pas entendu sonner. Il le sortit de sa poche pour le coller contre son oreille.

— Oui ? Allô ? Hein ? Qui ?

Ses yeux s'agrandirent en direction du gangster, il boucha l'émetteur de la paume de sa main :

— C'est... Ta femme, enfin, ton ex... cria-t-il pour couvrir le bruit des tronçonneuses.

— Nathalie ?

Matéo se demanda pourquoi son ex-femme ne l'avait pas appelé en premier et il réalisa qu'il avait laissé son portable, ainsi que son arme, dans le vide-poches de la portière.

— Qu'est-ce qu'elle veut ?

Le flic lui fit un signe de la main, lui intimant de se taire. Il se boucha l'autre oreille pour mieux entendre. Il releva la tête un instant pour dire :

— Elle est avec Tranchant et Vitalli, c'est à moi qu'elle veut parler.

Il se replongea dans la conversation. Matéo lui fit comprendre que, de son côté, il continuait à descendre afin de trouver un bon poste d'observation.

Il dévala une bonne centaine de mètres et s'allongea dans la terre humide. Entre lui et la bande à Vasquez, ne subsistaient plus que deux cents mètres, occupés par des dizaines de cèdres et de pins. Il vissa les jumelles sur ses yeux et se mit à balayer l'espace devant lui, gêné par les troncs d'arbres et les fougères.

À nouveau, il sentit son cœur s'affoler : il voyait Salomé. Elle se trouvait dans cette fameuse chambre aux rideaux tirés, avec d'autres enfants. Dans ses lentilles apparut un petit gros aux cheveux bruns. Il avait la gueule de son père, ainsi que son air arrogant : Maxime Rollin. Deux autres gamines, plus jeunes que la sienne. La fille Tranchant et une autre, une petite en âge d'aller à la crèche, se serrait dans les bras de la jeune Vietnamienne qu'ils avaient suivie depuis Dunkerque. « Choupette, pensa Rizzo. Dieu qu'elle est petite ! »

Il saisissait mieux l'inquiétude de Lauterbach, à présent. Des gardes sortaient du bâtiment fumer une clope sur le parking. C'était peut-être le moment d'agir, se dit Matéo. Les gosses n'étaient plus surveillés.

Puis tout s'accéléra, et une boule énorme vint se bloquer dans sa gorge.

À travers les lentilles, Matéo vit qu'un homme venait d'entrer dans la chambre. Il regardait derrière lui, semblant inquiet. Il traversa la pièce pour aller saisir l'adolescente par le bras. Bien que les images se soient mises à vibrer tant ses doigts se crispaient sur les jumelles, Matéo voyait qu'il s'agissait d'une brute au crâne rasé. L'homme traîna sa fille hors de la pièce en menaçant les autres enfants et la Viêt de son pistolet.

Pris de folie, Rizzo s'était mis à courir entre les arbres, ne quittant pas les baies vitrées des yeux. Il trébucha, se releva, crut voir quelque chose : les êtres humains avaient la taille de petits soldats mais dans l'ombre des pièces, la lumière se reflétait sur les visages et surtout sur les chevelures blondes. Il planta ses jumelles sur son nez. À présent, il les voyait de la taille de Playmobil. Il aurait pu les saisir en tendant sa main tremblante devant lui, mais, malheureusement, ce n'était qu'une illusion.

L'homme au crâne rasé venait d'apparaître dans une autre chambre, à l'extrême gauche de l'aile. Là aussi, les rideaux étaient ouverts, et le truand crut mourir quand il le vit balancer sa fille sur le grand lit.

Hors d'haleine, il reprit sa course. Juste avant qu'il n'arrive en bas de la côte, il aperçut par-dessus les toits de l'hôtel deux grosses berlines noires se garer et des hommes en descendre. Il se mit à hurler, mais le bruit des tronçonneuses couvrait ses cris. Il tomba à nouveau, se releva. Son regard braqué sur la troisième baie vitrée. L'homme avait essayé de se jeter sur sa fille. À présent, il reculait en se tordant et en portant ses mains à son cou. Du sang giclait de sa gorge, ses bras en étaient recouverts, et, alors que Salomé tentait de fuir, il l'attrapa par les cheveux et lui envoya des claques.

Matéo arriva si précipitamment qu'il ne vit pas le grillage devant lui. Il le percuta à pleine vitesse, sentant les fers s'enfoncer dans son visage, écraser son nez et tordre ses doigts. Il manqua faire un infarctus : stoppé net ! Le temps de reprendre ses esprits, il se remit à crier : « Hééé !!! Enfoiré ! Enfoiré ! Hééé !!! » Il criait et pleurait en même temps. « Mon Dieu, pensait-il, pourquoi n'ai-je pas pris mon arme pourquoi ? ». Les deux mains crispées sur le grillage, il tentait de réfléchir. Cent mètres, cent mètres de forêt le séparaient de la chambre dans laquelle se trouvait le monstre qui brutalisait sa fille… Il aurait pu l'abattre, ou, du moins, prévenir les autres. Il observait la scène, une sorte d'écran de trente centimètres de large, posé entre les branches. Il secouait le treillage de fer, il devait faire trois mètres de haut. Il voyait le visage de Salomé ensanglanté, il la voyait allongée sur le lit, et l'autre qui défaisait son pantalon. Matéo devenait fou, il n'avait plus de voix à force de hurler « Enculéééééééééééé !!!!! ». Il commença à grimper, il allait arriver trop tard, trop tard ! Il glissa, s'arracha les doigts et se retrouva le cul dans la terre. Il ragea, pleura, se releva, en secouant à nouveau ce foutu grillage de merde, quand il vit la porte de la chambre s'ouvrir, et Vigo Vasquez apparaître.

Le cœur de Rizzo s'arrêta de battre.

Le Noir avait une arme à la main, qu'il pointa sur l'homme au pantalon défait. Salomé s'était mise en boule sur le lit. Deux coups de feu éclatèrent, du sang gicla de la tête du chauve. Puis des hommes armés surgirent de partout, ils tirèrent la porte vitrée et sortirent dans le jardin, Matéo se jeta sur le sol tandis que sa fille était emmenée.

C'était fini.

Son visage contre terre, il sentait battre son sang contre ses tempes, il avait l'impression que c'était celui de la planète qui battait sous lui, ses larmes se mélangeaient à la boue. Il eut un hoquet et se redressa pour vomir. Un râle d'agonie surgit directement de son estomac creusant un sillon dans sa gorge et s'exhumant dans la bile et les glaires. Le cri du ventre : sa fille – son corps, son cœur – qui avait failli mourir. Il se mit à quatre pattes puis roula pour s'asseoir et son dos trouva le réconfort d'un tronc. Il s'essuya le menton, ainsi que la sueur sur son front, en reprenant son souffle.

Le bruit des tronçonneuses avait cessé, juste après que le salopard se soit fait buter. Le flic apparut entre deux arbres au-dessus de lui. Il repéra les hommes armés au loin, et resta dissimulé.

— Hé, Matéo, ça va ? Qu'est-ce que c'était, des coups de feu ?

Erwan était une dizaine de mètres plus haut, caché derrière les arbres.

Matéo lui fit signe de ne pas bouger et jeta un œil en arrière. Il attendit que les gardes armés soient retournés dans l'hôtel et rejoignit son compagnon en se tenant aux branches. Il reprenait des couleurs, l'air frais ventilait son visage trempé.

— Qu'est-ce qui s'est passé ? s'inquiéta Lauterbach.

Le gangster lui prit le bras pour le pousser devant lui.

— Je t'expliquerai. Viens, on remonte, il faut que je récupère mon flingue.

Le flic refusa de bouger.

— T'as vu cet enfoiré de Vigo ? Et Choupette, tu l'as vue ? Putain, je vais le buter, ce fils de pute, je te jure que je vais le buter.

Matéo le fixa un moment, puis il répondit :

— Oui, elle va bien, je l'ai vue. C'est la jeune asiatique qui s'en occupe. Quant à Vigo... laisse tomber. Et Nathalie, qu'est-ce qu'elle voulait ?

— Il y a du nouveau. Je vais me livrer, faire un témoignage et l'envoyer avec mon portable. Vitalli est d'accord, lui aussi. Le juge Tranchant a convoqué la presse, ils vont faire une intervention en direct. Comme ça, les gosses seront libérés sans encombre.

— Comment ça, sans encombre ?

— Ils pensent que Rollin veut liquider Vasquez et tous ses hommes, qu'il veut étouffer l'affaire. Il a essayé de tuer Elvio Vitalli à Paris, il y a quelques heures. Ils craignent que le préfet donne l'assaut en se foutant des conséquences. Non, il faut en finir. Je vais avouer que j'ai menti, et nos filles seront libérées.

— Mais, comment ? Il n'y a que nous ici, et le préfet ne dispose pas de ses services dans ce pays... Comment donnerait-il l'assaut ?

— Il doit être sur leur trace, pas loin d'ici, c'est une question de minutes ou d'heures. J'ai essayé d'appeler son bureau ce matin, ils m'ont dit qu'il était « en mission ». Tu le connais pas, moi si. Ton ex-femme a raison, cet homme est capable de tout pour sauver sa réputation et sa carrière. Si ça se trouve, il va débarquer dans très peu de temps avec les forces spéciales, tu n'imagines pas le pouvoir qu'il a. Le pouvoir de persuasion... C'est vrai que les enfants sont juste à portée de main. Mais tu sais comme moi ce que cela implique de se servir d'armes, de tirer et de se faire tirer dessus. Des blessés, des morts, des balles perdues...

Les deux hommes étaient coincés. Ils se trouvaient à une centaine de pas de ce qu'ils cherchaient depuis des jours, leurs enfants, et savaient que ce serait de la folie de tenter de les libérer. Quant à prévenir la police belge, cela serait prendre encore plus de risques. Rollin pourrait arriver avec les flics et décider de donner l'assaut. Une douzaine d'hommes aux regards aguerris et aux bras chargés de fusils montaient la garde autour de l'hôtel, et quelques voitures puissantes étaient prêtes, en cas d'urgence, à évacuer tout ce monde vers une destination inconnue.

Erwan aussi voulait la peau de Vigo Vasquez, mais, avant toute chose, il voulait récupérer sa fille. Pour cela, il ferait cette vidéo, se dénoncerait et dénoncerait les autres. Et Vasquez gagnerait la partie... Il allait perdre son métier, son honneur, risquer d'aller en prison, de ne plus voir sa fille chérie. Il allait payer pour ses conneries, tout comme, il l'espérait, Rollin. Mais pas Vasquez. Ce salopard allait s'en tirer.

Encore une fois.

S'il pouvait l'avoir au bout de son flingue, une minute, juste une minute...

Coupable? Innocent? Il s'en foutait. Nathalie Ruiz lui avait brièvement raconté son expédition dans les Vosges et ses soupçons concernant son frère. Vigo Vasquez n'était pas l'aîné de la fratrie, il aurait juste usurpé sa place, et en vérité, il aurait eu un jumeau. Son soi-disant « petit frère ». Un tueur de gosses qui avait laissé son ADN sur les lieux d'un crime. Le même que celui de Vigo Vasquez, ce qui expliquerait bien des choses. Pour commencer: la raison pour laquelle le Noir était venu provoquer la police dans cette affaire. Afin de protéger son frère, évidemment. Dans les deux cas, il s'agissait d'actes monstrueux: tuer, ou défendre celui qui tue des enfants, revenait au même.

Non, Vigo Vasquez ne méritait pas la pitié, il ne méritait qu'une chose: la mort. Erwan n'avait jamais retrouvé ceux qui avaient pris la vie de sa femme, des « invisibles », des « ombres ». Avec Vasquez, il avait un nom, une personne physique et bien vivante. Il savait que, s'il en avait l'occasion, il le tuerait. Cela le laverait de ses culpabilités, de sa honte, il le sentait. Il commençait surtout à subir l'effet de la descente des trois grammes de morphine qu'il avait pris la veille, cumulé à la fatigue, et se trouvait dans un état d'esprit morbide. La mort l'appelait à nouveau.

Quant à Matéo, après ce que Salomé avait failli subir, il pensait que ce n'était pas plus mal, finalement, que ça se finisse ainsi, sans violence. Les mensonges, les carrières et l'honneur, toutes ces conneries étaient en jeu, ainsi que la vie de cinq enfants. C'était comme au poker, pensa le gangster, à un moment ou à un autre, il fallait savoir se coucher. Même si, au milieu de la table, se trouve déjà pratiquement tout ce qu'on possède. Erwan allait tout perdre, tout. Sauf sa fille.

Nathalie avait bien travaillé. Matéo devait le reconnaître, bien qu'il ne comprenne pas encore comment elle comptait s'y prendre.

— Mais comment veut-elle faire ? demanda-t-il.

— Elle veut appeler Vigo et le lui dire. Je vais faire une vidéo avec mon téléphone, et elle l'enverra à la presse. Ils sont en train d'organiser une conférence à Paris. Quand le Noir verra ça à la télé, il libérera les gosses. Il y a juste un problème, il faudrait pouvoir le joindre.

Matéo se retourna pour regarder vers l'hôtel. Il vit le Noir et deux de ses hommes monter dans un tout-terrain avec un des enfants, le garçon brun et rond. Les portières claquèrent et le 4x4 quitta le parking, suivi d'un autre véhicule bourré de soldats armés. Aussitôt, son regard fouilla la façade sud de l'hôtel : il pouvait voir la chevelure blonde de sa fille qui était retournée avec les autres gamines. Sauf qu'à présent, des gardes se tenaient du côté des jardins.

— J'allais dire, on a qu'à descendre le voir, mais il vient de se barrer avec le fils du préfet.

— Le fils de Rollin ?

— Oui, peut-être que le préfet n'est pas si loin que ça finalement…

— Raison de plus pour se dépêcher. Je vais faire la vidéo et l'envoyer, fit le flic en sortant son portable.

— De mon côté, je crois avoir une idée pour contacter Vasquez. J'ai un calepin téléphonique personnel…

Lauterbach le regarda se diriger vers la Shelby. C'était quoi, encore, cette histoire de « calepin téléphonique personnel » ?

ERWAN

Les deux hommes gravirent la côte boueuse pour rejoindre la clairière. Le chant des tronçonneuses s'était éteint et les bûcherons avaient évacué les lieux.

Le visage grave, ils marchèrent à grands pas vers la Ford Mustang.

— Alors, ce numéro de téléphone, il est où ? interrogea Erwan.

— Dans le coffre.

Matéo sortit sa clé et appuya dessus. La porte s'ouvrit automatiquement, et le flic put voir de longues jambes gainées de soie avant que son regard ne remonte sur le visage bâillonné de Marie-Louise Mariani. Elle avait les mains liées dans le dos, et ses yeux, à peine éblouis par la lumière, jetaient des serpents vénéneux dans sa direction.

— Tu... Tu l'as emmenée ?

— Bah oui. Quand tu m'as appelé pour me dire de rappliquer, je ne savais pas trop quoi en faire, alors je l'ai emballée dans un drap et je l'ai foutue dans le coffre. D'ailleurs, heureusement qu'il y a eu cette histoire de numéro de téléphone, sans ça je crois que je l'aurais complètement oubliée.

Il avait fait exprès de parler fort, afin que la directrice du port autonome l'entende, ce qui décupla les éclairs de rage dans son regard.

— Et... tu penses qu'elle va bien vouloir te donner le numéro de Vasquez ?

Les traits de Matéo devinrent durs. Il se pencha pour se saisir de la femme puis fit quelques pas et la laissa tomber sur le tapis boueux.

— Je ne sais pas si elle va vouloir ou pas, mais elle va le donner, ce foutu numéro.

Il retourna dans son coffre pour en revenir avec une pelle à la main, qu'il planta dans la terre près de Marie-Louise.

— Bel endroit pour creuser une tombe, pas vrai ?

Mettant un genou au sol, il se pencha pour lui détacher son bâillon.

Marie-Louise regardait en tous sens, cherchant de l'aide, ou une échappatoire. En vain. Son cou se tendit alors que ses yeux se plantaient dans ceux du truand et qu'elle lui crachait au visage.

— Espèce d'enfoiré, tu peux te le foutre où je pense, ton numéro.

Un frisson glacé parcourut la colonne vertébrale du flic, lorsqu'il vit son ami se mettre face à la femme, et qu'il entendit le sifflement suivit de l'énorme bruit de la claque.

— Tu crois qu'on est là pour s'amuser ?

— Salaud ! hurla-t-elle.

Erwan en avait mal au ventre. Il pensa : « C'est juste pour retrouver nos filles, merde, elle n'a qu'à comprendre. Mais non, elle veut protéger ce salaud de Vasquez, cette pourriture ! »

Il se rendit compte que ses doigts étaient toujours crispés sur son téléphone cellulaire. Il se détourna et marcha vers l'autre bout de la clairière, là où il n'entendrait pas les bruits et les cris. Il se mit entre deux arbres, dans une sorte de trouée de lumière, puis, après avoir réglé son appareil en mode caméra, il le présenta face à lui et commença à parler.

« Je m'appelle Erwan Lauterbach, actuellement commandant à l'OCRPJ. Il y a trois ans, en mars 2010, j'ai été appelé sur le lieu d'un crime à Boulogne-Billancourt. Un enfant avait été poignardé, il était décédé, je… Non, ça ne va pas. »

Il éteignit la caméra, puis se mit à réfléchir, avant de recommencer.

« Je m'appelle Erwan Lauterbach. Il y a trois ans, j'étais capitaine de police au groupe de la Criminelle de Paris et nous enquêtions sur l'affaire du tueur des piscines. Mon supérieur direct était le directeur de la PJ, Jean-Claude Rollin. Un soir, après que le corps d'un enfant ait été découvert, il m'a demandé de falsifier des preuves et de trouver un faux témoin afin de faire accuser un suspect dénommé Vigo Vasquez. Il a menacé de me virer, mais j'aurais pu refuser, et je ne l'ai pas fait, pensant faire arrêter un tueur d'enfants. J'ai donc mis un mégot de cigarette fumée par le suspect sur le lieu du crime, et demandé à une personne qui me devait un service de faire un faux témoignage. Le préfet… je veux dire, le directeur Rollin, était au courant. Seulement lui et moi. À présent, l'homme que nous avons fait incarcérer s'est échappé et il réclame la vérité en échange de nos enfants. Cette vérité, je la dis : nous avons aujourd'hui la preuve qu'il n'était pour rien dans le crime pour lequel nous l'avons incriminé en créant de faux indices. J'ai menti, sous les ordres de mon supérieur, mais, je le répète, ce fut aussi ma décision. Aujourd'hui, je suis prêt à faire éclater toute la vérité et à témoigner dans ce sens. Libérez nos enfants, s'il vous... S'il vous plaît, libérez ma fille... »

Il s'essuya les yeux en reniflant et visionna rapidement le petit film. Afin de ne pas avoir de regrets, il l'envoya immédiatement en fichier joint sur le téléphone de Nathalie Ruiz. Il avait l'impression qu'un poids de plusieurs centaines de kilos venait de quitter sa poitrine. Le calme autour de lui l'intrigua. Il chercha Matéo des yeux.

Le gangster était appuyé sur le même arbre que Marie-Louise. Il lui avait ôté ses liens, et tous deux, épaule contre épaule, fumaient une cigarette.

Erwan lui jeta un regard.

— Je l'ai, fit Matéo en se mettant debout.

Il désigna le téléphone au bout de la main de son collègue.

— Tu as fait la vidéo ?

— Oui, je viens de l'envoyer.

Le cellulaire se mit à vibrer. Il regarda le petit écran pour lire le message de l'avocate : « Bon travail, Lauterbach, merci ! Les journalistes sont en train d'enregistrer votre témoignage. Il devrait commencer à passer à l'antenne dans une demi-heure. Il ne nous manque que le contact de Vasquez. »

Rizzo sortit son propre portable.

— Je crois que je vais faire une heureuse... Nathalie ? C'est moi, je suis avec Lauterbach.

Il eut l'impression de l'entendre sourire lorsqu'elle prononça son nom.

— Mat ?

— On a remonté la piste. Salomé est juste là, dans un hôtel surveillé par des hommes armés, en Belgique...

— En Belgique ?

— Oui, heu... Laisse-moi parler, s'il te plaît, je... J'ai le numéro de Vasquez, tu veux que je l'appelle ?

— Non, laisse-moi faire, il me fait confiance. Je vais tout lui expliquer. Le nom du véritable meurtrier de l'enfant dans le stade et ce que nous sommes en train de faire avec les chaînes de télévision. Ils ont appelé leurs collègues de la radio et de la presse écrite et ça commence à se bousculer devant le palais. Cette annonce va faire l'effet d'une bombe. Mat, heu... Occupe-toi de Salomé, c'est tout ce que je te demande. J'appelle Vasquez, l'information avec les témoignages devrait être diffusée d'ici trente minutes, je pense que les enfants seront aussitôt libérés…

— Tiens-moi au courant, d'accord ?

— D'accord.

Il lui envoya le numéro et raccrocha. Matéo savait qu'il pouvait faire confiance à son ex. Lorsqu'elle désirait quelque chose, elle l'obtenait.

Erwan le regardait. Il lui expliqua :

— Les informations vont être diffusées et tout sera fini.

— Oui… Tout sera fini…

Matéo se mordit l'intérieur de la joue. Il comprenait ce que ressentait le flic. Il venait de foutre sa vie en l'air, mais plus que tout, de perdre ce qu'il aimait vraiment : son métier de flic. D'ailleurs, Erwan ne put s'empêcher de penser à voix haute, en grinçant des dents :

— Tout ça à cause de Vasquez !

À nouveau, des flammes meurtrières brillaient dans son regard. Matéo ajouta :

— De Vasquez, oui, mais aussi de Rollin. Il t'a manipulé, il a profité de ta faiblesse après la mort de ta femme.

— Oui, peut-être.

Il regarda autour de lui, ne sachant ce qu'il cherchait.

Puis il reprit :

— Qu'est-ce qu'on fait ?

Matéo lui décocha un grand sourire.

— Ben, on va voir nos filles.

L'autre le regarda, un instant incrédule, puis se mit à rire.

— Oui, allons-y. Allons les voir, et tout de suite.

Matéo aida Marie-Louise à se relever.

— Tu viens avec nous, ou tu préfères la compagnie des corbeaux ?

Elle les suivit sans un mot pour se mettre sur la banquette arrière. Le gangster démarra la Ford et fit une manœuvre pour reprendre le chemin dans l'autre sens.

Quelques minutes plus tard ils débarquaient sur le sentier menant à l'hôtel. Les légionnaires de Vasquez levèrent leurs fusils en voyant se pointer la Mustang.

— Hé là, halte ! Halte où je tire !

Les deux hommes sortirent en levant leurs mains, ils avaient laissé leurs armes dans la voiture.

— On est les parents des gosses, annonça Matéo. Votre chef va bientôt vous appeler pour dire que c'est terminé, qu'il faut les libérer.

— C'est quoi ces conneries ?

— Appelez-le... Bon... On s'en fout, gardez-nous prisonniers en attendant, on veut juste voir nos filles.

Les gardes virent Marie-Louise sortir de la voiture. Ils l'interrogèrent du regard. Celle-ci était claquée. Elle acquiesça plusieurs fois, avant de rentrer dans le bâtiment sans dire un mot.

Les hommes baissèrent leurs armes en scrutant les alentours, ils ne virent rien de suspect.

— Approchez, doucement, qu'on vous fouille.

Pendant ce temps, un autre appelait Vasquez. Le bandit se marra en apprenant la nouvelle : ces hommes avaient des « *cojones* » d'être ainsi venus se livrer à lui. Le chef de bande était de bonne humeur, il venait d'avoir son ancienne avocate au bout du fil qui lui avait expliqué que ses conditions avaient été acceptées. Et qu'il n'allait pas tarder à entendre le résultat à la radio. De son côté, il s'était engagé à aussitôt relâcher les enfants. Il demanda à ses hommes de s'occuper correctement de leurs nouveaux captifs, et de se préparer à lever le camp.

On les emmena à l'intérieur de l'hôtel pour les pousser dans une chambre. Les larmes aux yeux, ils se jetèrent dans les bras de leurs filles respectives.

Salomé leur raconta ensuite ce qui s'était passé. Erwan se sentit bouleversé lorsqu'il apprit la disparition du petit Enzo. Le fils d'Elvio Vitalli, l'homme qu'il était allé trouver pour faire ce putain de témoignage... L'homme dont il avait détruit la vie, jusqu'à lui faire perdre son enfant ! Lauterbach ne voulait pas montrer son désespoir devant sa fille qui le serrait si fort. Il se répétait : « C'est ma faute, c'est encore ma faute, et celle de ce Vasquez, cet enfoiré de Vasquez !!! » Les larmes brûlaient ses joues, se mélangeant à celles de sa Choupette chérie.

Matéo quant à lui, enlaçait sa fille comme si elle risquait de disparaître à nouveau. Il se retenait de pleurer, repensant à ce qu'elle avait vécu. Il avait remarqué que Salomé n'avait pas parlé de l'agression du garde, ni de l'intervention de Vigo. Il savait ce que cela signifiait et son ventre se tordait de peine.

À présent, tout l'amour qu'il pourrait produire, la totalité, sans en omettre la moindre parcelle, serait pour elle. Il regardait Erwan, en imaginant qu'il pensait la même chose. Mais, dans le regard de celui-ci, brûlait un feu mauvais.

ROLLIN

L'échange était proche.

Alors que la forêt devait être peuplée de centaines d'oiseaux, sans compter les petits rongeurs, le cri des insectes et le vent dans les branches, un silence irréel planait sur le village de vacances.

Terrés dans des tranchées, perchés en haut des arbres ou déguisés en arbustes, les hommes de Vasquez, tout comme ceux de Rollin, attendaient le signal pour commencer le massacre.

L'échange allait avoir lieu sur le pont. Vigo et Tony, ainsi que deux de ses légionnaires, se tenaient en plein milieu de la route. Il pouvait voir, de l'autre côté, cet enfoiré de Rollin, avec ses hommes munis de gilets pare-balles et armés de fusils à pompe, entourant son frère Sandro. Tout de noir vêtu, col roulé et pantalon, ses mains attachées sur le devant.

Son regard de myope se portait du côté où se trouvait Vigo, essayant de le reconnaître, mais la migraine qui était née au moment de son enlèvement n'avait cessé d'enfler, comme un brouillard de douleur, étouffant ses sens. Il en tremblait de terreur. De temps à autre, de petits flashs lumineux lançaient comme des bombes dans son cerveau. Il avait le ventre creux, une sorte de soif de haine qui lui permettait de rester debout.

Il allait crever, il le savait, aujourd'hui ou demain, mais la colère ne le quittait pas. Ces hommes l'avaient emmené et torturé. Sans doute pour tout le mal qu'il avait commis, et ça l'enrageait encore plus. Car il était dans son droit, oui. Si Dieu l'avait tant fait souffrir dans la première partie de sa vie, c'était pour qu'à son tour il dispense cette souffrance. À présent, on venait à nouveau de s'en prendre à lui, et il déraillait. Des yeux il cherchait, il cherchait un être, une chose qu'il pourrait briser et déchirer, comme on le fait d'une injuste amende.

Et, dans le flou qui entourait son frère, il vit apparaître un ange, une petite silhouette qui tremblait tel un fanion. Un enfant.

Salomo bouscula soudain Sandro en tirant sur les liens qui lui serraient les poignets.

— Réveille-toi, *amigo*. Ça va être le moment d'entrer en scène.

Le conseiller accrocha un mousqueton aux liens et se tourna vers Rollin. Le petit groupe d'hommes se tenait devant les tout-terrains appartenant aux mercenaires. Il vit, à l'expression de son chef, qu'il se passait quelque chose d'étrange. De l'humanité ? De l'émotion ? Venant de Rollin, cela paraissait improbable.

— C'est lui ? demanda-t-il.

— Oui, répondit le préfet. C'est Maxime, mon fils. Il a l'air en forme.

Il parlait de sa progéniture comme s'il s'apprêtait à acheter un cheval ou un chien de chasse.

Salomo regardait autour de lui en essayant de repérer d'où allait tomber la foudre. Il n'ignorait pas le pouvoir perforant d'une balle de fusil-mitrailleur. Alors, quand il s'agissait de centaines de balles crachées toutes en même temps... C'était la raison pour laquelle sa main droite restait posée sur la crosse de son arme.

— Vous êtes sûr de votre câble ? demanda Rollin en le scrutant du regard.

— C'est du fil de nylon tressé avec de l'acier. Ne vous inquiétez pas.

Dans l'autre camp, Tony se mit crier dans leur direction :

— Hé, oh, vous êtes prêts ?

Il tenait le gosse par les épaules, et sentait, sur sa droite, la contraction déformer le visage de son chef. Le militaire posté près du préfet leva son pouce pour leur faire signe que tout était OK. Tony se tourna vers Vasquez.

— Vigo, c'est le moment de vérité.

Le truand avait les mâchoires serrées, ses yeux plus sombres que jamais. Un soldat surgit d'un mobil home en courant, il tenait une petite radio à la main.

— Chef, chef, écoutez, ça y est !

Il augmenta légèrement le volume pour que toutes les personnes du groupe puissent entendre.

« Oui, Géraldine, nous attendons d'un instant à l'autre l'intervention du juge Jacques Tranchant dans cette histoire d'enfants kidnappés. Cinq enfants selon nos informations dont le propre fils du directeur de cabinet de la préfecture de Paris, le préfet Rollin. Jean-Claude Rollin, qui, semble-t-il, serait un des éléments clés de cette affaire. Selon nos sources, il serait soupçonné de falsification de preuves et d'abus de pouvoir ayant entraîné l'incarcération d'un innocent, un dénommé Vigo Vasquez, lors d'un jugement prononcé en 2010. C'est ce Vasquez qui aurait enlevé les enfants après s'être évadé de prison lors de ce fameux crash en novembre de l'année dernière. Rappelez-vous, la garde des Sceaux semblait dire qu'aucun détenu ne s'était échappé. Au contraire, d'après ses services, Vasquez était mort. Ce « revenant » désire aujourd'hui faire éclater la vérité. Le préfet Rollin aurait voulu régler cette histoire sans en informer les autorités. Le père d'un autre de ces enfants, le commandant de police Lauterbach, doit témoigner dans ce sens afin que le ravisseur puisse enfin les libérer. Le ministre de l'Intérieur va devoir s'expliquer de ces graves manquements à la justice mais aussi de la raison pour laquelle l'affaire est restée secrète. Nous nous dirigeons vers une affaire d'État. Nous attendons tous avec impatience de savoir où se trouvent les enfants… »

Le visage de Vigo s'éclaira.

— Appelle tout de suite le motel et dis à nos amis de libérer les gosses et d'évacuer les lieux. Tu préviendras aussi la police belge et tu leur donneras l'adresse. Nous allons récupérer Sandro et filer à notre tour.

Tony renvoya son sourire à Vasquez.

— Enfin, c'est terminé. Et pour ton pote le préfet, qu'est-ce qu'on fait ?

— Fais revenir les commandos. Appelle-les avec la radio, qu'ils rejoignent les autres à l'arrière. Rollin va devoir s'expliquer devant la justice française, il va tout perdre ! C'est ce que je voulais. Je sais que ça lui fera encore plus mal qu'une balle dans le ventre. Je savourerai sa chute en lisant les journaux. Pour l'instant, il pense mener la partie. Rendons-lui son fils, récupérons Sandro et laissons le rêver un peu. Quant à nous, encore quelques minutes et nous disparaîtrons à tout jamais.

De là où il se trouvait, Rollin entendait presque résonner le rire du truand. Il ne comprenait pas son attitude, que se passait-il ? Il remarqua que Salomo venait, de recevoir une succession d'appels sur son portable. Pour sa part, il avait éteint le sien depuis qu'il avait quitté la France, pas question de se faire piéger par des écoutes. Il connaissait trop bien le système.

— Bon Dieu, mais qu'est-ce qui se passe ?

Son second releva lentement les yeux. On aurait dit qu'il venait d'apprendre le décès de toute sa famille dans un tsunami.

— De mauvaises nouvelles, patron.

Il leva le cellulaire pour que son supérieur puisse lire le tweet qui y était inscrit : « Agence France Presse, le préfet Jean Claude Rollin impliqué dans un kidnapping d'enfants, il aurait détourné les moyens de l'État à ses propres fins et forcé ses collaborateurs à mentir lors d'un procès en 2010, selon le témoignage du commandant de police Erwan Lauterbach… »

— Quoi ? Lauterbach, ce traître, ce salaud ! Passez-moi votre téléphone. Vous avez son numéro ?

— Heu, oui, là…

Pendant qu'il attendait la sonnerie, Rollin marmonnait.

— C'est pour ça qu'il s'amuse, cet enfoiré, là-bas… Il croit qu'il va s'en tirer, hein ? Qu'il va récupérer son frère ? Il va voir. Allô, Lauterbach ! Qu'est-ce que vous avez foutu ! Répondez, Lauterbach !

ERWAN

À une dizaine de kilomètres de là, Erwan et Matéo sentaient qu'il se passait quelque chose. La machine enclenchée par Nathalie et Tranchant s'était mise en route. Ils voyaient les hommes de Vasquez courir dans tous les sens. Un légionnaire entra précipitamment dans la chambre pour jeter leurs deux portables sur un lit.

— On évacue. Ne tentez pas de nous suivre, ça m'ennuierait de devoir abîmer la jolie Mustang sur le parking. D'accord ? On vous laisse la Viêt. La police belge va arriver pour s'occuper de vous.

Aussi sec, il fit demi-tour et disparut. Il y eut le claquement des portières, les vrombissements des moteurs et le bruit des graviers qui volent sous les pneus. Puis plus rien, un silence immense qui sentait la liberté.

Les deux hommes se regardèrent, les enfants souriaient, ainsi que la Vietnamienne. Matéo se rua sur son portable.

— J'appelle tout de suite Nathalie.

Erwan l'attrapa par le bras.

— Attends. Et pour Vitalli, pour son fils, qu'est-ce que tu vas dire ? En plus, il manque aussi le gosse de Rollin…

C'est à ce moment-là que son propre téléphone sonna. Un masque d'incrédulité s'afficha sur sa face lorsqu'il regarda le petit écran.

— C'est Salomo, le bras droit du préfet.

Il décrocha pour entendre hurler son ancien supérieur. Son visage s'empourpra, un vieux réflexe aiguisé par des années de respect de la hiérarchie au sein de la police nationale, mais il eut quand même le courage de répondre :

— Rollin, les enfants viennent d'être libérés. Et vous allez revoir votre fils. Vasquez a obtenu ce qu'il désirait, il tiendra parole…

— Il a obtenu ce qu'il désirait, oui ! Il s'est attaqué à nous, à vous ! Et vous avez tout détruit, tout ! Votre réputation, votre carrière ! Vous êtes foutu, je vous raterai pas. Vous êtes comme ce Vasquez, une pourriture ! Mais moi, je vais m'en occuper ! Je vais faire le sale boulot et je rentrerai à Paris pour donner ma version aux journalistes.

— Quoi ? Mais que… Où êtes-vous ?

Il sentit Rollin hésiter puis il entendit :

— Là où se trouve la vraie justice. Je m'occupe de Vasquez et de son frère, qu'est-ce que vous croyez ? La pauvre erreur judiciaire française, laissez-moi rire ! Et ensuite, ce sera votre tour, Lauterbach. Je vous le promets.

Il lui raccrocha au nez.

— Son frère ?

Erwan avait un cerveau de flic, une machine habituée à imbriquer les faits, les témoignages et les intuitions pour arriver à des conclusions. Il parlait à voix haute :

— Le frère de Vasquez… Nathalie a dit qu'il avait peut-être un jumeau, que ce serait lui, le tueur des piscines que Vigo voulait couvrir. Et Rollin… Oui, c'est ça, cet enfoiré de Rollin a retrouvé le frère de Vasquez et l'a enlevé, pour l'échanger contre son fils.

Il se tourna vers Matéo qui l'observait, médusé, et se remit à pianoter sur son clavier.

— Il faut que j'appelle Paris, j'ai besoin de localiser le dernier appel de Salomo. Vigo et Rollin sont sûrement dans le coin, ils ne sont pas loin.

Matéo, pour sa part, s'empressa d'envoyer un SMS à Nathalie. « Tout va bien, dis à Tranchant que sa fille est sauve. On n'a pas récupéré les fils de Vitalli et Rollin. » Il savait que c'était hypocrite mais n'avait pas envie d'être le porteur de mauvaises nouvelles. Il entendit les sirènes et regarda par la fenêtre. Les voitures de la police belge débarquaient.

ROLLIN

Salomo regarda s'éclater son portable contre le treuil du Range Rover. Rollin l'avait jeté de toute sa rage. Il foudroya du regard le chauffeur du 4x4 qui lui fit signe qu'il était prêt, puis s'adressa à son homme de main.

— Allons-y, procédons à l'échange, et que la fête commence.

L'ancien chef des hooligans parisiens fit de grands signes en direction de Vasquez et donna une bourrade dans le dos de Sandro pour qu'il avance. Il vit que le petit Maxime faisait de même, se dirigeant vers le pont en se retenant de courir. Tony, dans son dos, leva sa mitraillette en criant :

— Ne cours pas, petit ! Attends d'être au milieu du pont.

Pour sa part, Sandro traînait des pieds, ses poignets étaient entravés et ses yeux aux cavités sombres ne quittaient pas le petit Maxime. Il divaguait, ne pouvant s'empêcher de fixer la gorge du gosse. Il sentit une boule de salive obstruer sa glotte et déglutit.

La tension était palpable. Les deux otages allaient bientôt se croiser au milieu du pont. Maxime entendit le cliquetis des culasses que l'on remonte puis la voix de son père qui hurla :

— Cours, Maxime, cours !

Le préfet se retourna vers l'homme qui était assis au volant du Range Rover.

— Maintenant !

Vigo regardait son frère approcher. Déjà, il tendait les bras pour l'emmener. Il sentit que Rollin s'excitait et l'entendit crier. Quand il vit trébucher Sandro… Le corps de celui-ci se désarticula sur le sol et se mit à rebondir vers l'arrière dans une pose grotesque et douloureuse. Maxime courait à toutes jambes vers son père, tandis que Sandro hurlait. Un choc violent l'avait projeté à terre, et à présent, il se sentait tiré dans l'autre sens… Il retournait d'où il venait !

Rollin cria :

— Vite ! Plus vite !

Le soldat enclencha la vitesse du treuil au maximum. Le câble d'acier et de nylon qui était relié aux poignets de Sandro se tendit encore plus fort, traînant l'homme comme un wagonnet au milieu des feuilles mortes, le ramenant vers ses tortionnaires.

— Feu ! ordonna Vigo. Tirez, mais tirez donc !

Les soldats des deux camps obéirent en même temps et ce fut l'apocalypse. Ceux qui étaient cachés à revers surgirent. Les corps se mirent à tournoyer, enrubannés de sang et transpercés par les balles. Les hommes entendaient les coups de feu et les rafales de mitraillettes résonner de tous côtés, ne sachant qui allumer, mais tirant tout de même. Rollin enlaça rapidement son fils puis le jeta dans les bras de Salomo :

— Mettez-le à l'abri dans le bungalow, vite.

Il désigna Sandro qui gisait à moitié mort sur le sol.

— Lui aussi. Enfermez-les tous les deux et foutez-moi des hommes pour garder la baraque jusqu'à ce qu'on en ait fini avec ces enfoirés !

Jef se dépêcha d'obéir, poussant le gamin dans le cabanon aux volets fermés, tandis que deux soldats traînaient le corps du frère de Vasquez et l'appuyaient contre un canapé, avant de ressortir en claquant la porte.

Maxime se retrouva dans le noir, entouré de détonations effrayantes, alors qu'un inconnu au milieu du salon commençait à se relever.

Le feu des armes dans la forêt était si nourri que des morceaux de branches ainsi que des milliers de feuilles déchiquetées tombaient en formant une sorte de brume verte où jaillissaient des flaques de sang.

Vigo avait fait une grave erreur. Lui, qui d'habitude ne prenait jamais de risques, s'était laissé bluffer en croyant que tout était fini. Il voyait ses hommes s'écrouler dans le bruit des tirs d'armes automatiques. Les mercenaires de Rollin arrivaient de partout, et ses légionnaires, qui avaient tous quitté leurs positions sur ses ordres, tentaient de protéger leur chef en vidant leur chargeur autour d'eux. Le Noir emmena Tony et une poignée de fidèles jusqu'à une petite maison située du côté des tennis, là où ils avaient une chance de récupérer un véhicule. Heureusement, les anciens de la Légion étrangère connaissaient leur boulot. Ils assuraient le repli en se relevant mutuellement et arrosaient tout ce qui bougeait autour d'eux.

Au moment de grimper les quelques marches menant à la porte, Tony se fit allumer par un sniper. Il donna un violent coup de tête en arrière avant de s'écouler sur le sol. La balle lui avait fracassé le crâne. Vasquez tenait encore son bras. Ses yeux se mirent à brûler de colère et il remonta le canon de son FAMAS vers les cimes pour vider son chargeur en hurlant.

De son côté, Rollin exultait.

Il voyait les hommes de son ennemi courir en tous sens, et malgré tout, ils faisaient des bonds en l'air, le corps soudainement moucheté de rouge, tels des lapins frappés par la chevrotine du chasseur. Sa troupe occupait pratiquement tout le village de vacances. Le vacarme des armes était infernal. On aurait dit qu'une dizaine de trains s'écrasaient les uns contre les autres : les culasses claquaient, les douilles explosaient et les blessés gueulaient. Une vingtaine d'acharnés du camp adverse occupait quatre pavillons, tirant par les fenêtres ou planqués sous les planchers. Les flammes sortaient de leur M16 à une cadence infernale, ils tranchaient de leurs ogives 9 mm les chevilles des Écossais qui s'écroulaient en poussant des hurlements.

— Où est le Noir ? Où est Vasquez ? Trouvez-le moi ! hurlait Rollin en courant et en tirant avec son Glock dans la direction de ses ennemis, prenant le risque de blesser ses propres hommes. Une masse de quatre-vingt-kilos se jeta sur lui pour le projeter derrière une souche ; une seconde plus tard une grenade explosait, envoyant ses centaines de débris d'acier fuser au-dessus de leurs têtes. Rollin leva un visage hagard. Salomo lui rabattit les épaules de sa main droite. Il tenait un pistolet-mitrailleur dans la gauche.

— Vous avez failli y rester. Courir comme un malade en tirant n'importe où est le meilleur moyen de se transformer en cible de jeux vidéo.

— Je veux la peau de Vasquez. Où est-il ?

— Je ne sais pas. En tout cas, il n'a pas quitté le camp. Je viens de l'arrière, on a neutralisé leurs véhicules. Non, il doit se planquer dans un des pavillons, juste là.

— Lequel ?

— On s'en fout ! Vous avez votre fils et ses hommes sont des acharnés de la gâchette. Sans compter qu'ils sont du genre à tomber pour leur chef. Nous ne sommes pas assez nombreux…

— On va les avoir ! Vous venez de dire qu'ils sont coincés.

— Peut-être, oui. Nos hommes ont pris position autour de leur planque, mais ça risque de prendre du temps. Trop de temps !

— Trouvez-moi Hugues, qu'il amène des armes lourdes, des lance-roquettes, des bazookas. Qu'on les fasse brûler !!!

— Mais, si les flics…

— Vous venez de le dire, Salomo. On perd du temps !

ERWAN

Tant pis pour la carrosserie, pensa Matéo en raclant son aile gauche sur un amas de rochers. La voiture bondit dans les rugissements du moteur en prenant le virage. Cependant, il ne put s'empêcher de lâcher un « Putain de merde ! » en entendant le cri strident de la ferraille qui se tordait sur la roche.

Erwan était crispé sur le siège passager.

— Hé… si tu roulais un peu moins vite ? Tu conduis pas un 4x4 sur le Paris Dakar.

— Bonne idée, ça. La prochaine fois que je pars en expédition avec toi, je prendrai un Hummer. Au moins on passera partout.

Le truand jeta un œil sur les genoux de son compagnon. La main du flic serrait la crosse de son Sig, alors que son visage brûlait d'impatience. Il ajouta :

— Et ne mets pas le doigt sur la détente, tu vas te faire péter une couille !

— Un flic ne met jamais le doigt sur la détente, sauf au moment de tirer. C'est le premier truc qu'on t'apprend au stand de tir.

— Mouais…

Une vingtaine de minutes plus tôt, le commandant Lauterbach avait eu un rappel du service de renseignement de la PJ lui indiquant l'emplacement d'où avait été passé le coup de téléphone de Rollin. Près du village de vacances du lac de Violle qui se trouvait à moins de dix kilomètres de l'hôtel. Le chef de la police belge qui les avait rejoints au motel, avait écouté la radio : même ici on parlait du kidnapping et du scandale au sein des instances françaises. Erwan lui expliqua rapidement comment ils étaient arrivés là et ce qui se passait. Il lui dit aussi qu'il restait un autre enfant à sauver, mais que surtout, il avait peut-être le moyen d'arrêter Vigo Vasquez, kidnappeur et prisonnier en cavale. Ainsi que le préfet Rollin, dont la radio disait qu'il était recherché par les autorités. Le brigadier se laissa persuader. Il voyait qu'il n'aurait aucun moyen de retenir cet homme dont les yeux criaient justice. Ils avaient confié les enfants à une jeune policière pour bondir dans la Mustang, suivis au départ par deux voitures remplies de flics, puis au fur et à mesure par une armada policière belge. La présence sur le territoire de Vigo Vasquez avait excité les forces de l'ordre. Des barrages étaient en train de se mettre en place sur les moindres routes et chemins, et tout ce qui portait un képi dans la région se dirigeait vers le lac de Violle.

Aidé de son GPS avec image satellite, Matéo avait repéré une voie secondaire permettant d'accéder au village de vacances par l'arrière. Les flics ne devaient pas la connaître. Ils se laissèrent dépasser par plusieurs véhicules toutes sirènes hurlantes puis prirent un sentier sur la gauche qui serpentait dans la forêt.

Deux kilomètres plus loin, ils entendaient les coups de feu. On se serait cru dans un western au moment où les Apaches attaquent le convoi des tuniques bleues.

— Il faut garer la voiture et continuer à pied.

Matéo s'exécuta et descendit de la Mustang en sortant son arme.

Erwan l'imita en se rapprochant de lui.

Ils firent claquer les culasses.

— On dirait qu'il y a la guerre, là-bas.

— Oui, ce serait con de s'en manger une maintenant, tu crois pas ?

D'un regard, ils décidèrent de se couvrir mutuellement.

Ils s'avancèrent entre les arbres, déjà ils apercevaient le toit d'un petit bungalow.

Grâce au dévouement de ses hommes, le Noir avait pu rejoindre le dernier pavillon sur l'arrière du camp. La plupart de ses légionnaires avaient sacrifié leur vie afin de lui assurer un repli. Les quatre soldats restant tiraient sur tout ce qui bougeait à une cadence infernale, empêchant les hommes du commandant Hugues de faire le tour.

Vigo était seul à l'intérieur, la porte donnant sur l'arrière était entrouverte. Il avait réussi à faire partir une dizaine de ses frères d'armes. Il avait étudié la forêt et savait qu'il lui suffirait de se fondre entre les arbres pour disparaître définitivement. Surtout s'il emmenait les fidèles qui lui restaient.

Seul Tony ne viendrait pas.

Il était à genoux et serrait la main de son ami, ne pouvant se décider à lui dire un dernier au revoir. Des détonations et un cri de douleur retentirent sur le côté de la maison.

Il fallait y aller, il ne restait que quelques minutes. Même pas, quelques secondes… avant que ses hommes ne lâchent leur dernière position. Il se leva quand il entendit un bruit sec. Erwan avait donné un violent coup de pied dans la porte, ce qui la fit claquer contre le mur et rebondir à toute vitesse. Il la retint de sa main gauche. Dans sa droite, il tendait son Sig.

— Bouge pas enfoiré !

Vigo l'avait d'abord regardé avec surprise puis un petit sourire avait frémi sur ses lèvres. Il avait reconnu Lauterbach. Celui qui avait voulu l'envoyer dans l'enfer des QHS. Derrière le flic, un deuxième homme venait d'apparaître, pointant son arme. Il regardait son compagnon avec inquiétude. Le Noir ne souriait plus. Il tenait son FAMAS vers le bas, voyant la haine embraser le regard du flic et la bouche noire du canon se pointer sur son visage.

— Alors, salopard, il ne s'agit plus de gosses là ?

La sueur commençait à l'aveugler. Le flic s'essuya le front d'un revers de main, quand il entendit Matéo lui parler :

— Erwan, arrête les conneries. Tu le tiens. Fous-lui les menottes.

— Non. Je vais le buter ! Je… Je vais le buter ! Oui.

Ses doigts se crispèrent sur la détente.

Une détonation retentit. Erwan sursauta de surprise. Il vit Vigo s'écrouler en gémissant – une balle l'avait frappé à la cuisse –, et Matéo qui lui passait devant, l'arme fumante à la main, pour aller vers le gangster et le désarmer. C'était lui qui venait de tirer.

— Serre avec tes deux mains, disait-il. L'artère n'a pas l'air touchée. Les flics arrivent, ça va aller.

Lauterbach n'en croyait pas ses yeux.

— Mais putain, qu'est-ce que t'as fait ? J'allais…

— Quoi ? Le buter ? En légitime défense ? Tu crois pas que ça suffit les conneries ?

— Ce salopard a tué le petit Enzo !

— Tu sais très bien que c'est faux. Les flics vont l'emmener, il va payer.

— Qu'est-ce que t'en as à foutre, enfoiré ! C'est de la solidarité entre truand, c'est ça ?

Matéo le fixa bizarrement. Son ami n'était pas dans son état normal. Il transpirait et tremblait. Les dents serrées à se briser la mâchoire. Un feu de folie brûlait dans ses yeux. Il comprit qu'Erwan était en pleine descente : un accès de dépression brutale qui lui cramait le cerveau. Après toutes ces émotions, tout ce qu'il avait vécu, il était à bout. Le Corse sentait qu'au moindre faux pas, le flic risquait de péter un câble et de les tuer tous les deux. Il tenta de calmer le ton de sa voix.

— Non, dit-il. Cet homme n'est pas qu'un pourri, crois-moi. Et... tu ne peux pas faire justice toi-même. Tu n'es pas comme ça.

Le Noir le regardait, intrigué. Il ne pouvait pas savoir que Matéo l'avait vu sauver sa fille.

Le cerveau d'Erwan était sur le point d'exploser. Il se rapprocha du blessé et lui posa son arme sur le crâne. Dehors, les coups de feu avaient repris.

— Il a kidnappé ta fille ! Quel genre d'homme peut faire ça ?

— Quel genre d'homme peut falsifier des preuves pour en envoyer un autre au fond d'un trou ?

La rage du flic enfla en entendant la réplique de Vasquez.

— Alors dis-moi qui a tué tous ces enfants, hein ? Qui ? Tous ces gosses ! Tous ces parents que j'ai vus défiler dans mon bureau, des litres et des litres de larmes, de rancœur et d'incompréhension. Toute cette détresse, ce n'est pas toi, hein ! C'est ça ? C'est ton frère, tu couvrais ton frère ! Hé oui, nous sommes au courant. Tu es le complice du pire des criminels et tu oses la ramener ? À cause de toi et de ton frère, j'ai... J'ai perdu la femme que j'aimais, la mère de ma fille. À cause de vos saloperies, une petite fille de quatre ans est orpheline ! Tu vas crever, le Noir ! Tu vas crever !

Sa main tremblait, faisant vibrer le canon de l'arme contre le front du gangster. Il allait appuyer sur la détente. Il en avait besoin, Wendy en avait besoin, Choupette en avait besoin.

— Attends ! hurla Matéo. Il n'y est pour rien dans la mort de ta femme.

— Si ! C'est à cause de lui !

— Ce n'est pas lui.

— C'est sa faute !

Le visage d'Erwan se tordait de douleur. Matéo fit deux pas et se saisit du poignet qui serrait l'arme, au risque de faire partir une balle. Il planta ses yeux dans ceux de son ami.

— Écoute-moi, Erwan. Écoute-moi ! Ce sont deux hommes qui ont tiré sur ta femme, deux frères qui venaient de Corse. Je le sais, je conduisais la voiture qui les a menés au restaurant de ton ami ce soir-là...

— Qu... Quoi ?

Le flic se recula, les traits subitement défaits. Son Sig rebondit sur le sol. Matéo le ramassa. La bouche d'Erwan tremblait, des larmes coulaient sur ses joues.

— Tu mens, tenta-t-il.

Matéo baissa les yeux. Il avait la gorge serrée.

— Non. Mais… je n'ai fait que conduire, je te le jure. Je ne savais pas que c'était pour tirer sur… quelqu'un. Après, j'ai même refusé le fric…

— Ces hommes, tu as leurs noms ?

— Je ne peux pas te le dire. De toute façon, ils ont été punis.

— Tu me dégoûtes !

ROLLIN

Ce fut au tour de la porte principale d'exploser. Rollin apparut, des éclairs d'excitation dans ses prunelles qui se braquèrent sur Vigo, blessé dans un coin de la pièce.

Il se précipita en tendant son arme.

— Espèce de fils de pute !

Il aperçut alors Matéo et Erwan sur sa droite, mais se contenta de leur jeter un regard de mépris.

Salomo et deux de ses hommes surgirent à leur tour.

— Patron, la police belge arrive. Il faut faire vite.

— Encore quelques secondes, une dernière chose à faire.

— Non !

Erwan était venu se planter entre le pistolet et Vasquez. Son visage était strié de larmes mais son ton était dur et sans appel.

— C'est mon prisonnier. Vous n'y toucherez pas.

— Lauterbach, vous m'emmerdez ! À cause de cet homme votre femme est morte et vous le défendez ? Il a kidnappé nos gosses ! Et... Il en sait trop !

Erwan échangea un regard avec Matéo. Un regard débordant de questions et de colère... Il se reprit et répondit à son ancien supérieur.

— Il paiera pour ce qu'il a fait. Il... Cet homme ne mérite pas la mort.

— Ah ! Il ne mérite pas la mort ? Peut-être... mais il va crever quand même. Et vous avec, si vous ne vous poussez pas.

— Tuez-moi, vous vous expliquerez avec les Belges.

Rollin secoua son arme de rage.

— Mais bon Dieu, Lauterbach ! Il a tué ces gosses ! Ces gosses dans les piscines, vous vous souvenez ?

— Vous savez que ce n'est pas lui.

— C'est pareil ! Et puis si ce n'est pas lui, qui est-ce alors, hein ? Je vous préviens, je vais tirer, et tant pis si la balle doit vous passer à travers le corps !

Erwan lâcha d'une voix cassée :

— C'est son frère, le tueur d'enfants ! Son frère que vous retenez. Il n'y a pas de doute là-dessus. Ils sont jumeaux, c'était pour ça l'ADN… Quant à l'agression à Suresnes, il a voulu le couvrir pour nous mener sur une fausse piste. Et il a réussi. Vous voyez, vous avez fini par l'avoir…

— Son… son frère ?

Le préfet se tourna vers Salomo, le visage livide. Il répéta :

— Son frère ? Son… son frère ?

Il se mit à regarder en tous sens, fixa la porte et s'y rua comme pris de folie, bousculant son homme de main

— Dégagez ! Vite ! Vous ne comprenez pas ? Dégagez !

Ils le virent partir en cavalant.

Rollin courait, les battements de son cœur l'empêchaient de crier, la terreur l'étouffait, mais il courait. Il rejoignit l'allée principale, et se lança dans une course effrénée, frappant les hommes qu'il croisait, sautant par-dessus les cadavres. Il courait de tout son corps, de toute son âme, crachant son souffle, jetant ses jambes en avant, comme s'il avait un record à battre. Un record contre la mort.

Dans le pavillon, les hommes ne comprenaient pas. Et Salomo se rappela. Il se retourna, le visage décomposé, pour voir la silhouette du préfet disparaître en direction de l'autre rive.

— Bon Dieu, son fils… Il est avec le tueur.

MAXIME

Dans le bungalow aux volets fermés, Maxime était prostré dans un coin d'ombre. Il n'entendait plus de coups de feu. Il regardait fixement la porte mais elle se trouvait sur le passage de la « chose ». Jamais, au grand jamais, il n'aurait dû lui parler. Qu'est-ce qui lui avait pris ? À présent, il avait compris. Plus un mot. Plus un son.

Il avait l'impression d'être dans un de ces films, *Alien* ou *The Walking Dead*... Oui, c'était plutôt ça, un mort-vivant qui allait le dévorer.

La « chose » de forme humaine semblait avoir des difficultés de perception et de mobilité. Elle se releva lentement, tout doucement, en s'aidant du canapé, et en tournant sa tête en tous sens afin de le repérer. Il entendit sa voix grêle, presque un chuchotis, elle grinçait comme une vieille poulie :

— Où es-tu, mon petit, où es-tu ?

La chose était intelligente, elle s'était dressée et restait plantée sur le passage qui menait à la sortie. Maxime aurait eu envie de crier, mais sa gorge refusait de lui obéir. Collé contre la paroi de bois, il commença à se déplacer vers la salle de bains.

Séparé de lui par une table et des chaises, plus deux ou trois mètres, l'homme était grand. Maigre et noir comme une sculpture de Giacometti.

— Viens par ici, mon petit. N'aie pas peur, approche.

Maxime n'était pas idiot, ou alors il s'agissait de son instinct de gosse, de proie face à un prédateur. Il sentait le danger. Il le voyait. Ses mains blafardes qui pendaient au bout de ses longs bras. Ses longs doigts qui se pliaient et se repliaient telles des pinces pour attraper les glaçons. Ses mains représentaient le danger, la mort. Il se retrouva collé contre la porte de la salle de bains. Tournant rapidement la tête, il repéra un vasistas au-dessus des toilettes. Il pensait que l'autre ne le voyait pas. D'ailleurs, lorsqu'il entrebâilla l'ouverture, la « chose » se recouvrit les yeux en gémissant.

— Tu ne m'échapperas pas.

Maxime vit les cavités de ses yeux étinceler, puis l'homme se mit à faire de grands pas. Le gosse hurla et se précipita sur le couvercle du cabinet des toilettes. Il ouvrit la fenêtre et fit un bond terrible, pensant que sa poitrine allait éclater. L'homme l'avait saisi par les chevilles. Sans ménagement, il tira. Maxime se cogna le visage sur la cuvette, essayant de s'agripper au sol, mais l'autre le ramena dans le salon.

Aussitôt, l'enfant sentit les doigts glacés enserrer son cou.

— Je te tiens, mon enfant, mon petit... Ça faisait si longtemps, si longtemps...

Les doigts, telles des billes d'aciers, s'enfonçaient dans sa gorge. Et la voix de crécelle suintait :

— Aaaaaaahhhhhh... Aaaaaaa...

SANDRO

Après avoir été traîné sur une trentaine de mètres, avoir senti ses membres se disloquer, sa tête sur le point d'exploser, Sandro avait été saisi sous les bras, emmené, et jeté dans une pièce sombre et silencieuse.

Un cocon.

Il s'était remis à vivre, à respirer, tout doucement. Au début, il comptait rester là, le corps désarticulé contre le canapé, à profiter de l'obscurité et du calme, quand son cerveau avait entendu la voix.

— M'sieur ? M'sieur, ça va ?

Un enfant, là, dans cet antre. Seul, avec lui. Tout doucement, Sandro tourna le visage dans la direction de la voix et il le vit. Un petit garçon d'une dizaine d'années, une saleté d'enfant, de ceux qui se moquaient de lui, qui l'humiliaient. Mais depuis, il avait pris sa revanche… Cela faisait si longtemps, puis il avait juré. À son frère, celui qui lui avait sauvé la vie… Tu parles, qui l'avait abandonné, oui ! Lui et leur pauvre mère.

Pourtant, encore une fois, Vigo était venu pour le chercher… Au diable les promesses ! Sandro allait mourir, son cancer rongeait de plus en plus son cerveau, des micro bombes qui pouvaient, à tout moment exploser et briser un de ses vaisseaux, le tuer…

Il revoyait toutes ces fois où ses doigts avaient serré, serré, jusqu'à l'aboutissement, jusqu'à l'extase. Il appela :

— Où es-tu mon petit ? Viens, approche-toi.

Aussitôt, il avait senti le corps du gosse se tendre. L'instinct du chasseur qui sent sa proie se défiler. Il s'était relevé alors, en essayant de contenir la douleur qui envahissait son corps à chacun de ses mouvements.

Sa tête bourdonnait, de petits flashs se répétaient, lui affligeant des piques de douleur. Il se tenait debout, ses mains prêtes, ses yeux cherchant l'enfant. Il le voyait se déplacer. Sandro s'approcha, croyant prononcer des paroles douces. Et là, il fut frappé par la lumière, à nouveau ces coups de pioches dans sa cervelle ! Le gosse bougeait plus vite, il allait s'échapper. Au prix d'un ultime effort, il se précipita et l'attrapa par les pieds. Il le sentait se débattre mais c'était sa gorge qui l'intéressait. Il le tira vers l'ombre, et se laissa retomber, ses genoux encerclant son torse, ses longs doigts glissant sur sa peau. Il sentait battre la carotide, monter et descendre la glotte dans les déglutitions du gosse. Il sentait monter le plaisir. Il ferma les yeux.

« Non » pensa-t-il, en serrant subitement les dents. Une nouvelle série d'explosions dans son crâne, son cœur qui bondissait en tous sens, tel le poisson agonisant sur le pont d'un rafiot… « Non… pas maintenant… »

Il y eut un grand blanc dans sa tête.

Maxime sentit les doigts glisser sur sa gorge puis retomber au sol. L'homme s'affaissa soudain sur son flanc gauche, retenu par le canapé. Il demeura ainsi, la tête en arrière et la bouche béante.

La lumière envahit subitement la pièce et l'enfant vit surgir son père. Un masque de folie avait remplacé son visage.

Il hurlait :

— Maxime ! Maxime !

Puis :

— Lâche-le, enfoiré, lâche-le !

Et là, le gosse eut l'impression que ses tympans éclataient… Les explosions retentirent à une cinquantaine de centimètres de son visage. Deux détonations. Il reçut du sang, des morceaux de chairs sur les yeux, le nez, la bouche. Rollin avait tiré à bout portant dans la tête du mort, deux fois.

Maxime vit son père rejeter le corps en arrière et tirer encore quatre balles en visant la poitrine.

— Salaud ! Salaud ! Salaud !

Le préfet hurlait, il ne se contrôlait plus. Puis des hommes surgirent, des dizaines. Ils se ruèrent sur le forcené en criant :

— Police ! Police ! Lâchez votre arme ! Lâchez votre arme !

Des bousculades, des cris, le vieux résistait, disant qu'il était innocent… Puis ils réussirent à le calmer et le brouhaha diminua.

Enfin, il entendit une voix douce, et des mains de femme vinrent se poser sur ses épaules pour lui demander :

— Ça va petit ? Ça va aller, c'est fini, on va t'emmener.

La voix avait l'air inquiète, Maxime ne comprenait pas pourquoi. Il ne pouvait imaginer ce qu'elle voyait : le visage d'un petit garçon recouvert de débris sanguinolents et de sang.

Maxime vit son père menotté venir se pencher vers lui, alors que des infirmiers l'enveloppaient dans une couverture brillante comme une lame de couteau.

— Maxime, ça va ? Mon fils, ça va ? Je vais me sortir de là. Ne t'inquiète pas. Tout est fini, le méchant est mort. Papa va s'occuper de toi à présent, ne t'inquiète pas.

Les hommes l'emmenaient vers la sortie et Maxime savait qu'il ne tiendrait pas sa parole. Son père était un con, comme disait sa mère. Même si elle aussi était folle. Il regarda l'endroit où se trouvait le corps du « monstre ». Les jambes des policiers le cachaient à sa vue. Il aurait tant voulu appuyer sur la gâchette, lui aussi.

Un infirmier revint le voir, un verre à la main.

— Tu as soif, tu veux de l'eau ?

— Je veux du Coca, et puis ma Nintendo aussi, je veux qu'on me rende ma Nintendo !

« Eh bien, ça va mieux », pensa le type en se retenant d'envoyer paître ce gosse au ton hautain.

TRANCHANT

Si l'on avait pu observer le village de vacances du lac de Violle d'un hélicoptère on aurait contemplé les dizaines de voitures de police bleu et blanc éparpillées dans toutes les allées, des policiers allant et venant d'un bungalow à l'autre. Des ambulances entrant et sortant du camp, transportant les blessés et les morts. Des hommes menottés escortés et conduits dans des cars des forces de l'ordre : Vigo Vasquez, Jean-Claude Rollin, Jef Salomo, quelques hommes de mains du gangster et autres mercenaires du préfet. Le colonel Hugues avait réussi à fuir avec la plupart de ses soldats.

Matéo Rizzo et Erwan Lauterbach avaient été emmenés de leur côté pour témoignage, alors que le petit Maxime rejoignait l'hôpital d'Ostende où se trouvaient déjà les autres enfants. Il y avait aussi quelques dizaines de journalistes, déployant leurs unités mobiles, essayant d'avoir des informations, tandis que sur toutes les chaînes d'Europe, passaient en boucle les images d'Elvio Vitalli, du juge Tranchant, ainsi que le portrait du préfet Rollin.

La police française, ainsi que le ministère de l'Intérieur avaient dépêché des émissaires en Belgique afin de synchroniser les enquêtes. Au-delà du kidnapping dont le Noir était accusé, il y avait eu, dans le camp de vacances du lac de Violle, une dizaine d'hommes tués et une quinzaine de blessés. En y incluant Sandro Vasquez assassiné à bout portant par Rollin, et ce, pratiquement sous les yeux de la police belge.

Le plus important était que les enfants avaient été libérés, chaque parent, ou presque, allait pouvoir revoir son fils ou sa fille.

Dès qu'ils furent amenés à l'hôpital, Camille, Choupette, Salomé et Maxime purent prendre contact avec eux.

Salomé passa un long moment au téléphone avec sa mère. Maxime envoya péter la sienne, réclamant qu'elle vienne le chercher et surtout qu'elle n'oublie pas... la Nintendo ! Et Choupette put parler de longues minutes avec sa grand-mère. Quant à Camille, le juge Tranchant se souviendrait longtemps de son premier appel...

Il était rentré chez lui et se trouvait près de sa femme, trop bouleversée pour pouvoir appeler. C'était lui qui avait composé le numéro de la chambre où se trouvait sa fille et il était tombé sur une aide soignante qui lui avait dit qu'elle lui passait immédiatement la petite.

La jeune femme s'était approchée de Camille, qui avait les yeux rivés sur l'écran de télévision diffusant une des incessantes poursuites entre Oggy et les cafards.

— Camille, il y a quelqu'un qui veut te parler.

L'enfant de huit ans leva ses grands yeux curieux.

— C'est qui ?

— Quelqu'un que tu aimes beaucoup, ça va te faire plaisir.

Camille tendit la main en faisant un grand sourire et prit le combiné. Elle le porta à ses lèvres et s'écria :

— Fati, c'est toi ?

— Heu... non, c'est ton papa, ma chérie. Mais heu... Fati va bien, tu la verras bientôt, tu sais. Elle s'est beaucoup inquiétée, elle aussi...

« Elle aussi... » devait-il se répéter par la suite. Sa fille avait prononcé le nom de sa nounou en premier. Il savait qu'il lui faudrait des mois, des années pour pouvoir racheter tout l'amour qu'il lui devait. Il en avait parlé à sa femme, sans tabou, avec la cruauté de l'honnêteté, et tous deux s'étaient jurés d'y parvenir. Mais ensuite, dès que Maryse eut raccroché après avoir embrassé mille fois sa petite chérie, il avait appelé Fati pour qu'elle les rejoigne et les accompagne en Belgique afin de récupérer « leur » fille.

Quant à Elvio Vitalli...

ELVIO

Lorsque, dans l'après-midi, Matéo Rizzo avait récupéré son portable et alors que le commandant Lauterbach attendait que le centre des écoutes et des renseignements de la PJ de Paris le rappelle, le Corse avait contacté les autorités maritimes du port de Dunkerque pour leur demander de lancer des recherches en mer afin de retrouver un petit garçon qui y avait disparu, de nombreuses heures plus tôt.

Le lendemain matin, une voiture du ministère de l'Intérieur était venue chercher Elvio Vitalli à son appartement du 18e arrondissement pour le conduire jusqu'à Dunkerque. Le pauvre homme n'avait pas dormi de la nuit, jusqu'à cet appel qui l'avait bouleversé… Vers les cinq heures du matin.

Le chauffeur venait de le déposer devant le bâtiment médical des marins-pompiers situé en bordure du port, juste à l'entrée du chenal par lequel un vent glacial s'engouffrait et venait vous transpercer. Un jeune capitaine vêtu d'une blouse blanche l'attendait. Il l'accompagna aux sous-sols, le long de couloirs gris et tristes éclairés par des néons. Enfin ils poussèrent une porte à double battant pour pénétrer dans une grande salle froide, aux murs garnis de petites portes métalliques.

Elvio ne put empêcher une boule d'angoisse de remonter dans sa gorge tandis qu'il regardait une à une les petites armoires mortuaires.

Le médecin poussa une porte en s'excusant.

— Je suis désolé de vous faire passer par ici mais, depuis que la façade ouest est en travaux, il n'y a pas d'autre accès pour les chambres de soins à part l'entrée des ambulances sur le quai.

Après avoir traversé un couloir recouvert d'une verrière, ils montèrent un escalier et se retrouvèrent à un étage calme et lumineux au sol recouvert d'un plancher sombre. Les deux hommes stoppèrent devant une porte dont la partie supérieure était vitrée.

— C'est là, fit le jeune homme en lui adressant un grand sourire. Ce sont des pêcheurs qui l'ont retrouvé hier matin à l'aube. Nous n'avons fait le rapprochement que cette nuit, lorsque j'ai croisé un collègue marin-pompier qui m'a parlé des recherches. Votre fils était accroché à une bouée à cloche. Il était en hypothermie, déshydraté et à bout de force. Il a plongé dans une sorte de coma dès que nous l'avons allongé dans ce lit. Ça fait à peine quelques heures qu'il est réveillé, je peux vous dire qu'il a mangé comme un ogre !

Enzo s'était laissé guider par le bruit de la cloche sur la bouée et s'y était accroché, comme il s'était accroché aux jambes de sa mère le jour où elle était partie. Sauf que, cette fois, il n'avait pas lâché.

Le père aurait voulu exprimer ses remerciements mais aucun mot n'arrivait à sortir de sa gorge… Cela faisait presque vingt-quatre heures qu'il ne parlait plus.

— Ah, ajouta le capitaine, il vous a réclamé dès son réveil.

De grosses larmes se mirent à couler de ses yeux alors qu'il pénétrait dans la chambre baignée d'une lumière blanche où son fils l'attendait, assis sur son lit.

— Papa…

— Enzo, mon fils.

Il se jeta dans ses bras… Le père et le fils pleuraient de concert. Ils avaient tant de choses à se pardonner…

Chaque parent avait retrouvé son gosse sain et sauf, Rollin et Vasquez avaient été arrêtés. Les charges contre Matéo et Lauterbach sur le territoire belge étaient inexistantes. Finalement, tout était bien qui finissait bien, comme on dit.

Cependant, il restait quelques zones d'ombres.

NATHALIE

Quatre mois plus tard.

Nombre de procès étaient en cours. Rollin avait été destitué de ses fonctions, une partie de ses biens saisis, car il était accusé – entre autres – de détournements de biens sociaux. Depuis sa chute, les langues s'étaient déliées et les mises au jour de ses malversations, de ses manipulations et de ses corruptions ne cessaient de gonfler son dossier judiciaire. Bien sûr, il était en plus sous le coup d'une accusation d'homicide volontaire sur la personne de Sandro Vasquez – même s'il clamait que l'homme était déjà mort avant qu'il ne lui tire dessus –, ainsi que d'incitation au meurtre en bande organisée suite au massacre du camp de vacances. Il avait des comptes à rendre à la justice belge. Ce qui, finalement, arrangeait bien les autorités françaises, qui multipliaient de leur côté les mises en examen.

Inexplicablement, l'ancien préfet n'avait pas chargé le commandant Lauterbach, reconnaissant lui avoir ordonné, en le menaçant, de trafiquer des preuves. Celui-ci, rentré en France, avait été condamné à une peine avec sursis. Le corporatisme policier ainsi que l'aide de puissants syndicats lui avaient permis de conserver son poste à la police nationale, étant simplement rétrogradé au rang de lieutenant et muté à la BRB de Perpignan.

Erwan avait déménagé avec sa Choupette, suivi de sa mère qui n'avait pas pu résister au parfum de la tramontane et aux saveurs de la cuisine catalane, pour s'installer dans un petit village où les pères des enfants de la petite école communale avaient monté une équipe de rugby.

De son côté, Matéo n'avait pas été inquiété – ni Lauterbach d'ailleurs : personne n'avait jamais fait le rapprochement entre les meurtres de Grigny (un dénommé Bouboule et sa bande) et « l'affaire du kidnapping des fils de notables » comme l'avait nommée la presse. En accord avec Nathalie, ils avaient retenté quelque chose ensemble, au grand bonheur de leur fille Salomé. Et bien que chacun vive encore, partiellement, dans son propre appartement, cela avait l'air de fonctionner.

Régulièrement, Salomé invitait la petite Camille à dormir chez eux, et Enzo passait – assez souvent, selon l'expression de Matéo – la voir. Ils allaient au cinéma, à la Foire du Trône, et la jeune fille avait le rouge qui lui montait aux joues chaque fois que son père lui criait :

— Salomé, dépêche-toi. Y'a encore l'autre entiché qui t'attend !

Ainsi, ils avaient des nouvelles des autres parents. Le juge Tranchant avait eu une promotion, qu'il avait refusée, décidant de se mettre à mi-temps afin de s'occuper de sa fille. Et sa femme avait arrêté les voyages à l'étranger. Restait Elvio Vitalli. Il bossait toujours à la SNCF mais ne buvait plus. Il avait pris un abonnement au Parc des Princes pour son fils et lui, et l'emmenait tous les quinze jours voir jouer les stars du PSG. Le père et le fils ne se quittaient pratiquement plus, vivant comme un vieux couple, Enzo préparant les repas et Elvio essayant d'imaginer chaque semaine de nouvelles activités : escalade au bois de Boulogne, virée en train à Deauville – quoique, et on le comprend, Enzo ne soit plus très adepte de la baignade en mer –, et surtout, sorties au cinéma, avec parfois Salomé et Matéo.

Quant à Vigo Vasquez, il était emprisonné, en attente de son procès en Belgique pour le kidnapping des enfants, alors que la même inculpation pesait sur lui devant les tribunaux français. Les Flamands y avaient ajouté l'incitation au meurtre en bande organisée plus d'autres violences. La peine prévue était de plus de trente ans et la justice locale le surveillait tel un flacon de nitroglycérine, mais l'homme semblait serein, et reposé. Peut-être, cette fois-ci, ne tenterait-il pas de s'échapper ?

Nathalie Ruiz avait contacté le bureau de l'avocat belge qui le défendait et avait réussi à obtenir un droit de visite.

Vigo avait accepté de la rencontrer.

Le centre pénitentiaire de Bruges ressemblait à toutes les prisons. Nathalie se présenta avec les parents, proches et amis des détenus qui se pressaient devant l'entrée dévolue aux visites. Elle n'avait pas le statut d'avocat et devait respecter la procédure comme les autres. De nombreux visages étaient marqués par l'attente, certaines mères tenaient leurs enfants contre leur corps, leur regard braqué vers la porte d'entrée, survolant toutes les têtes, comme essayant d'y être déjà. Les enfants sentaient la tension. On se pressait, on se poussait, personne n'était là pour flâner. Nathalie se rendait compte comme cela devait être long et pesant de savoir son homme ou sa femme, son père, son frère, juste là, derrière ces grands murs de béton, à une centaine de mètres, ou une centaine de kilomètres de la maison. Absent.

Vigo le Noir ne recevait pas de visites, mises à part celles de ses avocats. La jeune femme se demanda si elle pouvait prévenir sa mère. Mais quelque chose de fort l'en empêchait. Peut-être la propre volonté du détenu.

De toute façon, elle n'était pas là pour ça. Elle voulait des réponses, elle voulait comprendre. Savoir le fin mot de l'histoire. Ce n'était pas pour la justice, non, c'était pour elle. Et pour lui, car elle sentait qu'il attendait que quelqu'un comme elle vienne lui parler, lui poser ces questions, et qu'il y répondrait. Elle en était persuadée.

Elle ne se donna pas la peine de préciser qu'elle était son ancienne avocate, elle cocha la case « relation personnelle », puis vida ses poches dans une bannette et y posa son sac avant de passer sous le portique. Quelques minutes plus tard, elle attendait devant la salle où les prisonniers commençaient à s'asseoir derrière des tables. Les proches étaient confinés derrière une grande vitre, comme dans un magasin. Beaucoup faisaient déjà des signes pour se faire voir. Elle se laissa porter par le flot qui pénétrait dans la pièce.

Le Noir regardait la lumière à travers la fenêtre. Il se tourna lentement. Un sourire fatigué se dessina sur ses lèvres au moment où elle s'asseyait.

Gênée, elle répondit à son sourire en tendant la main vers lui.

— Bonjour, je… j'espère que… enfin, que ça va ?

« Merde, songea-t-elle, ce n'est pas la même chose que lorsque je viens pour un problème de plaidoirie. Est-ce qu'on dit « ça va ? » à un homme enfermé entre quatre murs ? »

— Ne vous inquiétez pas, répondit-il. Ça ne me dérange pas que vous soyez là.

Il avait une voix puissante mais douce, et sa réponse rassura aussitôt Nathalie, car c'était justement la question qu'elle n'avait pas osé formuler : « J'espère que je ne vous dérange pas ? »

— Ah bien, merci…

— Vous pouvez m'appeler Vigo, comme avant, Nathalie…

La pointe de nostalgie était palpable et ayant en face d'elle ce visage barbu, ces yeux durs et ces mains calleuses qui savaient manier les armes automatiques, l'avocate en fut presque émue.

— Oui, d'accord, Vigo.

— Vous m'en voulez, n'est-ce pas?

— Pour les enfants?

Elle avait dit ça de la même manière qu'elle aurait crié: « Évidemment! »

Il se remit à sourire, mais sans forcer le trait, ce n'était pas de la provocation.

— Vous avez raison. Moi aussi je m'en veux. Je n'ai pas su les protéger. Le petit Enzo et... enfin...

— Vous voulez parler de ce qui est arrivé à Salomé, lorsque votre homme l'a emmenée et a tenté de... Matéo m'a raconté. Il a tout vu, vous savez... Heureusement que vous étiez là.

— Je... j'étais furieux, j'aurais dû le savoir. Je connaissais cet homme.

— On croit connaître une personne...

— Nathalie, je ne comptais pas leur faire de mal. Je regrette.

— Tout ça pour vous venger de Rollin...

— Non, pour faire éclater la vérité aussi, combattre l'injustice, la loi du plus fort. Mais vous avez raison, il y a de ça aussi: œil pour œil, dent pour dent. Il m'avait provoqué.

— Mais pas seulement, n'est-ce pas?

Cette fois, le Noir ne souriait plus. Il poussa un long soupir.

— Que voulez-vous dire?

— Je suis allée voir votre mère, je... Je ne sais pas pourquoi. Mais... j'ai rencontré votre tante et je me suis rendue à votre ancienne maison, là où se trouve la Rivière de Pierres, les Crocs du Diable comme elle disait. Elle m'a raconté votre... votre enfance, votre père, votre frère...

— Mon frère?

— Oui... C'était lui, le tueur d'enfants... et vous avez voulu le couvrir, à cause de votre enfance, des liens qui vous unissaient. L'ADN par exemple, seuls les jumeaux ont le même.

Une lueur d'intérêt brillait dans les yeux du gangster qui s'était légèrement redressé. Il croisa ses mains sur la table et la fixa.

— Tout part de là, oui. Vous avez vu juste, ces fameux liens qui nous unissaient. Oui, nous étions jumeaux, et j'avais promis à ma mère de prendre soin de lui. Il faut que... Il faut que je vous raconte une histoire. Comme on en raconte à un ami, ou à une amie...

— Si c'est ce que vous désirez...

Mais elle aussi, de tout son cœur, voulait savoir. Alors, Vigo Vasquez, dit Vigo le Noir, se mit à parler.

MANOLO

— Mon père et ma mère se sont connus dans les Vosges, ils se sont installés dans la maison dont vous parliez, près de cette ravine qu'on appelait les Crocs du Diable, et ils ont eu un enfant: Vigo. Mais... ce n'était pas moi. Vous allez comprendre.

Mon père descendait d'une lignée de brutes, de violeurs et d'assassins. Son propre père le battait, buvait et il avait repris le flambeau de plus belle, rouant de coups ma pauvre mère et mon... mon frère Vigo. C'est ma mère qui m'a raconté, des années plus tard. Une année après la naissance de Vigo, elle est de nouveau tombée enceinte. Mais ça ne plaisait pas à mon vieux et il cognait de plus belle, surtout sur le petit, le gosse, qui se trouvait toujours dans ses pattes. Plus l'accouchement approchait, plus mon père buvait. Et ma mère devenait énorme... Mes parents étaient pauvres, et ils se cachaient la vérité, ils ne voulaient pas voir, pas savoir, attendant un miracle, ou un drame...

Des orages ont éclaté et ils se trouvèrent isolés, juste au moment où ma mère perdait les eaux. Heureusement, elle s'était préparée et elle donna des ordres à mon père avant qu'il ne soit trop ivre. Elle s'allongea sur la table de la cuisine et mon vieux, entre deux gorgées de vin, fit naître deux garçons, deux jumeaux. Moi et Alessandro. Ma mère pleurait de joie et lui... Ça l'a rendu fou. Alors que sa femme était allée se coucher dans la chambre, il s'était retrouvé seul avec Vigo, et avait commencé à cogner, cogner, cogner...

Ma mère m'a raconté qu'il ne pleurait jamais, ne se plaignait pas, n'émettait pas le moindre son, même lorsqu'il était frappé. Elle n'a rien entendu. Ou plutôt si, elle n'entendait que le bruit flasque des coups, mélangé aux grognements avinés de son mari. Elle priait en pleurant et en serrant ses deux derniers dans ses bras. Elle avait si peur pour nous, plus que tout. Elle n'a rien dit. Vigo est mort dans le silence.

Mort sous les coups.

L'enfant gisait sur le sol de pierre et de terre, le sang s'élargissait sous sa tête au moment où ma mère a poussé la porte de la chambre. Elle s'est mise à hurler, et lui, à la frapper. À cet instant, ce n'était plus un homme – s'il ne l'a jamais été –, mais cela n'a pas duré. En entendant les mots « Tu l'as tué ! » sa trouille de paysan se réveilla, et il monta un plan.

Alors que dehors pluie et tonnerre continuaient de déchirer le ciel, il s'est saisi de mon frère Vigo et est sorti dans la forêt pour aller jeter son corps sur les rochers de la Rivière de Pierres qui débordait d'eau. Ensuite, il est revenu en disant : « Prépare tes affaires, on part, vite… »

Il avait un ami de régiment qui était bûcheron dans les Alpes, une sorte de « frère » d'après ma mère. Ils ont pris la camionnette et s'y sont rendus la nuit même, s'arrêtant pour dormir dans la cabine. Mon père avait décidé de fuir et de se cacher. Il pensait qu'on ne retrouverait pas le corps de Vigo et il avait une idée. Moi, qui n'avais pas encore de nom, je deviendrais Vigo, et l'on dirait que ma mère n'avait accouché que d'un seul enfant, Alessandro. Sandro devenait mon « petit » frère. Mon père pensait qu'en grandissant je deviendrai plus costaud que Sandro et il avait son idée pour faire en sorte que ça fonctionne. D'ici une ou deux années, ils pourraient retourner près des leurs dans les Vosges.

Ils s'installèrent dans une bergerie. Mon père aidait pour le bois et ma mère nous élevait. Mais il fallait que son plan marche, alors, lorsqu'il revenait le soir, il enfermait Sandro sous un escalier, et refusait qu'il soit nourri. Quant à moi, dès que j'ai pu marcher, il me fit sortir avec lui pour couper des troncs à la hache, charrier des branches, creuser des trous. Il me gavait de soupe et de pain. Le démon n'était pas loin, il revint avec des cubitainers de vin. Mon père se remit à boire, ma mère recommença à prendre des coups, puis il s'acharna sur Sandro. Mon pauvre frère a connu une enfance que personne ne devrait vivre, et sous nos yeux, à ma mère et moi. Sous nos yeux. Brimé, battu, insulté et traité de mauviette, il passait son temps accroché comme une tique aux jupes de ma mère, tandis que mon père m'enseignait la bagarre. N'hésitant pas à m'assommer si j'essayais de lui en remontrer.

Deux années passèrent, et nous rentrâmes à Terre-Noire. Ma tante, les voisins, n'y virent que du feu. J'étais grand et costaud, coiffé d'une imposante chevelure noire, et mon frère se traînait, à demi courbé tel un Quasimodo décharné, le poil ras sur le crâne, avec ses grands yeux noirs, sombres et terrorisés.

On nous envoya même à l'école de La Motte, en nous inscrivant dans deux sections séparées. Je devais sans cesse défendre Sandro qui se faisait maltraiter par les gosses, sauf le soir, lorsque nous rentrions chez nous et que mon père revenait à son obsession : cacher la mort de Vigo, son aîné. Nous vivions dans le silence et le secret, dans notre silence, celui du bruit des coups, et nous retenions nos plaintes et nos craintes.

Les années ont passé, et nous, les enfants, avons grandi.

Ma mère n'en pouvait plus de voir Sandro souffrir, elle me le reprochait parfois. Lorsque nous eûmes onze ans, je crois, elle me raconta toute l'histoire et mon cœur se serra lorsque j'appris que Sandro était mon double, ma chair, mon jumeau. Et j'ai provoqué le drame. Je pressais ma mère de nous emmener en ville. J'avais, dans mon cerveau d'enfant, moi aussi élaboré un plan diabolique. Je lui disais de menacer mon père de tout raconter et qu'il nous laisserait partir. J'avais sous-estimé la brutalité et la noirceur des hommes. Il la battit d'autant plus, et sentant que cela venait de moi, j'eus aussi droit aux coups de ceinture. Sandro disparaissait dans les coins d'ombre, heureux de se faire oublier… Mais nous commencions à crier, ma mère et moi, à briser le silence !

Un soir, je rentrais de l'école, je la vis dans la chambre, elle préparait des valises. En me voyant, elle me dit : « File chez ta tante Manuela, demande-lui l'argent que je lui ai confié depuis des années, et reviens vite, ce soir nous partons. » Le cœur gonflé de joie, je pris mes jambes à mon cou pour rejoindre la maison de mon oncle, six kilomètres plus loin. Nous étions en octobre et la nuit tombait lorsque j'arrivai.

À mon retour, je compris que mon père était rentré plus tôt. Comment était-ce possible ? Il ne quittait jamais le Bar de la Grive ou celui de Terre-Noire avant 8 ou 9 heures ! Sauf que cette fois-ci, il avait insulté le patron et s'était fait frapper et jeter dans la boue, pour rentrer chez lui furieux et tomber sur sa femme en train de s'enfuir.

Je me souviens de la neige, des ambulances, des gendarmes. Des alpinistes tout équipés sont descendus dans les Crocs du Diable pour récupérer ma mère. Elle était vivante, mais avait les jambes brisées. Son corps avait glissé le long de la pente jusqu'au fond, encore une idée lumineuse de mon père. Ce jour-là, j'ai donné un violent coup de poing dans un tronc, me brisant trois phalanges : aucun cri de douleur, aucune sensation, la haine submergeait tout. La haine et une joie mauvaise. Je savais que je le tuerais.

Ma mère m'avoua par la suite que sous les yeux de Sandro, il lui avait brisé les jambes à coups de pierre derrière la maison. Puis il l'avait menacée de tuer le petit si elle s'échappait.

Les gendarmes avaient eu l'air de se douter de quelque chose, les marques sur ses jambes étaient criantes de vérité, une chute ne pouvait causer ça. Mais mon père avait des oncles connus dans la région, et puis à partir du moment où il n'y avait pas de plainte, ces histoires de famille ne les intéressaient pas… Ça m'a écœuré. Et j'ai compris que nous n'aurions jamais d'aide de ces gens-là, de ce monde-là, de cette société.

De mon côté, je cherchais, je réfléchissais au meilleur moyen de l'abattre mais je ne voyais rien. Mon père était vicieux et méchant, et terriblement doué dans ce domaine. Je me mis à lire des livres d'aventure, Jack London, Alexandre Dumas, *Le Comte de Monte-Cristo*, la vengeance qui prend son temps. Je trouvais de vieux polars chez ma tante, et j'eus une révélation. *Les Hauts Murs* d'Auguste Le Breton, puis *La Loi des rues*, ça ressemblait à mon histoire : des enfances brisées, mais des adolescences bénies, malgré la misère, grâce à l'amitié et à la débrouille. Je compris que je devais m'enfuir, pour mieux pouvoir revenir et en finir une bonne fois pour toutes.

Je commençai à faire plein de petits boulots pour économiser, et vers l'âge de seize ans, j'allai voir ma mère dans sa chaise roulante et lui expliquai mon idée. Elle me fit jurer de revenir chercher Sandro, de l'emmener. Je jurai. Je pris mon balluchon et mis le cap sur Besançon. Là, je tombai sur un centre d'aide aux adolescents, des hommes comme je n'en avais jamais vu, qui s'intéressaient à moi. Mais cela ne suffisait pas, je devais devenir riche, comme le comte du bouquin de Dumas, et entre-temps, j'avais lu la suite des aventures qu'écrivait Le Breton : *Du Riffifi chez les hommes*. J'allais devenir gangster. Je montai à Paris, avec un autre fugueur que j'avais rencontré à « Besac », et les choses se firent assez vite. En traînant dans les bars à la recherche de cambriolages, de petits coups, je me fis des amis, petit à petit, et je montai ma bande.

Moins de deux ans après en être parti je retournai à Terre-Noire chercher ma mère et mon frère. J'avais alors un appartement à Paris, et j'étais venu avec six amis et deux voitures, des américaines. Je m'en souviens comme si c'était hier. Je n'en pouvais plus d'attendre. Tandis que la pluie rinçait le pare-brise de la Cadillac, je voyais le visage de mon père agonisant entre mes mains.

Lorsque nous sommes arrivés, comme à son habitude, il était ivre. Il a tenté de me menacer avec sa ceinture, je ne sais plus… Je me rappelle juste que ma mère a voulu m'en empêcher, elle ne voulait pas que je le tue. Ça m'a blessé, profondément marqué, et je… je l'ai laissée là-bas, seule.

Mon père, je l'ai emmené vers les Crocs du Diable, et, alors que l'orage nous jetait des seaux d'eau glacée sur le corps, je lui ai fracassé le crâne à coups de pierre avant de le jeter dans le gouffre.

J'ai pris Sandro : j'ai tenu ma promesse, je l'ai emmené avec moi.

Par la suite, à Paris, Sandro s'est peu à peu épanoui. Il avait dix-sept ans, tout comme moi. Je l'ai inscrit dans une école privée, il se passionnait pour la biologie, et j'ai fait la connerie de l'emmener à la piscine.

Ce jour-là, l'endroit était bourré de scolaires, des garçons, des filles qui braillaient, et lorsque Sandro sortit de sa cabine, ils se moquèrent de lui, de son corps malingre et voûté, et de toutes les traces qui le recouvraient, des traces de ceinture, de bûche, de tisonnier, de pointe de chaussure, du tranchant de la main, et de brûlures…

Sandro devint livide et haineux, il se jeta sur un des gosses et tenta de l'étrangler. Je les séparai en vitesse et nous avons quitté les lieux avant que ça ne dégénère. Mais mon frère avait été marqué, et plus que par les coups qu'il avait reçus, par les regards et les cris de ces enfants. Mais ça, je ne l'ai su que de nombreuses années plus tard…

De mon côté, je continuais les vols et les cambriolages, mais je me rendais compte que mes « amis » n'étaient pas aussi fiables que dans les romans des années cinquante. Certains me trahirent et je dus aller en prison. Avant, j'avais réussi un gros coup et mis de l'argent de côté pour Sandro. Il arrivait à se débrouiller seul, vivant dans un petit studio du côté de Montmartre. Je décidai de m'engager dans la Légion étrangère, pour cinq années. J'avais plusieurs procès en vue et le monde dans lequel j'évoluais me paraissait médiocre. Vraiment merdique. À la Légion, je reçus ce que je désirais : l'amitié, la virilité et la vie à la dure. Mes compagnons militaires n'en revenaient pas : j'endurais tout sans broncher, les nuits sans dormir dans le froid, les marches forcées avec trente kilos de caillasse sur le dos, les opérations commando de plusieurs jours en plein désert, sans eau ni nourriture, juste la parole donnée de réussir, et de revenir avec ses amis, ses frères. C'était la vie que je connaissais le mieux, et je m'y débrouillais bien.

Au bout des cinq ans, j'avais une famille d'amis, toute prête comme moi à rentrer dans le lard de la société, de ces flics et juges qui n'avaient jamais rien fait pour protéger ma mère.

Nous avons quitté la Légion et monté un gang. Je crois qu'en une vingtaine d'années, nous ne nous sommes pas trop mal débrouillés. Et comme vous vous en êtes rendu compte, Nathalie, j'avais compris que les articles de loi menaient le monde : j'ai donc fait en sorte de m'entourer de très bons avocats qui me conseillaient sur les meilleures façons d'éviter la prison. Si on sait utiliser la justice et qu'on a l'argent pour, rien ne peut vous arriver. Sauf si quelqu'un comme Rollin décide de piper les dés, mais ça, c'était pour plus tard. Donc, tout allait bien, je voyais Sandro de temps en temps, il avait obtenu de superbes diplômes et travaillait pour le ministère de la Santé. Quant à ma mère, je ne pouvais toujours pas lui pardonner.

Jusqu'à ce jour, il y a trois ans, où Sandro est venu m'annoncer sa maladie. Et les crimes qu'il avait commis.

On s'était donné rendez-vous chez lui, un appartement cossu mais sombre, pas une fenêtre qui n'était recouverte d'un épais rideau noir. Seules quelques lampes à faible intensité éclairaient les recoins. Je me suis dit avec tristesse que cela devait lui rappeler son placard. Nous avions tous deux cinquante ans, et il m'annonça qu'il avait un cancer du cerveau. Qu'il risquait de mourir à tout moment, mais que, de toute façon, les médecins ne lui donnaient pas plus de quatre années à vivre. Puis il se mit à pleurer en me disant qu'il ne voulait pas aller en prison, y finir sa vie. Je ne comprenais pas. Il m'avoua avoir commis un crime, dans une piscine, deux semaines plus tôt, et y avoir peut-être laissé des traces.

J'ai vu le monde s'écrouler devant mes yeux. Au milieu des sanglots et du repentir, mon frère me raconta son « autre » maladie, son obsession, son vice... Il tuait des enfants dans des piscines, et cela durait depuis des années. Des dizaines de garçons et de filles. Je ne voulais pas connaître les détails.

De par sa fonction, il devait vérifier l'hygiène des établissements de bains de la région et d'autres, dans toute la France. Il avait le pouvoir de se rendre à l'improviste dans n'importe quelle piscine, et incognito s'il le fallait. Ce métier lui permettait d'aller assassiner des mômes en toute discrétion. Mon père avait fait de son fils un monstre encore plus vil que lui.

Un monstre, mon frère était un monstre, j'étais bouleversé. Sandro m'a rappelé la promesse faite à ma mère, des années plus tôt, de le protéger. Je lui ai dit que j'allais l'aider, mais il devait me jurer de ne plus jamais toucher un enfant. Il me promit de se mettre en « retraite », et de ne plus sortir de chez lui jusqu'à la fin de sa vie.

J'allai voir mes conseillers et ils me confirmèrent qu'à un moment ou un autre la police allait retrouver la trace de mon frère. À présent qu'ils avaient l'ADN du tueur, ce n'était plus qu'une question de temps. Je savais que j'avais le même ADN, même si, depuis peu, on peut aussi différencier les jumeaux. Mais pas à cette époque. Et moi, j'avais un alibi en béton pour le jour ou celui-ci avait été retrouvé, ainsi que pour les autres meurtres. À contrecœur, j'avais fait des recherches sur les activités criminelles de Sandro. Je m'étais arrêté à cinq années en arrière, n'en pouvant plus de ces atrocités, et je me disais que le fait de lui faire stopper ces crimes valait aussi le coup, bien autant que celui de tenir ma promesse.

La suite, Nathalie, vous la connaissez.

Je me suis rendu dans cette piscine, mais j'ai été stupide, j'aurais dû trouver un autre moyen de me faire remarquer. Mais bon, je voulais qu'ils testent mon ADN et se rendent compte que la piste était mauvaise. Étant donné que Sandro était considéré comme mon petit frère, personne ne douterait que cet ADN m'appartenait.

J'avais juste un problème, mon pedigree, je me doutais que ça allait jouer contre moi. Mais mes conseillers étaient persuadés qu'avec mes alibis, il ne pouvait rien m'arriver. Sauf vous, Nathalie, qui m'aviez si bien défendu sur d'autres affaires... Mais sur celle-ci vous avez refusé de me suivre. « Ça sent le coup fourré... » disiez-vous, et vous vouliez connaître les raisons de mon comportement, lorsque j'ai secoué cette jeune fille dans cette piscine. Mais vous ne faisiez pas partie de mon cercle rapproché et je ne pouvais vous dire la vérité. D'ailleurs, très rares étaient ceux qui étaient au courant, pas même mes meilleurs amis.

Et Rollin est apparu, avec sa duplicité et sa haine, avec ses moyens de corruption et ses réseaux. Et il m'a fait plonger, jusqu'à la fin de mes jours. C'est ce qui m'a rendu fou : le fait qu'il ait réussi, en mentant, en trafiquant. Il était pire qu'un gangster !

Nathalie l'avait écouté sans mot dire, sachant d'avance que des horreurs allaient être énoncées, là, autour de cette table, dans ce parloir de la prison de Bruges. À présent, elle connaissait les raisons qui avaient poussé Vigo à se faire passer pour le tueur, et surtout la véritable identité et les monstrueuses motivations du coupable.

Elle en avait le dos de sa chemise trempé de sueur. Elle ne put retenir son énervement lorsqu'elle prononça :

— Et vous avez kidnappé les enfants ! De retrouver, miraculeusement, votre liberté ne vous suffisait pas ?

— Oui, et je le regrette. D'abord pour votre fille, je n'aurais pas dû l'impliquer, mais je savais que vous vous démèneriez pour faire éclater la vérité, qu'aucune pression n'aurait de prise sur vous. Et ensuite... c'était de la folie de vouloir s'attaquer à un homme comme Rollin. Mais... C'était plus fort que moi.

— Œil pour œil, dent pour dent, c'est encore ça ?

— Oui, œil pour œil, et dent pour dent. C'est comme ça que j'ai appris la vie.

Ils restèrent un long moment à se regarder, sans mot dire. La sonnerie de la fin des visites venait de retentir. Nathalie se leva et récupéra son manteau sur la chaise.

Elle le fixa dans les yeux.

— Elle voulait vous appeler Manolo. Vous le saviez ?

Il fit non de la tête, troublé.

Elle lui tourna le dos et s'en alla.

C'était fini.

MATÉO

À une vingtaine de kilomètres au sud-ouest de Perpignan, sur la terrasse d'une maison de village, Erwan Lauterbach buvait un pastis en se rinçant les yeux du coucher de soleil. Le village s'appelait Castelnou et se trouvait au pied des Aspres, baigné par l'orangé foncé du crépuscule. Erwan avait, en toile de fond, le Canigou, montagne mythique des Catalans.

Marine Lauterbach, la grand-mère, était partie faire des courses au supermarché avec Choupette. L'homme était seul. Il ne savait pas que son ancien complice, Matéo Rizzo, avait téléphoné la veille à sa mère pour lui demander de bien vouloir lui laisser libre la soirée du lendemain.

Il devait parler à Erwan.

Rizzo avait réservé sa place d'avion depuis des semaines, changeant plusieurs fois la date et l'heure, mais n'annulant pas le billet. Puis il s'était décidé.

Les deux hommes ne s'adressaient plus la parole depuis ce fameux jour, où ils avaient récupéré leurs filles, au moment où Erwan Lauterbach avait appris que Matéo Rizzo, alias le Maquilleur, avait fait office de chauffeur, un soir de novembre 2010, pour aller assassiner un homme et une femme. Sa femme. Wendy Lauterbach. Tuée de plusieurs balles par une nuit froide. Mort violente. Visage déchiqueté, membres brisés, larmes et flaques de sang sur le goudron imbibé de pisse et de gras. Pendant longtemps, Erwan n'avait pas accepté. À présent, il pensait que les hommes qui avaient tiré étaient morts ou en prison, enfin, c'était ce que lui avait dit Matéo. Ils avaient été « punis ». Par qui ? Par quoi ? Le choc de l'annonce avait ôté un poids du ventre du flic, comme une sorte de saignée, d'où le fiel et la haine auraient coulé, sortant de ses veines, de son corps, le nettoyant. Il se sentait mieux.

Le fait de savoir que ces hommes existaient, avaient existé, et qu'il en avait côtoyé un, Matéo, le fait de se rendre compte que tout cela était humain et réel, comme la vie, l'avait soulagé. Mais il ne pouvait le nier, des questions le taraudaient. Il voulait savoir ce qui s'était passé cette nuit-là, pourquoi ces hommes avaient tiré, mais surtout, ce qu'ils étaient devenus. Erwan était persuadé que les réponses viendraient. Un échange de regard avec Matéo avait suffi à sceller ce pacte. Il lui suffisait d'attendre.

C'est la raison pour laquelle, lorsqu'il vit trembler dans les brumes du couchant l'ombre de Matéo avançant vers la maison, il se redressa et sa main se tendit sur la table, à la recherche d'une cigarette qu'il alluma par automatisme, sans quitter des yeux le messager qui arrivait.

Il soufflait sa première taffe quand le Corse atteignit les marches menant à sa terrasse. La nuit écrasait ses filets sanguins derrière le Canigou et la lumière, à présent, provenait de la maison. Matéo présenta ses mains, comme un salut.

— Bonsoir, Erwan. Il faut qu'on parle.

Le Corse était descendu en avion dans l'après-midi, sachant qu'Erwan n'était pas de service ce jour-là. Cela faisait quatre mois qu'ils avaient récupéré leurs enfants, et depuis, ils ne s'étaient recroisés qu'en de rares occasions, lors de dépositions chez les flics ou au tribunal. Sans jamais s'adresser la parole. Mais celui qui avait repris son métier de carrossier savait qu'Erwan attendait.

Le moment était arrivé.

— Bonsoir… répondit Erwan. Monte boire un verre.

Il avait servi une tournée et Matéo s'était allumé une cigarette en disant :

— Bon Dieu, que c'est beau ici…

— Oui. Ça aurait plu à Wendy.

Une agression ? Une invitation à parler ? Une confidence ? Matéo ne savait pas. Il ne connaissait qu'une chose. Le silence.

Mais là, il allait devoir parler.

Ils avaient partagé le malaise, un long moment, avant qu'à nouveau la voix de Rizzo ne brise ce silence.

— C'est un ami corse qui m'avait contacté. Deux compatriotes qui avaient besoin d'un chauffeur…

Erwan s'était rapproché de la table pour y poser ses coudes, ses yeux plantés dans ceux de son invité. Matéo ne se déroba pas. Il but une gorgée, puis reprit :

— J'avais besoin d'argent : le jeu, et la pension pour Salomé. Il m'a dit que ses compatriotes étaient venus exprès de l'Île, en clandestin, avec un bateau de pêcheur, qu'ils voulaient s'occuper d'un homme et repartir la nuit même. Mon ami était chargé de les redescendre du côté de Bandol. Comme je connaissais Paris, et surtout que je ne savais pas du tout à qui j'avais affaire, ils m'ont choisi. C'était une simple histoire de vendetta de village, je l'ai su par la suite. Je me suis occupé de trouver une voiture propre et nous sommes partis. Il ne devait pas y avoir de femme ou d'enfant, je les avais prévenus. Si c'était le cas, on annulait tout. Mais dans ce genre de situation, on ne maîtrise pas toujours tout. Nous avons attendu que le restaurant ferme, puis nous avons vu partir sa famille, et enfin, notre homme est sorti. Ils m'ont dit de rouler, ce que j'ai fait, en regardant de l'autre côté car un boulevard s'ouvrait au coin du restaurant et des voitures de flics pouvaient apparaître. J'ai entendu un des hommes dire : « Merde, qu'est-ce qu'on fait ? » Le temps que je tourne la tête, l'autre a crié : « Fais-le ! »

Matéo se prit le bas du visage à deux mains. Il ne pouvait pas continuer, il chuchota :

— Je suis désolé, Erwan, je suis désolé…

Erwan le regardait, le visage dur. Il aurait eu envie de gueuler, de le frapper, de sortir son arme et de tirer… Rien de tout cela ne venait. Il se rendait compte qu'il avait besoin de savoir. Mais pas seulement, il avait besoin de partager sa douleur. Là, maintenant, avec Matéo. Depuis toutes ces années, c'était ça dont il avait eu besoin : partager. Il tapa du plat de sa main sur la table.

— Ça va, Matéo. Ça va… Qui étaient ces hommes ?

Les traits tirés du truand réapparurent entre ses doigts. Ses yeux étaient brillants. Il savait qu'il n'avait pas le droit de parler, que son sang, son éducation, ses années passées en prison, tout le lui interdisait. Erwan aussi le savait, tout comme il était sûr que son ami aller lui dire les noms qu'ils désiraient entendre.

— Dominique et Christian Franzoni, deux frères du village de Morriata, dans les montagnes près de Corte. Une histoire de vendetta, comme je te l'ai dit, et comme il y en a des milliers. Stupides et cruelles, et pourtant, inévitables. Mon ami m'avait expliqué tout ça, ce soir-là, lorsque j'ai refusé d'être payé. Et il m'a fait comprendre que ce genre d'histoire ne finit jamais bien, pour personne. Les deux familles en conflit sur l'Île étaient puissantes et réputées pour leur violence…

Erwan tira de lui-même la conclusion :

— Ces deux hommes ont été tués, c'est ça.

— Oui, deux mois après. Les assassins de ta femme se sont fait massacrer à coups de chevrotine dans leur voiture.

Erwan digérait, se disant que ce n'était pas plus mal. Aurait-il eu la force de se lancer dans une enquête, ou une vengeance ? Après tout ce qu'il venait de vivre… Matéo, finalement, le soulageait en un sens. En lui apprenant la mort de ces hommes. Que tout était fini, d'un côté comme de l'autre.

Enfin.

Des minutes et des minutes passèrent, s'écoulant lentement sans se faire remarquer. La nuit était tiède, un petit vent du sud, d'Afrique, qui caressait les corps, donnait envie de vivre. Les deux hommes s'observaient, s'échangeant d'un regard des souvenirs, puis des sourires…

De tout petits sourires glissèrent sur leur visage.

Parus dans la même collection

Le Baiser du Congre DEL PAPPAS
Bleu sur la Peau DEL PAPPAS
Le Jobi du Racati DEL PAPPAS
La Girelle de la Belle de Mai DEL PAPPAS
Écran total MAXIME VIVAS
Ainsi soient-elles PIERRE SERISIER
Le Royaume de Degun DEL PAPPAS
Du Sel plein les Yeux DEL PAPPAS
La Nuit des Bras Cassés MAURICE GOUIRAN
Harpo PIERRE SERISIER
Le Couteau sur la Langue RENÉ MERLE
Pleure pas le Mistral se Lève DEL PAPPAS
Le Cœur Enragué DEL PAPPAS
Le Théorème de l'Engambi MAURICE GOUIRAN
Le Cafoutchi du Diable DEL PAPPAS
Le Dernier des Chapacans MAURICE GOUIRAN
La Mue de la Cigale DEL PAPPAS
L'Arménienne aux Yeux d'Or MAURICE GOUIRAN
L'Anticyclone des Açores DEL PAPPAS
Les Martiens de Marseille MAURICE GOUIRAN
La Porte des Orients Perdus MAURICE GOUIRAN
Guantanamo Opération Porte ouverte MARC LEREAH
Bada d'Amour DEL PAPPAS
Les Damnés du Vieux Port MAURICE GOUIRAN
Saucisse dans le Métro SERGE SCOTTO
Marseille, la ville où est mort Kennedy MAURICE GOUIRAN
Sortez vos morts BRUNO LEYDET
L'Espincheur des Accoules DEL PAPPAS
Sous les Pavés, la Rage MAURICE GOUIRAN
La Gloire de Saucisse SERGE SCOTTO
Terminus Ararat MAURICE GOUIRAN
Frères d'Armes SERGE-YVES RUQUET
Train Bleu Train Noir MAURICE GOUIRAN
Meurtres à la Cité Radieuse ALAIN PUCCIARELLI
Saucisse Président SERGE SCOTTO
Vogue, Bel Engatseur, DEL PAPPAS
Spécial Dédicace LILIAN BATHELOT

Marseille sur Maire SERGE YVES RUQUET
Putains de Pauvres MAURICE GOUIRAN
La Théorie du K.O. LILIAN BATHELOT
Deus ex Massilia ANDRÉ FORTIN
Shanghai Skipper TITO TOPIN
Les Chèvres Bleues d'Arcadie MAURICE GOUIRAN
Croisère Jaune ZOLMA
Les Vrais Durs Meurent Aussi MAURICE GOUIRAN
Mistral Cinglant ZOLMA
Un Été Grec ANDRÉ FORTIN
Le Sang des Siciliens MAURICE GOUIRAN
L'Été tous les chats s'ennuient PHILIPPE GEORGET
Le Royaume des Sables PIERRE BOUSSEL
La Vie est un Sale Boulot JANIS OTSIÉMI
Qui a peur de Baby Love MAURICE GOUIRAN
La Prière du Maure ADLÈNE MEDDI
Appelez-moi Dillinger MAURICE GOUIRAN
Et la mort se lèvera JACQUES OLIVIER BOSCO
Requiem pour le Juge ANDRÉ FORTIN
Saucisse face à la Crise SERGE SCOTTO
Adios Viracocha ZOLMA
La Bouche qui mange ne parle pas JANIS OTSIÉMI
La Posture de la Méduse ALAIN PUCCIARELLI
Franco est Mort Jeudi MAURICE GOUIRAN
Pitié pour Constance ANDRÉ FORTIN
Le Paradoxe du Cerf-Volant PHILIPPE GEORGET
Le Cramé JACQUES OLIVIER BOSCO
Sur nos cadavres, ils dansent le tango MAURICE GOUIRAN
Le Chasseur de Lucioles JANIS OTSIÉMI
Et l'été finira MAURICE GOUIRAN
Les auteurs du Noir face à la Différence COLLECTIF
Raison d'Etat HUGUES LEFORESTIER
Parjures GILLES VINCENT
Les violents de l'Automne PHILIPPE GEORGET
La mort du scorpion MAURICE GOUIRAN
Restez dans l'ombre ANDRÉ FORTIN
Beso de la muerte GILLES VINCENT
J'ai fait comme elle a dit PASCAL THIRIET
Tortuga's bank ANDRÉ BLANC
Mais délivrez-nous du mal MAURICE GOUIRAN
L'autel des naufragés OLIVIER MAUREL

Djebel GILLES VINCENT
Loupo JACQUES OLIVIER BOSCO
Le chat Ponsard ANDRÉ FORTIN
African Tabloid JANIS OTSIÉMI
Tendres comme les pierres PHILIPPE GEORGET
Trois heures avant l'aube GILLES VINCENT
La traque de la musaraigne FLORENT COUAO-ZOTTI
Farel ANDRÉ BLANC
L'Hiver des enfants volés MAURICE GOUIRAN
Faut que tu viennes PASCAL THIRIET
Le Crépuscule du mercenaire ANDRÉ FORTIN
Une terre pas si sainte PIERRE POUCHAIRET

Achevé d'imprimer sur les presses
de Pulsio à Sofia
Imprimé en Bulgarie
Dépôt Légal : septembre 2014